苏州大学文学院学术文库

江苏高校优势学科建设工程项目资助

中国现当代通俗文学研究论集

汤哲声　张　蕾 / 主编

苏州大学出版社
Soochow University Press

图书在版编目(CIP)数据

中国现当代通俗文学研究论集 / 汤哲声,张蕾主编
. —苏州:苏州大学出版社,2020.9
(苏州大学文学院学术文库)
ISBN 978-7-5672-3307-2

Ⅰ.①中… Ⅱ.①汤… ②张… Ⅲ.①中国文学—通俗文学—现代文学—文学研究②中国文学—通俗文学—当代文学—文学研究 Ⅳ.①I206.6

中国版本图书馆 CIP 数据核字(2020)第 162648 号

| 书　　名:中国现当代通俗文学研究论集 |
| ZHONGGUO XIANDANGDAI TONGSU WENXUE YANJIU LUNJI |

| 主　　编:汤哲声　张　蕾 |
| 责任编辑:孔舒仪 |
| 助理编辑:杨宇笛 |
| 装帧设计:刘　俊 |

出版发行:苏州大学出版社(Soochow University Press)
社　　址:苏州市十梓街1号　邮编:215006
网　　址:www.sudapress.com
邮　　箱:sdcbs@suda.edu.cn
印　　装:苏州工业园区美柯乐制版印务有限责任公司
邮购热线:0512-67480030　销售热线:0512-67481020
网店地址:https://szdxcbs.tmall.com/(天猫旗舰店)

开　　本:700 mm×1 000 mm　1/16　印张:17.5　字数:315 千
版　　次:2020 年 9 月第 1 版
印　　次:2020 年 9 月第 1 次印刷
书　　号:ISBN 978-7-5672-3307-2
定　　价:75.00 元

凡购本社图书发现印装错误,请与本社联系调换。服务热线:0512-67481020

"苏州大学文学院学术文库"系列丛书
学术委员会

主 任
王 尧　曹 炜

委 员
（按姓氏笔画排序）

马亚中　刘祥安　汤哲声　李 勇
季 进　周生杰　徐国源

总 序

苏州，江左名都，吴中腹地，自古便是"书田勤种播"之地。文人雅士为官教谕之暇，总爱闭户于书斋，以留下自己若干卷丹铅示于时贤后人自娱。这种风雅传统至今依然延续在苏州大学文科院系，自其他大学文学院调至苏州大学文学院执教的前辈学者不免感叹"此地著书立说之风甚浓"了。

苏州大学文学院"中国语言文学"为省优势学科，建设的内容之一是高水平学术著作的出版，"苏州大学文学院学术文库"（以下简称"文库"）便是学科建设的成果。出版文库的宗旨是：通过对有限科研资助经费的合理调配使用，进一步全面地展示与总结文学院教师的学术研究成果，以推进和强化学科建设，特别是促进学院新生学术力量的成长——这些目前尚属于"雏鹰"的新生学术力量便是文学院的未来。

文库的组织运行工作自2019年9月启动，第一批文库书籍在三个月内已先后同苏州大学出版社签订了出版协议。由于经费有限，在张罗文库之初，文库学术委员会明确：学术委员会成员的学术成果暂不列入文库出版阵容；首批出版的学术文库向副教授、青年讲师以及刚入职的青年教师倾斜，教授的学术研究成果往后安排。文库的组织出版应该是一项常态工作，每年视经费情况，均会推出一批著作。为贯彻本丛书出版宗旨，扩大我院学术影响，学院将对本丛书中已出版的各种成果加强宣传，推荐评奖，并对获得重大奖项者予以奖励。

为加强对文库出版工作的组织和领导工作，文库学术委员会设立了初审和复审小组，遴选学术著作。孙宁华、杨旭辉、王建军、吴雨平、王耘和张蕾等参加初审工作，王尧、曹炜、马亚中、汤哲声、刘祥安、季进、徐国源、李勇和周生杰等参加复审工作，袁丽云、陈实、周品等参与了部分具体事务。现在，经学院上下一起努力，文库第一批书籍付梓在即，这无疑是所有参与者心血的结晶。我们希望，借助这个平台，进一步激发文学院教师的科研热情，并为所有研究人员学术成果的及时面世创造条件。

为了文库出版工作的持续顺利运行，为了文学院学术影响力的不断提升，让我们全体同人携起手来！

王尧　曹炜

2020 年 4 月 28 日

目　录

披沙沥金，扎实前行（代前言）
　　——苏州大学中国现当代通俗文学研究团队介绍　汤哲声/001
《海上花列传》：现代通俗小说开山之作　范伯群/013
1921—1923：中国雅俗文坛的分道扬镳与各得其所　范伯群/026
超越雅俗　融会中西
　　——论20世纪40年代新市民小说代表作家的创作经验　范伯群/045
黑幕征答·黑幕小说·揭黑运动　范伯群/059
《倚天屠龙记》与《鹤惊昆仑》之比较
　　——兼及"现代文学史观"　徐斯年/073
向恺然的"现代武侠传奇话语"　徐斯年/092
修仙者的爱
　　——《蜀山剑侠传》里的"情孽"　徐斯年/103
多元共生的现代中华文学　曹惠民/118
"金庸现象"更值得探讨　曹惠民/130
何谓通俗："中国现当代通俗文学"概念的解构与辨析　汤哲声/136
如何评估：中国现当代通俗文学批评标准的建构和价值评析
　　汤哲声/151
历史与记忆：中国吴语小说论　汤哲声/163
通俗文学·市民社会·现代性　陈小明/175

个人主义、穿越史观与共同体诱惑
　　——论"网络穿越历史小说"的"三宗罪"　房　伟／179
在多元类型发展中走向成熟
　　——评2011年的中国网络文学　房　伟／194
论"故事集缀"型章回体小说　张　蕾／206
稗史何妨虚文
　　——现代通俗小说对衣食住行的社会解读　张　蕾／222
论胡怀琛的《大江集》及其诗歌理论　钱继云／235
胡怀琛与《尝试集》的论争　钱继云／240
还珠楼主武侠小说研究述评　吉　旭／246
被割裂的"雅"与"俗"
　　——观念史视域中的"网络文学"　张学谦／252
意义与方法：中国现代通俗文学的学术史意义再呈现
　　——评《民国文化与文学研究文丛（第九编）·苏州大学特辑》
　　　张学谦／260

后记　张　蕾／269

披沙沥金，扎实前行（代前言）
——苏州大学中国现当代通俗文学研究团队介绍

汤哲声

苏州大学中国现当代通俗文学研究团队是中国现当代通俗文学研究队伍最整齐、成果最丰富的研究团体，是中国现当代通俗文学研究的排头兵。苏州大学中国现当代通俗文学团队多年来的研究对学科最重要的贡献和意义在于：改变了中国现当代文学研究的价值观念，完善了中国现当代文学史的格局，增添了中国现当代文学教学的新内容，被国内外学界认为是近40年中国文学研究的重大成果之一。

一、研究轨迹

20世纪80年代初，中国文学研究进入了新时期。从1981年开始，由中国社会科学院文学所牵头，文学史料在全国范围内的大规模整理得到开展。大概是考虑到"鸳鸯蝴蝶派"作家作品主要诞生于上海、苏州、扬州地区，《鸳鸯蝴蝶派文学资料》就由苏州大学（当时称为"江苏师范学院"）承担。经过数年的努力工作，70多万字的《鸳鸯蝴蝶派文学资料》于1984年出版。署名：芮和师、范伯群、郑学弢、徐斯年、袁沧洲。这五位学者组成的团队也成为苏州大学中国现当代通俗文学研究的第一个学术团队。

范伯群教授

徐斯年教授

汤哲声教授

1984年苏州大学中文系开始招收现当代文学硕士研究生，中国现当代通俗文学专业被列入招生计划，1993年苏州大学现当代文学专业被国务院学位委员会评为博士学位授权专业，开始招收中国现当代通俗文学方向博士研究生。特别是1986年，以范伯群教授为主持人的"中国近现代通俗文学史"被评为国家哲学社会科学首批15个重点项目之一。明确了研究方向和研究目标之后，苏州大学中国现当代通俗文学研究团队进行了重新组合。该团队由范伯群教授为学术带头人，主要成员有芮和师教授、徐斯年教授、范培松教授、朱栋霖教授、曹惠民教授、吴培华教授以及汤哲声、刘祥安、陈龙、陈子平。学术团队在资料整理的基础上，开始了作家作品的整理和研究。经过数年努力，1994年出版了"中国近现代通俗文学作家评传"一套12本，共收录了46位近现代通俗文学作家小传及其代表作。在整理和研究作家作品的基础上，经过团队成员的相互协作和努力，《中国近现代通俗文学史》（上、下）于2001年由江苏教育出版社正式出版。这部著作是中国第一部近现代通俗文学史，共分八卷，分别是"社会文学卷""武侠文学卷""侦探文学卷""历史文学卷""滑稽文学卷""通俗戏剧卷""通俗期刊卷""通俗文学大事记"。这部著作的出版对现当代文学研究产生了极大影响，引发了国内外学者的密切关注。

在完成《中国近现代通俗文学史》（上、下）的基础上，2000年以后，学术团队成员根据各自的研究方向进行了学术拓展，出版了一批学术专著，发表了一批学术论文，且精彩纷呈。这些成果进一步奠定了苏州大学中国现代通俗文学研究团队的学术地位，使苏州大学成为中国现当代通俗文学的研究重镇。

苏州大学通俗文学老中青三代研究团队

2013年，以汤哲声教授为首席专家的"百年中国通俗文学价值评估、阅读调查及资料库建设"获批为国家社科重大项目。该项目侧重于现当代通俗文学的理论研究、市场研究以及资料数据库的收集、整理与建设。

2014年4月，国家社科基金重大项目"百年中国通俗文学价值评估、阅读调查及资料库建设"（13&ZD120）开题报告会

2015年，"苏州大学中国现代通俗文学研究中心"成立。该中心以范伯群教授为名誉主任，以汤哲声教授为主任，该学术团队有了新的组合。

2015年苏州大学中国现代通俗文学研究中心成立

2014年，范伯群教授被苏州市人才办公室授予"姑苏文化名家"称号。在苏州大学和苏州市委市政府的支持下，以范伯群教授为主持人的"中国现代通俗文化研究"课题组成立，开始了中国现代大众文化与通俗文学的研究。该研究从过去的中国现当代通俗文学研究拓展到中国现当代大众文化研究。

苏州大学现当代通俗文学研究的发展轨迹主要有三个特点：

第一，以项目为中心形成团队。其优势在于有明确的研究方向和研究成果（表1），容易形成凝聚力。

表1　苏州大学中国现当代通俗文学学术团队历年来承担的主要项目

序号	年份	项目类别	项目名称及编号
1	1997—2001	国家社科基金"七五"重点项目	《中国近现代通俗文学史》
2	1996—1999	国家教委（教育部）人文社会科学研究"九五"青年基金研究项目	《中国现代通俗小说流变史》（11—44010）
3	1999—2002	国家社科基金项目	"20世纪中国小说的雅俗流变和文本分析"（99BZW003）
4	2006—2009	江苏省社会科学基金项目	"1949年—2000年中国大众文化思潮和通俗小说研究"（06JSBZW007）

续表

序号	年份	项目类别	项目名称及编号
5	2010—2011	国家社科基金一般项目	"现代通俗文学与大众文化思潮、文化产业发展的关系研究"（10BZW079）
6	2012—今	国家社科基金一般项目	"中国现代通俗文学评估价值体系建构与文献资料整理"（12BZW107）
7	2013—今	国家社科基金重大项目	"百年中国通俗文学价值评估、阅读调查及资料库建设"（13&ZD120）

第二，研究扎实地推进，轨迹是："资料整理—作家作品研究—文学史研究—理论研究—文化研究"。每一个阶段都是新的拓展，每一次拓展都有新的成果。认准目标，潜心研究，踏踏实实，用成果说话，是该团队最为突出的特点，受到学界认可。

第三，注意学术新人的培养，保证了学术团队的健康更新。苏州大学中国现当代通俗文学研究团队已完成了老中交接，第三代学人也正在培养之中。经过近40年传承，学术团队历久弥新，这在全国学术界并不多见，有很好的口碑。

二、学术贡献

经过近40年的潜心研究，苏州大学中国现当代通俗文学研究团队成果丰硕（表2），这些成果对中国现当代文学研究格局产生了深刻的影响，体现在：

表2　苏州大学中国现当代通俗文学研究团队成果

序号	著作	作者（编者）	出版社	出版年
1	《鸳鸯蝴蝶派文学资料》（上、下）	芮和师、范伯群、郑学弢、徐斯年、袁沧洲	福建人民出版社	1984年
2	《礼拜六的蝴蝶梦》	范伯群	人民文学出版社	1989年
3	《鸳鸯蝴蝶——〈礼拜六〉派作品选》（上、下）	范伯群	人民文学出版社	1991年

续表

序号	著作	作者（编者）	出版社	出版年
4	《中国现代文学史：1917—1986》	吴宏聪、范伯群	武汉大学出版社	1991 年
5	《二十世纪中国文学发生论》	栾梅健	（中国台湾）业强出版社	1992 年
6	《漂泊的都市之魂：徐訏论》	吴义勤	苏州大学出版社	1993 年
7	《中国近代文学大系·俗文学集》	范伯群、金名	上海书店出版社	1993 年
8	"中国近现代通俗文学作家评传丛书"（12 本）	范伯群	南京出版社	1994 年
9	"民初都市通俗小说丛书"（10 本）	范伯群	（中国台湾）业强出版社	1994 年
10	《中国文学现代化转型》	汤哲声	南京大学出版社	1995 年
11	《侠的踪迹》	徐斯年	人民文学出版社	1995 年
12	《中国近现代通俗历史小说史略》	陈子平	四川民族出版社	1996 年
13	《中国现代通俗小说流变史》	汤哲声	重庆出版社	1999 年
14	《通俗文学之王包天笑》	栾梅健	上海书店出版社	1999 年
15	《中国现代小说雅俗流变与整合》	徐德明	社会科学文献出版社	2000 年
16	《中国近现代通俗文学史》（上、下）	范伯群	江苏教育出版社	2001 年
17	《通俗文学十五讲》	范伯群、孔庆东	北京大学出版社	2003 年
18	《流行百年：中国流行小说经典》	汤哲声	文化艺术出版社	2004 年
19	《通俗文学理论》	李勇	知识出版社	2004 年

续表

序号	著作	作者（编者）	出版社	出版年
20	《人生之惑与生死之谜：汤哲声、李卫国中国侦探公安法制小说史论集》	汤哲声、李卫国	江苏人民出版社	2005年
21	《王度庐评传》	徐斯年	苏州大学出版社	2005年
22	《中国现代通俗文学史》（插图本）	范伯群	北京大学出版社	2006年
23	《20世纪中国通俗文学史》	范伯群、汤哲声、孔庆东	高等教育出版社	2006年
24	《中国当代通俗小说史论》	汤哲声	北京大学出版社	2007年
25	《卞之琳　在混乱中寻求秩序》	刘祥安	文津出版社	2007年
26	《中国现代通俗小说思辨录》	汤哲声	北京大学出版社	2008年
27	《通俗文学的十五堂课》	范伯群、孔庆东	（中国台湾）五南图书出版股份有限公司	2008年
28	《多元共生的中国文学的现代化历程》	范伯群	复旦大学出版社	2009年
29	《中国近现代通俗文学史》（新版）（上、下）	范伯群	凤凰出版传媒集团、江苏教育出版社	2010年
30	《中国现代大众文化与通俗文学30讲》	汤哲声	高等教育出版社	2011年
31	《中国现当代通俗小说欣赏》	汤哲声	苏州大学出版社	2011年
32	《周瘦鹃文集》	范伯群	文汇出版社	2011年
33	《"故事集缀"型章回体小说研究》	张蕾	北京大学出版社	2012年
34	《边缘耀眼：中国现当代通俗小说讲论》	汤哲声	北京大学出版社	2013年
35	《填平雅俗鸿沟》	范伯群	江苏教育出版社	2013年

续表

序号	著作	作者（编者）	出版社	出版年
36	《中国市民大众文学百年回眸》	范伯群	江苏凤凰教育出版社	2014年
37	《王度庐散文集》	徐斯年	天地图书有限公司	2014年
38	《周瘦鹃文集》	范伯群	文汇出版社	2015年
39	《章回体小说的现代历程》	张蕾	北京大学出版社	2016年
40	《中国现代通俗小说再思录》	汤哲声	（中国台湾）花木兰出版集团	2017年
41	《中国现代通俗文学与通俗文学文化互文研究》	范伯群	江苏凤凰教育出版社	2017年
42	《出入于虚构和现实之间——现代通俗小说的社会情态》	张蕾	（中国台湾）花木兰出版集团	2017年

（一）中国现当代通俗文学的认识观念发生了根本性的变化

中国现当代通俗文学过去被认为是中国现当代文学中的"逆流"，现在成为中国现当代文学的重要组成部分，得到了学界较为普遍的认可。2008年，国内学界总结党的十一届三中全会以来文学史研究界取得的成绩时，均肯定了通俗文学研究取得的良好成绩。例如，《文学评论》上的两篇总结30年中近代文学和现当代文学研究的文章都提到了苏州大学通俗文学研究的成果及其影响。现当代文学研究专家朱德发教授评价《中国近现代通俗文学史》时说，此书的出版"随之带动起一场通俗文学'研究热'"。他指出了这场"研究热"的时代与社会背景："自改革开放以来，随着思想解放运动的深入和新市民通俗文学的崛起，研究者主体突破了雅俗文学二元对立认知模式的羁绊与局限，不仅消除雅与俗文学之间不可逾越的界限，而且以现代性的视野对以鸳鸯蝴蝶派为代表的通俗文学从宏观与微观的结合上重新解读重新评价，既为现代中国文学梳理一条雅俗并举互补的贯通线索，又把张恨水、金庸等通俗文学纳入现代文学史大家的地位……"[1] 而近代文学研究专家关爱和、朱秀梅在合撰的文章中也充分肯定了《中国近

---

[1] 朱德发．现代中国文学研究三十年[J]．文学评论，2008（4）：9-10．

现代通俗文学史》推出后产生的学术影响，认为这部专著已"由论及史，既意味着论题的相对成熟，又为以鸳鸯蝴蝶派为代表的通俗文学进入文学'正史'做了充分的铺垫……"[1]

（二）中国现当代文学史的格局得到了更为合理的调整

自20世纪50年代以来，中国现当代文学史均为新文学史，是"一元独生"的现当代文学史，承认了通俗文学的文学价值之后，文学史的格局自然就有了很大调整。

第一，中国现当代文学将产生"多元共生"的格局。文学史中通俗文学显然占有很大比例。

第二，中国现当代文学史的起点需要"向前位移"，直接引发了中国文学古今演变与文学史重新分期的思考。

第三，中国大众文化将成为中国现当代文学产生、发展中的重要文化源泉。不仅仅是精英文化或者意识形态文化，市民文化也成为中国现当代文化的组成部分。

第四，中国现当代文学有着鲁迅、茅盾等精英文学优秀作家及其作品，也有张恨水、金庸等通俗文学优秀作家及其作品。

第五，中国现当代文学的批评标准不再是单纯的新文学标准，而是包含着多元指标的现代文学标准。中国现当代文学史成为真正意义上的"现当代文学"。

（三）对中国现当代文学的教学和学科建设产生了影响

20世纪90年代以后，中国现当代通俗文学已作为文学史教学的重要部分，进入了大学课堂，无论是史学研究还是作家作品研究，通俗文学都成为教学中的重要环节。在本科生、硕士研究生、博士研究生的学位论文中，以通俗文学的某一问题为研究对象的情况也在逐年增加，通俗文学逐步成为学科的"显学"。

三、荣誉及评价

范伯群教授主编的《中国近现代通俗文学史》是学科团队成果的重要

---

[1] 关爱和，朱秀梅.中国近代文学研究三十年[J].文学评论，2008（4）：14.

标志，获得了多项大奖（表3）。2015年又被全国哲学社会科学规划办公室审定列为中国学术原创代表作50本之一，译为英文，向海外推荐。

表3　学术团队主要获奖奖项

序号	成果	奖项	颁奖单位	年度
1	《中国近现代通俗文学史》（上、下）	第三届全国高等院校人文社会科学优秀成果奖中国文学一等奖	教育部	2003年
2	《中国近现代通俗文学史》（上、下）	第二届王瑶学术奖"优秀著作一等奖"	中国现代文学研究会	2006年
3	《中国现代通俗文学史》（插图本）	第二届"三个一百"原创图书出版工程	国家新闻出版总署	2008年
4	《中国近现代通俗文学史》（新版）（上、下）	第三届"三个一百"原创图书出版工程	国家新闻出版总署	2011年
5	《中国近现代通俗文学史》（新版）（上、下）	第四届中华优秀出版物奖	国家新闻出版总署	2013年

苏州大学中国现当代通俗文学学科研究团队得到了海内外学术界好评。中国台湾《国文天地》杂志在1997年第5期的《编者报告》中就注意到其学术贡献："长期被学者否定与批判的鸳鸯蝴蝶派小说，在近年来逐渐受到学界的重视。"当苏州大学的一批学者开始将现代文学研究的重心转移到近现代通俗文学中时，当时鄙视通俗小说的学界一片"哗然"，可是经十余年努力，当他们整理资料并进行理论建设之后，"终于取得丰硕的成果，引起学界的兴趣与重视，重新评价通俗小说"。

华东师范大学陈子善教授评价苏州大学通俗文学学术研究成果时说："20世纪80年代以降，苏州大学理所当然地成了中国现代文学研究界探索通俗文学的大本营，一部又一部鸳鸯蝴蝶派作品精选和研究专著在这里问世，迄今为止最为完备的长达百万字的《中国近现代通俗文学史》（范伯群主编）也在这里诞生。这部由苏州大学教授汤哲声所著的《流行百年——中国流行小说经典》则是最新的令人欣喜的研究成果。"中国社科院杨义研究员认为苏州大学中国现当代通俗文学学科研究团队是新时期的"苏州学派"："如果从现代文学研究的学者（术）格局来看，我觉得它是一个苏州学派……它从一个独特的角度切入到我们现代文学整体工程中去，做了我们过去没有做的东西。"韩颖琦教授认为苏州大学中国现当代通俗文学学科研究团队有着承继和发展："在中国通俗文学研究领域，范伯群教授是拓荒者，汤哲声教授则是继承者，他把研究的目光拓展和延伸到当代，填补了当代通俗小说没有史论的空白，进一步完整了中国大陆通俗文学史的构建。"

2006年《中国近现代通俗文学史》荣获第二届王瑶学术奖"优秀著作一等奖"时，该奖项评委会的评语是："范伯群教授领导的苏州大学文学研究群体，十几年如一日，打破成见，以非凡的热情来关注、专研中国近现代通俗文学，显示出开拓文学史空间的学术勇气和科学精神。此书即其集大成者。皇皇一百多万字，资料工程浩大，涉及的作家、作品、社团、报刊多至千百条，大部皆初次入史。所界定之现代通俗文学的概念清晰，论证新见叠出，尤以对通俗文学类型（小说、戏剧为主）的认识、典型文学现象的公允评价、源流与演变规律的初步勾勒为特色。而通俗文学期刊及通俗文学大事记的史料价值也十分显著。这部填补了学术空白的著作，实际已构成对所谓'残缺不全的文学史'的挑战，无论学界的意见是否一致，都势必引发人们对中国现代文学史的整体性结构性的重新思考。"

这些评价从一定程度上对苏州大学中国现当代通俗文学研究学术团队的学术成绩做出了肯定。

依托以汤哲声教授为首席专家的国家社科基金重大项目和以范伯群教授为首席专家的苏州市"姑苏文化名家"专项，苏州大学中国现当代通俗文学研究学术团队正在从以下几个方面做出新的努力。

1. 从史学和美学观念上对中国现当代通俗文学进行深入探讨

研究通俗文学不仅仅是为了挣一个学术名分，也是为了研究证明通俗文学作为中国现当代文学"一元"的价值。通俗文学有什么样的独特的文化传统、美学传统，在新的时期究竟哪些方面发生变化，哪些方面坚持不变，与新文学究竟是什么关系，外国文学对其创作观念产生了什么影响，大众传媒与通俗文学如何互动，市民文化与通俗文学如何互补等重要的学术问题，都有待进一步探讨。

2. 加强对中国现当代通俗文学运行机制的研究

中国现当代通俗文学的独特性在于它由作家、媒体（包括媒体从业者）、市场运作和读者合力产生，因此通俗文学的媒体性和大众性自然成为通俗文学研究的重点。有关百年中国通俗文学的期刊、小报、副刊的研究有很大进展，但主要关注的是相关文献的梳理和归类，至今还没有一本有关百年中国通俗文学传播运行机制研究的专门论著。有关曲艺、影视剧的改编研究主要散见于各种有关曲艺、影视研究的专著中，还缺少对百年中国通俗文学曲艺、影视改编的专门研究。特别是近年来通俗文学作品有着动漫化、游戏化、网络化发展的趋势，对此应该加以重视。事实上，百年中国通俗文学运行机制的研究直接关系到通俗文学的发展走向，也关系到通俗文学价值评估标准的建立。

3. 阅读调查和市场策略研究

专门针对通俗文学的阅读调查还没有开展过。现有的有关文学作品的阅读调查结果显示，通俗文学作品阅读占相当大的比例，对百年中国通俗文学进行深入的科学研究需要一份专项调查报告。更为重要的是百年中国通俗文学的市场价值、市场策略和市场运作，是通俗文学创作机制的重要组成部分，至今还没有学者对其进行专项的、深入的系统研究。

4. 中国现当代通俗文学数据库建设

由于对通俗文学重视程度不够，除了苏州大学通俗文学学科研究团队在近40年的研究中收集整理了部分有关资料外，专门的资料库建设几乎为零。当下，很多现代通俗文学作家的后人均已垂垂老矣，那些作家大量的作品和文字资料被堆放在各大图书馆仓库的书架上变脆、变黄。当代通俗文学作家在评论界处于边缘化的境地，他们的资料极多，却没有专门研究人员进行甄别和披沙沥金，处于散乱的状态。建立中国现当代通俗文学数据库是学术团队研究的当务之急。

四、成果展望

根据这样的研究思路，苏州大学中国现当代通俗文学学科研究团队在今后五年的学术成果将有以下几项。

1. 出版一套大型专著

汤哲声教授主编《百年中国通俗文学价值评估》。该专著由5本组成，将于2020年出版。

2. 初步建成"中国现当代通俗文学"数据库

特色、本色、扎实是苏州大学中国现当代通俗文学学科研究团队的传统，也是国内外研究者们对其的最高赞誉。苏州大学中国现当代通俗文学学科研究团队将沿着这条道路继续前行。

《海上花列传》：现代通俗小说开山之作

范伯群

一

我们考察中国文学的线路图，从文学的古典型转轨为现代型时，是要有一个鲜明的转轨标志的。正如电车或地铁的某号线路到达某一站点，要换乘另一条新的线路时一样，要给乘客一个提示，要给大众一个醒目的信号。文学的列车亦然。经过反复的勘测与论证，我们认为《海上花列传》就是这样的一个站点。这需要拿出若干可信的根据来，显示它就是文学列车从古典型驶向现代型的转轨标志。下面我们列举《海上花列传》的六个"率先"，说明它在文学创作上的开创性意义。

第一，《海上花列传》是率先将频道锁定"现代大都会"，将镜头对准"现代大都会"的小说，不仅对都市外观的描写在向着现代化模式建构，而且对人们思想观念的描写也在发生深刻的变化。它虽然被称为狭邪小说，但所描写的高等妓院，在当时首先发挥的是高级社交场所的职能，而不是现在概念中可以与"性交易"场所划上等号的门庭。在晚清男女禁隔的社会中，高等妓女"扮演"的是一种大众情人或红粉知己的角色。她们的生活起居作为一种"时尚"与都市现代生活方式同步演进，甚至对都市现代生活方式起着"领跑"的作用。

第二，上海开埠后成为一个"万商之海"，小说以商人为主角[1]，也以商人为贯串人物。在封建社会中，商人为"士农工商"的"四民之末"，而在这个工商业发达的大都市中，商人的社会地位迅速飙升，"钱袋"大小决定个人的身份。在这部小说中已初步看到资本社会带来的阶级与阶层的升沉浮降。在鲁迅的《中国小说史略》里提到的几部著名的狭邪小说中，它率先打破了该类题材"才子佳人"的定式，才子在这部小说中不过是扮演"清客"的陪衬角色。

第三，在世界步入资本化时代，许多国家的著名作家都曾以"乡下人进城"作为自己的题材。这是资本社会的一个具有世界性的题材，因为很多现代化大都市是靠移民大量涌入，形成人口爆炸，使劳力资源丰富，市场广阔，交通便捷才得以运转、扩容和建成。而在中国，《海上花列传》率先选择"乡下人进城"这一题材，反映了现代生活的一个重要侧面：农村的式微，使贫者涌向上海；即使是富者，也看好上海，将资本投向这块资本的"活地"。作品以此为切入点，反映了上海这个新兴移民城市的巨大吸引力，以及形形色色的移民到上海后的最初生活状态。

第四，《海上花列传》是吴语文学的第一部杰作，胡适认为其在语言上是"有计划的文学革命"，吴语当时是上海民间社会的流通语言，特别是上层人物或知识分子的通用语言，人们以一口纯粹的"苏白"显示自己的教养与身份。这部书成了当时想挤入上层社会的外乡人学习和研究吴方言的"语言教科书"。

第五，作者曾"自报"他的小说的结构艺术——"穿插藏闪"结构法，小说行文貌似松散，但读到最后，会深感它的浑然一体。在艺术上它也是一部上乘，甚至冒尖的作品。

第六，韩邦庆是自办个人文学期刊第一人，连载他的《海上花列传》

---

[1] 说到以商人为主角的问题，《谭瀛室笔记》中说："书中人名，大抵皆有所指。熟于同光间上海名流事实者，类能言之。"接着点出了书中人物在现实生活中的10个名流的姓名。日本平凡社出版的《中国古典文学大系（49）〈海上花列传〉》的译者太田辰夫按图索骥，找到了其中8个人的传记，除小柳儿是京剧名武生外，其他7人的背景皆与商业有密切的关联。在这里我们不想指出真名实姓，对小说的原型可作考证，但也不宜一一坐实，因此下面只作介绍，说明原型的某些背景，使读者有所参照。如黎篆鸿乃"红顶"巨商，曾得钦赐黄马褂；王莲生从事外事工作，担任过招商局长；李鹤汀是财界大亨，后任邮传部大臣；齐韵叟官至安徽巡抚、两江总督；高亚白博学而擅长诗词，辞官后客居上海，与《申报》有关系；方蓬壶，诗人，曾是《新闻报》总主笔；史天然，京师大学堂总办，参议院议长，辞官后隐居天津。译者在最后说，作者在例言中讲道："'所载人名事实俱系凭空捏造，并无所指，如有强作解人，妄言某人隐某人，某事隐某事，则不善读书不足与谈者矣。'……有人认为，正因为是原型小说，才放这样的烟幕弹来蒙混过关。"

的《海上奇书》期刊又利用现代新闻传媒《申报》为他代印代售,他用一种现代化的运作方式从中取得脑力劳动的报酬。

这六个"率先",以一股浓郁的现代气息向我们迎面扑来,《海上花列传》从题材内容、人物设置、语言运用、艺术技巧,乃至发行渠道等方面都显示了它的原创性。作为中国文学转轨的鲜明标志,它可以说当之无愧。韩邦庆使通俗文学走上现代化之路当然不会是完全自觉的,但这也从另一个角度说明了中国通俗文学的现代化是中国社会进步与文学发展的内在要求,是中国文学发展的必然趋势,是中国社会的阳光雨露催生的必然结果——由于现代工商业的繁荣与发达,大都市的兴起以及社会的现代化,民族文化必然要随着社会的转型而进行必要的更新,也必然会有作家对它有所反映与回馈。《海上花列传》就是这种反映与回馈的优秀文学作品。中国的新文学是受外来新兴思潮的影响而催生的,但中国通俗文学则证明了即使没有外国文学思潮为助力,我们中国文学也会走上现代化之路,我们的民族文学自身就有这种内在动力。

二

韩邦庆(1856—1894),江苏松江人(今属上海市),字子云,号太仙,别署大一山人、花也怜侬。父宗文,颇有文名,官刑部主事。邦庆少时随父居京师。他资质聪慧,读书别有神悟。约20岁时,回籍应童子试,为诸生。次年岁考,列一等,食饩廪。后屡应乡试不第。曾一试北闱,仍铩羽而归。那是1891年,当时孙玉声与他同场赶考,又同舟南归,两人在船上已互换阅读《海上花列传》和《海上繁华梦》的部分初稿。孙玉声的这段回忆极为重要:

> 辛卯(1891)秋,应试北闱,余识之于大蒋家胡同松江会馆,一见有若旧识。场后南旋,同乘招商局海定轮船,长途无俚,出其著而未竣之小说稿相示,颜曰《花国春秋》,回目已得二十有四,书则仅成其半。时余正撰《海上繁华梦》,初集已成二十一回。舟中乃易稿互读,喜此二书异途同归,相顾欣赏不置。惟韩谓《花国春秋》之名不甚惬意,拟改为《海上花》。而余则谓此书通体皆操吴语,恐阅者不甚了了;且吴语中有音无字之字甚多,下笔时殊费研考,不如改易通俗白话为佳。乃韩言:"曹雪芹撰

《石头记》皆操京语，我书安见不可以操吴语？"并指稿中有音无字之"朆"、"覅"诸字，谓"虽出自臆造，然当日仓颉造字度亦以意为之。文人游戏三昧，更何妨自我作古，得以生面别开？"余知其不可谏，斯勿复语。逮至两书相继出版，韩书已易名曰《海上花列传》，而吴语则悉仍其旧，致客省人几难卒读，遂令绝好笔墨竟不获风行于时。而《繁华梦》则年必再版，所销已不知几十万册。于以慨韩君之欲以吴语著书，独树一帜，当日实为大误。盖吴语限于一隅，非若京语之到处流行，人人畅晓，故不可与《石头记》并论也。[1]

孙玉声毕竟还只能是孙玉声。他还看不出韩邦庆定见之深意。孙玉声确有他的一定的成就，但他在文学史上无法与韩邦庆并肩。正如陈汝衡对孙的这段有些沾沾自喜的话所作的评语："孙漱石所言，未必可信。《海上繁华梦》虽能邀誉于一时，而文学上之价值自远逊于《海上花列传》。今日孙氏之书已少人读，其描写之引人入胜，尚在狭邪小说《九尾龟》之下。韩子云之《海上花列传》，则文艺批评界久许为有数之晚清现实小说矣。"[2] 韩邦庆有着一种"不屑傍人门户"的气势。在某种意义上说，他觉得自己在"原创性"上，要有那种与仓颉、曹雪芹平起平坐的开拓型的"冲动"。但孙玉声的这段笔记，为我们留下了极可珍贵的文学史料，至少对这位具有开创性的作家的个性、气质与抱负，有了立论的根据，同时也告诉我们，他的小说的创作进程。例如说他在1891年已有初稿24回。到1892年农历二月初一，韩邦庆出版第1期《海上奇书》。第1期至第10期为半月刊，以后5期为月刊，共出版了15期。每期刊登《海上花列传》2回，应刊登至30回止（胡适说共出版14期，共刊28回）。[3] 那么就是

---

[1] 孙玉声.退醒庐笔记［M］.太原：山西古籍出版社，1995：113-114.（为方便阅读，引文中对话加注标点）

[2] 陈汝衡.说苑珍闻［M］.上海：上海古籍出版社，1981：91.

[3] 魏绍昌.中国近代文学大系：第12集：第29卷：史料索引集［M］.上海：上海书店出版社，1996：46-47."花也怜侬（韩子云）于上海创办《海上奇书》……本年出版15期，前10期为半月刊，后5期为月刊，点石斋石印，申报馆代售。……《海上花列传》，自撰的吴语长篇小说，每期刊2回，共刊30回……"胡适.胡适文存：第3集［M］.合肥：黄山书社，1996：359."《海上奇书》共出了14期，《海上花列传》出到第28回。先是每月初一、十五，各出一期；到第10期以后，改为每月初一日出版一期，直到壬辰（1892）十月朔日以后才停刊。"上海市图书馆仅存第1期至第10期，而北京图书馆也只有第1期至第10期，因此姑存二说，但查《申报》上有关《海上奇书》的广告，是有第15期即将出版的预告的。

说，韩邦庆南旋后，又写了40回。其中1891年所写的24回初稿经修订后再加6回，是先在期刊上刊出的。到1894年出版时，未经连载的新回目有34回。其实他胸有成竹，《海上花列传》的续集也已有腹稿。可惜在出版全书的当年，韩邦庆就因贫病而与世长辞，年仅39岁。这确是中国文学的一大损失。

《海上花列传》以妓院为基点，用广阔的视野写上海的形形色色社会众生相。刘复（半农）说：

> 花也怜侬在堂子里，却是一面混，一面放只冷眼去观察，观察了熟记在肚里，到了笔下时，自然取精用宏了。……不但是堂子里的倌人，便是本家、娘姨、大姐、相帮之类的经络，与其性情、脾气、生活、遭遇等，也全都观察了；甚至连一班嫖客，上至官僚、公子，下至跑街、西崽，更下以至一般嫖客的跟班们的性情、脾气、生活、遭遇，也全都观察了。他所收材料如此宏富，而又有极大的气力足以包举转运它，有极冷静的头脑足以贯穿它，有绝细腻绝柔软的文笔足以传达它，所以他写成的书虽然名目叫《海上花》，其实所有不止是花，也有草，也有木，也有荆棘，也有粪秽，乃是上海社会中一部分"混天糊涂"的人的"欢乐伤心史"。明白了这一层，然后看这书时，方不把眼光全注在几个妓女与嫖客身上，然后才可以看出这书的真价值。[1]

《海上花列传》在中国文学史上可说是光芒四射的。至少有四位大师级的文学家——鲁迅、胡适、张爱玲以及上面已引用了他一大段话的刘半农，他们都给予它高度的评价。

最先评价它的是鲁迅。在《中国小说的历史的变迁》中说"到光绪中年，又有《海上花列传》出现，虽然也写妓女，但不像《青楼梦》那样的理想，却以为妓女有好，有坏，较近于写实了。一到光绪末年，《九尾龟》之类出，则所写的妓女都是坏人，狎客也像无赖，与《海上花列传》又不同。这样，作者对于妓家写法凡三变，先是溢美，中是近真，临末是溢恶"[2]。这里的"真"与"写实"，还得应该用鲁迅说它"甚得当时世态"

---

[1] 刘复. 半农杂文：第1册[M]. 北京：星云堂书店，1934：227.
[2] 鲁迅. 鲁迅全集：第8卷[M]. 北京：人民文学出版社，1963：351.

的话来作解。那就是说，韩邦庆笔下人物的个性是与当时的世态密切相关，是转型环境中的转型性格。例如在第23回，姚二奶奶到卫霞仙堂子里去向卫"讨"姚二少爷，大兴问罪之师的一段，简直可称得上通俗小说中的经典"唱段"。

姚二奶奶是姚季莼的正室夫人。这位"半老佳人，举止大方，妆饰入古"，乘一顶轿子，带了一帮娘姨丫环，"满面怒气，挺直胸脯铿进大门"，一见卫霞仙就辟头盖脸地责问："耐拿二少爷来迷得好，耐阿认得我是啥人？"看样子今天只有卫霞仙低头服输，做出保证，从此不许姚季莼再踏进门来，才能罢休。否则姚奶奶一声喝打，不但自己受辱，连这房间也有被砸得落花流水的危险。大家七嘴八舌劝解之际，被卫霞仙一声喝住。

"勥响，瞎说个多花啥！"于是卫霞仙正色向姚奶奶朗朗说道："耐个家主公末，该应到耐府浪去寻哕。耐啥辰光交代拨倪，故歇到该搭来寻耐家主公。倪堂子里倒勿曾到耐府浪来请客人，耐倒先到倪堂子里来寻耐家主公，阿要笑话？倪开仔堂子做生意，走得进来总是客人，阿管俚是啥人个家主公。耐个家主公末，阿是勿许倪做嗄？老实搭耐说仔罢：二少爷来里耐府浪，故末是耐家主公。到仔该搭来，就是倪个客人哉。耐有本事，耐拿家主公管牢仔，为啥放俚到堂子里来白相？来里该搭堂子里，耐再要想拉得去，耐去问声看，上海夷场浪阿有该号规矩？故歇勥说二少爷勿曾来，就来仔，耐阿敢骂俚一声，打俚一记？耐欺瞒耐家主公勿关倪事，要欺瞒仔倪个客人，耐当心点！二少爷末怕耐，倪是勿认得耐个奶奶哕！"[1]

卫霞仙一席话说得姚奶奶大哭而回。胡适称赞卫霞仙的"口才"，说她一席话说得"轻灵痛快"，吴方言中就叫作"刮辣松脆"。作者当然是将这个妓女"鲜明个性"写了出来，可是我们还应该看得更深一层，那就是"当时世态"，即卫霞仙所说的"耐去问声看，上海夷场浪阿有该号规矩"。夷场即洋场，洋场浪的"规矩"是妓院要交捐纳税，然后发经营牌照，这是一种受法律保护的"生意"，是一种"正当"营业。你管得牢你丈夫就是你"狠"，你管不牢你丈夫，就是你无能，你丈夫有他进堂子的自由。这里

---

[1] 韩邦庆.海上花列传[M].南昌：百花洲文艺出版社，1993：192-193.

就有一个观念的改变问题，卫霞仙懂这个"规矩"，她有恃无恐。这位"妆饰入古"的姚奶奶在封建社会中有权兴师问罪，在这个洋场资本社会中，就是她"理亏"，只好哭着"落荒而逃"。通过这个例子，我们可以体会在这"写实"中不仅写出了人的个性，而且写出了当时人们的思想观念的变化。

而鲁迅对《海上花列传》的最高评价往往为人们所忽略。鲁迅说韩邦庆"固能自践其'写照传神，属辞比事，点缀渲染，跃跃如生'（第1回）之约者矣"。这才是最高的评价。也就是说，韩邦庆在第1回中自定要达到这16个字的艺术水准，鲁迅认为他已经不折不扣地"自践其约"了，即其在人物塑造上，在事件描写上，在情节设置上，皆能发挥到淋漓尽致的程度，以至于达到了"跃跃如生"的神境。鲁迅还说小说写得"平淡而近自然"[1]，这是将它提到中国传统美学观中的高度来加以鉴赏的。"平淡"决非平庸与淡而无味之谓。在中国的传统美学范畴中，平淡就是王安石所说的"看似平常最奇崛，成如容易却艰辛"。而苏东坡则说："大凡为文，当使气象峥嵘，五色绚烂，渐老渐熟，乃造平淡。其实是非平淡，乃绚烂之极也"[2]。而"自然"当然应作"浑然天成"解。

继鲁迅之后，刘半农在1925年12月所写的《读〈海上花列传〉》对其人物塑造与方言运用也大为钦服：他提出"平面"和"立体"两个概念，认为韩邦庆笔下的事事物物"好像能一一站立起来，站在你面前"，他笔下的人物确有立体感。作为一位语言学大师，刘还盛赞小说在语言学上的贡献："若就语学方面说，我们知道要研究某一种方言或语言，若靠了几句机械式的简单例句，是不中用的；要研究得好，必须有一个很好的本文（Text）做依据，然后才可以看得出这一种语言的活动力，究竟能活动到一个什么地步。如今《海上花》既在文学方面有了代表著作的资格，当然在语学方面，也可算得很好的本文；这就是我的一个简单的结语了。"[3]

第三位大师就是1926年为《海上花列传》（东亚版）作《序》的胡适了。为了作《序》，胡适先"内查外调"考证韩邦庆的生平。鲁迅写《中国小说史略》涉及韩的作品时，还只看到蒋瑞藻《小说考证》中所引的《谭

---

[1] 鲁迅. 鲁迅全集：第8卷 [M]. 北京：人民文学出版社，1963：224-226.

[2] 卜立德. 一个中国人的文学观：周作人的文艺思想 [M]. 陈广宏，译. 上海：复旦大学出版社，2001：100-102. 这里对"平淡""自然"的理解，皆参照英国汉学家卜立德所著《一个中国人的文学观：周作人的文艺思想》中的"'平淡'与'自然'"章节.

[3] 刘复. 半农杂文：第1册 [M]. 北京：星云堂书店，1934：247.

瀛室随笔》资料一条。而胡适知道孙玉声与韩相熟,正要拜访时,就读到刚出版的《退醒庐笔记》。当胡适再请孙玉声深入开掘时,由于孙的打听,却引出了颠公的《〈海上花列传〉之著作者》一文。这些珍贵的作者生平皆一一收入了胡适的《序》中。如说韩:"为人潇洒绝俗,家境虽素寒,然从不重视'阿堵物';弹琴赋诗,怡如也。尤精于弈;与知友揪枰相对,气意闲雅,偶下一子,必精警出人意表。至今松人之谈善弈者,犹必数作者为能品云。作者常年旅居沪渎,与《申报》主笔钱忻伯、何桂笙诸人暨沪上诸名士互以诗唱酬。亦尝担任《申报》撰著;顾性落拓不耐拘束,除偶作论说外,若琐碎繁冗之编辑,掉头不屑也。"可以说,胡适的《序》是既有资料,又包举了鲁迅与刘半农的论点,还有许多自己的见解。特别是胡适认为"《海上花》是吴语文学的第一部杰作"。论证颇详:

> 但三百年中还没有一个第一流文人完全用苏白作小说的。韩子云在三十多年前受了曹雪芹的《红楼梦》的暗示,不顾当时文人的谏阻,不顾造字的困难,不顾他的书的不销行,毅然下决心用苏州土话作了一部精心结构的小说。他的书的文学价值终久引起了少数文人的赏鉴与模仿;他的写定苏白的工作大大减少了后人作苏白文学的困难。近二十年中遂有《九尾龟》一类的吴语小说相继出世。……如果这一部方言文学的杰作还能引起别处文人创作各地方言文学的兴味,如果从今以后有各地的方言文学继续起来供给中国新文学的新材料、新血液、新生命,——那么,韩子云与他的《海上花列传》真可以说是给中国文学开了一个新局面了。[1]

而几乎令人不可思议的是张爱玲在晚年用了将近10年时间,二译《海上花列传》,先是将它译成英语,以后又将它译成"国语"——普通话。通过这两次"翻译",可以说,张爱玲将《海上花列传》的每一个字进行了"掂量"。与鲁迅、刘半农、胡适不同的是,他们是"评价""推崇"《海上花列传》,而张爱玲则侧重于"理解""阐释"《海上花列传》。张爱玲说,《海上花列传》的"主题其实是禁果的果园"。这"禁果的果园"5个字,可说是道尽了书中的奥秘。张爱玲解释说:"盲婚的夫妇也有婚后发生爱情

---

[1] 胡适. 胡适文存:第3集. 合肥:黄山书社,1996:352-369.

的，但是先有性再有爱，缺少紧张悬疑，憧憬与神秘感。"在男女禁隔的社会里，只有未成年而情窦初开的表兄妹之间才能尝到恋爱的滋味，"一成年，就只有妓院这脏乱的角落里也许有机会"。早婚的男子对性已失去神秘感，他们到妓院中去，有人是想品尝"红粉知己"赐予的"恋爱"的滋味。"'婊子无情'这句老话当然有道理，虚情假意是她们的职业的一部分。不过就《海上花》看来，当时至少在上等妓院——包括次等的幺二——破身不太早，接客也不太多……女人性心理正常，对稍微中意点的男子是会有反应的。如果对方有长性，来往日久也容易发生感情……"[1] 这种剖析，才是真正的"理解"与"阐释"。可是在这种地方品尝"恋爱之果"是有危险性的。人类的老祖宗正是在伊甸园里受了诱惑，吃了禁果，被上帝赶出了伊甸园。上帝对亚当说：你必终身劳苦，才能从地里得吃的。地必给你长出荆棘和蒺藜来，你也要吃田间的菜蔬，你必流汗满面才得糊口……在禁果的果园中摘果子吃是要付出代价的。在《海上花列传》中，这些吃禁果的人"概莫能外"。黄翠凤该算是有情有义的侠妓了吧？可是她在权衡鸨母与罗子富利害轻重之间，还是选择了帮助鸨母敲了罗子富一个大竹杠，她得最后为鸨母赚一笔养老钱。至于其他如王莲生、朱淑人之类，就更不在话下了。人说妓女是"卖笑生涯"，可是王莲生买到的是什么？是"气"，是"泪"，是"累累伤痕"。他常常是"长叹一声"，"无端掉下两点眼泪"，还时不时被沈小红用"指甲掐得来才是个血"，他简直是花钱买"私刑"。而朱霭人本来想施行他的特殊教育法，带他年轻的弟弟到社会上来"历练历练"，好让他的弟弟日后见怪不怪，可是经过他弟弟的一"劫"，他"始而惊，继而悔，终则懊丧欲绝"。即使是像陶玉甫和李漱芳那一对具有"天长地久，海枯石烂"忠贞之心的爱侣，结局也是如此悲惨，他们自身双双食了苦果；所不同的是仅仅剩下受人敬佩的"吊唁"而已。看来为了品尝恋情的滋味而拼死食禁果，这也是当时中国某些男子的矛盾人生吧？因此，作者开宗明义："此书为劝戒而作，其形容尽致处，如见其人，如闻其声。阅者深味其言，更返观风月场中，自当厌弃嫉恶之不暇矣。"[2] 这话倒不属"头巾气"的说教，但也像"围城"一样，在风月场中尝到禁果的苦涩的人冲城而出；而在城外的人还想夺门而进，想去领略园中的旖旎风光。

---

[1] 张爱玲.国语本《海上花》译后记[M]//韩子云.海上花落.上海：上海古籍出版社，1995：634.

[2] 韩邦庆.海上花列传.南昌：百花洲文艺出版社，1993：3.

按照上述所引的刘半农与张爱玲的分析，我们可以认定，《海上花列传》实际上是一部通俗社会言情小说。

三

韩邦庆的作品之所以取得如此高的成就，与他的熟悉社会与熟悉花丛的生活当然有关，但孙玉声的熟悉程度绝不在韩之下，为什么孙玉声小说的成就比较低呢？关键在于韩邦庆有见解——有深入洞悉文艺规律的奥秘的不凡见解。而这些见解在今天看来就是很深刻的文艺理论。例如，他说写"列传"有三难：

> 合传之体有三难：一曰无雷同，一书百十人，其性情言语面目行为，此与彼稍有相仿，即是雷同。一曰无矛盾，一人而前后数见，前与后稍有不符，即是矛盾。一曰无挂漏，写一人而无结局，挂漏也；叙一事无收场，亦挂漏也。知是三者而后可与言说部。[1]

这前两难韩邦庆果然是解决了。这第三难恐怕就不易解决。可是当他阐明了自己的"见解"后，似乎也"迎刃而解"了。他将读小说与游太行、王屋、天台、雁荡、昆仑、积石诸名山作比：

> 令试与客游太行、王屋、天台、雁荡、昆仑、积石诸名山。其始也，扪萝攀葛，匍匐徒行，初不知山为何状；渐觉泉声鸟语，云影天光，历历有异，则徜徉乐之矣；既而林回磴转，奇峰杳来，有立如鹄者，有卧如狮者，有相向如两人拱揖者，有亭亭如荷盖者，有突兀如锤、如笔、如浮屠者……夫乃叹大块文章真有匪夷所思者。然固未跻其巅也。于是足疲体惫，据石少憩，默然念所游之境如是如是，而其所未游者，揣其蜿蜒起伏之势，审其凹凸向背之形，想像其委曲幽邃回环往复之致，目未见而如有见焉，耳未闻而如有闻焉。固已一举三反，快然自足，歌之舞之，其乐靡极。噫，斯乐也，于游则得之，何独于吾书而失之？吾书至于

---

[1] 韩邦庆. 海上花列传. 南昌：百花洲文艺出版社，1993：5.

六十四回，亦可以少憩矣。六十四回中如是如是，则以后某人如何结局，某事如何定案，某地如何收场，皆有一定不易之理存乎其间。客曷不掩卷抚几以乐于游者乐吾书乎？[1]

看来韩邦庆对读者的要求也是极高的。他竟然将"无挂漏"这一要求"转嫁"给读者了。其实一般读者，只是读懂了他作品的故事情节，因为他的作品毕竟是通俗的；但读者也是分层次的，他还要求读者进而"一举三反"地深得其中三昧。真所谓"外行看热闹，内行看门道"了。他期望读者去看他的"门道"。他认为我既然已经写出了"这一个"的个性，又在作品中为他们铺设了生活道路，读者就可以揣想他的未来。正如俗语所说的"三岁看到老"了。优秀的通俗小说往往是经得起"雅俗共赏"的，但雅俗读者之间的所得也往往是不平等的。世界上恐怕找不到使每一位读者都"平等"地雅俗共赏的作品。

至于小说的结构，韩邦庆更有自己独到的见解，这种见解指导下的小说，当然使他的结构艺术优胜于前人：

全书笔法自谓从《儒林外史》脱化出来，惟穿插藏闪之法，则为从来说部所未有。一波未平，一波又起，或竟接连起十余波，忽东忽西，忽南忽北，随手叙来并无一事完，全部并无一丝挂漏；阅之觉其背面无文字处尚有许多文字，虽未明明叙出，而可以意会得之，此穿插之法也。劈空而来，使阅者茫然不解其如何缘故，忽欲观后文，而后文又舍而求他事矣；及他事叙毕，再叙明其缘故，而其缘故仍未尽明，直至全体尽露，乃知前文所叙并无半个闲字，此藏闪之法也。[2]

从穿插法而言，书中的五组主要人物是作品波澜迭起之源。一是王莲生与沈小红、张蕙贞；二是罗子富与黄翠凤、蒋月琴，还加上一个钱子刚；三是陶玉甫与李漱芳；四是朱淑人与周双玉；五是赵二宝与史公子、癞公子。又以洪善卿与赵朴斋甥舅两人为串线。作者就是靠这五组人物之间的瓜葛，掀起了一波未平、一波又起的动感，指挥着忽南忽北、忽东忽西的

---

[1] 韩邦庆. 海上花列传. 南昌：百花洲文艺出版社，1993：525.
[2] 韩邦庆. 海上花列传. 南昌：百花洲文艺出版社，1993：4.

调度。至于藏闪之法，因为是"劈空而来"，真有使人"防不胜防"之感。例如，沈小红人还未出场，韩邦庆就为她定了"调子"，当洪善卿到沈小红堂子里去访王莲生时，扑了个空，连沈小红也不在，说是"先生（妓院中的下人称妓女为"先生"）坐马车去哉"（第3回）。从此"坐马车"就成了"轧姘头倒贴"的代名词。张蕙贞在王莲生耳边影影绰绰揭露沈小红倒贴姘头，说她"常恐俚自家用场忒大仔点"。王莲生还不大在意地茫然答道："俚自家倒无啥用场，就不过三日两头去坐坐马车。"说明他当时还对沈小红是深信不疑的；后来略有觉察时，曾向洪善卿探问沈小红是否有姘贴？洪"沉吟半晌"，才吞吞吐吐地说"就为仔坐马车用场大点"（第24回）。直到第33回，王莲生亲眼看见沈小红与小柳儿"搂在一处"，才像一道闪电，照亮了以前的一切暧昧情节。包括第9回中，向沈小红报信，使沈与张蕙贞大打出手的事，皆是小柳儿所为（小柳儿为京剧武生，当时嫖界皆以妓女姘贴"戏子"与"马夫"为大忌，视为是对恩客的奇耻大辱）。因此，韩邦庆说："此书正面文章如是如是；尚有一半反面文章藏在字句之间，令人意会，直须阅至数十回后方才能明白，恐阅者急不可待，特先指出一二。……写沈小红，处处有一小柳儿在内。"[1] 这样的"藏闪"之法，在作品中形成若干"暗纽"，直到作者在关键时刻为我们点亮，才知全文之丝丝入扣。无怪胡适对韩邦庆的文学技巧如此钦服，甚至说：《红楼梦》"在文学技巧上，比不上《海上花》"[2]。张竹坡在给《金瓶梅》写回评时说，做文如盖造房屋，要使梁柱榫眼，都合得无缝可见；而读人的文字，却要如拆房屋，使某梁某柱的榫，皆一一散开在眼中。韩邦庆的确想做到"合得无一缝可见"；可是反复阅读、而又二译《海上花列传》的张爱玲就生怕韩邦庆因"渐老渐熟"，达到了化境，"乃造平淡"；而行文的"浑然天成"又使它一半反面文章还藏在字行之间，以致读者容易被它的"穿插藏闪"弄得眼花缭乱，拆解不开。因此，她在《译后记》中以调侃自己方式出现，说："《海上花》两次悄悄的自生自灭之后，有点什么东西死了。虽然不能全怪吴语对白，我还是把它译成国语。这是第三次出版。就怕此书的故事没完，还缺一回，回目是：张爱玲五详《红楼梦》/看官们三弃《海上花》。"[3] 张爱玲的"调侃"用意倒还是想告诉读者，这部书要细读才

---

[1] 韩邦庆. 海上花列传. 南昌：百花洲文艺出版社，1993：4.
[2] 胡适. 胡适红楼梦研究论述全编［M］. 上海：上海古籍出版社，1988：290.
[3] 张爱玲. 国语本《海上花》译后记［M］.∥韩子云. 海上花落. 上海：上海古籍出版社，1995：648.

能咀嚼出兴会无穷的味汁。关于这一点，今天张爱玲在天之灵倒是可以不必再担心的了。这样的结局恐怕是不会再有的了。当我们知道它在文学史上的重要地位之后，我们当然会从各个视点去解读这部优秀的作品。当我们发现了《海上花列传》的六个"率先"，它的文学史身份也会随之提高而引起多方的关注与开掘。当我们尊它为现代通俗小说的开山之作时，实际上就将它作为中国文学古今演变的"换乘点"的鲜明标志，它就是中国现代文学的起步点；因为新文学丰碑还要迟四分一世纪才诞生，而它作为通俗小说之优秀代表作却早已悄悄地开拓着中国现代文学的新垦地。

（本文原载《中国现代文学研究丛刊》2006年第3期，《新华文摘》2006年第16期全文转载）

1921—1923：中国雅俗文坛的分道扬镳与各得其所

范伯群

一、从19、20世纪之交的雅俗"蜜月"谈起

小说"身价"之飙升——从娱乐消闲之"玩偶"到启蒙新民之"利器"，始于19、20世纪之交。如果说，1897年是这种新小说观的舆论发动年，那么1902年则是它的倡导实践年。在1897年，几道（严复）、别士（夏曾佑）、康有为和梁启超等维新志士从西方的经验中探知小说的"伟力"时，曾对他们心目中未来的"新小说"寄予厚望；但是他们当时在政治舞台上身兼数役、日无寸暇，还腾不出手来顾及创作实践。直到"百日维新"失败，流落异国时，梁启超才在1902年11月于日本横滨创办了《新小说》，实验他的"小说界革命"的宏愿。梁启超的《论小说与群治之关系》中的小说"觉世新民"观、小说乃"文学之最上乘"论，超越了当时革命或保皇的党派之政见，得到了广泛的响应。他不仅自己撰写《新中国未来记》，他的师兄弟和学生也著译《洪水祸》《东欧女豪杰》《回天绮谈》等政治小说，他们展望中国维新的前景，纵谈法、俄、英等国革命或改良的政治经验与教训。可是梁启超实际主持《新小说》的编务也只有三期，1903年2月，他赴美国考察去了。以当时的条件，要"遥控"一个刊物是不可能的。《新小说》月刊的第3期与第4期之间竟脱期5个月之久。如果仔细去掂量第4期至第7期的《新小说》的内容，拿它们与前三期相比，就显得捉襟见肘。为《新小说》"救场"的是通俗作家吴趼人。从第8期起，直到《新小说》的终刊第24期，由吴趼人创作、改写和演义的作品，每期几乎占了一半以上的篇幅。为什么梁启超有如此"雅量"，肯将自己搭建起来的舞台，让给吴趼人们去"唱戏"呢？因为在他看来，通俗作家吴趼人等的作品是他启蒙民众的"同盟军"。作为维新政治家，梁启超对"通

俗"是并不反感的。他在1897年所写的《变法通议·论幼学》中就提倡："今宜专用俚语,广著群书,上之可以借阐圣教,下之可以杂述史事;近之可以激发国耻,远之可以旁及夷情,乃至宦途丑态,试场恶趣,鸦片顽癖,缠足虐刑,皆可穷极异形,振厉末俗。其为补益,岂有量耶!"[1] 吴趼人等人作品的思想正好与他所倡导的思想近似,因此,他在1903年10月,从美国返回日本,也只参加《小说丛话》的撰写,而大量的篇幅还是让吴趼人、周桂笙等人去挥洒。

此时,在国内,民间最大的出版机构商务印书馆也步《新小说》之后尘,请出通俗作家李伯元创编《绣像小说》。这本通俗刊物共出版了72期,刊登了晚清的若干著名的小说,它只发表过一篇理论文章,那就是别士的《小说原理》,文中写道:

> 综而观之,中国人之思想嗜好,本为二派:一则学士大夫,一则妇女与粗人。故中国之小说亦分二派;一以应学士大夫之用,一以应妇女与粗人之用。体裁各异,而原理则同。今值学界展宽(注:西学流入),士大夫正日不暇给之时,不必再以小说耗其目力。惟妇女与粗人,无书可读。欲求输入文化,除小说更无他途。[2]

与梁启超一样,别士作为知识精英,他在文中对通俗小说也予以充分的关注。凡此都说明了在清末,一方面有一批知识精英在理论上倡导开路,另一方面则有一批通俗作家能以创作实践体现这些理论的倡导,雅俗关系之融洽就不言而喻了,说是"蜜月"期是并不过分的。

在清末民初还有一些作家,很难将他们定性为通俗作家,如《小说时报》的主编陈景韩(冷血)、《小说月报》的先后主持人王西神(蕴章)与恽铁樵(焦木),但他们所办的刊物都能兼顾都市市民读者的需求。陈景韩有着深刻而新颖的思想,他在《小说时报》创刊号上发表的《催醒术》可以说是"1909年所发表的一篇'狂人日记'",而他笔下的"催醒"实际上是"启蒙"的代名词;而他与通俗作家包天笑的合作是相当默契的,他们甚至常常合用一个笔名——冷笑。王西神是位辞章大家,1910年主持

---

[1] 梁启超. 变法通议·论幼学 [J]. 时务报, 1897 (18): 1.
[2] 别士. 小说原理 [J]. 绣像小说, 1903 (3): 4.

《小说月报》。恽铁樵也长于古文，他在1912—1913年之交接替王西神，编辑《小说月报》时，发了鲁迅的第一篇小说《怀旧》，并以编者身份加以盛赞；恽曾写长信与叶圣陶讨论其小说的得失；他也曾鼓励张恨水创作。因此，后人谈及恽时称他为"慧眼伯乐"。王西神与恽铁樵主持的前期《小说月报》不能以"顽固堡垒"目之。特别是恽铁樵编刊时期，更有良好的业绩。将刊物办得"雅驯而不艰深，浅显而不俚俗，可供公余遣兴之需，亦资课余补助之用"[1]。他兼顾娱乐性与教育性，并重视审美功能，使《小说月报》成为一个纯正的、不断改进的、悉心培养青年新进作者的、没有门派观念的、较有全国性影响的文学公共园地。在刊物中除了发表鲁迅、叶圣陶的作品之外，还培养了徐卓呆、程瞻庐和程小青等一批通俗作家。在新文学诞生之前，中国的雅俗文学的门户是并不森严的。

二、《小说月报》半革新时的通俗作家动向

《小说月报》从第9卷（1918年）起至11卷（1920年）为止，又自恽铁樵手中交还给从国外归来的王西神。这是《小说月报》逐年走向下坡的时期，读者也不断减少，其原因是多方面的：《新青年》杂志的创办、文学革命的兴起，使新文学对进步青年产生巨大的吸引力和影响力，相形之下，《小说月报》虽是一个纯正的文艺刊物，但缺乏相应的改革力度，这必然会流失了一部分青年读者。王西神想挽救发行数减少的局面而采取的对策之一是从第9卷第4期起开辟"小说俱乐部"。他的宗旨是："鼓励小说家之兴会，增进阅者诸君之趣味。"在刊物上搞游戏性的征答，甚至竟出现了"金鱼图谱""花谱""竹林新谱（麻雀牌的一种新玩法）"，等等。将一个文艺刊物搞成了不伦不类的杂货拼盘。从主观上他想增加刊物的发行量，可是这些对策无异于缘木求鱼。

商务印书馆的高层领导决心实行改革，第一个措施就是划出一定的篇幅请茅盾主持一个《小说新潮》的栏目。《小说新潮》的"新"是体现在它主要是刊登白话翻译小说，将国外的新兴思潮介绍给国人。开辟《小说新潮》栏目虽然表示了商务印书馆上层要改革《小说月报》的初衷，但这一措施并不能挽回发行量下滑的趋势，因为《小说月报》并未改变大拼盘的整体面貌。例如，其中的《文苑》栏目，在这一卷的12期中，刊登文章

---

[1] 佚名．《小说月报》特别广告[J]．小说月报，1913（4）：1．

13篇，内容为序跋、传记、碑记、祝寿、祭文和墓志铭等；古体诗133首，词58首。因此，在对比中，知识青年仍然觉得太暮气，而市民读者却又觉得《小说新潮》太洋气。到第10期，销量下降为2千册。"冶新旧于一炉，势必两面不讨好。当时新旧思想斗争之剧烈，不容许有两面派。果然像王莼农（王西神）自己所说，他得罪了'礼拜六派'，然而亦未能取悦于思想觉悟的青年。而况还有不肯亏'血本'的商务当局的压力。王莼农最怕惹麻烦，而且他也无意恋此'鸡肋'，结果他向商务当局提出辞职。"[1] 这就使《小说月报》迎来了全面革新的契机。

  在这半革新的一年中，有两位具有代表性的通俗作家的动向是很值得注意的。一是周瘦鹃。他在《小说新潮》栏目中翻译了7个短篇和1个多幕剧，即易卜生的《社会柱石》，这个多幕剧连载了8期才刊登完毕。那么也就是说，在12期《小说新潮》中周瘦鹃的名字出现了15次。在这一栏目中，他可以说是一位"主干"。或许他是完全自认为是这股"新潮"的拥戴者，但是茅盾并不这样认为。在稿源不足时，他只能用周瘦鹃的稿件，但他对周的稿件是有意见的。直到1979年，茅盾还旧事重提：在半革新的第1期《小说新潮》栏目内，除了茅盾自己的《小说新潮栏宣言》外，"只有周瘦鹃译的法国G. 伏兰（Gabruel Volland）的短篇小说《畸人》。……《畸人》之所以被周瘦鹃选中加以吹嘘，正因为其内容是'礼拜六派'一向所喜爱的所谓'奇情加苦情小说'（'礼拜六派'喜欢把男女关系的小说分类为艳情、奇情、苦情，等等，以期吸引一般以读小说为消遣的小市民的注意）"。茅盾的分析是带着他对所谓"礼拜六派"作者的偏见的。这篇小说是写一位老学者娶了一个年轻娇媚的妇人（他雇用的誊写人）。那女子奢华无度，还"享受"她那"不正当的自由"。老学者为了避免破产，坚决搬到自己乡下的旧宅中去住，结果与夫人发生了大冲突。第二天老学者命令老园丁与他一起埋葬一只大箱子。老园丁以为老学者已杀了他的夫人，箱内是夫人的尸体，但他又不敢去报警。直到老学者去世，老园丁才找来警察掘起那箱子，"只见箱中装满的都是些美丽脆薄的东西，分明曾经偎贴过美人儿玉肤的，却并不见甚么死尸。……这一件事人家哪里想到这个被妻抛弃的可怜人并不把死尸装入箱中，却是葬他爱情上的一片幻影。那些殉葬礼品物，就都是引起妇人虚荣的成绩品"。女人抛下了老人"出奔"了。老人痛苦之余埋葬了他的爱情的残痕与他遇人不淑的悔恨。周瘦鹃在介绍

---

  [1] 茅盾. 革新《小说月报》的前后：回忆录（三）[J]. 新文学史料，1979（3）：70.

作者时说："他那一枝笔，真是蘸着墨水和眼泪一起写的。"而这篇译文的最后一句也是哀叹："唉！他到底是个畸人。"作品对这位可怜孤单的畸零人是满溢着深厚的同情！这篇小说好像与廉价的"奇情加苦情小说"应该有所区别的吧？周瘦鹃在半革新的一年中，是积极的；他翻译易卜生的《社会柱石》就更应该值得称赞。他是竭力想向革新的一面"靠拢"的，起码他是有做"同路人"的资格的，是有被"团结"的可能性的。可是他对《小说新潮》栏那份支持，并没有改变茅盾对他的看法，这看法一直保留到1979年茅盾写回忆录的时候。

值得注意的第二位通俗作家是胡寄尘（怀琛）。他在《文学新潮》中的一首新诗《燕子》曾得到茅盾的赞许，茅盾认为"胡怀琛的《燕子》很有意思"。胡寄尘是一位小说家、诗人、学者，还是一位擅写通俗文艺论文的评论家。有人曾说他的《燕子》写得比胡适的《蝴蝶》好。全诗抄录如下，"一丝丝的雨儿，一丝丝的风，一个两个燕子，飞到西，飞到东。我怎不能变个燕子，自由自在的飞去？燕子说：你自己束缚了自己，怎能望人家解放你？"他在这首诗后面加了一段长长的跋语，这里只能抄他自认的"得意之笔"，那就是在"雨"字之后所加的一个"儿"字，他以为极有讲究："第一行里的一个'儿'字，似乎可以不要，岂知不要他便不谐。因为'儿'字上的'雨'和'儿'字下的'一'字，同是一声，读快了便分不清，读慢些又觉得吃力，所以用个'儿'字分开，读了'雨'字之后，稍停的时候，顺便读个'儿'字，毫不费力，且觉得自然好听，这也是天然音节的一斑，不懂这个，新体诗便做不好。"胡寄尘是很重视新诗中的炼字炼句的，因此他还曾发表过若干诗论。胡寄尘曾说："胡适的《尝试集》出版而后，我很诚恳、很公平、很详细地批评了一下；因此打了半年多的笔墨官司。"他为胡适的《尝试集》改诗，就像给中学生改作文一样。搞得胡适很无奈，只好不理他；而他却再撰文逼胡适"表态"。这是文坛上的一桩很有趣的公案。茅盾对胡怀琛的《燕子》诗的按语也发表了很长的意见：

> 胡怀琛这番话，有积极意义。第一，他承认如要反对新体诗，必须自己做过新体诗；第二，自己做过以后，才知道新体诗绝不易做，不是脱不了词曲的旧套，便是变了白话文，都不叫新体诗；第三，他又提出天然音节问题，承认是"很难"。……甚至在六十年后的今日，也还没有完全彻底解决。胡怀琛的《燕子》诗最后一句"燕子说：你自己束缚了自己，怎能望人家解放你？"意味深

长,是这首诗的警句。但我们研究胡怀琛之为人及其诗文,觉得《燕子》诗这个警句实在为他自己写照。胡怀琛自己束缚自己,思想越来越"不解放"。[1]

茅盾在60年之后写回忆录时,评价胡怀琛"自己束缚自己,思想越来越'不解放'",是因为在《小说月报》全面革新之后,胡寄尘与茅盾也有过几次小小论争。其实像胡寄尘这样的人既懂点新文学,同时又能写通俗作品,他对新文学的若干意见并非是恶意的,也有其值得参考的价值,但茅盾认为胡站到通俗文学的一面是"自己束缚自己"。

周瘦鹃、胡寄尘这两位有代表性的通俗作家在《小说月报》的半革新过程中,他们是有"趋新"的良好表现的,这表明他们有向"新潮"靠拢的动向,也显示了五四新文学对他们是有所触动的,但是作为先锋派作家的新文学家早有了潜在的界限与定见,这预示着双方的分道扬镳是迟早会发生的事。

三、《新声》的创办与《小说月报》的全面革新

在《小说月报》半革新时,部分通俗作家也在筹备一个类似的半革新的刊物,以表示自己在新思潮启迪下的新体悟。那就是1921年1月出版的《新声》——在新思潮的推动下自己也应该发出一种"新的声音"。这个刊物的创办者是施济群与严谔声。施济群是一位医生,但他热衷于文艺,很想自己来办一个杂志,但办杂志是需要相当数量的周转资金的。"他是一个学医的,没有钱,但在邑庙附近有两间祖传的市房,他就毅然把它卖掉来作资本。"[2] 编辑部就设在严谔声家中。严谔声是一位"雅俗两栖"的文化人。他在办《新声》之前就为《时事新报·学灯》写稿,说明他对新文化的修养也是有一定的基础。这个杂志也的确有一部分很新的内容。最突出的是创刊号至第3期上开卷第一个栏目——《思潮》,主要刊载政论与杂文。作者大多是当时政坛与报界的著名人士,例如,邵力子、廖仲恺、朱执信、吴稚晖、叶楚伧、沈玄庐、戴季陶,等等。其中邵力子、叶楚伧、

---

[1] 茅盾. 革新《小说月报》的前后:回忆录(三)[J]. 新文学史料,1979(3):69.
[2] 郑逸梅. 新声杂志[M]//魏绍昌. 鸳鸯蝴蝶派研究资料. 上海:上海文艺出版社,1962:326.

戴季陶是曾创办与主持过著名的《民立报》《民呼报》《民国日报》的名报人。这些作者大多是同盟会会员，也是国民党的元老级人物。是叶楚伧（叶小凤）出面敦请这批人参加撰稿的。当时国民党还是在孙中山先生领导之下的革命政党，因此在该刊中所发表的文章也颇有新思潮的光芒，对五四运动也予以高度的评价。在第1期中严慎予的《新思想发生的源泉——"思惟"》一文的开端就写道：

"五四"以后，中国的思想界、学术界，突然开辟了一个新纪元。一切旧制度旧习惯，统统有"立不定""站不住"的趋势，破产的时期也快到了。可是旧制度、旧习惯的本身，并没有变化；是因为"人"对于这种制度、习惯，仔细观察，觉得非常怀疑，非常惊骇，于是现出一种不安的状态，有了脱离这些制度、习惯的要求。这一点"怀疑"，便是旧制度、旧习惯、旧思想破产，新制度、新习惯、新思想建立的发源和根据。

当时，即使是在新文学的杂志中，像这样热情地歌颂五四运动的，也极少见；虽然文中把除旧布新的道路看得太平坦了些，可是这种乐观的精神实在是非常感染读者的。当时还是共产党员的沈玄庐则写了一篇杂文《解放》：

现住的世界，是什么世界？是已经觉悟的世界。觉悟点什么？觉悟"解放"的要求。觉悟了，能够不解放么？
家属要求家长解放，女子要求男子解放，工人要求资本家解放，农夫要求地主解放。那班做家长、男子、资本家、地主，解放不解放，诚然有一种肯与不肯的问题；但是家属、女子、工人、农夫，是要求定了。

在这些文章中说得最深刻的是朱执信的遗著《睡的人醒了》。此文发表时，朱执信已被桂系军阀杀害，因此在文中还刊登了朱执信的遗像。他是从"睡狮论"谈起的：

你如果说中国睡了几百年，我是承认的；说中国现在醒了，我自很希望的；说中国没有睡以前，是一个狮，所以醒了之后，也是个狮,我就不敢附和了。

　　一个国对一个国,一个人对一个人,要互助,要相爱!不要侵略,不要使人怕!不要做狮子!……我只可再说一声,睡的人——要醒了!

　　朱执信在文中正确地指出,"睡狮论"有时是很符合外国侵略者的需求的,它能为侵略者制造借口:"醒了!这是最好没有的事。不过为什么醒了不去做人,却要去做狮子?他们要侵略中国的,像俾士麦、威廉一辈子的人,自然提起中国来,便说:'这是狮子,他醒了可怕,将来一定有黄祸,我们赶快抵御他。'"文中说,中华民族是一个爱好和平的民族,中国在历史上是一个处处防御侵略的国家,而"他们欧洲人拿蒙古代表中国,因为蒙古侵略过欧洲,所以讲起中国,就想起蒙古,凭空想出'黄祸'这一名词,就是未曾了解中国的凭据"。像朱执信这样的文章,不仅在当时与新文学所倡导的"人的文学"是相通的,即使到今天,也还有它的现实意义。现在看到中国"醒了",在国际上不是又有人在炮制"黄祸论",妄图抵制"醒了"的中国吗?我们过去没有发现《新声》的《思潮》栏目的有关资料,这一栏目中的有些文章是值得大书一笔的。

　　《新声》的"新"还表现在胡寄尘对"新派诗"做了一些探索性的尝试。他在这一刊物上首发了他的《大江集》。《大江集》是胡适出版《尝试集》后中国的第二本新诗集子。胡寄尘对自己的"新派诗"是有一套理论的,他认为诗是"偏于情的文学,能唱的文学"。"偏于情不能唱,不能算诗;能唱,不偏于情不算诗。"他给新诗下了一个定义:"极丰富的感情,极精深的理想,用很朴质的、很平易的(便是浅近),有天然音节的文字写出来。"[1] 他的《大江集》的第一首诗是《长江黄河》:"长江长,黄河黄,滔滔汩汩,浩浩荡荡。来自昆仑山,流入太平洋,灌溉十余省,物产何丰穰,沉浸四千载,文化吐光芒。长江长,黄河黄,我祖国,我故乡。"胡寄尘自我介绍说:"它的好处在于对偶和押韵的地方,完全是天生成的,没一字是人工做成的。"[2] 在我们今天看来,倒是很有点爱国主义情愫在其中。这首诗是胡寄尘视为他的新派诗的"样板"。其实他是想写成一种可哼、可吟、可唱的、具有民族形式的新乐府式的白话诗,这未始不是一种

---

[1] 胡怀琛. 诗学讨论集 [M]. 上海:上海新文化书社,1934:23.
[2] 胡怀琛. 文学短论 [M]. 上海:大中书局,1933:112.

新尝试新探索。

《新声》中还有标明是"新小说"的小说若干篇，以胡寄尘写的为多，白话，新式标点，但没有什么精彩的篇章。不过严独鹤的长篇《人海潮》倒很值得称赞，可惜只连载了10回就因停刊而中断了。

《新声》原想编成一本像《小说月报》一样的半改革的杂志，用以说明通俗文坛也能编这样的新文学与通俗文学"合璧"的刊物。可是它是一本"迟到"的半革新刊物。在它创刊后的10天，《小说月报》就彻底改组与全面革新了。《小说月报》的全面革新说明了中国的新文学作家已在大城市集聚，形成了一股文学界的新生力量，要使中国文学与世界文学接轨。正如茅盾所表达的，"我敢代国内有志文学的人宣言：我们的最终目的，是要在世界文学中争个地位，并作出我们民族对于将来文明的贡献"[1]。这又是《新声》所望尘莫及的。因为从他们的文学观与知识结构来说，他们最多也只能办出拼盘式的刊物，更何况其中最精彩的政论杂文部分还是外稿呢。

《新声》的那些新的声音并没有引起新文学界的注目，相反，当新文学界批判许多通俗刊物时，它也常常被点名。而《新声》第1至第3期中的新的声音，也受到了通俗文坛中的部分作家的责难，郑逸梅在记载中提到："那'思潮'是谈新文化的，后来觉得有些新旧不调和，也就把这一栏取消了。"[2]《新声》处在两面不讨好的尴尬局面。从施济群、严谔声办这个刊物来说，未始不是一种"趋新"的表现，表示通俗文学界也有人受五四运动的影响，要显示自己也有革新的需求。可是却没有达到办刊者的预期的效果，出版了10期之后，于1922年6月宣布停刊。施济群的办刊热情与才能倒是被世界书局发现了。于是世界书局请严独鹤与他去主持一个通俗文学周刊——《红》杂志。《新声》的《本杂志结束通告》不无遗憾地说：编者未曾辜负读者的盛意，但在这种局面下也只好"急流勇退"了。也许他们还是回到通俗刊物的路上去，更显得驾轻就熟。一场"迟到"却又是很有"诚意"的"半革新"的演出也就此谢幕了。

四、《文学旬刊》对通俗文学的严厉"拒斥"

《小说月报》的全面革新在中国现代文学史上是一种新局面的开创。这

---

[1] 茅盾. 我走过的道路：上 [M]. 北京：人民文学出版社，1981：187.

[2] 郑逸梅. 新声杂志 [M]//魏绍昌. 鸳鸯蝴蝶派研究资料. 上海：上海文艺出版社，1962：327.

也是在商务印书馆总体规划中的一个组成部分。当时，商务印书馆除了改组《小说月报》之外，对《东方杂志》《教育杂志》《妇女杂志》《学生杂志》等刊物也都先后进行了革新，编辑也都进行了"换马"。"改组的《小说月报》第1期印了5千册，马上销完，各处分馆纷纷来电要求下期多发，于是第2期印7千，到第1卷末期，已印1万。"[1] 这是脱离了拼盘式的面貌后的"立竿见影"的结果，有了针对性的读者群——在喜爱新文学的知识青年中当然会受到意想不到的欢迎。

而习惯于读传统小说的读者对此却有着不同的反应。种种的反应都是用"看不懂"这三个字作为抵制的挡箭牌的。所谓看不懂，这是因为它与民族阅读习惯之间有一定的差异。除了的确有"看不懂"的读者之外，有些人主要是"看不惯"，但他们也高喊"看不懂"。一位笔名为东枝的人事后也撰文分析道："凡是一种新思想新文艺的初次介绍，必有一个时期是与国人心理格格不相入的。"他接着报道了两个信息："第一件是年来小书坊中随便雇上几个斯文流氓，大出其《礼拜六》《星期》《半月》《红》《笑》《快活》，居然大赚其钱。第二件是，风闻该馆又接到前11卷《小说月报》的读者来信数千起，都责备《小说月报》不应改良。"[2] 说周瘦鹃、严独鹤等人是"斯文流氓"当然是一种诬蔑，从中也可以看到当时的"门户"之见的森严，但从数千封（这个数字可能是夸大了的）的"呼声"中，书商们却觉得大有可为了。你商务印书馆不要市民大众读者，这笔大生意我们来做。而从周瘦鹃、胡寄尘等过去的（前期）《小说月报》的台柱们看来，既然你们将我们排挤出商务刊物的阵地，我们可以用自己的"多余的创、编、译的精力"去自立门户。王钝根、周瘦鹃的"复活"《礼拜六》也就成了必然的对策；而胡寄尘则将自己的"创作剩余精力"用到《红》杂志和以后创刊的《小说世界》中去。

《小说月报》是1921年1月改组的。《礼拜六》是同年3月复刊的。周瘦鹃在《礼拜六》第103期（复刊第3期）的《编辑室》中写道："本刊小说，颇注重社会问题、家庭问题，以极诚恳之笔出之。"以表示自己过去有"趋新"的表现，现在也不想"倒退"；而作为编者，他也希望作者能多撰写这方面的稿件。他在第102期中发表的《血》、第106期上的《子之于归》和第114期上的《脚》等，就是他关心社会问题与家庭问题的小说。

---

[1] 茅盾. 革新《小说月报》的前后：回忆录（三）[J]. 新文学史料，1979（3）：75.
[2] 东枝.《小说世界》[J]. 晨报副刊，1923（1）：3-4.

但是周瘦鹃在复刊后的《礼拜六》中只负责了很短一个时间，就被大东书局"挖"了过去。而严独鹤也几乎在同期，被世界书局聘去主持刊物。这也就是东枝所谓的"小书坊"雇"斯文流氓"的那回事了。

过去一直有一种说法，商务印书馆编译所储备的人才可与当时北大中文系的教师阵容相媲美。它也曾有雄心请胡适来主持编译所。其他的书局当然无法与它抗衡。可是它现在将市民读者这一块"大肥肉"让出来。上海门槛"贼精"的书商马上觉得有大利可图。世界书局与大东书局的老板过去是从事古旧书买卖的，现在看到商务的"革新"，他们正中下怀。他们也从事新书业了：你打"知识精英"牌，我们与你比"市民大众"牌。它们分别请出上海的"一鹃一鹤"为他们主持若干市民大众文学的期刊。世界书局请出严独鹤与施济群办《红》杂志周刊。它先备足了4期稿子，事先印好，才开张发行。以后也每每备4期"存货"，它宣称是个不脱期的刊物。《红》杂志共出版100期，严独鹤写了近40篇短篇小说，颇有可读之作；长篇主打平江不肖生的《江湖奇侠传》。真可谓"红"极一时。《红》杂志的延伸就是著名的通俗期刊《红玫瑰》。与办《红》杂志同时，严独鹤等又办《侦探世界》。连载平江不肖生的《近代侠义英雄传》，大刀王五、霍元甲跃然纸上，这位霍元甲至今还在影视上一再被传颂。世界书局又请江红蕉办《家庭》月刊，请李涵秋办《快活》旬刊。而大东书局将周瘦鹃从《礼拜六》中挖出来，为他们办《半月》《游戏世界》。后来《半月》的延伸是著名的通俗期刊《紫罗兰》。而周瘦鹃又以他个人的号召力于1922年夏创办了他的个人杂志《紫兰花片》。大东书局又请出通俗文坛老将包天笑办《星期》周刊。《小说月报》改组后虽然发行量有所上升，可是这大批的通俗期刊的销量相加却更为可观。

《小说月报》主要是刊登小说，它不便于进行短兵相接的战斗；于是茅盾与郑振铎就在1921年5月创办了《文学旬刊》（附在《时事新报》中发行），作为文学研究会的机关刊物。应该肯定，这个刊物发表了不少好的文章，但本文着重谈的是"分道扬镳"的过程与责任。可以说，这个先锋文学刊物也担负着过于繁重的战斗任务。它四面树敌：首先，当然是刚于3月"复活"的《礼拜六》及其他被称为鸳鸯蝴蝶派的通俗文学期刊；其次，是南京东南大学的《学衡》派；最后，与创造社的郭沫若和成仿吾也有公开论战。还有是针对南京高师的一些学写古体诗的青年学生展开了关于"骸骨的迷恋"的批判。本文只能介绍它与通俗文坛的交锋。这个刊物是过去精英话语一统天下时的现代文学史上的"权威结论"展示平台，其实是应该通过具体的分析做出再评价的。

《文学旬刊》的某些编辑、作者对通俗文坛的批判缺乏以理服人的态度,对部分通俗作家有"趋新"和"靠拢"的表现也不予理会,采取的是以"痛斥"为主要手段的"严拒"。该刊的"记者"在回答读者来信时说:

> 《礼拜六》那一类东西诚然是极幼稚——亦唯幼稚的人喜欢罢了——但我们所不惮劳的再三去指斥,实是因为他们这东西,根本要不得。中国近年来的小说,一言以蔽之只有一派,这就是"黑幕派",而《礼拜六》就是黑幕派的结晶体,黑幕派小说只以淫俗不堪的文字刺激起读者的色欲,没有结构,没有理想,在文学上根本没有立脚点,不比古典派旧浪漫派等尚有其历史上的价值,他的路子是差得莫明其妙的;对于这一类东西,唯有痛骂一法。[1]

把先锋文学之外的常态文学"一锅脑儿"都归入黑幕派本来就已很成问题了。而对待此类东西,"唯有痛骂一法",更令人感到只有简单地"扣帽子",而缺乏理性的分析。因此,在文章中经常出现"文丐""文娼""狗只会作狗吠"等诬蔑性的漫骂,认为通俗文坛已"无可救药"。而对周瘦鹃的表示要关心"社会问题"与"家庭问题"的回音,则是斥为:"什么'家庭问题'咧,'离婚问题'咧,'社会问题'咧,等等名词,也居然冠之于他们那些灰色'小说匠'的制品上了。他们以为只要篇中讲到几个工人,就是劳动问题的小说了!这真不成话!"[2] 究竟不成什么话呢?语焉不详。这其实是一种"不准革命"的翻版——"不准进步"!

在"痛骂"通俗作家之外,还有一个缺点就是"迁怒于读者"。在他们看来,中国的读者们不仅仅是幼稚的问题,"说一句老实话罢,中国的读者社会,还够不上改造的资格呢!"[3] 它是个"懒疲的'读者社会'"。[4] "现在最糟的,就是一般读者,都没有嗅出面包与米饭的香气,而视粪尿为'天下的至味'。"[5] 总之,在《文学旬刊》的某些编辑、作者看来,"一

---

[1] 记者. 通讯[J]. 文学旬刊,1921(13):4.
[2] 玄(沈雁冰). 评《小说汇刊》[J]. 文学旬刊,1922(43):1.
[3] 西谛(郑振铎). 杂感[J]. 文学旬刊,1922(40):3-4.
[4] 西谛(郑振铎). 新文学观的建设[J]. 文学旬刊,1922(37):1.
[5] 西谛(郑振铎). 本栏的旨趣和态度[J]. 文学旬刊,1922(37):3-4.

般口味低劣的群众正要求着腐烂的腥膻的东西",是"不生眼睛的'猪头三'"。[1]

不过我们也应该看到,在《文学旬刊》的编辑、作者中,除了上述的很激愤地"痛骂"所谓"灰色小说匠"和"懒疲的'读者社会'"者之外,还有另一种经过思考的较为清醒的声音,那是以叶圣陶和朱自清等为代表的具有建设性的意见:

> 呼号于码头,劳作于工厂,锁闭于家庭,耕植于田野的,他们是前生注定与文学绝缘,当然不会接触新文学。有的确有接触的机会,但一接触眉就皱了,头就痛了;他们需要玩戏的东西,新文学却给他们以艺术,他们需要暇闲的消磨,新文学却导他们于人生,所得非所求,惟有弃去不顾而已。于是为新文学之抱残守缺者,止有已除旧观念,幸而不与文学绝缘,能欣赏艺术,欲深究人生的人;这个数目当然是很少了。就是这少数的人,一边提倡鼓吹,一边容纳领受,便作潮也不能成其大。看看成效是很少,影响是很微,奋勇的心就减了大部;应说的已经说了,其余的还待创作,还待研究,于是呼声低微了,或竟停息了。现在的情形就是这样了。……重行鼓起新文学运动,向多方面努力地运动!……我们不愿听'就是这样了',愿新文学一天有一天的发展与进步![2]

在《文学旬刊》的第26、27期的《民众文学的讨论》专刊中,叶圣陶提出,现在没有可能去培养民众读新诗与新小说,而是要"就他们(指民众)原有的种种以内,加以选辑或删汰,仍旧还他们以各人所嗜好的,这是一。取他们旧有的材料,旧有的形式,而为之改作,乘机赋予新的灵魂,这是二。创作各种人适宜的各种文学,这是三。不论改作或创制,第一要于形式方面留心的,就是保存旧时的形式。"而朱自清在那次讨论中也赞成叶圣陶的意见,认为就创作与搜辑相比较,搜辑民众文学比创作更为重要,在搜辑后应该作内容上的修改,但"也只可比原作进一步、两步,不可相差太远。太远了,人家就不请教了"。"民众文学底目的是享乐呢?教导呢?

---

[1] 玄(沈雁冰).评《小说汇刊》[J].文学旬刊,1922(43):1.
[2] 斯提(叶圣陶).就是这样了吗?[J].文学旬刊,1921(18):1.

我不信有板着脸教导的'文学',因为他也不愿意在文学里看见他教师底端严的面孔。"因此他认为要保留"趣味性"与"乡土风",应该用"感情的调子""稍稍从理性上启发他们",以发挥"'潜移默化'之功"。这些意见在当时都是难能可贵的诤言,可惜以后也很少有人去做那种"搜辑"而又加以"修改"的工作。

在当时这批通俗刊物的内容中,当然也有叶圣陶和朱自清等所提到的低俗的东西,有的甚至是"俗不可耐"的趣味。典型的如在1921年5月28日的《申报》中登载了一则《礼拜六》的广告。且是用王钝根的"墨宝"制版,格外醒目:"宁可不娶小老姆,不可不看《礼拜六》"。这实际上是继1914年王钝根发表《〈礼拜六〉出版赘言》,将读小说代替"平康买笑"的"代用品"的恶性发展。叶圣陶立即写了《侮辱人们的人》:"我从不肯诅咒他们,但我不得不诅咒他们的举动——这一举动。无论什么游戏的事总不至于卑鄙到这样,游戏也要高尚和真诚的啊!"[1] 因此,我们一方面不赞成"唯有痛骂一法"的简单化;但另一方面也应该肯定,对庸俗低下的东西也须要进行必要的批判。在这方面,《文学旬刊》也曾发挥了一定的作用。

五、《小说世界》的创刊与雅俗文坛各得其所格局之形成

世界书局与大东书局办了这么一大堆通俗刊物,生意兴隆,俨然有向出版界的"龙头老大"挑战的意味。不久,商务印书馆也发现自己的"改刊"策略虽然赢得了声誉,却未见得赢得了实惠。把老牌的阵地让给新文学是顺应时潮之举,但市民读者他们也不能放弃,否则正合"世界"与"大东"的"胃口",犹如为渊驱鱼。这时在1922年7月3日的《晶报》上出现了几首打油诗,其中一首是:"看客双眉皱不停,《疯人日记》忒誊腾。股东别作周刊计,气煞桐乡沈雁冰。"下有小注云:"桐乡沈雁冰先生,新文化巨子也,主任商务之《小说月报》,务以精妙深湛自炫,销路转逊于前。商务主人,乃别组《小说周刊》,为桑榆之收焉。《疯人日记》,《小说月报》中篇名也。"[2] 这大概是较早传出的一个信息:商务要另办通俗小

---

[1] 圣陶(叶圣陶).侮辱人们的人[J].文学旬刊,1921(5):1.
[2] 清波(毕倚虹).稗海打油诗(半打)[N].晶报,1922-7-3(3).《小说周刊》乃指后来(1923年1月)出版的《小说世界》周刊。《疯人日记》系冰心的小说《疯人笔记》之误,刊于《小说月报》第13卷第4号,1922年4月10日出版。

说刊物了。

在商务改组《小说月报》至创办《小说世界》，其中隔了整整两个年头。有的中国现代文学史上往往将《小说世界》看成杀回商务的"还乡团"。是那批通俗作家向商务施加了"压力"才得逞的"复辟"。事实并非如此。试想"鸳鸯蝴蝶派"向商务施压，"压"了整整两年，才如愿以偿，他们的力气也太不济了；商务老板"顶"也顶了两年，终于顶不住了，"英雄本色"丧失殆尽，实在可怜可悯。是这样吗？非也。其实要办一个通俗小说刊物，最着急的不是那些通俗作家们，因为世界书局与大东书局已经给了他们广阔的地盘，况且周瘦鹃手中还有《申报·自由谈》，严独鹤手中还有《新闻报·快活林》。问题的症结在于商务要将世界书局和大东书局抢占去的市民读者的份额夺回来，至少自己也要分一杯羹。对通俗作家而言，当然是阵地多多益善；再说还能挽回被商务逐出的面子。因此谈不上是因《疯人笔记》小说引起了一场"另办风波"。

《小说世界》从1923年创办到1929年终刊，共出版264期。先后由叶劲风、胡寄尘编辑。如果不以成见看问题，这个刊物还是经得起评价的。这个刊物的灵魂人物是被茅盾称为"自己束缚自己"的胡寄尘。在264期中除他写的《编辑部报告》之类的文字不算，他的作品足足在200篇以上。而写稿较多的几位是徐卓呆（约70篇，他的长篇《万能术》连载16期，译话剧《茶花女》连载14期，均算1篇）、程小青（约40篇）、范烟桥（约30篇）、何海鸣（近30篇）。这几位作家在他们各自的"强项"中皆有自己的特色。徐卓呆在民初《小说月报》上发表的《卖药童》《微笑》等，在那时就是第一流的短篇，而在《小说世界》时期，他的小说格调向幽默滑稽的方向发展，被称为"东方卓别林"。而何海鸣在20年代初，在《红》上发表的《一个枪毙的人》，在《小说世界》上发表的《先烈祠前》，在《半月》上发表的《老琴师》等短篇绝不在新文学家的优秀短篇之下；而他在《半月》上连载的长篇《十丈京尘》的若干片段，直可令人拍案叫绝，颇有果戈理的《死魂灵》风；程小青的侦探小说、范烟桥的文化掌故等虽非独步，但也可算佼佼者之属。由于新文学的某些刊物的门户把守较严，因此，有些外稿也会流到《小说世界》中来。这里只举一部连载了8期的"长篇"（以现在的标准系中篇小说）《恋爱与义务》，作者是罗琛女士。小说前有一蔡元培写的"叙"。限于篇幅，这里只录一小段：

> 罗琛女士，华通斋先生之夫人也。原籍波兰，长于法国。兼

通英德俄诸国语及世界语。工文学。居北京既久，于治家政外，常尽力于慈善事业；尤喜为有益社会之小说。近日以新著《恋爱与义务》小说汉本见示。余方养病医院，受而读之，心神为之一振。其叙事纯用自然派作法。[1]

罗琛女士嫁给一位留法的中国高级工程人员，久居北京。曾译过鲁迅的《阿Q正传》。她的小说既能了解中国的伦理规范，又能参之于外国的道德准则，故事既曲折，人情又练达，读了令人既感动又信服，真是难得的好作品，无怪连蔡元培也要"心神为之一振"。其他的外稿这里就不能一一介绍了。

在当时，文坛上有两个事件是具有标志性的。第一件是商务既出版新文学刊物《小说月报》，又另办以通俗小说为主的《小说世界》；在商务的上层看来，这两本面向不同的读者群的文艺刊物应该"各得其所"。第二件事是《文学旬刊》改版为《文学》周刊，发表宣言："认清了我们的'敌'和'友'"：

> 以文艺为消遣品，以卑劣的思想与游戏态度来侮蔑文艺，熏染青年头脑的，我们则认他们为'敌'，以我们的力量，努力把他们扫出文艺界以外。抱传统的文艺观，想闭塞我们文艺界前进之路的，或想向后退去的，我们则认他们为'敌'，以我们的力量，努力与他们奋斗。[2]

在当时，也有人一再提出"新旧文学的调和"的问题。例如，黄厚生就写过《调和新旧文学谭》《调和新旧文学进一解》[3] 等。但《文学旬刊》在刊登黄厚生的文章的同一期上，就发了西谛的《新旧文学果可调和么?》《血和泪的文学》两篇文章予以批驳。其实"调和"的确是有困难的，但"并存"是可能的，也是应该的。在若干中国现代文学史中总是将1921—1923年出了那么多的通俗文学期刊，说成是"鸳鸯蝴蝶派"对新文学的一种反扑。这种论调是值得商榷的。

---

[1] 蔡元培.《恋爱与义务》·叙 [J]. 小说世界, 1922, 1 (6): 1.
[2] 西谛（郑振铎）. 本刊改革宣言 [J]. 文学, 1923 (81): 1.
[3] 黄厚生. 调和新旧文学进一解 [J]. 文学旬刊, 1921 (6): 1-2.

在中国文学史中市民大众往往是具有巨大导向性的动力源。鲁迅在谈到宋代的志怪、传奇时,对当时文人的此类作品颇有微词,但对市民中兴起的"另类"的鲜活的文艺却大加赞赏:"宋一代文人之为志怪,既平实而又乏文采,其传奇,又多托往事而避近闻;拟古且远不逮,更无独创之可言矣。然市井间,则别有艺文兴起,即以俚语著书,叙述故事,谓之'平话',即今所谓'白话小说'者是也。"[1] 而郑振铎在日后撰写《中国俗文学史》时也谈及古代的"变文"与"讲唱","愚夫冶妇乐闻其说"。[2] 章培恒、骆玉明主编的《中国文学史新著(增订本)》对市民在文学史上所产生的导向性作用也特别予以强调:"唐宋的俗文学主要是适应市民的需要而产生的,随着市民在社会上的日益壮大,这类文学也越来越显示出它的生命力,并扩展其影响于士大夫阶层;当然同时也从士大夫的文学中吸取营养。……总之,由于唐代俗文学的兴起,一方面为宋词的繁荣奠定了基础,另一方面又为宋代以后的通俗小说和戏曲的发达直接或间接地提供了条件。"[3] 可是五四运动爆发了,向外国文学学习了,中国市民也就被某些新文学家所蔑视,嘴里一口一个"封建小市民"。不可否认,当时有了新的导向性的动力,那就是对我们颇有启示的外国文学,但市民的导向作用并没有从此消失。特别是在19、20世纪之交,中国社会转型之际,上海等新式大都会的建成,华洋杂居的新世态,乡民转化为市民的迫切要求,凡此种种都必然会对文学进行一次大导向——也就是说,在新形势下,市民又会站出来对文学进行一轮新导向,也就必然会形成中国的现代通俗文学的兴旺与流行。某些知识分子蔑视它,可是市民大众需要它。鲁迅说:"现在的新文艺是外来的新兴的潮流,本不是古国的一般人们所能轻易了解的,尤其是在这特别的中国。"[4] 这是很实在的话。但古国的一般人总要有自己看得懂的文艺。新文学作品不仅探求人生,优秀的小说还研究"国计"——作"中国向何处去;中国要不要经过资本主义历史阶段等"解——例如,茅盾的《子夜》。可是老百姓还没有达到研究"国计"的高度,他们关心的是"民生"——直白地解释,就是"我们要吃饭"。在新文

---

[1] 鲁迅. 中国小说史略·宋之话本 [M] //鲁迅全集: 第9卷. 北京: 人民文学出版社, 1981: 110.

[2] 郑振铎. 中国俗文学史: 上 [M]. 上海: 上海书店出版社, 1984: 191.

[3] 章培恒, 骆玉明. 中国文学史新著: 增订本: 中卷 [M]. 2版上海: 复旦大学出版社, 2007: 7-9.

[4] 鲁迅. 关于《小说世界》[M] //鲁迅全集: 第8卷. 北京: 人民文学出版社, 1981: 112.

学家中好像也只有朱自清懂这个道理。他认为古人从实际政治中懂得了"民以食为天"的道理，直到现在，我们的老百姓也只还认那"吃饭第一"的理儿。朱自清认为，相对老百姓而言，知识分子有时还不太认识到"吃饭问题"的严峻性，或者他们愿意为自己的理想去忍受暂时的饥饿，"不像小民往往一辈子为了吃饭而挣扎着"。[1] 想当年，天灾人祸将许多难民灾民或其他想找饭吃的人驱进了像上海这样的大都市。但正如包天笑所说："都市者，文明之渊而罪恶之薮也。觇一国之文化者，必于都市。而种种穷奇梼杌变幻魍魉之事，亦惟潜伏横行于都市。"[2] 通俗作家就是应老百姓之需，告诉他们在这个五光十色、千奇百怪的冒险家的乐园里，老老实实的乡民们要随时警惕暗处潜藏着的陷阱与捕机，千万不能踩上"路边炸弹"，以致被炸得"粉身碎骨"。再进一层，就是关心乡民进城以后如何从乡民转型，融入市民社会的问题了。乡民市民化也是一项现代化的工程，也需要"启蒙"。从如何解决吃饭问题到如何角色转型，这对老百姓来说是一个"安身立命"的大问题。应该说，帮助乡民懂得此类问题也是一种人文关怀。也许在当前的所谓"乡下人进城"的热潮中，我们更加会感到"乡民转化为市民"的工程的重要性与迫切性；由此反观，也会联想到当年知识精英文学与市民大众文学的确有"并存"的必要。在这里，我们还是来听听熟悉上海发展沿革的历史学家的声音吧。那些写《上海通史》的历史家们在自己的史书中高度评价了通俗文化对市民的"启蒙"作用："有人说，晚清上海的市民意识是'读'来的。……各种大众化的艺术样式就是市民文化。就其功能而言，主要体现在两方面：一是娱乐消遣，丰富市民的闲暇生活；二是以市民喜闻乐见的形式有效地灌输近代意识……其实，云蒸霞蔚的大众文化，并不仅仅具有娱乐功能，对绝大多数城市民众而言，它更是近代市民意识萌生与滋长的触媒，或者说是近代市民的启蒙教科书。""问题的另一面是大众文化的兴盛又意味着文化向中下层社会的全面开放，它在一般性地满足中下层社会的娱乐消费需求的同时，又从多方面改变和塑造着中下层社会，是上海人从乡民转变为市民的又一座'引桥'"。[3] 这就对通俗文化的历史使命进行了充分估价，通俗文学在这一项现代化工程中是发挥了自己的积极作用的。

---

[1] 朱自清. 朱自清全集[M]. 南京：江苏教育出版社，1996：155.
[2] 包天笑. 上海春秋[M]. 桂林：漓江出版社，1987：1.
[3] 周武，吴桂龙. 晚清社会[M]//熊月之. 上海通史：第5卷. 上海：上海人民出版社，1999：387-395.

在五四运动以后，通俗文学作家曾在"趋新"中希望"靠拢"新文学文坛，得到它们的承认。可是在《文学旬刊》等刊物的猛烈的批判声中，他们才懂得"趋新"是应该的，但"靠拢"是"靠不拢"的。不过，他们得到了市民大众的无言无声的拥戴，这就够了。我们从《文学旬刊》的多篇文章中，也能从另一视角看到通俗文学在市民读者中的影响，同时这些文章也不时地透露出某些新文学家在市民读者中的"寂寞"：

他们似乎对于供消遣的闲书，特别欢迎。所以如《礼拜六》《星期》《晶报》之类的闲书，销路都殊别的好。[1]

我亲见有许多人，他们从来不关心时事，从来不看报纸里的新闻记载，但因为他们要看《自由谈》，要看《快活林》，要看李涵秋的小说，要看梅兰芳的剧评，所以都要买一份报纸看看。[2]

这给我们一个总的印象是，在当时，舆论的评判上主要是由新文学掌控的，但通俗文学也是在"悄悄地流行"，他们拥有大量的读者，倒是处于"默默的强势"之中。事实上，祈愿梁启超式的"雅量"是不现实的。"蜜月"本来就是短暂的，蜜月是不能年年、月月、日日过的。从1921—1923年的岁月之中，分道扬镳是定局的了，但《小说月报》与《小说世界》等通俗文学刊物的"并存"，的确是一个标志性的事实，说明了新文学与通俗文学是"各有受众"的，它们正在"各尽所能"，在未能达到"超越雅俗"的高水准的融会之前，必然也会"各得其所"的。这样的局面在某一时段中就如此"定格"了。

附注：本文中所提及的先贤们，在日后是各有其发展的。如西谛（郑振铎）写出了可以传世的《中国俗文学史》等；但本文论及的是仅限于1921—1923年的一场具有历史关节性的文坛的论争。它不像过去所说的是一方的凯旋与另一方的"淡出"，而是在某一历史时段中，双方各有自己侧重的读者群体与各自发挥自己的作用的相对"定格"。

（本文原载《文学评论》2009年第5期，《新华文摘》2009年第23期全文转载）

---

[1] 西谛（郑振铎）. 杂谭 [J]. 文学旬刊, 1922（40）: 3-4.
[2] 化鲁（胡愈之）. 中国的报纸文学 [J]. 文学旬刊, 1922（4）: 1.

超越雅俗　融会中西
——论20世纪40年代新市民小说代表作家的创作经验

范伯群

在我国古老的传统观念中，居乡者为乡民，居城者即称市民。但在现代意义上的"市民"与上述这一古老的传统概念是不同的。与"国际接轨"的市民的概念是指城市自由民或公民。从乡民或传统观念中的市民转变为城市自由民或公民，他们应该将世代传承的以家庭为中心的家族意识，转变为以社会群体为中心的公共意识。他们要有义务和权利的观念，例如，市民要有纳税的义务，然后才能得到纳税人应该享有的权利；他们要投入社会公共事业中去，要从家庭之私转变为社会群体之公，去参与市政，热心公益。为了有别于古老传统概念中的"市民"概念，我们称这种城市自由民或公民为"新市民"。"新市民"首先是在那些工商业兴盛的通商口岸萌发，正因为经济发达、市政管理皆参以西法，犹如一所没有围墙的社会大学，教授人们如何去适应新的社会环境，培育新市民意识。而在科举制度废除后，这些地区的新式教育又几乎一统天下。先进印刷术的引进，信息网络的密集，新学影响的扩大，人们的知识结构也发生了变化，声光化电等"实学"风行，西学成了"显学"。大众文化和通俗文学的云蒸霞蔚则成了向中下层市民开放的启蒙教科书。这一切的一切都在促进都市谋生者提高自身素质。而新市民的核心制导力量则是受过新式教育的新型知识者。以1905年科举制度废除为界，受新式教育的学生人数激增："从1902年的6 912人猛增到1909年的1 638 884人，到1912年更达到2 933 387人。"1916年，根据统计，"不包括川、黔、桂三省和未立案的私立学校，学生已达3 974 454人。1921—1922年，'中华基督教调查团'的报告表明，五四运动前夕中国学生总数为5 704 254人……北京聚集了中高等以上学生

25 000人。"[1]到1936年，上海适龄儿童入学率为59%，全国适龄儿童入学率为30.88%。[2]在20世纪三四十年代，一个在新型知识群体影响下的庞大的新市民阶层，在大都会中形成，同时通过大都会的辐射，新风也影响和遍及中小城市。

这些新市民在生活方式、价值观念、伦理道德、审美情趣上亦有所演进与更新。在他们的文化生活中，他们对新文艺是会有一定的倾向性的，但他们中的大多数还是将文学功能视为是一种业余时间放松自己神经的消闲品，或调节身心的高尚娱乐。既然是消闲与娱乐，往往会"唯兴趣是尚"，因此在他们的脑子里文学不分新旧，只要能与他们的价值观念、伦理道德、审美情趣产生感应交流的作品，他们都能接受。张恨水等人的作品颇合他们的胃口，而像巴金的《家》《春》《秋》等作品也在他们的视界之内，但是20世纪40年代文坛上又新出现了一种超越雅俗、融会中西的小说，犹如新文学的通俗版，或是引进外国通俗模式的洋为中用版，更使新市民们趋之若鹜。其中的代表作家就是出现在沦陷区上海的张爱玲，出现在重庆文坛的徐訏，和出现在西安文坛的无名氏。他们当年的作品皆可排在畅销书之列，出尽了风头。他们的成功经验是很值得总结的文学财富。

一

张爱玲最善于将古、今、中、外、雅、俗的文学味汁成功地调合融会在她的作品中，形成她小说的独一无二的情韵，使其能在中国现代文学中独树一帜。

许多新文学作家在少年时期也钟情于通俗小说，可是当他们逐渐成长时，当他们接触外国的优秀小说与本国的新文学作品之后，就逐渐将中国的通俗小说看成低档次，甚至是低级趣味的"垃圾"，从此断绝了"昔日的友情"，去做一个"高尚的人"。接踵而来的是产生一种"门户之见"，他们是不会像张爱玲一样带着自己的"两炉香"去拜访周瘦鹃的，即使是过去曾经找过，即使后来并"不以为耻"，至少会将它看成一种"童稚举动"。张爱玲的小说之所以与他们的作品有所不同，且形成自己的个性，其原因之一在于她"一贯"地"不耻下问"。她坦然地去找周瘦鹃，而且带着一种

---

[1] 桑兵. 晚清学堂学生与社会变迁 [M]. 上海：学林出版社, 1995: 2-4.
[2] 熊月之. 上海通史：第10卷 [M]. 上海：上海人民出版社, 1999: 135.

超越雅俗　融会中西
——论20世纪40年代新市民小说代表作家的创作经验

虔诚的敬意。她没有找错门。应该说，周瘦鹃是一个有眼光的编辑，也是第一个正确"评张"的评论者。周瘦鹃是这样描写他对作品的读后感的：

> 当夜我就在灯下读起她的《沉香屑》来，一壁读，一壁击节，觉得它的风格很像英国名作家Somerset Maughm的作品，而又受一些《红楼梦》的影响，不管别人读了以为如何，而我却以为"深喜之"了。一星期后，张女士来问我读后的意见，我把这些话向她一说，她表示心悦神服，因为她正是S. Maughm作品的爱好者，而《红楼梦》也是她所喜读的。……如今我郑重地发表了这篇《沉香屑》，请读者共同来欣赏张女士一种特殊情调的作品，而对于当年香港所谓高等华人的那种骄奢淫逸的生活，也可得到一个深刻的印象……[1]

这"第一位评张者"，不仅指出她作品所受中外古今的优秀文学作品的影响，而且还将"天才""高明"等高规格的评价词汇献给了这位刚想步上文坛的女性，而且看到了她的"别致"和"特殊情调"，为张爱玲的"一炮打响"发挥了推助力。张爱玲没有门户之见，她并没有因为自己有香港大学读书的背景，英文程度高明，读过许多外国小说而自以为"高人一等"，她除了喜爱优秀的新文学作品之外，对张恨水、朱瘦菊、毕倚虹等通俗作家的作品也是极为赞赏的。所谓"不耻下问"的"下"，并非低下，而是处处关注中下层的民情，深入地了解中国的市民社会。她甚至对知识精英往往不屑一顾、嗤之以鼻的小报也极感兴趣。小报被有些人视为低俗不堪的东西，看此类媒体无疑是自跌身价。可是张爱玲却有不同的看法："我从小就是小报的忠实读者，它非常浓厚的生活情趣，可以代表我们这里的都市文明。……而小报的作者绝对不是一些孤僻的、做梦的人，却是最普通的上海市民，所以我看小报，同时也是觉得有研究的价值。我那里每天可以看到两份小报，同时我们公寓里的开电梯的每天也要买一份，我们总是交换来看。"张爱玲以为"读报纸的文字，是要在两行之间另外读出一行来的"。她发现小报有"研究的价值"。[2]

张爱玲的对通俗作品和都市小报的喜爱和研究为她提供了丰富的资源。

---

[1] 周瘦鹃. 写在《紫罗兰》前头[J]. 紫罗兰，1943：2.
[2] 唐文标. 张爱玲资料大全集[M]. 台北：时报出版公司，1984：292-293.

王德威所说的"张爱玲即是自鸳蝴派汲取了大量养分"[1]的论断是很有道理的。而夏志清则有更进一层的发挥:"可是给她影响最大的,还是中国旧小说。她对于中国的人情风俗,观察如此深刻,若不熟读旧小说,绝对办不到。……她受旧小说之益最深之处是她对白的圆熟和中国人的脾气的给她摸透。《传奇》里的人物都是道地的中国人,有时候简直道地得可怕;因此他们都是道地的活人,有时候活得可怕。"[2]的确,张爱玲笔下的小说大多是中国人的俗世的人生与俗世的故事。她的几篇最被"看好"的小说,如《沉香屑·第一炉香》和《金锁记》就是写梁太太和曹七巧的"性饥渴"的故事;而《倾城之恋》就是写白流苏"不能当女店员,女打字员,做'女结婚员'是她们唯一的出路",白流苏从沪到港,长途奔波就是想修一门"结婚专修科"。

可是如果张爱玲只是向中国古今的通俗小说学习,那么张爱玲还不能成其为张爱玲,张爱玲的本领与技巧是在于"俗事雅写"。时代已经进入了20世纪40年代,她觉得不能再用自己前辈那种"旧事旧说"的手法,向20世纪40年代的"新市民"去喋喋不休。她融会了弗洛依德的学说和西洋小说的技巧,去充实故事的内涵。关于这一点,早在1944年,迅雨(傅雷)在《论张爱玲的小说》中就指出了她熟谙西洋小说的技法:

> 特别值得一提的,还有下列几点:第一是作者的心理分析,并不采用冗长的独白或枯索繁琐的解剖,她利用暗示,把动作、言语、心理三者打成一片。七巧、季泽、长安、童世舫、芝寿,都没有专门写他们内心的篇幅;但他们每一个举动,每一缕思维,每一段对话,都反映出心理的进展。两次叔嫂调情的场面,不光是那种造型美显得动人,却还综合着含蓄、细腻、朴素、强烈、抑止、大胆,这许多似乎相反的优点。每句说话都是动作,每个动作都是说话,即在没有动作没有言语的场合,情绪的波动也不曾减弱分毫。……新旧文字的揉和,新旧意境的交错,在本篇里正是恰到好处。仿佛这利落痛快的文字是天造地设的一般,老早

---

[1] 王德威. 落地的麦子不死[M]//子通,亦清. 张爱玲评说六十年. 北京:中国华侨出版社,2001:373.

[2] 夏志清. 论张爱玲[M]//子通,亦清. 张爱玲评说六十年. 北京:中国华侨出版社,2001:266.

摆在那里,预备来叙述这幕悲剧的。[1]

迅雨以"文章本天成,妙手偶得之"这样的顶尖的评价,赠给了《金锁记》。

张爱玲自己似乎也深知自己的受众的面是很广的,但她用的是"正话反说":"我的作品,旧派的人看了觉得还轻松,可是嫌它不够舒服。新派的人看了觉得还有些意思,可是嫌它不够严肃。"[2] 所谓"不够舒服",大概觉得书中的技巧太"洋气"了,但这些故事的确是他们所"熟悉"的;所谓"不够严肃"大概觉得书中缺乏"主义",但也不得不承认她刻画的深度。

张爱玲的成功不仅仅是知识结构与融会才情的问题,再一个不可或缺的是地域特色与接受群体的问题。张爱玲生长在上海,又曾到香港读书,后来又写"红"于上海。她作品中的地域特色就是"沪港洋场",她的主要接受群体是有别于中国老儿女的"新市民"。她写小说时,脑子里时时想到"上海人":

> 我为上海人写了一本香港传奇……写它的时候,无时无刻不想到上海人,因为我是试着用上海人的观点来察看香港的。只有上海人能够懂得我的文不达意的地方。
>
> 我喜欢上海人,我希望上海人喜欢我的书。[3]

张爱玲爱上海,也了解上海人。即使是香港传奇,其中的主角不少也是上海人,她善于写上海人,而她首先想吸引的读者群体是上海的"新市民"。因此,张爱玲以上海为她小说的地域特色。张爱玲的成名作《沉香屑·第一炉香》就写了一位在香港的上海小姐葛薇龙,而香港也是上海小姐眼中的香港。而她的姑母梁太太也是上海人的"底子":"梁太太是个精明人,一个彻底的物质主义者;她做小姐的时候,独排众议,毅然嫁了一个年逾耳顺的富人,专候他死。他死了,可惜死得略微晚了一些——她已经老了;她永远不能填满她心里的饥荒。她需要爱——许多人的爱……"

---

[1] 迅雨(傅雷).论张爱玲的小说 [M]//子通,亦清.张爱玲评说六十年.北京:中国华侨出版社,2001:60-62.

[2] 张爱玲.自己的文章 [M]//张爱玲文集.合肥:安徽文艺出版社,1992:175.

[3] 张爱玲.到底是上海人 [M]//张爱玲文集.合肥:安徽文艺出版社,1992:20.

她是一个"性饥渴者"。如果与曹七巧并列,她们是可以成立一个"性饥渴协会"的。梁太太像饿过了头的"乞丐",即使让她"狼吞虎咽",那饥饿感也还是像自己的影子一样挥之不去。但是经过香港豪门耳濡目染的梁太太的手面就显然是曹七巧这个戴着金枷的"大老土"所无法企及的了。梁太太这个小型慈禧太后,将她那个小朝廷中的车马炮棋子摆得好好的,各人发挥各人的作用,最后当然是供她"老佛爷"享用。曹七巧家的事虽然发生在上海,但他们是避兵灾逃到上海来的"寓公家族",一副封建老旧家庭的规矩。到她自己单门独户成家后,姜季泽再来挑逗她,被她在暴怒中轰走了,可是她又性急慌忙地要赶到楼上窗口去再看他一眼。她恋恋不舍于金钱和季泽之间,她得有一个最后的抉择。她问自己:"人生在世,还不就是那么一回事?归根究底,什么是真的,什么是假的?"问得好!作家在小说中,对这个问题竟重复了两遍。梁太太与曹七巧在"真""假"的问题的回答上是截然不同的。曹七巧认为金钱是真的,为了"守"住她那用一生幸福换来的金钱,她宁可在"性饥渴"的煎熬下成了"性变态",一直将自己煎熬到翠玉镯子可以"推到腋下",骨瘦如柴像骷髅。她死了,她还能"守"下去吗?可是梁太太却控制着她的小朝廷,指令上下一齐出力,为解决她的"性饥渴"而总动员。她是"进攻型"的,她"活埋"了薇龙,还能叫她的"鬼魂"为她卖力。到底是香港高等华人圈中"混"出来的"大手笔"!张爱玲小说的地域特色是沪港洋场。她笔下最活跃的是上海的世俗的市民,除了葛薇龙、梁太太,还有白流苏,等等。可是她与前辈作家的不同在于她将古老的"梁祝"故事,用小提琴协奏曲《梁祝》的形式表现出来,因此新市民是狂热地欢迎的。她的《传奇》初版问世,4天就脱销了。张爱玲的小说"谁都可以读得懂,但懂的深度不同。雅的糖块溶解在不透明的俗咖啡中,这里已经分不清是谁征服了谁,可以说是雅文学的胜利,也可以说是俗文学的再生。如果注意到《金锁记》是在没有理论指导、没有集团约束的状态下问世的这一点,则似乎可以说明,新文学小说和通俗小说发展到各自的成熟期,二者在艺术上的结合,产生一批超越性的杰作,是一种自然的趋势,'五四'以来的雅俗对立格局,正发生着根本性的转变"[1]。

---

[1] 范伯群,汤哲声,孔庆东.20世纪中国现代通俗文学史[M].北京:高等教育出版社,2006:249.

二

如果说张爱玲善于俗事雅写，那么徐訏的特点是他的小说有着很浓郁的异域情调，可以说是外国通俗文学的洋为中用版。他善于引进若干外国通俗小说的模式，并加以创造性的改造，形成了他独有的个性风格。他的融会中西的小说赢得了中国新市民的青睐。

1927年徐訏毕业于北大哲学系，又进心理学系修业两年。1933年加盟林语堂主编的《论语》《人间世》等刊物任编辑。1933年赴法国留学，继续研究哲学。在法国写下了使他名噪一时的《鬼恋》等小说，被誉为小说界的"鬼才"。在国外他大量阅读外国小说，同时也关注中国的通俗文学的现状。这里还有一段佳话：在20世纪40年代，徐訏在国外的饭店里偶遇纽先铭将军，纽先铭就是张恨水《大江东去》中的人物原型。当时，徐訏正在读《大江东去》，而纽将军正在读徐訏的《风萧萧》。文学作品是他们之间最好的"介绍信"，他们的相遇该有多么惊喜。

《鬼恋》写一个美丽绝伦的"女鬼"与一位翩翩少年的恋情，行文扑朔迷离、凄婉冷艳，神鬼境界与现实人生缠绵纠结，读来令人回肠荡气。这当然会使我们想到《聊斋》，但《鬼恋》的情节构思更貌似外国的哥特言情小说。"'哥特式'（Gothic）这个词在英语里有多种含意。它既是一个文学词汇，又是一个历史术语，还可以用作建筑和艺术方面的专门用语。"[1]我们在外国的电影中常常看到一个阴郁的古堡中发生了神秘的事件，甚至有鬼魂的出没，恐怖而惶惑，令人紧张得毛骨悚然。这就是"哥特式"了。"哥特式"小说的"模式特征是，故事常常发生在遥远的年代和荒僻的地方，人物被囚禁在狭窄的空间和鬼魂出没的建筑内，悬疑与爱情交织在一起。惯常的悬疑手段有神秘的继承权、隐秘的身世、丢失的遗嘱、家族的秘密、祖传的诅咒，等等。到最后，悬疑解开，歹徒暴露，男女主人公的爱情障碍扫除"[2]。我们不能说《鬼恋》就是"哥特式"小说的翻版。它既不是在遥远的年代，更不是在荒僻的地方，代之于古堡的是上海近郊的一个村落，中间也没有暴徒在其间作祟，而是那位美若天仙的女主人公自称是鬼魂，那村落里她所住的古老的宅子有几分神秘感，于是展演了一场

---

[1] 黄禄禄. 美国通俗小说史 [M]. 上海：译林出版社，2003：41.
[2] 黄禄禄. 美国通俗小说史 [M]. 上海：译林出版社，2003：42.

"悬疑与爱情交织"的故事,最后她终于吐露了她作为革命者的隐秘身世,却又飘然远行,不知所终,这倒有点像是一首"感伤型哥特式小说"的哀歌。徐訏的《鬼恋》在鬼魂"出现"、悬疑丛生、身世坎坷和爱情忠贞等方面与哥特式小说有相通之处,它神秘而不恐怖,鬼气森森而回归现实。它不以揭露"暴徒"为其对象,而是使读者体认整个社会的罪恶与不义。小说所构成的一个核心哲理是:"鬼是一种对于人事都已厌倦的生存"。徐訏的小说常常融会着两种因素:一方面他是一位对人生有哲理思考的作家,因此,他的作品有深邃的一面;但另一方面,他常用自己编织的奇情与奇恋的故事叩击读者的心扉,产生强劲的磁场,使他们爱不释手,因此,他的作品又是极为通俗的。这就是徐訏式的融会中西、超越雅俗。他让广大的读者享用"奇情"快餐,而让文学的"美食家"们品尝那位在北京大学和巴黎大学学过哲学的作家"镶嵌"在小说中的"精致"的人生哲理。

徐訏的40多万字的长篇《风萧萧》一直被公认为是他的代表作。这部作品动笔于1943年3月,完成于1944年3月。小说在报上连载时就形成了一股强劲的季风,席卷了战时大后方,"重庆江轮上,几乎人手一纸"[1],人人争相先睹为快。人们惊呼,1943年在文学领域中简直可以被称为"徐訏年"。《风萧萧》于1944年10月由成都东方书店出版发行,在不到两年内就连印了5版,在大后方被列为"畅销书之首"。如果从题材而言,《风萧萧》该算是爱国重大题材,在抗日战争的年代歌颂为抗日献身的地下工作者,它可以被写成慷慨激昂的"严肃文学",但是徐訏将这一题材处理成一部通俗的畅销小说。实际上徐訏是借鉴了西方间谍小说的浪漫主义冒险模式,而且获得了相当的成功。

"西方间谍小说诞生于19世纪和20世纪之交,是当时西方资本主义世界内部各种矛盾进一步激化,军事、政治斗争持续加剧的产物。……一般认为,西方第一部严格意义的间谍小说是英国小说家厄斯金·查尔德斯(Erskine Childers, 1870—1922)的《沙滩之谜》(*The Riddle of the Sands*, 1903)。在这部长篇小说中,作者以高昂的爱国热情、惊险的故事情节和生动的人物形象,描述了两个英国业余间谍刺探德国海防情报的冒险经历。该小说在伦敦出版后,立即引起轰动,以后多次再版,畅销不衰。"[2]《风萧萧》是用一种奇情的形式展现的,是用一种不是恋爱形式的奇恋铺垫的。

---

[1] 陈乃欣. 徐訏二三事 [M]. 台北:尔雅出版社,1980:249.
[2] 黄善禄. 美国通俗小说史 [M]. 上海:译林出版社,2003:504-505.

而书中那位潇洒倜傥的男主人公，读者自始至终只知道他是"徐"，这就有点西方派头了。小说开端就是写"徐"这位独身主义者周旋在三位美丽的女性之间，他掉进了脂粉漩涡，却过着一种"爱而不恋"的生活。这是三位极有品位的、各有个性和独特魅力的未婚少女。作者不是一般化地去描写她们的天生丽质。每当他写那位百乐门的红舞女，既懂日语，又会英语的白苹时，总觉得有一种"银色的空气沁入了我的心胞"，而白苹向他微笑时他总感到这是"百合初放"；而那位母亲是美国人、父亲是生活在日本的华侨的梅瀛子，当时已是"上海国际间的小姐，成为英美法日青年们追逐的对象了"，可是她好像还不满足，她要征服所有的男性青年似的，"徐"每次将她比作红色的玫瑰，"永远像太阳一样光亮"。而富有音乐才华的海伦则是一片能"溶化独身主义的灯光"，在这雅致宜人的灯光中可以看见自己的影子。小说充满既抽象而又形象、智机而又令人心领神会的对话，在长篇的第 1—18 节，作家就是写"徐"这位研究哲学的学者与这三位女性的"爱而不恋"的近距离的生活。有时那距离近到真令人感到"徐"这位独身主义者真是"坐怀不乱的柳下惠"。

徐讦一直坚守的写作信条之一是："两性问题的暴露与描写要有一定的限度才是艺术可以允许的。"[1]"为此，他不管是写爱情还是写婚姻，都与'肉欲'无涉，甚至连性心理也不描写。他认为爱情小说重在表现'情趣'……"[2]这种重"情趣"的爱情观也是国外通俗小说中的一个流派所遵循的，它在 19 世纪 70 年代到第一次世界大战之间流行，被称为"蜜糖言情小说"，以便将它与后来的赤裸裸的性描写的言情小说相区别。正因为是对那种"爱而不恋"的欣赏与爱慕，长篇从第 1—18 节就像抒情的小夜曲似的在琴弦上流淌飘逸，读者也像读一本言情小说，看他们在日常生活中高雅地交往着。不过从表面看来，有的女性似乎透露出一丝"醋意"，但这些女性"醋意"背后的潜台词，一直要到第 18 节之后，我们才能将她们这些间谍之间相互摸底的深层涵义看透。

第 19 节，风云突变，"1941 年 12 月 7 日夜深时……我听见了炮声。那么难道是太平洋战争爆发了？我想。"小说于是从"谈情说爱"进入真正的"间谍生涯"。过去的平凡的常态生活，却全是出自间谍们的精心布局；表面上看来是"醋意"，实质上却是出于对对方的政治背景的怀疑。温馨的谈

---

[1] 徐讦. 门边文学·两性问题与文学 [M]. 香港：南天书叶公司，1972：3.
[2] 吴义勤. 漂泊的都市之魂：徐讦论 [M]. 苏州：苏州大学出版社，1993：38.

话的背后,是瞪大了眼睛在看对方的破绽;两个女性亲密得联床共话,其实在梦中也无时无刻不绷紧那根警惕的弦。在太平洋战争爆发后,史蒂芬太太才正式与"徐"摊牌:她要他参加他们的情报系统,她给他5分钟时间考虑。徐訏按照他自己的写法,这里没有慷慨的陈词,也没有激昂的表态。"徐"只是说:"如真是为了爱与光明,我接受。"当他告辞出来时,他感到愉快:"几年来,我想担任一点直属于民族抗战的工作,现在居然一旦实现了。""我似乎失去了自己(他要把他的哲学文稿束之高阁了),我在发光,在许多发光体中发光,像是成群的流萤在原野中各自发光。所有的光芒都是笑。"从第19节起,小说虽然进入了一个新的境域,但在徐訏的笔下小说的风格始终是统一的。

徐訏与专业的间谍小说作家相比,差距当然是很大的。他不可能像专门写间谍小说的作家那样去制造惊心动魄的紧张情节,他还是要让他的《风萧萧》自始至终在浪漫抒情的轨道上运行。"徐"虽然几乎付出了生命的代价,可是这血的代价终于使梅瀛子与白苹摸清了她们是同一条战线上的不同组织的地下工作者。她们从假想的"敌人"变成了真正的"战友"。"徐"也从受梅瀛子领导到他们三人联手开展重要的情报工作。他们争抢着要站到最危险的岗位上去,往往最后还得靠拈阄来解决相持不下的局面。结果由于东京新来的日本女特务宫间美子的介入而情势突变,白苹为此而壮烈牺牲,而梅瀛子也只能退居秘密状态。这位名闻"国际上海"的交际小姐不能再公开露面了;但她还是设法毒死了宫间美子。她终于用行动证实了"徐"对她的评价——"一个肯为爱者复仇的女子";而"徐"也只能撤退到大后方去。他留下一封长信给海伦,也依依不舍地向海伦的母亲告别:"战争总是暂时的,胜利和平就在前面,那时候如果海伦爱我的话,我自然马上会回来。"预示着这位独身主义者,到那时才有可能真正地谈他的恋爱。他"在苍茫的天色下,踏上了征途。有风,我看见白云与灰尘在东方飞扬"。这小说的最一句话还是保持着徐訏的不动声色而又淡淡哀愁的抒情格调。

在徐訏的18卷本全集的小说部分,我们还能读到他的许多名篇,大多带着很强的融会中西的通俗性。我们可以将他的小说看成新文学,但如果说它是带有欧味的通俗小说,也是完全可以成立的。"面目的模棱"正说明小说的超越雅俗的时代已经初露端倪。徐訏也成了这多元格局中与老前辈们不同的"新生代",他成了新市民读者们的"宠儿"。

三

在战时和战后，有一位作家是与徐訏齐名的，那就是无名氏（卜乃夫）。无名氏的成名作是《北极风情画》和《塔里的女人》。司马长风在评价无名氏时转述了无名氏的兄长的话："据卜少夫说，作者写《北极风情画》与《塔里的女人》两部爱情小说，'他立意用一种新的媚俗手法来夺取广大的读者，向一些自命为拥有广大读者的成名作家挑战。'"[1] 那就是说，无名氏是写通俗小说起家的，所谓"新的媚俗手法"也可以理解为新文学的通俗版，而他想取悦的当然是以新市民为主的读者群体。

1943年11月9日至29日，当无名氏以每天7千字的速度赶写出10万多字的情感罗曼史《北极风情画》（当时题名为《北极艳遇》）在《华北新闻》上连载，至1944年1月载完。在西安迎来了一股"满城争说无名氏"的旋风与热浪。无名氏的"挑战"成功了，他自己曾说：

> 当年，《北》在《华北新闻》连载时，无论我出去理发、沐浴、上饭馆、咖啡馆，进公园喝茶，到处都听见有人在谈论此书。从前谭叫天在北平走红时，有"满城争说叫天儿"的盛况，当时若说西安"满城争说无名氏"，一点也不夸张。难怪其时友人黄震遐远游甘肃归来，一见我就说："从前拜伦写了《柴尔德·哈罗德》旅游诗，发现自己一夜之间，名满伦敦。足下现在正是当之。"他还用了一句洋文："大家 Compare you and Ghuyu（拿你和徐訏相比）。"[2]

无名氏在踌躇满志的同时，还加了一个原注："其实拙作风格与内涵和徐訏根本不同，但当时徐訏颇有名气，作品销路亦好，友人乃有此'比'。"他的粗犷泼辣的文风与徐訏的温文尔雅的格调的确是不同的。可是在文学史上人们一贯将他归入徐訏的浪漫一派。

《北极风情画》起首是怪客登临白雪皑皑的华山山巅，夜半高歌。接着从自述"错吻"开始，深情回顾，一下子就将读者锁定在它的情节链条上。

---

[1] 司马长风. 中国新文学史：下卷[M]. 香港：昭明出版社，1978：103.
[2] 无名氏. 无名氏代表作[M]. 北京：华夏出版社，1999：374.

林上校与奥雷利亚巧遇，从他们的友谊到热恋一直到他们的被迫分手，情节可谓是一气呵成。在这过程中，并没有多少事件作为情节的酵母，最多就是奥雷利亚的好友叶林娜的一度的小小干扰，其余就是靠无名氏的技巧的发挥，抒写他们的"爱的步伐"的迅捷与"恋的炽情"的升华。

　　在"错吻"后，奥雷利亚原以为林上校对她是一种无赖式的"纠缠"，而林上校要与这位美艳的少女"套近乎"就得靠他的"巧舌如簧"（这里不带贬意），他不温不火、不卑不亢地取信于姑娘。林上校是中国抗日队伍中的韩国人，而奥雷利亚则是在苏联的波兰人。当他们在"亡国的切肤之痛"上进一步有了共同的语言时，他们的心更贴近了。可以说，林上校是靠着自己渊博的知识与高尚的文化修养，获取了一位在苏联中学里教文学的少女的欢心，他不是"骗取"而是"博得"。奥雷利亚甚至告诉他，林犹如"毒品"，她已经上"瘾"了。恋情已经到了策划以后如何随着大部队"混"出苏联国界，远嫁中国的程度了。从第7—17节，几乎就是"两人世界"的不倦的谈情说爱。而在第17节，他们举行了没有仪式的婚礼。如果说徐訏的小说是"与肉欲无涉"的蜜糖言情，那么无名氏却敢于写新婚之夜的性爱，我们可以称这大段描写是洁净的"绿色无公害的狂放"：

　　　　幸运的我们，却在享受着乐园。
　　　　一枝非常瑰丽的形体，从午夜深处升起，浮现于我四周。它以特有的胴体香味围攻我，使我沉没入一泓神妙境界。
　　　　可我更欢喜扭开灯，像一个画家，欣赏奥雷利亚的形姿，在长长的、薄薄的粉红色睡衣内的，那些半圆与椭圆，弧线与直线，新月与落日，三角形与海湾形，圆锥形与提琴体。一个西方女人形体的优美线条，是那样生动，富有曲折性，又如此充满大自然的弹力，对一个东方人说来，简直是极大的蛊惑。
　　　　我熄了灯。
　　　　这是一个真正的午夜。
　　　　一种神秘的节奏、韵律，像一阕奇妙的雅典竖琴演奏，从她的发、额、眼、鼻、嘴、颊、颈、肩、胸、腿、胫到足尖，雨点样洒向我，使我感到极度豪华的沉醉。这种沉醉，达到最高潮时，我简直是在倾听19世纪浪漫派大师斐里辽斯的《幻想交响曲》，一片极其魔魅的彩色旋律，正像它最后和乐章的巨大的钟声似的，无比深沉的，直敲到我的心灵底层。

无名氏不仅对这"真夜"做了"绝对美学的化身"的描写,还要通过林的枕边私语对古今文学作品中的某些"忌讳"和禁区进行一番讥评:"在人类历史上,人们曾有过万万千千次'真夜',却极少有人敢公开地坦白地谈它们。好像这种午夜,越封闭越好,这种诗情,埋藏得越深越好。而且,离任何文字语言,愈远愈好。其实,在那些'真夜'中,疯狂的男人和女人们,谁没有疯狂地谈过呢?那是所有语言中最人性的、最不撒谎的。在未来的回忆中,这些时刻将像香料一样,给所有记忆的形象增添无穷蛊魅。没有这些香料,任何爱情只是一幅素描,缺少一份巨大的完整的魔祟。"读到这里,我们觉得在一部通俗言情中,也是可以包容着"纯文学"的节段的,精英与通俗在这些节段中是"你中有我,我中有你"。在过去的通俗小说中如果夹杂这么一段洋腔洋调,显然是不协调的。可是无名氏既然用的是"新的媚俗手法",他本来就是新文学的通俗版,也就显得非常和谐了。而他的关于"真夜"的一段议论,当然是含有向中国前辈作家的"挑战"意识。

从第 18 节开始,小说的主人公从幸福的高峰跌入了悲剧的深渊。历史的、时代的、国家的、社会的、制度的现实,将这北极之恋无情击个粉碎,直到女主人公的自我消亡。无论是开端的怪诞、中段的纯情、结尾的惨烈,都打动了当时青年们的心,说它是与抗战无关的言情之作吧,可是它却与当时的日本的、中国的、韩国的、波兰的、苏联的国情及疆界、历史与现状联系得如此紧密。这本来是一对全世界都可以欣羡的"跨国婚姻",可是战争不仅毁灭物质的世界,也毁灭人的精神世界,包括纯洁的爱情。

在《北极风情画》取得成功之后,无名氏再接再厉发表了《塔里的女人》,但这篇小说显得比较做作。作品对聂赫留朵夫式的男主人公罗圣提的品质问题也有忽略不计的缺点,尽管作者写了他的忏悔。但小说仍然具有轰动效应。以后他还在《华北新闻》上连载过长篇《一百万年以前》,皆是当年的西北畅销书。

从 1942 年 9 月至 1944 年年底无名氏在西安的"800 个日日夜夜"带给他无比的成就。而在 1943 年起始,他在创作的间隙写下了一系列带有哲理思辩色彩的片段,以后用《沉思试验》的书名出版。这实际上是他为以后的 270 万字的《无名书稿》做准备。

《无名书稿》的 6 卷大书被誉为"长河型"的长篇小说,到 1960 年杀青整整用了 15 年时间。这是一部从大文化视角探究人生问题和社会问题的巨著。这是一部用象征主义手法写成的精英文学作品,他笔下的人物"大多都带有象征主义的色彩。他说：'我的人物描写，带点魔幻的意味，都在虚实之间。'"[1]"即使文化修养很高的胞兄卜少夫，在看了《无名书稿》的前两卷《野兽、野兽、野兽》《海艳》以后，也不禁摇头感叹'看不懂'。"当然后来他是看懂了的，还"'说了不少恭维话'。真诚地表示：'他不只完全看懂了，而且身经创痛，他才深切感受且映证《无名书》所揭示的大时代内核真谛。"[2]

这说明了在无名氏的笔下，写通俗小说也罢，写现代派的精英小说也罢，均有自己的特色而两者绝无鸿沟。过去人们将新文学与通俗文学看成两个"世界"、两种"体制"。但是到了无名氏这一代人，就开始尝试着荡漾于这两个"世界"之间。他们用自己的创作实践宣布，他们已经练就了两副笔墨，他们在文学的"国度"里，他们是两种"体制"的拥戴者，不论是精英文学"体制"，还是通俗文学"体制"，他们可以"自由来去"。

从20世纪40年代的新市民小说代表作家张爱玲、徐訏、无名氏身上我们已经看到了一种很好的预兆：超越雅俗、中西融合的谐和境界并非是可望而不可即的。在张爱玲的脑海里，中、外、古、今、雅、俗诸般文学是平起平坐的，它们都可以作为丰富的精神资源融谐在她的作品之中。在徐訏看来，外国的优秀的文学遗产都可以为"我"所用，可以由"我"进行创造性的改造。他的作品决不会与新文学"绝缘"，但又有着浓郁的通俗韵味，他的若干名作也可以说是一种外国通俗模式的中国版。而无名氏的《北极风情画》等畅销书则是新文学的通俗版，而他还愿意荡漾在文学的多元化的江湖河海之间。这种20世纪40年代的创新的趋势与氛围，不久曾一度中断，但是它是有生命力的，今天文坛上也正在出现超越雅俗、融会中西的态势，这是继20世纪40年代新市民小说之后的一种良性发展。

（本文原载《西北大学学报》（社科版）2006年第6期）

---

[1] 汪应果，赵江滨．无名氏传奇[M]．上海：上海文艺出版社，1998：300．

[2] 汪应果，赵江滨．无名氏传奇[M]．上海：上海文艺出版社，1998：291-292．

黑幕征答・黑幕小说・揭黑运动

范伯群

在五四运动前夕，批判"'黑幕'书"和黑幕小说是刚登上文坛的新文学作家们的第一"战役"，而且一开始就将"黑幕"与鸳鸯蝴蝶派小说捆绑在一起，取得了一箭双雕的胜利。钱玄同在《"黑幕"书》中说："'黑幕'书之贻毒于青年，稍有识者皆能知之。然人人皆知'黑幕'书为一种不正当之书籍，其实与'黑幕'同类之书籍正复不少。如《艳情尺牍》《香艳韵语》，及'鸳鸯蝴蝶派小说'，等等，皆是。"[1] 志希在《今日中国之小说界》中说："第一派是罪恶最深的黑幕派。……第二派的小说就是滥调四六派。……我骂了以上两派的小说，把我的笔都弄污染了。"[2] 接着是周作人的《论"黑幕"》[3] 与《再论"黑幕"》[4]，等等。这四篇文章均发表在1919年1—2月份。而在这之前则有1918年9月15日的原国民政府教育部通俗教育研究会《劝告小说家勿再编黑幕一类小说函稿》[5]。在这些"批判"与"劝告"中出现了两个概念：一是"'黑幕'书"，二是"黑幕一类小说"，也即"黑幕小说"。这两者是不能划等号的。所谓"'黑幕'书"，开端于1916年9月1日上海《时事新报》所发起的"黑幕大悬赏"。它征集"上海之黑幕"，开列若干"问题子目"，"广征答案"。这些"答案"不属"文学作品"，也不是黑幕小说。黑幕小说是在《时事新报》发起"黑幕大悬赏"之前之后皆存在于文坛上的一种小说题材类别。而在那次批判与劝告中，新文学家将"'黑幕'书"与黑幕小说却混为一谈。中华民国教育部通俗教育研究会的函稿亦然。在一阵排炮轰击取得胜利以后，从此

---

[1] 钱玄同."黑幕"书[J].新青年，1919，6（1）：74.
[2] 志希（罗家伦）.今日中国之小说界[J].新潮，1919，1（1）：106-117.
[3] 仲密（周作人）.论"黑幕"[J].每周评论，1919（4）：1-2.
[4] 仲密（周作人）.再论"黑幕"[J].新青年，1919，6（2）：171-178.
[5] 中华民国教育部通俗教育研究会.劝告小说家勿再编黑幕一类小说函稿[J].东方杂志，1918，15（9）：172.

不分青红皂白，在文学史上也就一直混淆不清，将"'黑幕'书"与黑幕小说视为一物。对黑幕小说的评价问题，似乎就算是"盖棺论定"了。随着时间的流逝，有的文学史还张冠李戴地将《绘图中国黑幕大观》（以下简称《大观》）当作了黑幕小说的代表作加以批判。

1916—1918年的"黑幕潮"的来龙去脉究竟是怎么一回事？对黑幕小说究竟如何"定性"？应该有一番"再探索"。如果将这些"问号"放到"全球化语境"中去加以考察，还需要比照一下美国20世纪初到第一次世界大战（以下简称"一战"）前，由一批新闻记者和作家发动的"黑幕揭发运动"（以下简称"揭黑运动"），也许有若干经验教训可以吸取。

一、"'黑幕'书"——黑幕潮的来龙去脉

"都市化"原是一把双刃剑。就近代中国第一大都市上海而言，它既是接收与辐射先进生产力的聚散地，又是输入西方科学管理方法的展示厅，更是帝国主义侵略中国的登陆滩。因此，人们往往怀着很复杂的感情形容这个充满"两面性"的上海："富人的天堂，穷人的地狱；文明的窗口，罪恶的渊薮；红色摇篮，黑色染缸；冒险家的乐园，流浪汉的家园；帝国主义侵略的桥头堡，工人阶级的大本营；万国建筑博览会，现代中国的钥匙……"[1]上海有光明、先进的一面，也有罪恶、黑暗的一面。在上海刮起一阵揭"黑幕"旋风是毫不为怪的。始作俑者是《时事新报》。它不是一家"下三滥"的小报，而是当时上海四大报之一，在文化教育界也有较高声誉，其副刊之一的《学灯》是当时倡导新文化运动的四大副刊之一。这家报纸的编辑以敢于创新版面著称。它们在发起征求"黑幕"时，肯定预感到这是一个很"叫座"的题目，但事先是否就估算到有如此大的反响，恐怕也未必。它原有一个面向知识精英的副刊——《教育界》，现在它要开辟一个通俗化的新专栏。它的"黑幕大悬赏"的征文启事，是一个兼顾"讨伐性""消闲性""趣味性""知识性"的大拼盘。开头是一阵义正辞严的讨伐："上海五方杂处，魑魅魍魉群集一隅，名为繁盛之首区，而实则罪恶之渊薮，魔鬼之窟穴而已。……本报本其救世之宏愿，发为下列之问题，特备赏金，广征答案。世之君子，倘有真知灼见，务乞以铸鼎象奸之笔，发为探微索引之文。本本源源，尽情揭示。……共除人道蟊贼，务使若辈

---

[1] 熊月之. 总序[M]//上海通史. 上海：上海人民出版社，1999：1.

无逃形影,重光天日而后已。"在这个"大盖帽"下面,开列十个"子目":探警、游民、苦力、娼妓、拆白党、洋奴、烟界、赌徒、拐骗、匪徒"之黑幕"。每个"之黑幕"下面还有分门别类的提示。预示了这个栏目的自卫、消闲、趣味、知识等各"性"皆备。这则征稿启事从9月1日首登,至1916年10月10日发表第一篇征答之前,一共重复刊登了18次,其声势之大为以前各类征文所未有,可见报社对此专栏期望值之高。第一篇征答文是《拆白党黑幕》。篇幅只占综合副刊版《报余丛载》的三分之一。可出乎意料的是来稿踊跃,在征文中又收到了一部长篇,作者庄天吊原打算出版一本《海上百面燃犀记》的黑幕书。巧遇征文,就根据征文的子目,略作调度——按题顺序作答,在专栏开张的第6天就开始连载。作者名不见经传,除熟知黑幕中各种门槛之外,文字水平低下,由钱生可(专事负责黑幕的编辑)润文。由于社会反响强烈,报纸发行数量也因此激增。报社觉得大可作为读者的"看点"、报纸的"卖点"。因此,不仅收稿截止日期从9月20日延长至1916年年底,而且商业化操作手段也越来越露骨。由"小炒"而放手"大炒"。手法之多样,令人眼花缭乱。一是1916年10月30日,在头版头条发表《爱读〈上海黑幕〉者鉴》:"从近日各处购报诸公,均欲自10日起补购。奈本报存积无多,无以应命……现订一特别办法,定于阳历11月半,将黑幕汇印一纸,以与16日以后之报相衔接。凡购阅本报,即附送一份。"这次一印就是四整版。原声明以后不再补送。可是这股势头据说刹不住车,由于要求补购者信函纷纷,"本报同人亦复不胜其烦"了,于是发展到每半月就重新将黑幕再版一次,奉赠订户。二是扩充篇幅:1917年1月26日,头版刊登《爱读黑幕与黑幕投稿诸君均鉴》:庄天吊的长篇连载3个月,"愈出愈奇,……而诸君短篇答案,积久盈尺"于是决定"另辟《上海黑幕(二)》",与"庄稿齐驱并驾。譬诸行军,庄君大队当先;诸君短兵相接,合力竞进,自有互相策应之妙。我知黑幕遇此劲敌,命运绝矣"。这种"开辟第二战场"时踌躇满志的口吻,实乃出于"炒作"之居心。三是运用"有利时机",专题特别征答。1917年2月2日,头版发布《本报特悬重金再征上海黑幕短篇答案通告》:"时值旧历新年,黑幕问题中之赌徒、拆白党两类妖魔又复乘时潜出,设局害人。本报嫉恶如仇,爱特更悬重金专征赌徒、拆白党两种短篇答案。"规定300字一则短篇,第一名奖金高达30元。于2月25日揭晓名单同时,宣布"黑幕长短篇……长期收稿"。俨然成了一个"永久性"栏目了。四是由赠送单张到赠送黑幕书:每半月固定赠送的单张,赠送至第7次后,于1917年3月16日起又在头版头条宣布,由于篇幅扩张,单张无法容纳,不便"携带传观",现"本报第8次再版单张改装书本"。这其实是单行本"'黑幕'书"的起始。在貌似"热度一路攀升"时,稿件内容却每况愈下。揭露丑类时,描绘犯罪细节,渲染情色,刺激读者感官。五是1917年5月1日从"扩张篇幅"发展到"扩大地域",又刊载《本报征求北京之黑幕》的征稿启事。在开列的16个子目中,还颇具北京特色:官场、党派、政客、宫禁、旗人、遗老、帝制、老吏、相公、娼妓、求官、古董书画、会馆、门客、市侩、当差"之黑幕",但由于当时交通和传媒的现代化程度还达不到两地远程之迅捷交流,"北京之黑幕"一直没有开张。六是出版汇编合订本:在专栏开设一周年时(1917年10月10日),出版《〈时事新报〉上海黑幕一年汇编》(后报社简称"甲编"),篇幅达800页;在设专栏不到一年半时,即1918年3月18日又在头版头条刊出《本馆上海黑幕汇编第二编出版预告》(后报社简称"乙编")。这甲、乙两汇编,共约80万字。从上述的"第8次再版单张改装书本"到甲编出版之前"'黑幕'书"已印了12册,俨然是一套"小丛书"了。而甲、乙两汇编,更是这些"'黑幕'书"的扩大汇编。我们现在批评黑幕时,总是拉出1918年3月出版的《大观》来作为指控对象。因为这是我们目前最易找到的"靶子"。但《时事新报》的汇编本岂不就是《大观》出版之前的"大观"?《时事新报》的每一篇黑幕征答,报上先刊一次,单张或"小丛书"再重复一次,一年汇编再搜罗总汇一次,其中的流毒也更呈泛滥之势。而报社的滥用文化商品化的手法也愈益显露,它不再"不取分文",明确宣布,汇编虽为赠品,但与订报挂钩。凡订满半年的读者,各赠一册。我们还可从这些汇编预告中知道一点该报在社会上掀起黑幕狂潮的信息:"但观近数月来,拾取黑幕名词诸书,纷纷出现……即可知本馆创始上海黑幕之价值矣。"这很有点"居功自傲"的样子。当时各报广告栏中的黑幕书籍的确达到"铺天盖地"的程度。仅就1918年3—5月《申报》的广告栏中,就有《女子黑幕大观》《全中国娼妓之黑幕》《小姐妹秘密史》(又名《女子三十六股党之黑幕》)《上海秘幕》《绘图中国黑幕大观》,以及中华大黑幕《辱国春秋》与世界大黑幕《世界秘史》,等等。更有一种叫作《上海妇女孽镜台》的广告,简直令人瞠目结舌、惊诧莫名。它讲授"苏扬帮老鸨教授妓女法,附京津老鸨教授妓女法",而且还加添铜版精印百美图。读者们又不准备去做妓女,要学这一套献媚于嫖客的方法干什么?黑幕"盛"到邪恶之路上去,而且越走越进了死胡同。于是才有1918年9月15日发表的《劝告小说家勿再编黑幕一类小说函稿》,

社会舆论对《时事新报》也极为不利。经过两年的黑幕"倾盆大雨",物极必反。1918年11月7日,《时事新报》只好在头版头条发布通告《本报裁撤黑幕栏通告》,这则通告倒是值得全文照录供大家观览的:

> 黑幕者,本报本其改良社会之宏愿,特创之一种纪实文字也。两载以还,极承各界赞许。黑幕名词遂卓然成立。而最近各小书肆之投机出版物接踵并起,亦无不各有其黑幕。试就各报广告栏,而一计之下不下百十种之多,以表面而言,本报创之于前,各书肆继之于后,我道不孤,不可谓非极盛。而孰知有大谬不然者。此类效颦之黑幕虽至多,试逐一按其内容,诲淫者有之,攻人隐私者有之,罪恶昭著,人所共见。黑幕二字,即其自身的评,尚何改良社会之有?揆诸本报始揭黑幕之宗旨,实属背道而驰,诚非本报之所料及也。呜呼!黑幕何辜,遭此荼毒。虽曰黑幕不负人,人自负黑幕。而本报以自我作俑,引咎自责。且认为循是以往,借假名义者日多,泾渭不分,或竟事与愿违,无益而反有害。爰特将本报黑幕一栏,即日取消。暂以短篇小说为代。稍缓当别创一种记载,以答读本报黑幕诸君殷殷盛意。至于定报赠品,仍赠黑幕乙编全部。特此通告。

眼看大势不佳,《时事新报》赶快以高姿态"主动"撤退。否则有损于报纸的整体声誉。"通告"肯定自己的"宗旨"是光明宏正的,仅是牵累于各小书肆的"挂羊头卖狗肉"的投机事业,使它这位首创者蒙了不白之冤,它只好为这些效颦的"东施"们"引咎自责"了。它"嫁祸于人"而洗清自己。其实,自己的黑幕内容也是愈趋低下的,它难辞其咎。

以上就是黑幕潮的起步、发展与"盛"极而衰的过程。本文开头提到的新文学家的4篇文章均发表于《时事新报》"高姿态"撤栏之后,只起了一个消除影响和清扫战场的作用。

二、黑幕小说受"'黑幕'书"株连而一概被否定

从大肆追求轰动效应,不计社会效果,进而发展到煽情"炒作",掀起犯罪与色情文字大展览,是《时事新报》的黑幕征答专栏引领黑幕走向自我毁灭的道路。随着气味的日趋变质,从"弊大于利"而堕入了"流毒社

会"的深渊。可见黑幕也是一把双刃剑。《时事新报》宣言要给黑幕以致命一击,结果却被黑幕之剑的刃口伤害了自己。

社会上对"黑幕征答"的看法也有一个认识的过程。创栏伊始,社会上各色人等都对它有很高的期望值。多数市民觉得这个专栏是给黑幕"曝光",使其无处藏身。读了这些东西,就像学会了一种"防身术"。特别对大都市中的"新移民"来说,觉得自己对社会上的鬼魅,多了一种自卫的能力。因此,视黑幕专栏为"照妖镜",以为这是帮助乡村移民"速成"进入城市文化圈的有效手段之一。有的读者觉得专栏能满足自己的"窥探欲",可作茶余酒后之谈助,也就特别感兴趣。可是,这一个专栏连续办了两年有余,即 25 个月,而且"日无间断"。到了后来就进入了"走火入魔"的境界。"悬赏答案"愈写愈"细节化",甚至夸大其辞,编排渲染,无中生有,绘声绘色,津津乐道。似乎社会上举手投足之间皆有黑幕,人生就在黑幕包裹之中,简直可怕极了。在这一过程中,叶小凤的反映是很有代表性的:

> 黑幕二字,今已成一诲淫诲盗之假名。当此二字初发见于某报时,小凤奉之若神明,以为得此慈悲广大教主,将地狱现状,一一揭布,必能令众生目骇心惊,见而自戒。及见其渐近于淫亵,则喟然叹曰:洪水之祸发于此矣。果也,响应者,春芽怒发,彼亦一黑幕,此亦一黑幕,探基具相,则龌龊至于不可究诘……夫开男盗女娼之函授学校,则直曰开男盗女娼之函授学校耳;卖淫书则直曰卖淫书耳,而必曰宣布黑幕也。彼以为如此,则可以诱惑读书之学生,可以逃官厅之检查,其计诚巧不可阶,总算一帆风顺,无往不利。学生之黑幕程度,继长增高,进而教之,且将与流氓拆白颉颃,而作俑者,于此亦可告一段落矣。[1]

叶小凤将"过程"与"责任"都说得很清楚。它开始时的确得到读者的拥戴的。可是后来报上的内容"渐"近于淫亵,这个"渐"就是作俑者走下坡的过程。而当书肆群起响应,而且"探基具相",也即"细节化"到可以作为犯罪教科书的程度,则可与教唆青年罪同论了。

"黑幕"臭了。城门失火,殃及池鱼。"黑幕小说"也成为"众矢之

---

[1] 叶小凤(叶楚伧). 小凤杂著[M]. 上海:上海印书馆,1935:1.

的"。什么是黑幕小说？当时国外的观点是非常宽泛的，而且并不带贬意：凡是具有"曝光"性质的小说，就称"揭黑小说"或"黑幕小说"。美国甚至将《汤姆叔叔小屋》也划入揭黑小说的范围。杰克·伦敦认为这些小说"它披露了我们国家的真实情况：压迫与不公正的渊薮、痛苦的深渊、苦难的地狱、人间魔窟、充满野兽的丛林。……《汤姆叔叔的小屋》描述的是黑奴，那么《屠场》很大程度上是揭发今天的白奴制"[1]。按照这样的观点，那么《二十年目睹之怪现状》和《官场现形记》无疑可以划入黑幕小说类。张春帆写了一部《九尾龟》，也是黑幕小说，受到鲁迅与胡适的批评。可是他写的《黑狱》与《政海》也是黑幕小说，却受到较高的评价。阿英说："实则张氏所著之《黑狱》，其价值乃高过《九尾龟》十百倍……"《黑狱》与《九尾龟》前数册是同年发行的。"所描写的，都是鸦片输入后，在广东所造成的种种恶果，自官吏以至小民。此书之写实性甚强，即书中的事实，足见官民间因鸦片所引起的种种纠纷之日趋严重，而必然引起大的'激变'，此'激变'，即清醒之官民，必有一日起而拒鸦片之再输入，而不惜种种牺牲以完成之。读此册后再阅其他鸦片战争小说，可知中英鸦片之战，其发生实有悠久之前因。"[2] 可见黑幕小说大体可分两种：一种是后来被鲁迅和胡适称为"嫖学教科书""嫖界指南"[3] 之类，如《九尾龟》等；另一种则因其揭露而产生良好的社会效应的，甚至对历史的"激变"能起预示作用的，如《黑狱》等。因此我们常称张春帆是"两面人"。

包天笑在1918年7月1日发行的《小说画报》上也写过一篇名为《黑幕》的小说，形象而深刻地揭露出版业炮制黑幕小说犹如贩卖鸦片与吗啡，在小说结尾很幽默地说，他将这些黑幕"写了下来，自己读了一遍，不觉叫声啊呀，可怕得很。这黑幕是有传染性的流行病。我这篇东西，不很像讲的黑幕吗？"其实是包天笑很清醒地看到，黑幕小说有好坏之分，不容一概加以抹杀。而孙玉声则写过一部《黑幕中之黑幕》的长篇小说，主要是告诉读者，租界中已有一种人，利用人们还不懂"西法"，趁此用各种不法手段钻法律空子，以欺骗钱财，敲诈勒索。这部出版于1918—1919年的六卷长篇小说，意识甚至是很超前的。

---

[1] 肖华锋.《屠场》与美国纯净食品运动[J]. 江西财经大学学报, 2003 (1): 90-96.
[2] 阿英. 小说三谈[M]. 上海：上海古籍出版社, 1979: 1.
[3] 鲁迅称其为"嫖学教科书"，见《鲁迅全集：第4卷》，北京：人民文学出版社，1981：292. 胡适称其为"嫖界指南"，见《胡适文存：第三卷》，安徽：黄山出版社，1996：367.

黑幕小说虽与"'黑幕'书"不能混为一谈，但有时他们所写的内容，是"事实同源"。下面举一位以写黑幕小说闻名的作家朱瘦菊为个案，做简略的分析对比。朱瘦菊（海上说梦人）的黑幕代表作是《歇浦潮》，"歇浦"即"黄歇浦"，也就是我们今天所说的黄浦江。朱瘦菊长于上海，擅写浦江潮汐。小说连载始于1916年《新申报》，与《时事新报》的"黑幕大悬赏"同年。前后连载了5年之久，1921年出版百回单行本。其中有些情节可与黑幕征答或《大观》的内容相映衬。例如，在《大观》的《优伶之黑幕》中有一则很拙劣的文字："老大有结义妹曰老二，亦与新剧小生某甲昵（某甲即《新申报》所登《歇浦潮》小说中之胡士美）。……甲斯时与旧识某某妾亦名老二者重续旧好（此老二即《歇浦潮》中之无双）"。可见《歇浦潮》的人物原型也与《大观》中的事实同源。但《大观》中只是将这种现象视为优伶的"性道德"的混乱，属揭人阴私。而《歇浦潮》则是借此说明文明戏之所以会很快地走下坡路，乃是文明戏演艺界混入了许多道德败坏的堕落分子。在《大观》的《政界之黑幕》中有8则是写"侦探"的。这侦探并非是福尔摩斯式的破案故事，它们主要反映袁世凯手下的侦探四处密布，拘捕孙中山领导下的国民党党内的革命派。《大观》不过简单地交代有若干离奇的事实。而《歇浦潮》则一方面写革命党借租界以保存自己，开展工作，并逃脱袁政府的监视与拘捕；另一方面则是袁氏收买革命叛徒诱捕革命者，所谓诱捕就是一定要将革命者诱入华界，才能拘捕。因为从租界当局的资产阶级民主政治观看来，只要革命党不私藏军火，不自制炸弹，言论是可以自由的，反袁是其应有的政治权利，不得干涉。小说以一定的篇幅写国民党人在袁氏的利诱下加速了内部分化。在《歇浦潮》中有声有色地反映了诱捕与反诱捕的较量。从这些情节中，一方面可以看到南北政治斗争的尖锐复杂性，另一方面也将当年租界的政治缝隙效应如实地写了出来。这正是租界两面性的具体体现。因此，它可以作为反政府力量合法利用的政治空间。关于这一点，新文学家是不大正面反映的，在民族感情的大前提之下，唯恐有"为虎作伥"的嫌疑。但通俗小说看重"存真性"。因此，朱瘦菊在小说中不回避这一点。在朱瘦菊的笔下，对国民党的"内中分子极其复杂"的描绘，也有一定的立体感。既有革命者，也有叛变者，还有一种甚至是将革命当"做生意一样，存的金钱主义。设如探知某人财产富有，又胆小怕事，便写封信给他，请他助些军饷"。这些党人以"讨逆司令部"名义到处敲诈敛钱，供其挥霍。作为一个黑幕小说的作者，他将这些情节看成"歇浦潮"中裹挟的浪花与泥沙。

朱瘦菊在小说中还善于写城市的新兴工商业者中的败类是如何施行新骗术的。《歇浦潮》中的主要人物之一钱如海，就是上海这个"海"中迎着歇浦之"潮"如鱼得水的新型冒险家。他是开西药房卖假药起家，但总觉得这个局面太小，施展不开。后来听说，目前是外国人开保险公司最赚钱。他就与许多人合资仿办"富国水火人寿保险有限公司"。自己入股10万元，却用"监守自盗"的方法，用30多箱"假大土"向自己公司保险30万。然后放一把火将栈房烧毁，向公司索赔40万元。这也是歇浦潮汐有别于中国其他"海域"的特有的浪花。在他的笔下，新兴行业刹那间会畸变成食人的怪兽。这也是他的黑幕小说吸引力的特异磁场。朱瘦菊并不算是站在时代制高点上的作家，小说中也存有不少缺陷，但新文学作家对黑幕小说作一笔抹杀的结论，也是不能令人信服的。

三、"全球化语境"比照下的"双错现象"

现今有一个很时尚的名词曰"双赢"，但是在"全球化语境"下，中国现代文学史中可能会出现若干批判者与被批判者的"双错现象"。在这中国现代文学的第一战役中，征集黑幕者与批判黑幕者，在事态的发展过程中皆走向了自己的反面，即为适例。《时事新报》征集黑幕，自述是出自良好的动机，开始所搜集的答案，还是可供社会学者作为研究对象的，在一定程度上也对善良的人们发出了警示；可是每况愈下，最后不少征答以煽情的笔调描绘犯罪细节，用情色刺激感官，以自己的行动将"黑幕征答"搞臭。钱玄同、周作人与志希等的批判文章对刹住这种煽情主义的流毒是发挥了一定作用的，但他们将"'黑幕'书"与黑幕小说混为一谈，进而将批判"黑幕征答"扩大化，要将黑幕小说连根拔掉，使"'黑幕'书"与黑幕小说变为过街老鼠。从此在文学史上凡与"黑幕"两个字相关联就造成"人人喊打"的局面，同样也是走向了错误的方向。现在我们有将这一"双错"现象放在"全球化语境"中来加以廓清的必要。

"揭黑"是人类历史上应该一以贯之的优良传统。在人类的历史上，永远也少不了揭黑的清扫行动。在《时事新报》黑幕大悬赏的前几年，具体地说就是20世纪初到"一战"之前，美国掀起过一个以新闻记者和作家等发起的"揭黑运动"，唤醒社会良知，推动了进步主义改革浪潮，取得显著的社会效果。我们曾探寻过《时事新报》的黑幕征答有没有受到此前美国"揭黑运动"的一点什么启示，因为20世纪初到"一战"前的"揭黑运动"

与1916年9月1日发起征答黑幕在时间上实在是太靠近了。结果我们没有找到任何蛛丝马迹。我们也想考证一番：周作人等是精通外文的，是否曾得到过这方面的信息？可是他们对这个在美国曾轰轰烈烈的揭黑潮流也并非知情人。如果我们将黑幕征答与"揭黑运动"进行一番比较，如果将周作人等的批判与美国"揭黑运动"中的社会有识之士对运动的"有效引导"作一番对照，就能知道我们为什么判定他们是"双错"的。通过了解"揭黑运动"，也许我们会进一步看到，文学作品与新闻报导对黑幕是具有何等巨大的震慑力量。美国的"揭黑运动"虽然早已过去，可是"水门事件"不又是一次大揭黑？揭黑并不会过时。

在20世纪初，美国的"揭黑运动"中并非没有煽情主义的色彩，可是它的主流却是针对政治腐败、官商勾结、非法垄断、劳工问题、食品医药卫生等城市工业文明综合征的主要病灶。美国在19世纪与20世纪之交，在经济迅猛而无节制的发展中，产生了成堆的问题。如何通过揭露这些问题而使社会在经济现代化、社会现代化和观念现代化方面有序前进，成为当时美国社会转型期的聚焦点。那时，一些志在改革的志同道合的民主斗士，以若干新闻记者、作家为主体，还包括大学教授、环境保护主义者、正直的官员，在报刊杂志上大胆揭露时弊，全力推动改革，以至于形成了一个规模宏大的"揭黑运动"。在10年左右的时间内发表了2 000多篇揭发黑幕的文章。其中最为著名的有如下几篇美国"揭黑的"典范之作，在历史上被经久不息地传颂着。那就是林肯·斯蒂芬斯的《城市的耻辱》、大卫·G·菲利普斯的《参议院的背叛》、埃达·塔贝尔的《美孚石油公司史》和厄普顿·辛克莱的《屠场》。

1904年出版的斯蒂芬斯的《城市的耻辱》由6篇同一类型的揭黑文章结集而成。这6篇文章矛头都是针对市政腐败的。他选择了6个城市，每个城市最集中地代表了某种腐败的典型。如选择圣路易斯是该城市最能反映贿赂问题，钱权交易达到令人发指的程度；而明尼阿波利斯的警察贪污非常盛行，警察与罪犯的勾结，使大批的不法之徒纷纷向明尼阿波利斯啸聚，而罪犯一到该地，首先就去拜访警察，以便得到他们的保护。斯蒂芬斯的系列文章都是经过有计划、有目的的实地考察，甚至是冒着生命危险写成的。他的每一篇文章简直曲折得像是一篇篇侦探小说。现实性、文学性、可读性极强。这一个一个黑幕的被揭开，引起了全国的轰动与震撼。随着揭黑文章受到广大美国公民的关注，市政改革也同步地在美国的国土上艰难但有成效地进行着。斯蒂芬斯以一种大无畏精神宣称："我的特殊工作就是写美国贪污现象、贪污分子及总的政治不公正现象。"[1]

《参议院的背叛》的作者菲利普斯不仅是优秀的记者与编辑,他一生还写了26部小说,大部分都是以揭黑为题材。美国的参议院几乎是百万富翁俱乐部。他们都是由"利益集团"选出来代表那些托拉斯的利益的。菲利普斯将某些重要的议员指名道姓地揭露了一通,指责参议院是一个背叛美国人民利益的俱乐部。这引掀了轩然大波。因为每揭露一个议员,就可能引起一场潜在的诽谤诉讼案,但是人民对这些存在的严重问题的热烈的自由讨论,还是使事态向好的方向发展。在以后的选举中,许多被指名的参议员落选了。而这篇文章发表后最主要的连锁反应是在法律上把直选参议员的权力赋予了人民。

女性传记作家、历史学家塔贝尔的《美孚石油公司史》是揭露托拉斯的个案研究,也是她经过5年调查陆续写出的系列文章。她主要是暴露洛克菲勒集团的见不得人的发迹史:它在起家运作过程中的不道德手段,它对竞争者使用的最残酷的非法行径。这位非虚构文学作家严肃而富有学术味。她不仅显示了她的权威性,同时,细致的叙述也富有启发性,以至于不必去用什么煽情笔墨,就能调动读者的兴趣。

信仰社会主义的作家辛克莱的《屠场》在美国文学史上也是赫赫有名的。它主要是揭露美国劳工的悲惨命运和屠宰业的极不卫生的、危及人民健康的状况。在劳工问题上他反映得如此深刻而尖锐,被称为"揭露工资奴隶制的《汤姆叔叔的小屋》"。而他对屠宰业内情的揭发,使美国人民更了解自己是重重黑幕下的受害者,结合日常生活中的不道德行为,如假药猖獗等现象,人民崛起为捍卫自己的权利而斗争,以至于促使政府出台了《纯净食品及药物管理法》和《肉食品管理法》。

这批"揭黑运动"记者与作家唤醒人类良知,寻求社会公正,为推动美国的改革做出了贡献。可他们不是革命者,而是美国社会的补天派,从事的是进步主义的改革运动。因此,揭露托拉斯的垄断不会去涉及社会制度问题,最后只能让洛克菲勒用慈善基金来补偿他的道德的沦丧。辛克莱是社会主义者,但他揭露的劳工问题当然得不到彻底的解决,虽然通过两个法律而显示了《屠场》作者坚韧的战斗精神。他颇有点自嘲地说:"我原本想打击人们的心脏,没想到碰巧击中了他们的胃。"[2] 他期望改善的劳

---

[1] 肖华锋. 林肯·斯蒂芬斯与美国市政腐败 [J]. 江西师大学报,2001(1):3-10.
[2] 肖华锋.《屠场》与美国纯净食品运动 [J]. 江西财经大学学报,2003(1):90-96.

工问题,并没有得到相应解决,但是这个揭黑运动与进步主义改革同步进行的新局面,毕竟使美国在经济现代化、社会现代化与观念现代化方面出现了大转机。

除了揭黑者的功绩之外,还有一位当时被美国人民称为伟大总统的西奥多·罗斯福也发挥了重大的作用。这是一位想有所作为的政治家。他与揭黑者之间是有一个磨合的过程的。他总想按自己的路子来进行改革,他不希望由人家牵着他的鼻子被动地进行改革。因此,他被菲利普斯的《参议院的背叛》所激怒。他甚至在演讲时奚落那些揭黑者是"耙粪者"——眼睛死死地盯着地上的那些污秽,不停地耙着。可是第二天,撰写《城市的耻辱》的斯蒂芬斯去拜会他,并对他说:"总统先生,你已把那些使你成功的新闻调查全部扼杀掉了。"[1] "耙粪者"的名字实在不光采,但揭黑者们看到的是,总统为他们"加冕"的结果是有更多的人到处寻找他们的作品,然后津津有味地细读。经过磨合,罗斯福这位原本就会利用舆论力量的总统借揭黑文章为自己"制造公众舆论",并为美国的进步主义改革开路,从而得到了"很能顺从民意"的好口碑。这实际上是扩大了他总统的权力,使美国当时所存在的种种问题得到了一定程度的校正。

简介美国的揭黑运动就是为了对比我们的"黑幕大悬赏"的档次和存在问题,以及我们对黑幕征答进行批判时所站的高度。首先,征答中所开列的"子目",除了《探警之黑幕》外,大部分是针对黑社会的,如游民、拆白党、人贩、匪徒等,有一部分竟是针对下层民众的,如《苦力之黑幕》,写的是车夫的"敲诈"、丝厂女工"偷丝"之类。而娼妓类则是向情色描写靠拢。还有的是涉及不良嗜好,如烟界、赌徒之类。其中有《洋奴之黑幕》,提示上只有"西崽等辈",直到后来才添上"买办"字样。而讲到流氓为敲诈而主动向路人寻衅时,有的作者只能开出"远色而忍气"(流氓在寻衅之前往往以色相勾引来开路)的处方。这里没有当时张勋复辟和袁世凯称帝的政治黑幕,而当时正值袁世凯"龙驾归天"不久,也没有多少与人民更为休戚相关的社会问题。上海是"万商之海",但征文中连商业中的投机倒把,尔虞我诈的黑幕也不涉及。因此,与其说是揭黑,不如说是"猎奇"。而其主要篇幅是一幕"人渣大展览"。档次实在太低。他们把"征答"主要看成一种文化商业行为,仅是扩大报纸发行量的一种手段,更

---

[1] 肖华锋. 西奥多·罗斯福与美国黑幕揭发运动:兼论西奥多·罗斯福的新闻思想 [J]. 江西师大学报,2003(1):73-78.

何况逐渐滑入煽情深渊,成为真正意义上的"耙粪"。而美国的揭黑倒并非没有夹杂"黄色新闻",但因为有导向作用的重头文章,显示了一种理性批判意识的成熟,也就不容煽情风格向公众进行"狂轰乱炸"了。

其次,美国的揭黑运动的主体是一批志同道合的民主斗士,他们虽然没有自己的团体与行会,却有他们的默契与共同目标。像斯蒂芬斯、塔贝尔这样的人,几乎成了"专业"或"职业"的揭黑者。斯蒂芬斯平均每年只写4篇文章;而塔贝尔则5年只写了15篇,一色是同一系列的。他们几乎是啃住了一个问题不松口。他们的杂志得为他们的奔波调查花很大一笔钱。可是他们的文章一发表,就能引起"社会地震",杂志的销量当然可观,而销量的飙升就意味着广告的页码增加,而与其它的报刊相比,每一页的广告费也昂贵得不可同日而语,这走的是以质量取胜的正路。而"黑幕大悬赏"则是三流甚至是末流文人的"以文换钱",根本缺乏社会责任意识。

最后,美国的揭黑运动还得到了罗斯福总统的支持。揭黑者借助总统的权力来为改革铺平道路,而罗斯福又利用揭黑者为自己规划的政治改革大造舆论,以显示自己的顺应民心,这也为他赢得连任的选票。而《时事新报》的黑幕征答正是在袁世凯身亡后的军阀们"你方唱罢我登场"的政坛"活报剧"时期。改革根本上是提不上日程的。

虽然,黑幕征答因文章质量低下、社会效果极差、影响恶劣而"撤栏"。可是中国的黑幕小说却不是一无是处的。像《官场现形记》和《二十年目睹之怪现状》等轰动一时的作品,其实就是典型的"揭黑小说"。而像朱瘦菊的《歇浦潮》和张春帆的《黑狱》《政海》等作品,所用的素材,在黑幕征答或《大观》中也关涉不少。可见朱瘦菊、张春帆的这些作品,不是揭人阴私或丑诋私敌的"谤书"。夏济安读了《歇浦潮》之后,还觉得"美不胜收";而张爱玲谈及的使她受影响的书目中,也还有《歇浦潮》的一席之地。因此,不能将黑幕征答、《大观》[1]中若干内容低下的煽情之作与好的或较好的黑幕小说混为一谈,更不能一概加以否定,但在周作人、钱玄同和志希的文章中竟是一笔抹杀的。在周作人的《论"黑幕"》中,

---

[1]《绘图中国黑幕大观》是一部杂凑的东西,一共分16类,720则,涉及作者170人。不能说没有某些作者在里面写了一些可看的内容,但大部分是内容和文字皆很拙劣的笔记之类。如《军事之黑幕》仅收了一篇内容拉拉杂杂的文章。因为没有这篇东西就缺了一大类。当时军阀横行,有在台上得势的,有已下台韬晦的,也有在混战中命赴黄泉的,形形色色,黑幕遍地皆是,但这一类简直就等于空白,可见是拼凑的大杂烩而已。

虽然也说:"我们决不说黑幕不应该披露,且主张说黑幕极应披露,但决不是如此披露。……做这样的事,须得有极高深的人生观的文人才配,决非专做'闲书'的人所能。"[1] 这些意见是正确的。可是他在《再论"黑幕"》中,断然否定了黑幕与写实小说、黑幕与社会问题、黑幕与人生问题以及黑幕与道德之间的关系,从而将黑幕与黑幕小说统统排斥了。他的结论是"黑幕是一种中国国民精神的出产物,很足为研究中国国民性社会情状变态心理者的资料;至于文学上的价值,却是'不值一文钱'"[2]。将黑幕与国民劣根性联系起来当然是不错的,但我们认为,揭黑最终虽与国民性有关,但改造国民性也不一定是它唯一的或最直接的目的。揭黑的一个很重要的直接目的是为了改革社会。至于国民性,在改造客观世界的同时,也必然会相应改造人们的精神、观念与灵魂。试想,美国当时贪污盛行,我国当时也贪污猖獗,这恐怕不光是国民性的问题,还是人性的异化所形成一种"向恶的弱点"。

周作人等人的批判文章曾被作为正确的理论在中国文坛上矗立着,黑幕小说在中国就像被宣判了死刑。这是"管状视野"者所得出的结论。"双错"为文坛留下了后遗症。再加上以后的"揭黑渺小论","干预生活"是右派言论,等等,中国的"谈黑色变"愈演愈烈。其实,今天的若干纪实文艺,有不少是很优秀的揭黑小说或揭黑影视;而一些反贪反腐小说也得到了领导的高度重视与肯定。可见揭黑在当前领导、人民、作家的心目中的重要性。至于美国当年的揭黑运动对其他国家或地区或某一时段是否有普适性,则问题复杂,因素多样,不在本文讨论之列。

(本文原载《文学评论》2005 年第 2 期)

---

[1] 仲密(周作人). 论"黑幕"[J]. 每周评论, 1919 (4): 1-2.
[2] 仲密(周作人). 再论"黑幕"[J]. 新青年, 1919, 6 (2): 90-97.

《倚天屠龙记》与《鹤惊昆仑》之比较
——兼及"现代文学史观"

徐斯年

王度庐的《鹤惊昆仑》[1]和金庸的《倚天屠龙记》,叙述的都是身负血仇的少年,经历仇恨和消解仇恨的过程,从而成长为一代大侠的故事。《倚天屠龙记》的内涵当然更加深刻、丰厚,成就当然更高,但是通过二者的比较,还是能够获得若干历史认识的。

一、"人之子"与"魔之子"

"人之子"一语出自《圣经》,其借用义为"凡人之子"[2]。

《鹤惊昆仑》的主人公江小鹤就是凡人之子:他父亲江志升是陕南农村里的一个小土地出租者,至于他的母亲,作者连姓名也不曾交代。江小鹤从小便是喜欢舞枪弄棒、寻衅滋事的"野孩子"。

在某种程度上,江小鹤或亦可以被视为"魔之子"或带有"魔之子"的基因,因为江志升是犯"淫戒"而被师父鲍昆仑指派其他徒弟处死的。尽管罪不当死,江志升至少已非纯粹的"好人",江小鹤也就有了"遗传"的"污点"。然而,作品对此绝不"计较",在其"前期叙述"中(请注意,"叙述者"不等于作者),江小鹤对鲍昆仑的复仇被认为是天经地义的。在复仇与反复仇的斗争中,这位主人公只有一种身份——他始终是"复仇主体"。

---

[1]《鹤惊昆仑》,原题《舞鹤鸣鸾记》,最初连载于1940年4月7日至1941年3月15日《青岛新民报》。它是王度庐"鹤—铁系列"五部曲的第一部,但是写作、发表时间在《宝剑金钗》(原题《宝剑金钗记》)和《剑气珠光》(原题《剑气珠光录》)之后。

[2] 参见《鲁迅大辞典》,第25页"人之子"条,北京:人民文学出版社,2005. 这条释文为笔者所撰。

然而，江小鹤与鲍昆仑的孙女阿鸾又是青梅竹马的情侣。武功不弱的鲍阿鸾不能不保护祖父，抵抗江小鹤的复仇行动。于是，江小鹤深深地陷入了爱恨情仇的两极对立之中。

《倚天屠龙记》里的张无忌则首先是"魔之子"——他的母亲、义父、外祖父、舅父都是"魔教"里的首脑人物，他自己还接任了"魔教"教主之位。当然，张无忌也是"人之子"——其父张翠山是名门正派、誉满江湖的"武当七侠"之一，不过，由于爱上并娶了"魔女"殷素素，他也被视为沾有"魔气"之人，乃至最终夫妻双双因此而壮烈自刎。

张无忌并未继承什么"魔性"，但却继承了一笔又一笔的"魔产"，其中包括义父谢逊所欠三十多个门派的人命和仇恨、因明教其他成员滥杀无辜而欠下的人命和仇恨、母亲和舅父伤害武当七侠中排行第三的俞岱岩而招致的怨恨等。这些"魔产"加上因他拥有谢逊和屠龙刀的讯息，导致九岁的张无忌一上场便成了众矢之的，他的主要身份既是间接的"复仇对象"，同时又是直接的"猎物"。这种处境，后来又因赵敏及其所代表的外族官方势力的介入而更趋复杂。

张无忌的另一重身份也是"复仇主体"。他承担着为父母、义父，以及为自己复仇的义务。所以，他的身份和处境都比江小鹤复杂得多，他肩上所负的恩仇担子和使命也比江小鹤沉重、复杂、庄严得多。

江小鹤的复仇行为表现得主动、执拗。当他从九华老人那里学得绝顶武功（王度庐笔下的绝顶武功仅限于"点穴"），归来追杀鲍昆仑时，后者已是耄耋老者，但是，江小鹤依然对恋人的这位祖父紧追不舍；尽管对鲍阿鸾爱得很深、有所退让，但他嗜血复仇的意志毫不动摇。

然而，随着作者（此时作者与"叙述者"合二为一）展示鲍昆仑的狼狈处境和他虽仍颟顸、刚愎却已有所悔改的心态，江小鹤的复仇意志也出现了动摇；鲍阿鸾对他表明一贯未变的爱情之后引剑自杀，更使他彻底崩溃。"叙述者"似乎先肯定江小鹤的复仇意志及其行动的"合理性"，继而在展开人物内心爱恨情仇交战的过程中否定了这种"合理性"，爱情失败了，爱情又胜利了。

中国传统的复仇叙事"缺少对复仇血腥野蛮性的反思、非议和遏止因素"[1]，王度庐则在描写复仇主体精神意志的磨炼过程中，深刻地揭示主人公精神上的苦痛、折磨和困惑，从而对血亲复仇这一野蛮习俗做出了否

---

[1] 王立.武侠文学母题与意象研究[M].大连：辽宁师范大学出版社，2005：162.

定。这无疑显示着作者思想中的"新",无疑显示着对传统武侠作品复仇叙事的超越。

江小鹤亦属武当派[1],作品结尾还写到他独闯武当,大战"七大剑仙",但这条线索之表现乏善可陈。这是因为王度庐对武术门派及其生存状态知之甚少,他的兴趣和特长亦不在此。

张无忌的表现与江小鹤恰恰相反,他的行动特征是"'被复仇'的主动"。虽然大多数情况之下并非"直接复仇对象",他却不仅把属于"魔产"的所有罪责全部包揽过来,挺身为之负责,而且始终坚持用自己的行动去化解江湖仇怨。与之有关的"四大战役"以光明顶之战为首,此役乃是张无忌以"被复仇者"的身份,代替明教向江湖六大"名门正派"做"交代",从而初步化解仇怨、挽救明教的开始。继之便是捍卫武当之役,它在主观上仍是张无忌以"被复仇者"的身份关怀对方的行为(何况对方中的武当派又是他的"父亲之'帮'")。不过,由于赵敏施行嫁祸之计而导致此役性质复杂化,张无忌的角色又由"被复仇者"转化为"复仇者",并且初步履行为父母、为"俞三师伯"复仇的义务。万安寺之战,性质与前一战役相近。最后的少林大战,则是他以同一身份(除江湖各派对明教和谢逊的仇怨之外,此时他还加揽了"反正"之后的赵敏欠下的仇怨)所作最精彩、最残酷的搏击。此役以谢逊的复仇、谢罪和张无忌团结各派共同抗击元朝官兵而告终。

张无忌的性格,主要是借由他的"被复仇"之主动行为体现出来的;《倚天屠龙记》的主题,也主要是借此体现出来的。

金庸在《倚天屠龙记》的《后记》中说:张无忌的"性格比较复杂,也是比较软弱"。他一生"总是受到别人的影响,被环境所支配,无法解脱束缚"。[2]这条"鉴定"稍嫌笼统,具体问题需具体分析。

说张无忌"软弱",只适用于他对相关人、事尚未认辨清晰之际。

张无忌生性仁厚(这与童年环境及其所受教育分不开),即使一再遭受欺骗、伤害,也料想不到人会变得多么坏。卷入明教与名门正派以及其他江湖门派的斗争之初,"他心中所想到的双方",便是"已去世的父母",所以他确立了并始终坚持消弭分歧、化解仇雠的行动方针。在这方面,有两

---

[1]《舞鹤鸣鸾记》连载的第一天,刊登的是篇《序言》,出版单行本时已被删除。其中有云:"自清初至近代,武当派中的侠士实寥寥无几,有的,只是甘凤池、鹰爪王、江南鹤等。"此乃杜撰之说。

[2] 金庸. 倚天屠龙记[M]. 北京:生活·读书·新知三联书店,1994:1593.

个人的事迹对他影响最大、最深：一个是父亲，张翠山的自刎使他认识了"承担"的意义和价值；另一个是谢逊所陈述的空见大师，这位高僧的自我牺牲，使他懂得了"以武止戈"的壮烈和崇高。空见大师作为一位决然无疑的强者，为了消弭冤冤相报，为了制止滥杀，竟然主动以"弱"示人，乃至主动"求败""求死"！武学宗师而如此用武，不仅极其罕见，而且充溢着大慈悲的精神！这位高僧尤其成为张无忌用武的终身楷模。

  作品里的诸多情节证明，当张无忌一旦认清善恶、是非之后，他总是会在面对"极限情境"时挺身而出，既不软弱，也不犹豫。诸多情节证明，每当别人的生命受到威胁时，他的出手相助（包括运用精妙医术）经常是"敌我不分"的，是"以德报怨"的，更是对生命价值的尊重和珍视。他曾对赵敏说："我只觉得要恨一个人真难，我生平最恨的是那个混元霹雳手成昆，可是他现下死了（按：其实未死），我又有些可怜他，似乎倒盼他别死似的。"[1] 生命对于一个罪大恶极、死有余辜的恶人来说，其价值也一点都不比正常人低（这里说的是生命哲学问题而不是法学问题，即使法学，废除死刑的立法及其讨论也已证明体认这一点的崇高意义）。张无忌体认到了这一点，标志着他的精神升华，窃以为"侠之大者"，无过于此！

  谢逊说：无忌对于"是非善恶之际"不会"太过固执"，而是"胸襟宽广""圆通随和"。看来这条"鉴定"比较实事求是。谢逊的话在这里也是金庸的话。一个人的缺点往往又是他的优点，这在张无忌身上大概体现得尤其突出。

  金庸说：《倚天屠龙记》"比较集中地表现"了"宽容"的精神。[2] 当温瑞安因"神州诗社"的内部矛盾而苦恼时，金庸又曾写信给他说："'一夜夫妻百夜恩，百夜夫妻海样深'，朋友之道亦当如是观。不要认为他们是'背叛'，那是太重的字眼。人生聚散匆匆，不必过分执着，千万不要把你的朋友当作敌人，那么你心里不会难过，朋友也不会难过。"[3] 所以，"宽容"不仅是《倚天屠龙记》的主题，也是金庸本人的处世精神。这也许可以作为解读《倚天屠龙记》《后记》相关文字的一把钥匙。

  《倚天屠龙记》在消解仇恨的同时，也消解了"正""邪"对立。二者

---

[1] 金庸.倚天屠龙记[M].北京：生活·读书·新知三联书店，1994：1037.
[2] 陈雨航.如椽飞笔渡江湖[M]//葛涛.金庸其人.北京：社会科学文献出版社，2004：146.
[3] 温瑞安.王牌人物金庸[M]//葛涛.金庸其人.北京：社会科学文献出版社，2004：36.

属于同构命题。

屠龙刀是一个象征，它的象征含义之一即辨别善恶的试金石。张无忌发现，经过这块试金石的测试，许多"正派"人物实则充满邪恶，而诸多所谓邪派，在本质上倒是"崇正"的。这是《倚天屠龙记》消解"正""邪"的一个层次，是较浅的认识层次。

《倚天屠龙记》接近结尾时，写到谢逊口颂《金刚经》为张无忌消除"心魔"；又写到他皈依度厄大师时口占偈语曰："牛屎谢逊，皆是虚影，身既无物，何况于名？"[1] 这是一位曾集"正""邪"于一身的"魔头"的大彻大悟！

所以，《金刚经》也是一个象征。它的象征含义之一，便是从哲理上消解"正""邪"的融化剂——诸相非相，"正""邪"皆"虚"，这才是彻底的消解！

以佛学为消除"正""邪"的哲理基础，并非始于金庸，而早已见诸前辈武侠作家的作品。这里说的不是王度庐（他的作品里罕见此类命题），而是向恺然（平江不肖生）和李寿民（还珠楼主）。把金庸的相关文字、言说与这两位前辈作家对比一下，是很有意思的。

当范遥说到如何用"栽赃"之法对付鹿杖翁时，金庸写道："张无忌又是好气，又是好笑，心想自己所率领的这批邪魔外道，行事之奸诈阴毒，和赵敏手下那批人物并无什么不同，只是一者为善，一者为恶，这中间就大有区别。"[2] 文中并未谈及佛法，可是三十多年前的向恺然，却曾引用佛理阐释过相同的命题。

《江湖奇侠传》里有位名叫庆瑞的清朝将官，虽属崆峒"邪派"，却从无恶行劣迹。他曾对徒弟说："法术没有邪正，有道则法是正法，无道则法是邪法。"[3] 法无定性，唯"道"是正；"道"即"无相"，诸法悉空。是为佛理。张无忌的感想合乎佛理。

金庸曾说："我个人信佛教，佛教认为个人个性决定于'业'，一个人这一生是他的前生十代八代累积下来的，一个人的'业'是一生的影响力。人是很复杂的，是各种因素加起来的。'侠'，先天关系很大，后天关系也

---

[1] 金庸. 倚天屠龙记 [M]. 北京：生活·读书·新知三联书店，1994：1529.
[2] 金庸. 倚天屠龙记 [M]. 北京：生活·读书·新知三联书店，1994：1017.
[3] 平江不肖生. 江湖奇侠传 [M]. 香港：香港艺文图书公司，1985：420.（叶洪生主编《近代中国武侠小说名著大系》本）

很大，都有影响。"[1] 写《倚天屠龙记》时他虽尚未正式皈依佛门，但上述观念无疑隐含于他的叙事之中。

向恺然在《江湖奇侠传》里也谈论过这一命题。他说："谈道者喜谈孽，禽鱼木石皆各有其孽；孽不足以相抵，人力无如之何！孽之为物，与星相家之所谓命运相类。"[2] 他进而解说道：清朝之所以不到辛亥年不会倾覆，革命之所以不到辛亥年不会成功，皆因辛亥之前彼此之"孽"不足以相抵也。这里显然把"孽"加以中性化，使之成为二元对立之间的"同一性"了。按湖南方言"孽""业"同音，故向恺然所阐发者，便是佛学中之"业力"说，与金庸所论相通。

李寿民则曾在《蜀山剑侠传》中，借一个名叫李宁的人物之口说："若是上乘，便不着相。本来无物，何有于法？万魔止于空明。一切都用不着，哪有敌我之相呢！"[3] 这里阐释的佛理，明显出诸谢逊所颂之《金刚经》。

从"业力"说角度解读，《倚天屠龙记》里所写的"正""邪"双方，所经历者均系"业苦"，何有分别焉！从"无相"说的角度解读，《倚天屠龙记》所写"正""邪"诸相皆属"非法相"，唯有不"着相"，方能达致"真法相"！

对于上述命题，向恺然、李寿民均未在自己的作品里将其营构为主干性的故事情节，着重加以表现。而金庸则做到了，由此观之，也是大突破。

以上引证，意旨不在弘扬佛法，而在揭示一条历史线索——20 世纪 30 年代的向恺然、李寿民和 20 世纪 60 年代的金庸，在处理二元对立的武侠题材时，都致力于从哲理上探讨对立面的同一性，并从哲理上为消解二元对立寻求依据。这与消解复仇一样，显示着武侠小说"现代化"进程的又一轨迹。

二、"大历史"及"小是非"

《倚天屠龙记》是金庸笔下具有真实历史背景的故事之一。作者展现

---

[1] 王力行. 新辟文学一户牖：访金庸谈武侠、文学与报业 [M] // 葛涛. 金庸其人. 北京：社会科学文献出版社，2004：138.

[2] 平江不肖生. 江湖奇侠传 [M]. 香港：香港艺文图书公司，1985：471.（叶洪生主编《近代中国武侠小说名著大系》本）

[3] 还珠楼主. 蜀山剑侠传 [M]. 太原：山西人民出版社，1998：2083.（《还珠楼主小说全集》本）

"大历史"时显示着三个特点:其一,拿捏得当,始终未让张无忌掺和到朱元璋的军队里去。其二,史料的运用证明作者史学修养的深厚,特别是明教史料的运用,不仅根据确凿,而且天衣无缝地为主干情节提供了有力支持,天衣无缝地为故事引入了异国文化元素。构思巧妙,令人击节。其三,对朱元璋开国"圣业"所作之反讽,尤其值得赞赏。

韩林儿《明史》有传,与郭子兴并列。郭子兴是朱元璋与"马皇后"("马大脚")的媒人,故传末之"赞"褒曰:"有明基业"实肇于郭氏之旅。"子兴之封王祀庙,食报久长,良有以也。"韩林儿虽也曾是朱元璋的上级,但他自立国号曰宋,对于明朝来说这属于"僭",在"正史"里首先便是不可不"贬"的。故其"赞"曰:"帝王之兴,必有先驱者资之以成其业,夫岂偶然哉!"[1]"为王前驱"的"史评",透露着韩林儿的下场。金庸或即以此为据,构思了朱元璋谋杀韩林儿的情节,用艺术的真实,揭露了可能被掩饰掉的历史真实(关于韩林儿之死,《明史》取卒于滁州之说,同时又存瓜州覆舟而亡之说,应该说还算比较客观的)。

至于朱元璋借杀韩林儿而施"一箭双雕"之计逼走张无忌的情节,当然纯属杜撰。然而《倚天屠龙记》处理历史素材的大魅力恰恰在于此,正如陈墨所说:金庸"将许多'历史人物'写进书中,并将其与'传奇人物'熔于一炉,创造出一种'亦史亦奇'的武侠小说的特殊格局,妙在'似与不似'之间"[2]。朱元璋建立明朝,寓有"历史的必然性";张无忌原本可能当上明朝皇帝,却被朱元璋"耍"了,则是"虚构的或然性"。以"虚构的或然性"来"解释"历史的必然性,从而寄寓对于正史的反讽,体现作者的史观与史识,正是金庸式"历史传奇"的大魅力。在这里,我们更多地看到了司各脱、大仲马的"身影"。金庸很好地吸取了西方历史传奇作品(包括戏剧和史诗)的营养,同时继承中国古来的历史传奇(既指小说,也指戏曲)传统,并使之出现了质的飞跃。

与国恨家仇、民族命运的"大历史"相比,情场悲欢实乃"小是非"。然而,"小是非"的意义和价值却又不亚于"大历史"。

站在"驱逐胡虏"这一"伟大事业"的立场来评论,尽管作者为张无忌铺排了种种"充足理由",但他最终做出的与赵敏双双退隐的选择,即使不"上纲"为"背叛",也可斥之为"逃避"。然而,"伟大事业的立场"

---

[1] 张廷玉. 明史:第122卷[M]. 上海:上海古籍出版社,1986:380.
[2] 陈墨. 金庸小说之谜[M]. 南昌:百花洲文艺出版社,1992:110.

属于"大叙事",张无忌和赵敏的选择恰恰显示着"小叙事"的"颠覆性",含义非凡。当然,这颠覆性又是有限的——金庸是位有政治眼光的作家,他知道现在"国家的界限"远未"消灭","'爱国''抗敌'等观念"还有大"意义"[1],所以预先设置了赵敏"反正"的情节,以使"小叙事"与"大叙事"不至于产生尖锐矛盾,但是,从朝廷和父、兄的立场考察,赵敏的"反正"难道不是最大的"反叛"吗?!以此观之,则"小叙事"的颠覆性依然不弱,这位蒙古郡主的"魔性",委实远远大于张无忌,只是笼罩于"汉族正统"的"大叙事"之下,不易引起人们的"警觉"罢了。

张无忌爱的是赵敏,这个问题不是他自己在口头上说得清楚的(最终他还是对周芷若说清楚了),而首先是借由他的一系列潜意识活动暴露出来的。金庸写他最终选择了赵敏,完全符合张无忌的"本意"及其性格。金庸说赵敏"不可爱",张无忌却觉得可爱,这是没有办法的事。正如作者在该书《后记》中说的:"既然他的个性已写成了这样子,一切发展全得凭他的性格而定,作者也无法干预了。"[2]在这个问题上,金庸不能不跟张无忌走,否则创造这个人物就会出现败笔。

其实,金庸自己恐怕也是喜欢赵敏的——她的狡黠、伶牙俐齿犹如阿紫,但不像阿紫那样狠毒;她的聪明、博学则近似王语嫣,属于金庸爱写的女性类型。

周芷若的"性格变态"(其责任不在或并不全在灭绝师太),与赵敏的"背叛朝廷"是一组"同质异构"的情节。构思后者的目的,在于让张无忌的婚姻不至于背离"大叙事";构思前者的用意,则在为张、周的婚姻之约"解套",使张、赵的结合符合一夫一妻的现代道德。有关周芷若的这段故事吊诡异常、匪夷所思,有"斧凿之痕":峨嵋派女徒均系处子(纪晓芙就是因为违反这条规矩而惨死在灭绝师太掌下的),掌门人自然绝对不会结婚,这是江湖上人人皆知的事情。为什么当周芷若推出她的"夫君"——宋青书时,连周颠、说不得那样的碎嘴子,都一声不发、看不出破绽来呢?当金庸竭尽心力营构复杂诡异的情节之际,是难免出现疏漏的,此为一例。

张无忌确实用情不专,确实有着"泛爱"倾向,金庸写他"四美并娶"的白日梦,是其潜意识活动的真实浮现。对此,无需引证古代允许一夫多

---

[1] 金庸. 后记[M]//神雕侠侣. 北京:生活·读书·新知三联书店,1994:1563.
[2] 金庸. 倚天屠龙记[M]. 北京:生活·读书·新知三联书店,1994:1593.

妻的制度加以辩解；在金庸笔下，"一男泛爱多女"的模式也不仅呈现于《倚天屠龙记》。除了写出主人公对爱情不够专一的缺点之外，这种"情色叙事"的意义还在于揭示了"利比多"的普世存在，揭示了人性深处的"魔性"。揭示这种"魔性"，对主流价值体系（至少是当年的主流价值体系）也有很大的颠覆意义。

金庸在《后记》中说："像张无忌这样的人，任他武功再高，终究是不能做政治上的大领袖……中国成功的政治领袖，第一个条件是'忍'，包括克制自己之忍，容人之忍，以及对付政敌的残忍。第二个条件是'决断明快'。第三是极强的权力欲。张无忌半个条件也没有。"[1] 对照作品情节，我们发现张无忌在"克制自己之忍，容人之忍"方面，还是够"半个条件"的；在"决断明快"方面，亦不见得"半个条件也没有"，例如接任教主之后的约法三章和调度人马。问题在于，在金庸侠义小说的语境之中，具备上述三个条件者恐怕都已不再是"侠"了；倘若依然为"侠"，则其形象很可能具有负面或不够正面的特征。

究其原因，盖在能否成为"政治上的大领袖"，除了自身性格、素质等条件之外，更取决于环境——"政治上的大领袖"们的环境在于金戈铁马的"战场"和议政弄权的"庙堂"，"侠"的环境则在于独来独往的"江湖"。韩非是贬斥儒、侠的，他在《五蠹》里批评养儒、侠者说："国平养儒侠，难至用介士，所利非所用，所用非所利。"[2] 准确地道出了"侠"与"介士"的本质区别。

"介士"者军人也，国家的"暴力机器"也；与之相对的名词为"私剑"，也就是游侠，如果不考虑存在"被养"的状况，其用武的个人性和气质的由任性当与后代武侠小说中的主人公们基本相同。[3] 韩非的话很有道理：国家存亡，赖乎"介士"；欲靠"私剑"，必得其反。而"私剑"一旦成为"介士"，也就不再是"侠"了。这里不存在孰"好"孰"坏"的问题，无非说明，即便把张无忌换成郭靖、杨过，只要他们还是"侠"，就都成不了"政治上的大领袖"；反过来，成为"政治上的大领袖"者，尽管可以带有"侠气"，但在本质（社会属性）上已不可能再是"侠"了。这说

---

[1] 金庸．倚天屠龙记 [M]．北京：生活·读书·新知三联书店，1994：1593．
[2] 佚名．二十二子 [M]．上海：上海古籍出版社，1986：1184．
[3] 读者如对这个问题感兴趣，欢迎参阅拙作《原侠及其侠义精神——中国武侠小说史研究之一》，见深圳大学文化与传播系主编：《文化与传播》，上海：上海文化出版社，1993：395-410．亦见拙著《侠的踪迹——中国武侠小说史论》相关章节，北京：人民文学出版社，1995．

明,在侠义小说里要写真实历史事件并让主人公参与其中,是很困难、要"冒风险"的。金庸在这方面总体上处理得相当得体、相当高明。

反顾王度庐,他写作"鹤—铁五部曲"时身处日占区,是不能、也不敢涉及"历史背景"的。《鹤惊昆仑》写鲍阿鸾对江小鹤的爱,主要以恨的形式表现出来——小鹤不在时,一见童年经常相约之处的柳树,她便抡刀痛砍;为保祖父而与小鹤交手时,她则拼命搏杀,近乎疯狂。这与赵敏对付张无忌时的狡黠、刁钻、从容,倒也可作一比。

《鹤惊昆仑》以悲剧结束,江小鹤选择了归隐;《倚天屠龙记》以喜剧结束,张无忌和赵敏也选择了归隐。平心而论,这是侠者最现实、最理想的归宿。然而,回想起江湖往事,无论是在九华山上种茶叶的"江南鹤"还是在闺房里为赵敏画眉的张无忌,他们的心潮一定不会平静。一旦遇到"士之阨困",他们也必定依然会千里赴义,"不矜其能"[1] 的:江南鹤已在《宝剑金钗》里为救李慕白而现过身了;如有"射雕第四部",张无忌也会如此的吧!

抗日战争胜利之后,王度庐写过多部以清代野史传闻为素材的小说,此时他也不回避"大历史"了。作为一位满族作家,一方面,他的此类作品既蕴涵着对本民族政权盛衰原因的思考,又包含着对汉族人民的歉疚和对"反清复明""国民革命"事业的支持。他对历史的反思,已经上升为"超民族"的人文关怀。另一方面,他的这些作品里又有着浓郁的"旗人"生活气息,处处深藏着自我的"民族认知",殆亦可以视为具有颠覆性的"小叙事"。这些方面,他既与金庸有别,而在史观、史识方面,却也存在相通之处。

三、"平民文学"及"成人童话"

1930年,王度庐以"柳今"为笔名发表杂文《一个平民文学家》,对"平民文学"作过理论性的阐释。文中提出:"世界本来是平民的世界,尤其是文学家,更要有一种平民化的精神,他才能够用文学的力量,来转移风化,陶冶民情。"[2]

---

[1] 司马迁. 史记·游侠列传 [M]. 北京:中华书局,1987:3181.
[2] 柳今(王度庐笔名). 一位平民文学家 [N]. 小小日报,1930-04-12(4). 按该文所揄扬的"平民文学家"是满族鼓词(子弟书)作家韩小窗。

王度庐的"平民文学观"与周作人的主张既有联系，又有差异。周作人虽然也说平民文学作家是"普通男女"中的一人，但他其实要求这些作家成为"先知或引路的人"；因此，他强调"平民文学决不单是通俗文学"，"不必个个'田夫野老'都可领会"。[1] 他所提倡的"平民文学"，实际便是"人生派"的五四新文学，具有"先锋性"和"精英性"。王度庐的"平民文学观"，其实就是符合五四精神的"通俗文学观"。在他看来，平民文学是具有平民思想的作家创作的一种文学，是他们运用俗众可以领会的语言，从精神上教化、愉悦、提升俗众的文学。要让"平民"领会，这一点是非常重要的；但是"通俗"又绝不是"随俗"，更不是"俚鄙"。

　　周作人认为"平民文学"主要不是通俗文学；王度庐则认为通俗文学可以、也应该是"平民文学"。他们的差别在这里，他们的联系也在这里。

　　鲁迅也曾论及"平民文学"。他在《中国小说史略·清之侠义小说及公案》中说："是侠义小说之在清，正接宋人话本正脉，固平民文学之历七百余年而再兴者也。"[2] 陈平原解读云："鲁迅所说的'平民文学'包括精神和文体。前者定位在庙堂之外，自是十分在理；后者局限于'话本正脉'，则略嫌狭隘。"[3] 所见甚确。王度庐的"平民文学观"和鲁迅这里所说的意思倒是一致的。

　　金庸的观点亦然。谈及武侠小说与西方骑士小说的区别时他说：骑士小说的主旨是对皇帝、教会、主人的忠心，而中国的武侠故事则"代表一种反叛的平民思想"[4]。据说，当《明报》的倾向转而偏于读书人、知识分子时，有一批自称为"小市民"的读者致函该报副刊《自由谈》，认为知识分子看不起小市民，要求《明报》社长表明立场。金庸发表公开信说："决不以为读书人的身份比小市民为高""《明报》尊敬知识高深的读书人，愿意接受他们的指导，但我们真正的好朋友、永远的死党，都是广大的小市民。"[5] 这也可以视为金庸的"平民文学宣言"。

　　王度庐亦曾从事新闻业，但与金庸相比，他只能称为"小报人"——

---

[1] 周作人，钟叔河，鄢琨. 艺术与生活［M］. 长沙：岳麓书社，1989：4-5.

[2] 鲁迅. 鲁迅全集：第9卷［M］. 北京：人民文学出版社，1981：278.

[3] 陈平原. 超越"雅俗"：金庸的成功及武侠小说的出路［M］//葛涛. 金庸其人. 北京：社会科学文献出版社，2004：329. 鲁迅又曾在《而已集·革命时代的文学》中论及"平民文学"，所指则系由"平民"自己写作的文学，所以他说："平民的世界，是革命胜利的结果。"革命既未成功，也便没有"平民文学"。

[4] 金庸. 金庸散文集［M］. 北京：作家出版社，2006：258.

[5] 杜亚萍. 金庸传［M］. 南京：江苏人民出版社，2009：90.

这不仅指他供职的是家小报,更指他的家庭背景、学历、社会地位等,都远比金庸低微得多。[1]

北京的《小小日报》是一家以报道体育新闻为主的娱乐性小报,确切创刊时间未详。1926 年,年仅 17 岁的王度庐(时名"霄羽","度庐"是 1938 年才用的笔名)始向《小小日报》投寄侦探小说;后来他又以"柳今"的笔名,包揽了该报副刊的《谈天》专栏,每日为之撰写杂文一篇,同时依旧撰寄小说(除侦探外还包括社会、言情、武侠等类别,均较粗糙,属于"练笔阶段")。大约 1931 年开始担任该报编辑,实际上兼做校对,甚至还要当跑街的,直至 1933 年。

至今能够查到王度庐发表在《谈天》的杂文共计一百四十余篇(少数载于另一专栏《小言》)。他在这些文字中谈国难、谈民生、谈伦理、谈国民性、谈男女平等、谈流行文化(包括电影、京剧、曲艺、歌舞和鸳鸯蝴蝶派的小说),相当全面地表达了以"平民主义"为核心的早期思想。这些杂文也经常透露作者的处境、心态和气质。"窝头"和"病"是出现频率最高的两个词;"身世的飘泊,学业的荒芜","经济的压迫,希望的失败"[2]是他无法挣脱的困境。作者的心理结构充满矛盾,这些矛盾集中于自我的"角色认知":一方面,他自愿做个"平民文学家""知识劳工";另一方面,由于通过自学而提高了文化修养,他又"野心太大",因扮演当前的角色而隐感自卑。

1937 年后王度庐在日占区的青岛从事武侠小说和社会言情小说写作时,基本处于半失业的状况。上述心态因处境的恶劣而更加沉重,因而反覆地、曲折地折射于他作品中的主人公身上(除江小鹤外,还有《宝剑金钗》里的李慕白),加上纳兰性德式的情绪(王度庐非常喜欢这位本族词人),使他的侠情小说笼罩着一片悲怆的氛围。

用今天的眼光考察,王度庐的文学语言过于拙朴,叙述不够简洁,其作品的可读性远逊于金庸的作品,但是,20 世纪 40 年代它们的传播区域早已远达"大后方"的重庆,在那里的大学生中风靡一时。王度庐在侠情小说里塑造出为捍卫"爱的权利"而奋争的数代侠士、侠女形象,在武侠小说史上具有开创性,这一点与金庸作品也有相通之处。

---

[1] 详见拙著《王度庐评传》相关章节,苏州:苏州大学出版社,2005. 还有《王度庐的早期杂文》,《津门论剑录》,上海:远东出版社,2011:296-334.

[2] 柳今. 憔悴 [N]. 小小日报,1930-06-16 (4).

与王度庐相比，金庸当然属于"大报人"——这当然也不仅是指他的《明报》社长身份，指的更是他的社会活动家地位、精英角色，及其学历、经历、专业修养、文化素质的高层性和广博性。这位精英人士把"平民文学"的武侠小说推上了一座前所未有的高峰，"成年人的童话"一语，是对他的侠义小说所达成就的一种概括。

据说，"成年人的童话"一语，原是华罗庚1979年在伯明翰与梁羽生聚谈时对梁氏《云海玉弓缘》一书的评价。又有一种说法，称这一评语初见于远景公司出版《金庸作品集》时的广告（按：这套全集出版于1980年，比"华说"要迟一年）。我没见过这个广告，但曾向远景公司的沈登恩先生当面做过求证。他的回答是："'成年人的童话'这个说法没有出典，是自己想出来的。"当时我说："哦！那您就和鲁迅、华罗庚'英雄所见略同'了！"因为"成人的童话"一语，可能出于鲁迅为所译《小约翰》撰写的《引言》。[1]

《小约翰》系荷兰作家望·蔼覃（F. W. Van Eeden, 1860—1932）所作长篇童话，鲁迅的《〈小约翰〉引言》撰于1927年5月30日，内云："这诚如序文所说，是一篇'象征写实底童话诗'。无韵的诗，成人的童话。"[2] 按引语中的"序文"指《小约翰》德文译本卷首费赫博士（Dr. Paul Reche）所作序文，"成人的童话"则是鲁迅对其"象征写实底童话诗"这一评语的引申，当指《小约翰》的文学样式虽属童话，但是其中所象征的"人性的矛盾""祸福纠缠的悲欢"等人生体验和哲理内涵，并非儿童所能领会，只有具备相当素质的成人读者，才看得懂。

我们无法考证华罗庚的说法是否受到鲁迅上述评语的启发，但是，鲁迅的解释虽非针对武侠小说，却无疑有助于理解华罗庚的评语。作为文学样式，童话的根本特征在于幻想即"非写实"的想象，金庸作品在样式上区别于一般武侠小说的主要特征，也正在于或浓或淡的"非写实"的想象，我认为可以称之为"变形想象"。

武侠小说的想象，历来可分两派：一为"写实"型的，王度庐、宫白羽均属此派，上溯可至《儿女英雄传》及话本小说（尽管其中也有"非写实"型的）；一为"非写实"型的，向恺然、李寿民均属此派，上溯可及《绿野仙踪》，直至唐人传奇（尽管其中也有"写实"型的）。

---

[1] 这一概念还可能先已见诸童话学或童话理论著作，有待查考。
[2] 鲁迅. 鲁迅全集：第10卷[M]. 北京：人民文学出版社，1981：254-255.

金庸武侠叙事的想象，无疑与向恺然、李寿民更为相通。例如，最早描写丐帮的，当系向氏的《江湖奇侠传》；接着李寿民又在《云海争奇记》中详述过丐帮的历史故实，这些无疑给金庸留下了深刻印象。但是，《江湖奇侠传》的想象主要依凭湘巫文化，李氏《蜀山剑侠传》的想象主要依凭佛、道文化以及易学、玄学思维，金庸的想象依凭的则是他本人广博的中西文化修养以及现代知识、观念。金庸或许吸收了李寿民的某些经验，包括玄学思维和对"邪派""邪性"人物的塑造，但是他有自己的"文化逻辑"——决不允许想象之马驰骋到"飞剑""法宝"的仙魔世界里去。他的"变形想象"是主体精神介入客体、熔铸客体而使之产生的形变[1]，有如贯休的《十六罗汉图》，又如珂勒维支的版画（当然不仅体现于人物性格与形象，而是全部形象思维的"统帅"）。在这方面，他的成就也是空前的，对后来的古龙等作家影响深远（但是古龙对"想象尺度"的把握不如金庸）。

严家炎说：金庸的崛起"是一场悄悄地进行着的文学革命"。这是一个很高、很准确的评价。他又说："金庸小说的出现，标志着运用中国新文学和西方近代文学的经验来改造通俗文学的努力获得了巨大成功。"[2] 这一评价当然也对，但是作为一个亦曾长期从事中国现代文学史即"新文学史"教学工作的读者，我总觉得比"文学革命"的评价"低"了一点，而且易被误解。请以摄影为喻（当然，任何比喻都难免"跛脚"）：若给金庸先生拍照，以"中国新文学和西方近代文学"的"园林作为背景，是一种效果；以中国新文学、中国通俗文学、中国传统文化以及西方文化交织生长、繁杂茂密的"森林"（其间还有许多"别种花木"）为背景，又是一种效果。窃以为后一张"照片"方够得上"革命"的品评。严先生的后一评价还可能被解读为："静悄悄的文学革命"就是或主要是"改造通俗文学"的"成功"，而"中国新文学"与通俗文学的关系则是"改造者"与"被改造者"的关系。然而，金庸自己却说，他写现代武侠小说，恰恰是因为不满于新文学的西化。

这里涉及"现代文学史观"，下面就此进行一些深入的讨论。

---

[1] 童话学中的"变形"指的是人与"非人"之间的形象变换，例如，狼变为"外婆"，鱼化身美女等，与本文所指有别。

[2] 严家炎.一场静悄悄的文学革命：在查良镛获北京大学名誉教授仪式上的贺词[M]// 金庸.金庸散文集.北京：作家出版社，2006：357-359.

四、讨论一个问题

金庸自承曾经喜欢平江不肖生的《江湖奇侠传》、白羽的武侠小说和还珠楼主的《蜀山剑侠传》，并且受过这些作家、作品的影响。至于王度庐，笔者仅仅见到关于《卧虎藏龙》的一句评价：当有人询问对电影《卧虎藏龙》的看法时，金庸说："我觉得《卧》片拍得很好……但原小说并不好看。"[1] 所以，本文在王度庐和金庸之间，做的是平行比较。

虽然只是两部作品的简略平行比较（附带涉及向恺然和李寿民），从中还是可以看出王度庐和金庸之间确乎存在相通之处的，同时亦可认知他们在各自所处历史阶段获得的文学地位。正如张赣生所说，王度庐"创造了言情武侠小说的完善形态，在这方面，他是开山立派的一代宗师"[2]。套用他的句式，金庸则是中国武侠小说"现代化工程"的完成者，他创造了中国现代武侠小说的完善形态，在这方面，他是达到巅峰状态的一代宗师；再重复严家炎的话，金庸导致了"一场静悄悄的文学革命"。

论及王度庐那一代武侠小说作家的作品时，学术界至今都仍称之为"民国旧派武侠小说"。对于这种说法，笔者一直以为不可。

"民国旧派小说"这一概念，是由范烟桥和郑逸梅为魏绍昌编纂的《鸳鸯蝴蝶派研究资料》撰写材料时首先提出来的。范烟桥所写材料即为《民国旧派小说史略》，系据作者 1927 年所撰《中国小说史》的一节（原题"最近之十五年"[3]），"加以补充"并改题篇名而成。篇中对"民国旧派小说"是这样界定和阐释的："这里所说的民国小说，是指的旧派小说，主要又是章回体的小说。""这种小说在民国初年的一段时期，呈现了极其繁荣的景象。""这种章回体的小说，起自民间，从口头文学发展为纸面抒写"，"故事性传奇性较强"。它们生长在"乌烟瘴气，光怪陆离"的"解放前的上海"，随着潮流的转换而"内容愈杂，流品愈下"，"日趋没落，不能自拔"。[4]

---

[1] 谢晓. 金庸畅谈人生：真爱是一生一世的 [M] // 葛涛. 金庸其人. 北京：社会科学文献出版社，2004：113.

[2] 张赣生. 民国通俗小说论稿 [M]. 重庆：重庆出版社，1991：301.

[3] 1980 年代我们编纂《鸳鸯蝴蝶派文学资料》时收录的即这一节，标题改为《最近十五年之小说》。详见芮和师，范伯群等编. 鸳鸯蝴蝶派文学资料 [M]. 福州：福建人民出版社，1984：245-274.

[4] 魏绍昌. 鸳鸯蝴蝶派研究资料 [M]. 上海：上海文艺出版社，1984：268-270.

范烟桥提出的这个概念相当经不起推敲，仅从形式逻辑角度，就可提出不少质疑。例如，写过章回体的作家所写的非章回体小说（"北派五大家"和鸳蝴派的非武侠小说作家都有许多这样的作品），应该归入"旧派"还是"新派"呢？该篇叙及的作品，1927年之后为数更多，既然如此，为何称"极其繁荣的景象"限于"民国初年的一段时期"呢？就武侠小说而言，"北派五大家"多崛起于20世纪30年代，直至1949年，其创作力犹甚旺盛，怎能称之为"日趋没落，不能自拔"呢？中国台湾学者沿用这个概念时，将会遭遇不少尴尬，例如，郎红浣、太瘦生、孙玉鑫、成铁吾是否应该归入"民国旧派作家"呢？"民国新派作家"又该从谁算起呢？金庸、梁羽生是否应该称为"民国新派作家"呢……

问题的症结当然不在形式逻辑，而在范烟桥、郑逸梅提出这个概念的背景——"左"的文艺思潮和文艺政策一统天下的"时代语境"。

叶洪生、林保淳在引用"旧派"一词时说"考其概念之形成，大概是针对民国八年（1919）五四运动后所掀起的新文学狂潮而产生的一种自卑心理"[1]，可谓一语中的。应该补充的是，即便范、郑两位给自己这一群的作品扣上一顶"旧派"帽子，"新派"也还不肯领情！魏绍昌在《鸳鸯蝴蝶派研究资料》"叙例"中，说明"民国旧派小说"这一名称出诸范、郑两位先生之意后，随即申明："至于这个名称问题，编者认为他们可以保留自己的意见。"[2] 言外之意盖指"旧派"一词"定性"过轻，因为"叙例"有云：鸳蝴派"是半封建半殖民地社会的'典型'产物"，是辛亥革命的"消极方面的产物"；"它的'流风余韵'是直至一九四九年全国解放，改变了旧社会的政治经济基础，才完全消灭的。"[3] 请注意，这里说的是此派文学应该"消灭"而且业已"完全消灭"。当然，这些文字不一定是魏先生的"心里话"，处境如斯，不得不然！

最近还看到一部1995年出版的论著，其中叙及金庸武侠小说的背景时说："清代，侠义小说大量出现，至民国形成了武侠小说高潮。较著名的有《儿女英雄传》《三侠五义》《江湖奇侠传》《蜀山剑客（按当作"侠"）传》《小五义》《英雄大八义》《彭公案》《施公案》"，"到20世纪的40年代，已进入穷途末路"[4]。显然，该书作者对"旧派"的理解又"超越"

---

[1] 叶洪生，林保淳. 台湾武侠小说发展史 [M]. 台北：远流出版公司，2005：44.
[2] 魏绍昌. 鸳鸯蝴蝶派研究资料：上 [M]. 上海：上海文艺出版社，1984：2-3.
[3] 魏绍昌. 鸳鸯蝴蝶派研究资料：上 [M]. 上海：上海文艺出版社，1984：1-3.
[4] 王剑丛. 香港文学史 [M]. 南昌：百花洲文艺出版社，1995：347-348.

了范烟桥——他把清代和民国的武侠小说不加区分地"一勺烩"了，而从所开书目可知，他对"民国武侠作家"的作品知之甚少，但是，这书目倒也说明一个问题：民国时期确乎存在清代侠义、公案小说的"流风余韵"，此类武侠小说虽梓行于民国坊间，却属"古典时代"而不在"现代"范畴，它们才是真正的"旧派武侠小说"！至于《江湖奇侠传》和《蜀山剑侠传》，至少已经含有新的时代讯息了（这两部作品固然仍属章回体，但是前者已呈现对章回体进行"内部改革"的迹象）。

如何为王度庐等及其作品"定性""正名"呢？且不说王度庐、宫白羽对五四新文化是完全认同的，也不说"新"与"旧"能否作为价值判断的标准（《红楼梦》堪称"旧派小说"之典型了吧，然而至今有哪部"新派小说"，其文学史地位能够与之相提并论？），因为问题的症结也不在这些方面。

窃以为症结在于该用什么样的"历史哲学"，如何界定、审视1949年前的"中国现代文学"。应该扬弃"一分为二"的"斗争哲学"，回归"对立统一"的辩证哲学，将1949年前的中国现代文学如实地界定为"多元共生的文学"——五四新文学和通俗文学，无非各属"多元"中的一"元"而已。还原多元共生的历史景观，探索当时蓬勃、复杂的文化—文学生态，反思"共生"的历史经验和教训，这是现代文学史研究者远未完成的迫切任务。

至于如何评价清末之后、1949年之前的武侠小说，我以为至迟从《江湖奇侠传》起，武侠小说"现代化"的进程即已开始；至"北派五大家"达到一个相对成熟的阶段；至金庸、梁羽生而达成了"现代武侠小说"的完善化，古龙又从文体和观念上加以发展，直至呈现"尼采色"。

《江湖奇侠传》始载于1923年（此前，除《留东外史》外，向恺然至少已发表过两部武侠长篇和若干武侠短篇）；梁羽生的《龙虎斗京华》发表于1954年，其间跨度不过31年。

这是一段很短的历史，但其流程和后续进程是相当曲折起伏的。

最明显的便是，从大陆角度观察，1949年后武侠小说确乎已被"消灭"，至20世纪80年代"金庸回归"[1]，其间出现了30年的"空窗期"。

不过，如果从包括王度庐在内的"北派五大家"停笔（1949年）算

---

[1] "金庸回归"的具体年代颇难确定，这里参考的是其作品获准经由新华书店公开销售的大致时间。

起,到梁羽生发表《龙虎斗京华》、金庸发表《书剑恩仇录》,其间跨度就小了,不过五六年。如此观察,梁、金的崛起确乎属于"突进"和"飞跃"——即使大陆不禁武侠小说,王度庐们也不可能在五六年内"突变为金、梁"。

台湾地区的情况,与大陆有同也有异,同在都禁过武侠;异在大陆"一禁便死",台湾却"禁而不绝"。还有一点相同——梁、金都崛起于香港地区。叶洪生和林保淳注意到了这一现象,他们分析道:"毕竟台、港的生活环境迥异"。"比较起来,当时,英领下的香港地区是个自由贸易区,思想开放,政治忌讳较少;兼以金庸、梁羽生在报界工作,见闻宽广,又通外情,故能将'中学为体,西学为用'的创作方法灵活运用,推陈出新。"所论十分中肯。杰出的文学作品固系天才的产物,但是仍需外部环境的支持;文学样式、文学潮流的生灭更是如此,在一定前提下,外部环境更是起着决定生死的作用。不妨再拿台湾和大陆做个比较。

1949年后,武侠小说为何在台"禁而不绝"?窃以为主要原因有二:第一,并未"消灭"市场经济,这是包括武侠小说在内的通俗文学之生存基础。第二,几次禁书"专案",均由"保安司令部""警总"之类主持,"武人"禁文,其政策考量、措施策划必然粗糙,"软杀伤力"极差。所以,台湾地区武侠小说反而基本按"进化规律"照常发展,至1970年颁布《戒严时期出版物管制办法》时,业已进入"古龙时期"了。[1]

反观大陆,1949年后取缔市场经济,实行计划经济,通俗文学的生存基础丧失殆尽。至于"软杀伤",我以为应该追溯到20世纪30年代的"左"倾思潮。如果说五四新文学对鸳蝴派的批判尚属"夺取阵地"之争,那么20世纪30年代出现的"左"的文化思潮,则是一种全方位的"文化清算"。我认为这一思潮与苏联的"无产阶级文化派"关系密切,其理论要害殆可归结为:倾向于全盘否定文化遗产和"非无产阶级"的现实文化,倾向于把一切"非无产阶级"的作家、艺术家视为敌人和异端。吊诡的是,当时的"左"派思想家对武侠小说并未做过更多批判,这是因为在他们看来,连《阿Q正传》都已属于"死去"的"时代",武侠小说当然更属"死去又死去"的"时代"了。处于这种连"当靶子"的资格都被剥夺的"软杀伤"之下,当时许多通俗文学作家都已出现"自卑"心态,武侠作家里以宫白羽和王度庐尤为突出。1949年后,"左"倾思潮因与公权力结合而

---

[1] 这里所引有关台湾地区的资料,均据叶洪生、林保淳所著的《台湾武侠小说发展史》。

能量大增；收缴、销毁"禁书"（主要是鸳蝴派书籍）之雷厉风行、成效卓著，在"文网史"上堪称"杰作"。它的"软杀伤"矛头也未直指通俗文学，而是通过批判《武训传》、批判"小资产阶级文艺"、批判"红楼梦研究"，直至揭发"胡风反革命集团"，"杀"得健在的武侠作家们个个噤若寒蝉。环境如此，能不出现30年的"空窗期"吗！从"史"的角度反思，以上事实恰恰反映了"共生"状态从日趋畸形直至彻底瓦解的过程，属于值得记取和总结的历史教训。

（本文原载《金庸与汉语新文学》，澳门大学出版中心2011年11月版）

向恺然的"现代武侠传奇话语"

徐斯年

向恺然既是留学生文学的开创者,又是民国武侠小说的奠基人。他对武侠文学的贡献可以概括为一句话:创建了一种"向氏武侠传奇话语",也可称之为"现代武侠传奇话语"——这里说的"现代"不是"现代主义"之"现代",而是一种与"古典"相别、相对的概念,接近于胡适、陈独秀的说法。

向氏"现代武侠传奇话语"的范本,就是《江湖奇侠传》《近代侠义英雄传》和那些较优秀的短篇武侠小说。

关于《江湖奇侠传》和《近代侠义英雄传》的评价,学界已有定论:前者"首张民国奇幻派武侠小说之目"[1],后者则由于反映近代历史、表现反帝爱国精神而具有更高的"书品"。二者虽有差别,但在"回归江湖"、彰显"侠"之平民性和多样性上又是相通的。对此不拟申论,仅想从话语体系的角度谈些粗浅的想法。

徐文滢论及《江湖奇侠传》时曾说:"写这样梦呓的神怪小说原来也不是易事。"[2] 话中虽然不无贬意,却也道出了向恺然文体的一大特色——不可模仿性。正因如此,我们认为他是民国武侠小说作家群里一位不可多得的"文体家"。

一、以笔记"纪实",借小说"设幻"

向恺然的"现代武侠传奇话语"有个生成过程,1923年前属于准备期或生成期。

向氏的武术、武侠作品,包括笔记与小说两大类。

---

[1] 罗立群. 中国武侠小说史 [M]. 河北:花山文艺出版社,2008:176.
[2] 徐文滢. 民国以来的章回小说 [M] // 芮和师,范伯群,袁沧洲. 鸳鸯蝴蝶派文学资料:上. 福州:福建人民出版社,1984:143.

最早的"志人笔记"可以追索到《拳术》之附录"拳术见闻录"。《拳术》系武术教材,最初连载于1912年的《长沙日报》,未见附录;1915年又连载于《中华小说界》,无附录;1916年中华书局出版单行本,始见该附录,其中包括后来用于《近代侠义英雄传》的不少材料(霍元甲传长达3 000字)。

最早的"志怪"型笔记,已知的是1916年3月《民权素》第16集所载《变色谈》,均属与虎相关的传闻,其中包括后来用于《江湖奇侠传》的材料。

最早的文言短篇小说为1916年8月《小说海》2卷8号所载《无来禅师》(此外还有《朱三公子》《丹墀血》《皖罗》《寇婚》四篇,分别载于同年、同刊10、11、12号及次年2月《寸心杂志》第3期)。

文言长篇小说,已知最早的是《龙虎春秋》(1919);《半夜飞头记》当亦作于《江湖奇侠传》之前(约1920),系敷衍《无来禅师》而成。

这一时期的状况可以概括为:以笔记载录材料(此时作者仅是记录者);以"幻设"手段,"作意"加工材料,使之形成小说(此时作者方为创造者)。这是利用武术、武侠的素材和题材,锻炼、发挥主观创作能动性的过程,当然,其间包括运用写作《留东外史》的经验。就武侠小说而言,这一阶段作者尚未确立个人风格,自身创作优势亦未实现定位,如:《龙虎春秋》写雍正夺嫡和"江南八侠"事,未脱"演义""公案"俗套;《丹墀血》系与半侬合撰,叙法国历史传奇,在取材、文体方面都呈现着摸索的过程。语体则处于由文言向白话的过渡期。

《江湖奇侠传》和《近代侠义英雄传》(以下简称"两传")的发表,标志着向氏现代武侠传奇话语的趋于成熟。

二、章回体的"内部改革"

《江湖奇侠传》第一〇六回有一段作者"现身说法"的文字:

……在下写这部奇侠传,委实和施耐庵写《水浒传》、曹雪芹写《石头记》的情形不同:

石头记的范围只在荣、宁二府;水浒传的范围只在梁山泊;都是从一条总干线写下来,所以不致有抛弃正传、久写旁文的弊病。这部《奇侠传》却是以奇侠为范围;凡是在下认为奇侠的,都得为他写传。从头至尾，表面上虽也似乎是连贯一气的；但是那连贯的情节，只不过和一条穿多宝结的丝绳一样罢了！[1]

这是对该书之所以采用松散的结构形式和难免"久写旁文"的解释。从叙述模式的角度，作者则把这种情况称之为"劈竹剥笋法"——"劈竹"指分传之间的纵向关系，即"纪传连缀"的体式：每一分传犹如竹竿的一节，依次说之，犹如逐节劈下。"剥笋"既指层层剥茧式的叙述行为，也指分传与"正传"或"总干线"的横向关系：各分传犹如笋壳，正传或总干线犹如笋肉；分传讲完，正传或总干线的全貌方得全部呈现。

按照上述理解，《江湖奇侠传》的正传应该是"柳迟传"。作者称：第四回中吕宣良与柳迟的"明年八月十五子时"岳麓山之约，是"看官们时时刻刻记挂着的"一个焦点。[2] 事实上，从第四回到火烧红莲寺的"故事时间"恰恰是一个年头，以柳迟始、以柳迟终，形成一个时间上的"柳迟框架"或"正传框架"；所有分传，包括赵家坪之争和昆仑、崆峒之争，都被纳入这一框架之中。对于这个框架而言，诸分传含有许多"过去时"的内容，"正传时空"的浓缩性与各分传之时空的延展性形成巨大反差。这种"结构意图"所追求的，恰恰就是新文学小说家和文论家十分看重的"横截面结构"[3]。

上述"横截意识"同样体现在某些比较精彩的分传里，"蓝法师传"（见56—64回及69、71回）是个很具典型性的案例。它的素材来自此前发表的笔记《变色谈》《猎人偶记》以及短篇小说《蓝法师捉鬼》《蓝法师打虎》《虾蟆妖》[4]。写《江湖奇侠传》时，作者首先把它们捏合到峨嵋派立宗、方绍德清理门户、卢瑞犯戒自裁、柳迟赴约受命的大结构中。具体处理时，又使"捉鬼"故事发生了明显的变形和扩展（将其捏入柳迟婚事

---

[1] 叶洪生. 近代中国武侠小说名著大系：江湖奇侠传：第5册[M]. 香港：香港艺文图书公司，1985：1311.

[2] 叶洪生. 近代中国武侠小说名著大系：江湖奇侠传：第3册[M]. 香港：香港艺文图书公司，1985：744.

[3] 茅盾的《子夜》经常被新文学史研究者引为长篇小说采用"横截面结构"的成功案例，该书初版印行于1933年。

[4] 平江不肖生的《猎人偶记》最初连载于《星期》，1922年8月3日至10月29日的第27、28、29、30、32、35号；《蓝法师捉鬼》初载于《星期》，1922年10月22日第34号；《蓝法师打虎》初载于同年11月5日《星期》，第36号，总题《蓝法师记》。《虾蟆妖》，初载于1924年3月7日《红杂志》第2卷第30期。

情节，篇幅则由 4 千字衍生至近 3 万字）；"斗虎"和"虾蟆"故事则被解构，分别插入不同的情节时空并加以重构（也发生了衍展和变形）。《猎人日记》中的许多内容，亦被捏到了蓝法师身上。上述情节又都被"压缩"在八月十四日及之前数日内，并将时序加以颠倒、交错[1]，总体上处理得相当细致、得体。红莲寺故事则被纳入柳迟拜见吕宣良后的当晚，这一框架的时间也是极浓缩的。

《江湖奇侠传》叙述话语的"横截意识"落实为作品结构时存在不少幼稚性，因而呈现着明显的"过渡特征"。首先体现为正传即柳迟传的"文本断层"——在第四回柳迟受命到第五十五回柳迟再现之间，存在 50 回篇幅的"正传空白"；这说明作者并未从整体上真正掌握长篇小说时空交错的现代叙述技巧，"装填"在"柳迟框架"里的那些分传，基本仍属一条"纪传连缀"式的"故事链"（虽然由于采用了倒叙、插叙等技巧而未呈现为典型的继时性结构）。与之相应，上述 50 回中各分传之间的接合方式，依然采用的是由此人引出彼人、借此事引出彼事的统形式，并且常以"说话人"的直接叙述干预实现时空转换。但是，这些缺欠掩盖不了向恺然"横截意识"及其实践的"现代意义"。

《侠义英雄传》"大概是以前清光绪廿四年（1898）'戊戌六君子'殉难时为中心，而上下各推十年左右"[2]为全作所叙故事时空（这基本上也是"正传"即霍元甲传的时间框架），整体上不属典型的"横截面结构"。相对于《江湖奇侠传》，它的结构显得比较紧凑，这是因为"正传"霍元甲故事及人物本身比较丰满，其贯穿作用发挥得较好。至于分传之间的接合，该书同样较多地保留着纪传连缀体的痕迹。

向恺然的"横断意识"也体现于叙述行为。"两传"虽仍沿袭以说书人为第一叙述者的传统模式，但是作者善于频繁运用插叙、倒叙、回叙来编织故事，实现时空交错（就分传而言，有许多是比较成功的）；又特别喜欢运用"第二叙述者"，即借故事中的人物之口来交代情节，变第三人称叙述为第一人称叙述；还非常善于运用"人物眼睛"，即虽取第三人称，但故事情节和情景氛围都出诸人物视角，从而变全知视角为非全知视角。所有这

---

[1] 其间稍有失误：第 56 回写柳迟在陷阱里听周季容说蓝法师已因斗虎而致残，是将此事置于"捉鬼"之前；而下文却将斗虎致残置于捉鬼之后，自相矛盾。此类疏误当与计期交稿，致使缺乏前后照应的"营业性"操作分不开。

[2] 叶洪生．近代中国武侠小说名著大系：江湖奇侠传：第 1 册[M]．香港：香港艺文图书公司，1985：7．

些，都集中于一个目的——改造传统章回小说单向线性的、纯第三人称的、全知的叙述模式。

三、规范、流畅的"俗话"语体

就语体考察，以"两传"为代表的向氏武侠小说运用的是一种带有"文言遗痕"的"俗话"书写体。它所凭借的话语资源主要是古代拟话本小说的语言，同时又从现代口语（包括方言和"行话"——江湖术语，《近代侠义英雄传》中尤多）吸取白话资源。通常情况是，草野人物的语言多用口语、方言、行话，叙述者的语言则多带文言痕迹（这同时也是传统戏曲的话语模式），因而更具书写性特征。这种俗话书写体，经常显出作者"改造文言"的功力。

向恺然在《猎人偶记》第一章中，曾用一句浅近的文言文，来描绘湘西苗族猎户所供奉的猎神：

> 翻坛祖师之神像，皆头朝下，脚朝上，倒置于神龛之中，无一家顺置者。[1]

同样的内容，在《江湖奇侠传》第六十二回中却是这样描述的：

> （那木偶的）形象与普通木偶完全不同：普通木偶，或是坐着，或是站着，或是睡着，或是蹲着、跪着，从不见有倒竖着的；惟他所供奉的这木偶，两手据地，两脚叉开朝天，和器械体操中拿顶的姿势一般。[2]

对比上面两条引文，可以看出前者为一句，后者为由三个单部句组成的大复句，而且第二、三句的谓语部分特别复杂，从而形成摇曳多姿的修辞美，被描绘的对象因此也就显得更加细致、生动。后者又可视为前者的"抻长"，这主要是由于"嵌入"大量现代词语，由于定语、状语、补语等

---

[1] 此文在《星期》周刊刊出时，是以旁圈标示句读；这里改用逗号标示"读"，句号标示"句"。

[2] 叶洪生.近代中国武侠小说名著大系：江湖奇侠传：第3册[M].香港：香港艺文图书公司，1985：819—820.

相当复杂的次要句子成分的运用而导致的。

  这种通过"改造文言"而产生的"俗话"书写语，属于向恺然"两传"的语言主流。它们无论在运用复杂的定语、状语、补语、宾语和现代虚词方面，还是在大型复句的运用方面，都显得十分规范，从而形成一种相当流畅、相当符合现代汉语语法的"现代俗话"书写语。借用胡适的说法，这是创作"国语的文学"中产生的"文学的国语"，但又不同于那种"话怎么说，就怎么写"的口语白话文。

  向恺然的上述语言能力，早在《留东外史》里即已显现，由此可见他的日语修养所起的重要作用：中国文言文之大弊在于"言""文"不一，当时虽然已有文言语法著作《马氏文通》，但对于撰写白话文基本无助；而中国的第一部现代汉语语法著作，黎锦熙的《新著国文语法》出版于1924年。所以，向恺然的"现代语法知识"只能来自他所精通的，"言""文"相对合一的现代日语，而在将其"移植""转换"进汉语的过程中，他显现了不凡的语言能力。

  上述现象在第一代新文学作家和通俗文学作家里并不罕见，但是有些人未能成功实现"转换"（既是从外文到中文，也是从文言到白话的转换）。例如，同样通晓外语的李定夷，其白话小说就始终达不到文言小说的语言运用水平，而其散体文言小说又始终达不到骈体文言小说的水平；由此可见向恺然的不同凡响之处。

  人们往往忽略向恺然另一部相对不知名的作品——《江湖怪异传》，我认为该书在文体和语体上都更具"现代性"，遗憾的是他又并未自觉地把这种"现代性"加以延续和扩展。这种情况也存在于下面将要述及的一些现象中，说明向恺然在创作时并无自觉的"使命意识"，许多"新意"均出于他的"率性而为"，从中倒也更能窥见一个曾经长期"留洋"而又浸润着浓厚"江湖气"的作家身上所蕴涵的"整体潜质"，这种潜质又因文学的商品化而发生着"异化"。

四、"嗜奇求怪"的"叙述纲领"

  向恺然自称"是一个贩卖稀奇古怪的人"[1]。"姑妄听之，姑妄述

---

  [1] 向恺然. 一个三十年前的死强盗[J]. 红杂志，1924，2（44）：2.

之"[1]既是《江湖奇侠传》的"叙述纲领",也是向氏"现代武侠传奇话语"的总体"叙述纲领"。这与新文学的"求真"(包括外部世界的"真"和内部世界的"真")精神大相径庭,然而却继承着中国古代许多小说、戏曲和民间文学的悠久传统——它们都是遵循"'姑安言之'纲领"的(北方某些地方至今犹称讲故事为"说'瞎话'"),"传奇"这一文体(既指小说,亦指戏曲)实即由此而得名[2]:它们写的都是不平常的人和事或现实生活里根本不可能存在的人和事。

向恺然善于讲故事。无论多么玄虚的故事,在他笔下都会写得娓娓动人,让读者觉得像"真"的一样。我认为除了注重细节描绘之外,这还得力于他在叙述策略上的两个特长。

其一,即使叙述最"不真实"的人和事,他也致力于"寻找依据"——不仅包括野史、笔记,而且包括身边的熟人、熟事。"冰庐主人"施济群为《江湖奇侠传》第三回而写的回末评语里,有这样一段话:

> 笑道人述金罗汉行状,仿佛封神传中人物。余初疑为诞,叩之向君;向君言此书取材大率湘湖事实,非尽向壁虚构者也。[3]

据说,金罗汉吕宣良的"模特儿"是一位养着两只鸡的澧陵籍周姓武师,内功修为颇高。到了向恺然笔下,不仅这位澧陵武师被彻底"神幻化"了,而且那两只鸡也被幻化成为两只神鹰;这一"神鹰(神雕)意象",又一而再、再而三地为还珠楼主和金庸所继承、发展,至今犹为人们津津乐道。柳迟的"模特儿"则是向氏友人柳惕怡[4]。可能由于柳迟的相貌被写得太丑而且投身于丐帮,向恺然便在《近代侠义英雄传》里另写了一位相貌堂堂的"柳惕安",作为对朋友的"补偿"。以上事例说明,向恺然之所以注重"依据",目的不在"再现现实",而在寻求发挥想象的"支点",再凭借想象而创造出超现实的奇幻人物和奇幻世界。那些"依据"尽管只

---

[1] 叶洪生.近代中国武侠小说名著大系:江湖奇侠传:第3册[M].香港:香港艺文图书公司,1985:817.

[2] 文学史家多认为"传奇"文体得名于唐代裴铏的同名著作,那是一部充满道教思想、记述奇幻故事的短篇小说集。

[3] 叶洪生.近代中国武侠小说名著大系:江湖奇侠传:第1册[M].香港:香港艺文图书公司,1985:42.

[4] 向一学.回忆父亲一生[M].长沙:岳麓书社,2009:622.

属"取其一点,不及其余"的"因由",却使作者的想象获得了超越前人窠臼的艺术个性。作为"传奇作家",他在贯彻自己的艺术追求时,对艺术上的"真""假"关系是拿捏得相当符合辩证法的。

其二,在向恺然的笔下,即使极其怪诞的故事,也往往带有浓郁的生活气息,从而营造出许多既稀奇古怪,又充满"人间性"的情境和画图:法力高强的"峨嵋派"开派祖师方绍德,却要天天自己生火烧饭;被蓝法师收服的厉鬼,发起感慨来是满口的村言村语;一条板凳,载着邓法官的脑袋送去理发,成群浏阳百姓跟着围观……这些生活气息十分浓重的图景里,都洋溢着生动的平民性和人情味,让人觉得既怪诞而又亲切。这反映着作者性格和情趣里的平民精神,也反映着湖湘文化既神秘而又世俗的特性。正如叶洪生先生指出的,后来还珠楼主写峨嵋派,当即取法于《江湖奇侠传》;然而,向氏虽把"峨嵋派"的宗主写成一位高僧[1],实际上方绍德师徒的法力却均属于巫术。巫傩文化原本具有很强的世俗性,所以《江湖奇侠传》里的峨嵋诸侠都是"人"而不是"仙",他们的生活状态都与平民无甚差别。还珠楼主笔下的"峨嵋洞府",则是典型的道教"金仙世界";他所塑造的仙侠形象以及他所追求的意境和所透露的文化观念里,又还含有比向恺然更加纯正的佛理和佛性。对比之下,两位作者的"文化性格"判然可别。

《近代侠义英雄传》素称"无一字无来历",但其"来历"同样体现着"嗜奇求怪"特征。该书叙述的是真实的历史,然而作者仅仅把"正史"作为背景,着力表现的则是边缘性的题材和素材,也就是通过武林奇人们的故事,从侧面、"走边锋"地来叙述戊戌前后的历史。这样,历史和历史人物都被赋予浓厚的传奇性。其叙述策略与此前的《留东外史》及此后的《革命野史》相似,所不同的是,在《近代侠义英雄传》里,"外史""野史"都被"传奇化"了,其间也不缺乏关于道术、法力的虚诞叙事。

五、文化内涵:厚重里的新意

向氏现代武侠传奇话语中厚重的文化内涵,均与"奇怪"二字密切相关。向恺然所"嗜"所"求"的"怪"和"奇",集中于两大方向:一是

---

[1] 这位高僧法名"开谛"。向恺然在《我投入佛门的经过》(原载于1948年8月《觉有情》月刊第208期)中曾说自己早在1923年即已经皈依"谛老和尚",投入佛门。"开谛"之名或出于此。那位现实中的"谛老和尚"即天台宗名僧谛闲法师,蒋维乔、叶恭绰等也是他的居士弟子。

江湖上的奇人奇事；二是民间流传的怪诞传闻。

江湖奇人奇事多与武术相关。中国的武术文化或被称为"玄门"[1]，属于玄学文化；它与道家、释家、儒家、医家、兵家密切相关（黄石屏、秦鹤岐及其师傅就都是"医侠"）。而"武侠"又往往与"会党"分不开（向恺然大概是第一位写"丐帮"的作家，同属写"丐帮"的长篇小说，还珠楼主的《云海争奇记》比《江湖奇侠传》晚出17年）。此类题材显然蕴含着十分驳杂的文化内涵，既涉及传统的主流文化，更包括神秘色彩、玄妙色彩极浓的"亚文化"。

正如龚鹏程所说："武术，应视为一种重要的文化表现方式"，"不单要通过武术，去探讨一个民族的文化内涵，也应倒过来，将武术视为哲学思想的一种体现。"[2]

《近代侠义英雄传》的一大贡献，正是把"武术"提升到"文化"的层次上来，从而揭示"武学"之哲理内涵。不仅如此，它还是第一部在"武坛"上表现中西文化的冲突和对话的武侠小说，这在中国文学史和小说史上都是空前的。黄石屏与德国医院院长围绕"点穴"而展开的故事，以及霍元甲、农劲荪考察外国体育设备、教育训练方式及其体制的观感等，都是书中十分精彩的情节。黄石屏对德国医院院长解释穴位和经络的那些话，突出表明了"玄学"与"科学"的异同，前者是武学哲理的重要内容。作者对义和团的否定态度，则表现了相当进步、相当科学、相当具有"世界眼光"的思想意识。这部作品反帝、反沙文主义而不"排外"，弘扬中华传统文化而不"护短"，肯定西方实证科学而不"崇洋"。这样新鲜的文化内涵，在以往的武侠小说中从未出现过，确乎显示着《近代侠义英雄传》"书品"之高。

向恺然所醉心的怪诞传闻多与"巫风"相关，集中体现着湘楚文化神秘诡异、汪洋恣肆的风采（向氏也是最早写"排教"和"祝由科"的作家之一，还珠楼主写这两个巫术流派亦在其后）；与之相关的民间传闻更蕴涵厚重的文化积淀和文化能量，因而为读者提供了广阔的解读空间。例如，蓝法师斗虎故事源自新宁民间传说[3]，除了作者自己"解读"出来的"除

---

[1]"玄门"一词亦见于佛经，则指佛教。玄，玄妙、玄深也。
[2] 龚鹏程. 武艺丛谈[M]. 济南：山东画报出版社，2009：318.
[3] 向恺然曾在《蓝法师捉鬼记》的开头，介绍过辛亥年十一月，自己住在长沙大汉报馆里，每到夜间就坐在火炉边，听新宁刘蜕公讲述种种怪异故事的情景，并说"尤以蓝法师的事为最奇妙"。

暴安良"的"语义"之外，更潜藏着苗族先民所感受的"天人关系"。故事展示了人与自然的严峻对立——不征服自然人就无法生存；同时，人与自然又是可以相通、相安的，二者的中介便是"巫"，蓝法师的"杀虎定额"就蕴含着人与自然相安的条件。故事的震撼人心之处还在于，蓝法师固然是位了不起的大英雄，那只三脚白额虎又何尝不是至死犹斗的"大英雄"呢！我们解读出来的这些"语义"，与其说出自向恺然的立意，不如说更多地出自苗族先民的集体记忆。

还有赵如海的故事[1]，它是一个恶人转化为"好鬼"的怪诞传奇。这一民话原型里原本隐含着消解"善恶二元对立"的"潜命题"，对于"除暴"主题来说，这是一种"背叛"；而作者的加工，又把"背叛"转化为主题的提升[2]。

其实，消解"善"与"恶"，"正"与"邪"之极端二元对立的趋向，在《江湖奇侠传》里呈现得更早：第34回写到的清朝将官庆瑞，虽是崆峒"邪派"重要角色，然而正直仗义，毫无劣迹；以至当他被难之时，昆仑"正派"的碧云禅师都出手相救。对于这段情节，作者又用"现身说法"的姿态作过"理论性"的阐释，大意是说，人及禽鱼木石皆各有其"孽"，"孽"不积累到足以与"命运"相抵的程度，主体是不会产生质变的。清朝之所以不到辛亥年就不会倾覆，即因"孽"的积累未到临界点；反之，革命不到辛亥年就不会成功，也是志士们的"孽"尚未积累到临界程度的缘故。[3] 这种观念尽管不无定命论的因子，却已把"孽"加以"中性化"，成为消解善恶、正邪绝对对立的"哲理基础"。作者又在第三十三回借庆瑞之口解释过"法术没有邪正，有道则法是正法，无道则法是邪法"[4] 的"道理"。以上两个例子中都含有不太"纯正"的佛理，前者隐含着佛理中"'业力'说"的"影子"，后者则分明是佛理中"'法无定性'说"的别一

---

[1] 叶洪生.近代中国武侠小说名著大系：江湖奇侠传：第5册[M].香港：香港艺文图书公司，1985.

[2] 书中叙及民国以后浏阳取消邑厉坛祭典，赵如海的鬼魂却也不再显灵来监督地方官时云："大约是因民国以来的名器太滥了，做督军省长的，其人尚不见重，何况一个知县，算得什么？……这或者也是赵如海懒得出头作祟的原因。"不仅骂尽民国官场，而且点出了这个故事的寓言价值。

[3] 叶洪生.近代中国武侠小说名著大系：江湖奇侠传：第2册[M].香港：香港艺文图书公司，1985：470-471.

[4] 叶洪生.近代中国武侠小说名著大系：江湖奇侠传：第2册[M].香港：香港艺文图书公司，1985：420.

表述。这对于探索向恺然的"邪正观"及其内含的"自我消解因子",探讨佛学对其创作的影响,都是颇有价值的。[1]

作为文学家,向恺然笔下那些写得比较成功的故事和人物,都形成了相对独立的内涵逻辑和性格逻辑,它们都指向人事和人性的复杂性;于是,善恶、正邪对立在故事中被消解的情况便会不断出现。红莲寺和"刺马"故事又是一个相当典型的例子:红莲寺是个"淫窟",它的出资人却是被塑造为义侠的张汶祥;寺僧知圆是个"淫僧",却出身于"名门正派",原系张汶祥的师弟;张汶祥身在绿林,属于"匪类",然在作者笔下却成为一个大忠大义之人[2]。至此,这部作品原来的立意已经发生明显变化,所谓昆仑、崆峒正、邪相斗的"总干线",已在实际上变得可有可无了[3]。这种现象,应该称之为"创作方法的胜利"。

《江湖奇侠传》里的上述描写,同时多属"精神民俗、心意民俗"的"创化模式"[4]。民俗事象本身就是一种深层的人性建构,同时又赋予该书浓郁的乡土特色。这种新意,也是"古典"武侠小说所缺乏的。

综上所述,向氏"现代武侠传奇话语"已不仅属于个人,它不但影响及于同代作家(姚民哀、顾明道等),而且为后起作家所继承、所发展(其中最突出的是还珠楼主);到了20世纪50年代,又由中国香港、中国台湾武侠作家加以发扬光大,从而开创了以金庸为代表的"新派武侠小说"鼎盛期。追本溯源,向恺然实属"中国现代武侠传奇话语"的开创者。

(本文原载《中国现代文学研究丛刊》2012年第4期)

---

[1] 从哲理角度考察,向恺然关于"孽"的叙述又包含着传统易学和五行学说中"克就是生"的观念。易学专家认为,这种观念是与西方哲学截然有别的"伟大理论",参见黄汉立《易经讲堂》,香港:三联书店有限公司,2009:217. 按湖南话里"孽""业"同音,向恺然说的"孽"即"业"。

[2] 张汶祥"刺马"故事,在向恺然之前已见诸不少笔记和小说,对于这位主人公,不同的作者向来褒、贬截然对立。向氏对此故事的阐释和对其中人物的塑造,均超越前人。

[3] 《江湖奇侠传》(单行本)第111回以后并非向恺然手笔,不在本文讨论范围。

[4] 薛晓蓉,段友文.周氏兄弟文学创作的民俗意识比较[J].鲁迅研究月刊,2010(12):30-31.

修仙者的爱

——《蜀山剑侠传》里的"情孽"

徐斯年

"修仙者",指《蜀山剑侠传》(以下简称《蜀山》)里写到的玄门修士、散仙、地仙(广义上也包括邪派旁门乃至魔道);"爱",主要指男女之爱,兼及亲子、师徒、朋友之爱,直至悲天悯人的大爱。

还珠楼主李寿民致徐国祯函云:《蜀山》"以崇正为本,而所重在一情字"[1]。文学是"人学",所以写人、写生命,就不能不"重在一情字"。《蜀山》以神话叙事书写"修仙进程",从而演绎生命哲学,全书贯穿"一切诸有情"均可成仙、成佛的理念。"有情"乃生命之表征(作品里不仅动植物,连无生命的"冰魄"都可修成人形,具有人性、人情,进而成道求仙),因此,写"情"也就是对生命哲学的诗性演绎。

一、"修仙规程""灵肉异趋"

在李寿民笔下,修仙者和凡人一样有男女之爱、有婚姻、有家庭,不一样的是,他们的爱情、婚姻、家庭都要受"修仙规程"的制约,也就是必须遵循自己的"修仙伦理"。

峨嵋派为玄门正宗,故其"修仙伦理"具有正统性和典范性。不妨从"家庭结构"入手,来考察这个问题。

《蜀山》第十五、十六回明确交代,齐漱溟、荀兰因夫妇的修仙动机在一个"情"字。其"仙路历程"包括两个阶段:第一阶段,他俩作为已婚夫妇入山修道,因为不是童身,所以只能脱离鬼趣,是为下乘;欲修上乘,必须"转劫"。第二阶段,他俩经兵解重入凡尘,虽然仍为夫妇,但都保持

---

[1] 徐国祯. 还珠楼主论 [M]. 上海:上海正气书局,1949:11.

童身，重被度入先师门下，从而进入上乘境界。

可见，按照"修仙规程"，达致上乘最重要的条件乃是"童身"。由此决定了"齐荀二生"的家庭结构，此生没有"婚生子女"而只有从前生带过来的两个女儿——齐灵云和齐霞儿（后者幼时即被度入佛门），还有一个度回来的前生儿子——李金蝉。这种家庭结构显示着"道统"强于"血统"的特征——师兄弟姊妹的辈分、序次清晰，血缘兄弟姊妹的辈分、序次不清晰。例如，金蝉前生为齐承基，长灵云两岁，是哥哥。数十年后，被留在凡间承续本支血脉的齐承基寿终正寝，转世李姓，灵性不昧，能知前生，三岁时被妙一夫人荀兰因度归。此时，按"凡间"的时间观念，灵云已经几十岁，而原来的兄长却变成年龄相差极大的幼弟了。

李静虚与孙询、凌浑与崔五姑、乙休与韩仙子、白谷逸与凌雪鸿四个家庭，应该也是这样的"准丁克家庭"（凌浑夫妇有一女儿，即林绿华的前生，但她未被度回；另三对夫妇有无子女，书中未作交代）[1]。需要指出的是，当齐漱溟夫妇的另一个儿子李洪（有意思的是李寿民本人又名"李红"）出现时，他们的家庭结构乃至个人历史就更复杂了，因为作者说李洪是他们九世以前之子。这样一来，齐氏夫妇的两世修为也就变成九世或十世修为了。作者还借书中人物之口"更正"自己说过的话，称灵云是齐氏夫妇最早一世时出生的女儿，因而灵云的年龄至少又被添加了几百岁；后来，在开府大会期间，灵云述及阮征时说："家母刚刚成道"，自己"刚转劫人间，尚未度上山来"时，曾被五台派劫去，由阮征舍命救出。[2] 这显然不是齐、荀"九世"之前的事。而在第十六回中，作者原是这样写的，齐、荀最初相携入山修道时，漱溟说："此女生有仙骨，可带她同去。"[3] 这说明"当时"根本没有将灵云"度上山"和灵云"转劫"的事情——申屠刚和阮征入门时，灵云早已随父母入山了。可见，作者后来所作的此类补缀都难以自圆其说。这是作者的想象力过于汪洋恣肆而造成的结果——写到后来，《蜀山》中的长辈地仙（包括巨妖）的修行年限越来越高，妙一真人夫妇岂能"相形见拙"？作者只好采取"顾后不顾前"策略了。好在这不影响我们考察他们的"修仙伦理"。

童身方能修习"上乘"的修仙规程，决定了"仙界时空"与"凡界时

---

[1] 凌雪鸿兵解转世为杨瑾，未与白谷逸"复婚"，所以白谷逸后来是个单身汉。
[2] 还珠楼主. 蜀山剑侠传：第7卷 [M]. 太原：北岳文艺出版社，1998：3344.
[3] 还珠楼主. 蜀山剑侠传：第1卷 [M]. 太原：北岳文艺出版社，1998：122.

空"的巨大区别，也决定了仙界"家庭、社会结构"与凡界家庭、社会结构的巨大区别。

由此导出仙界（至少是峨嵋派）在爱情、婚姻、家庭方面对弟子的要求（也是戒律）——必须遵守"灵肉异趋"原则，也就是不失童贞的原则。在此前提之下，峨嵋弟子之间倒是男女平等、恋爱自由的（在"仙界江湖"里，该派门下情侣之多是出了名的）。关于婚嫁，峨嵋派虽然限制较严，却也并不禁止，而且教主家庭还"身体力行"，妙一夫人对灵云、金蝉的两桩婚事都早就"开"过"绿灯"或予以默许；阮征还被尸毗老人关着呢，金蝉他们已称老人之女为"二嫂"（阮征是妙一真人第二个徒弟），连"邪派亲家"都认过了。

峨嵋教律之所严禁者止于肉欲，所以在弟子中，"不幸"破了身的司徒平和秦寒萼，常被有意无意地视为"反面教材"；而保持情爱却不论婚嫁的严人英和周轻云，则常被奉为正面典型。对于"六欲"中的"色欲"（欣赏五色之美）、"形貌欲"（欣赏容貌之美）、"威仪姿态欲"（欣赏言行之美）、"语言声音欲"和"人相欲"，峨嵋派实际上是不禁或相当开放的（由开府大会之繁华即可见其一般）；至于"细滑欲"即肌肤之亲，应该是受禁的，但至少在金蝉、朱文的接触中，也未导致耽染和贪着。[1]

围绕上述"修仙规程"或"伦理"，又可导出不少值得玩味和讨论的问题：

第一，"童身戒律"源自道教的"元精-元气观念"。《黄帝内经》："夫精者，生之本也。"《论衡·超奇》："天禀元气，人受元精。"《性命圭旨》："炼精者炼元精，抽坎中之元阳也……炼气者，炼元气，补离中之元阴也。"修仙即修长生之道，保固元精-元气当然成为第一要务。在《蜀山》里，"元阳"乃就男性而言，"元阴"则指女性之对应"指标"。由此导出一个问题，"合籍双修"是《蜀山》所写最理想的神仙婚姻形式，那么"双修"是否包含不破坏"童身"的性关系呢？《蜀山》对此是讳言的，原可不必深究，但是天灵子、熊曼娘的"仙霞关孽缘"透露过一点值得玩味的信息（天灵子使熊曼娘失去"元阴"，而他自己似未失去什么；熊曼娘后来和魏达结婚时，却发现自己仍是"处女"）。宝相夫人的前史则从另一方面透露着类似信息，她对其他男性进行"采补"，都未失过元阴；与秦渔，则因为动了真情，所以失了两次，从而得到两个美丽、聪慧的女儿。这当然意味

---

[1] 丁福保. 佛学大辞典 [M]. 上海：上海书店, 1991：650.

着动真情而不控制肉欲必然有碍于仙业，想修仙，就不能不把"情"和"欲"切割开来；然而，依然不能排除"仙界"存在"可保元精"之性关系（一种方术）的事实，无非不便于摆到台面上来细说而已（书中写及绿袍老祖与妖妇倪兰心宣淫，曾说他们"互易元精"[1]，也透露着此类信息）。《蜀山》书中还有一个鲜明的"崇矮"倾向，从辈分极高的李静虚到下面的许多男女修士、散仙，都喜欢保留或选择儿童形象为自己的肉身；对此，不排除"七个小矮人"之类外来文化影响，但从传统文化角度考察，这很可能也是"元精-童身"观念的一种衍化。这一观念与西方的童贞观念倒是确实有着相通之处的。

第二，看来，先结为童身夫妇而修仙（如齐漱溟、荀兰因的"二生"），与童身的修仙者结为夫妇，两种情况的"待遇"也是不同的：前者宽松——不必转世（转劫）；后者严苛——必须转世（转劫）。妙一夫人和餐霞大师商量金蝉、朱文的婚事，就是把婚后必须转世视为"当然前提""必遵守则"的。这条更加苛严的规矩是怎样形成的？原因和根据是什么？作者没写，读者可以把它理解为专为已经入门修仙的子女、门人设立的警诫性条款——要结婚，就得准备兵解转世，但是，峨嵋门下许多三生情侣以及妙一夫人这样的家长，对此却都心甘情愿地接受了——不是把它视为"禁婚条款"，而是把它当作"婚嫁付出"。这倒说明，"只羡鸳鸯不羡仙（天仙）"，其实倒是存在于《蜀山》仙侣（包括邪派、魔道之侣）中的普遍倾向。书中写到的灵峤仙部，"档次"比峨嵋派更高，他们的教祖却"为情（此指师徒之情）所累"而甘愿放弃天仙位业，妙一真人、乙休等何尝不是如此？这就又引出一个问题，修到"天仙"境界，是否意味着必须"无情"或至少"忘情"呢？书中写到，长眉真人飞升之前留有柬帖，要求门下关心宝相夫人抗劫一事；看来天仙也是不能忘情的，犹如佛子，不过他们把具体事务交给地仙、散仙们去办罢了。

第三，细察全书故事，峨嵋派的"修仙规程""修仙伦理"，对于同属正宗的另一些派别，又是并不适用或不必遵行的。仍看家庭结构，易周与妙一真人一样，都修到了地仙层次，峨嵋开府时被排在主宾席的第四位，仅次于灵峤三仙，但其家庭结构与"齐荀二生"颇不相同，这是一个一夫

---

[1] 还珠楼主. 蜀山剑侠传：第3卷 [M]. 太原：北岳文艺出版社，1998：1307.

多妻、"合宅飞升"、三世同堂的家庭[1]。这个家庭固然也有复杂之处,但已昭示着另有一条亦可通向"上乘"的仙径(书中还写到,有些门派中,连散仙之间互结连理都是常态,而且旁门也可修成地仙)。由此可见,作者未将"灵肉异趋原则"视为"普适性"的原则;从逻辑上推论,"灵肉同趋"也就不应截然断为"罪恶倾向"了。

第四,作者一再说:"无论仙佛英雄,没有不忠不孝的。"[2] "齐荀一生"入山修道之前动员其子齐承基(李金蝉前生)留在凡间时,也以"不孝有三,无后为大"作为说辞。作者这样处理,齐氏这一支的血胤固然得以延续,但是承基转世为金蝉已属李姓,金蝉、朱文乃"童身婚姻""丁克家庭",而且是"任转多劫,必矢双清"[3] 的,如此一来,李氏金蝉这一支肯定是无后于人间了,这样岂非又犯了"不孝之大"(如再考察"九世清修"的李洪,这个问题就更严重了)?对于这种矛盾,看来还珠楼主遵行的是"只管眼前"策略,并无彻底"解决"的方法,因为儒、释、道固有共性,毕竟差异也大,"入世""出世"之别很难彻底消弭。

以上问题,多多少少还都涉及"想象"与"逻辑"的关系。茨维坦·托多罗夫说:"所谓怪诞,不过是对同一些事件所作的自然解释和超自然解释之间的持续犹豫。它不过是有关自然—超自然这一界限的游戏。"[4] 偏向于"超自然"叙事的玄幻作品之书写,如何保持"想象"与"逻辑"关系的平衡(不违反"自洽原则"),是一个值得注意的普适问题。

二、苦闷的象征　失意之补偿

李寿民之所以在《蜀山》里崇尚"灵肉异趋"爱情,除了"宗教语境"及以肉欲为"不洁"的传统观念(中西都有)之外,一个重要原因在其自身的情感经历和情感体验——终身难消的"文珠情结"。永远失去的初

---

[1] 据《蜀山剑侠传》第4卷第158回所述,易周和妻子杨姑婆,女儿易静,侧室林明淑、林芳淑是在明朝"合宅飞升"的。易静后来转过几劫;其兄易晟当初已被仇人杀死,未能一同飞升,是转了"六世"才回归家庭的,他与韦青青结婚生子的时间未详。尽管如此,易周夫妇、侧室非以童身"飞升"是可以认定的。

[2] 还珠楼主. 蜀山剑侠传:第1卷 [M]. 太原:北岳文艺出版社,1998:6.

[3] 还珠楼主. 蜀山剑侠传:第9卷 [M]. 太原:北岳文艺出版社,1998:4745.

[4] 托多罗夫. 巴赫金对话理论及其他 [M]. 蒋子华,张萍,译. 天津:百花文艺出版社,2001:99.

恋，是最美、最珍贵的，也最崇高的；遗恨终生的失意，只能用"白日梦"来补偿。

李寿民评徐志摩《我所知道的康桥》说：文中蕴涵着诗人暗恋一位法国女郎的"心痕影事"，而其"含义"则"狡猾"地被"轻灵、幽美、大方"的文字掩盖起来了。[1] 他自己写《蜀山》，也透露着类似的"狡猾"。

众所周知，《蜀山》书中，作者的"代入"现象相当频繁。

关乎爱情、婚姻和"文珠情结"，最明显者见诸"李静虚三角"：李静虚与孙询结婚之前，和表姐倪芳贤"青梅竹马，相恋多年，因为中表之嫌，未得如愿"。静虚夫妻得道之后，也将芳贤度去同修。"一个是未同衾枕的爱友，一个是仙凡与共的患难恩爱夫妻，心中虽无甲乙，行迹上难免有了不同之处。"芳贤终至负气出走，李静虚乃在仙霞岭另开洞府，传她上乘道法，使之成为一位女散仙。[2] 这里的"孙询"显然是李寿民夫人孙经洵的"代入"，倪芳贤当然是其初恋情人文珠的"化装代入"。

齐漱溟家庭里也有"代入"现象：如前所说，金蝉前世名"承基"，是李寿民原名"善基"的"变形"；转世为李姓，与李寿民同姓。他的女朋友叫"朱文"，倒过来的读音便是"文珠"。至于孙经洵的名字，却被"变"到金蝉母亲"荀兰因"那里去了。这是"代入"得比较"奇怪"的例子。

"代入"得最隐秘，构思得最扑朔迷离，写得最美，"含义"蕴藏得最"狡猾"的，则是"谢山三角"。武夷散仙谢山，在缙云仙都捡到一对孪生女婴，起名谢缨、谢琳，认为义女。谢山未成道前有一世交女友叶缤，亦成散仙，也极爱二女，受拜为义母。二女飞赴峨嵋开府大会，途中迷路，在小寒山上空突然觉得附近似有极亲爱的人在等她们。降落之后，见一未落发的妙龄女尼，坐定在一根横槛里面。二女欲入槛内与之亲近，女尼说："痴儿，痴儿，这条门槛古往今来拦住了多少英贤豪杰，你们不到时候，跳得出么？"[3] 二女用尽办法，果然闯不进去（在女尼的"语境"里是"跳不出"，谓"世缘"也）；然而，当二女扶槛而泣，泪洒横木之际，禁制忽然随之失效。女尼搂着她们叹道："乖儿，你们已历三生，怎么还有如此厚的天性？我所设大关，均为所破。"[4]

研究者普遍认为，谢氏二女是李寿民写得最美丽、最纯真的一对女孩；

---

[1] 周清霖，顾臻. 还珠楼主散文集 [M]. 香港：香港天地图书有限公司，2014：37.
[2] 还珠楼主. 蜀山剑侠传：第9卷 [M]. 太原：北岳文艺出版社，1998：4609.
[3] 还珠楼主. 蜀山剑侠传：第6卷 [M]. 太原：北岳文艺出版社，1998：2985.
[4] 还珠楼主. 蜀山剑侠传：第6卷 [M]. 太原：北岳文艺出版社，1998：2986.

她们"洒泪破情关"的故事是《蜀山》书中最为凄美、动人的故事之一。核对周清霖所编《还珠楼主年表》,可知收入以上故事的《蜀山》第二十集初版发行于1939年6月;而李寿民的长女李观芳,即夭折于1938年1月;次女李观贤(琼儿)则出生于1937年4月。由此可知,作者描绘谢氏二女的笔墨之中,浸润、寄托着对夭折的长女和才出生的次女极其浓厚的爱怜之情。作者又特别交代,小寒山女尼("忍大师")俗家姓"孙",因此,这一形象显然又是孙经夫人的"代入",所以上述故事同时也是对于现实中这位痛失爱女的母亲的深情慰藉。至于叶缤,当然又是文珠之"代入";与之呼应的是,八年之后,李寿民果然曾让观贤、观鼎(生于1939年12月)姐弟拜文珠为义母(今已查明,"文珠"实名陈德宜,生于1900年,此时已嫁上海律师朱鸿儒;李寿民曾用笔名"木鸡"撰自传体小说《珠还》,叙与陈德宜的初恋故事)。小说情节影射现实生活,不是注释而胜似注释。可见"谢山三角"及其故事,更加深沉地暗寓着作者的情感体验和情感经历,只不过现实素材经过多重"化装",变成一个关乎三生之前的夫妻、初恋情人及其爱女的凄美神话而已。

由此又可看出,峨嵋派之所以把"灵肉异趋"立为修仙者爱情的最高准则,其中寄托着作者对那"未同衾枕的爱"以及那位永远不可能回到自己身边的初恋情人刻骨铭心的怀恋。以佛罗伊德学说考察,主体潜意识中无法达成的欲求,经常会用"白日梦"的样式表现出来。于是,李寿民这位"还珠楼主"即以繁衍不绝的想象,构思出几组在"灵"的意义上"双美并得"的爱情、婚姻结构;并把"灵肉异趋"确立为玄门正宗的"仙界伦理",要让那些奉行"柏拉图式爱情观"的青年男女,都能成为地久天长、永不分离的仙侣。在此一意义上,这些故事都是借以补偿自身现实情感缺失的白日梦,换一个说法,也就是"苦闷的象征"——厨川白村认为,它昭显着一切文艺创造的根柢和共性。

前辈学人曾为小说究竟是"表现的"还是"再现的"而争论不休,看来,好的、有个性的小说乃至一切文艺作品,在根柢上都是蕴有"表现性"的。

三、情为何物　生死相许

峨嵋门下"三生情侣"既多,其他异派、旁门中也不少,而且这些情侣往往还是"跨派"的。他们的许多爱情故事都相当动人。

申若兰和李厚的三生凤孽，作者是将主人公置于极限情境之下，来展示"情"之本质及其伟力的。

李厚三生均在旁门，但无恶行。他对若兰的爱始终不渝，今生达到绝无妄想，只要经常见到她的音容笑貌，便已十分满足的地步。两人同被妖人呼佣禁入水下洞内，呼佣用淫魔连续迷攻若兰，企图诱之就范。李厚法力不敌，竟用邪派的"解体分身大法"自殉：先是相继自断手脚，再用断肢、血光连续破解敌人攻势，最后是引爆残躯，粉身碎骨，帮助若兰突出妖法禁制。此时，若兰师兄林寒等破壁而入，放出飞剑歼灭呼佣肉身，元神却被逃脱。林寒于是再放飞针追逐，布下旗门，迫敌入阵。

便见一道灰白色的妖光，裹着一个二三尺长的小人，身上附着一条同样大小的血人影子，身后追着几蓬银色飞针，狼狈逃来，其疾如箭，闪得一闪，便往左近洞壁上拳头大的小洞中窜去。若兰看出那血影正是李厚元神，才知李厚真个情痴，死后元神还不舍逃走……竟拼与敌同归于尽，施展前师所传最阴毒的附形邪法，把元神化成一条血影，紧附妖人身上，以防救兵不到，心上人遭了毒手。这类邪法一经施为，便如影附形，非将敌人元神消灭，不能并立，也难脱身。若兰见状大惊，惟恐林寒法宝厉害，玉石俱焚，忙喊："林师兄，这血影便是为我而死的友好，虽是旁门，已早改邪归正，望祈留意，不要伤他。"……轰的一声，五门五色火花一齐融合，合成一幢五彩金光烈火，将妖人围在当中。跟着，风雷之声殷殷大作，汇成一片繁音，空洞回声甚是震耳。血影依然紧附妖魂身后，看去也是狼狈异常。无如双方合为一体，分解不开。眼看危急，若兰自更惊惶，连喊："师兄，手下留情！"林寒未理。若兰一时情急过甚，想起李厚为她而死，焉能坐视不救？林师兄分明见他使用邪法，疑是妖人，不肯宽容。不如冲入阵内，犯险相救，好歹也报答他一点情意。心念一动，更不商量，冷不防身剑合一，猛朝旗门之中冲去。这时妖魂已快被那五行神火消灭殆尽。血影也由浓而淡，成了一条黑影，在内苦挣。若兰方觉旗门之内并无阻力，那火也不烧人。未容寻思，倏地一道金光，由身后飞射过来，五色火光也一闪即灭，只剩一条黑影浮空而立，好似疲惫不堪神气。若兰自是心痛，欲以本身真气助其复原，忙

修仙者的爱
——《蜀山剑侠传》里的"情孽"

收青灵剑迎将上去,那黑影也缓缓扑上身来……[1]

申若兰和李厚,为了所爱者都将自己的生死置于度外,李厚更是不仅以身殉情,连元神也不惜形销烟灭。他们的行动极其浪漫,极其震撼人心!这真是生命力的极度升华,生命意志的极限展现!

林寒告诉若兰:带着李道友的残神返回峨嵋洞府,以本命元神与之合而为一,修炼四十九日,方可使之复元,送往人间转世。这里透露出峨嵋"修仙伦理"对李、申"情孽"的充分肯定。

阮征、明殊孽缘故事与之相似,不同的是:尸毗老人之女明殊于两生殉情之后,这次是用殉情来敦促阮征逃离她父亲的困制。阮征已为欠下对方两生孽债而深感内疚,眼见她施展法术,选用金刀、金叉、金针自戕之时,他的行为与申若兰完全一样。幸运的是阮征和明殊的救兵到得更早,而尸毗老人竟也被女儿、女婿的纯情深深感动,瞬间助力,一下便把阮征推到了千里外。最后,这对情侣终于获得潜隐海外、合籍双修的喜剧结局。

以上二例都是遵守"灵肉异趋"原则之修仙者的爱情故事,下面二例则是"犯戒"者的故事。

"天狐抗劫"故事是对"天命"的抗衡[2]。天狐宝相夫人修行千年(书中另有说法则谓两千年或三千年;作者曾说,异类修成人形需经五百年,但是宝相夫人之父雪雪老人早就出任"琅嬛天府"的天书管理员了,所以她应是生下即为人形,多出了五百年的"深造"时间),业已经过两次雷劫和兵解,即将面临的是第三次天劫。她之所以为"天命"不容,主要原因有三:第一,她是"异类";第二,她的修行途径原属邪派,因采阳补阴而给男性带来过损害(但她都采取补偿措施,为对方进补丹药,使之得享天年,所以正派元老都认为所犯错误不算大);第三,她和峨嵋长辈极乐真人李静虚之徒秦渔产生真爱,与之结为连理,产下秦紫玲、秦寒萼二女,并因此而丧失元阴(尽管其时业已改邪归正,仍犯"天条")。

因为宝相夫人做过的好事更多,所以许多正派剑仙都早就与之结为方外之交。她所面临的最后这次天劫,甚至得到峨嵋派祖师、业已飞升为天仙的长眉真人及其同辈李静虚的关心。天劫降临之前,该派长老级的"东

---

[1] 还珠楼主. 蜀山剑侠传:第9卷[M]. 太原:北岳文艺出版社,1998:4643-4644.
[2] 这个故事的正面描写见第133、134回,其"前史"则散见于此前许多回目。千年之狐称"天狐"。

海三仙"[1]和异派元老乙休,更为她设置过多重有力的安全保障。与她共同抗劫的主力,则是女婿司徒平和两位女儿(均已投入峨嵋门下);临场协助护法的,还有峨嵋长辈玄真子之徒诸葛警我(也是宝相夫人遇见秦渔之前暗恋过的对象)和夫人挚友邓八姑。

宝相夫人最后一次兵解,躯体已被火化,所以她是在东海三老的维护之下,以元神修炼凝结为"婴儿",才得以复体的。书中这样描写其"婴儿"的现身和抗劫行动之开始:

> 一团紫气拥护着一个尺许高的婴儿,周身俱有白色轻烟围绕,只露出头足在外,仿佛身上蒙了一层轻绢雾縠。离头七八尺高下,悬着碧荧荧一点豆大光华,晶光射目。初时飞行甚缓,一照面,紫玲早认出是宝相夫人劫后重生的元神和真体,口中喊得一声"娘!"早一同飞行上去接住……司徒平连忙伸手接住,紧抱怀内。正待调息静虑,运用玄功,忽听怀中婴儿小声说道:"司徒贤婿,快快将口张开,容我元神进去,迟便无及了。"声极柔细,三人听得清清楚楚。司徒平刚将口一张,那团碧光倏地从婴儿顶上飞起,往口内投去。当时只觉口里微微一凉,别无感应。百忙中再看怀中婴儿,手足交盘,二目紧闭,如入定一般。时辰已至,情势愈急,紫玲姊妹连忙左右分列,三人一齐盘膝坐定,运起功来。……那钓鳌矶上诸葛警我与空中巡游的邓八姑……已不见三人形体,只见一团紫霞中,隐隐有三团星光光芒闪烁,中间一个光华尤盛。知道三人借灵符妙用,天门已开,元神出现……[2]

在这个抗劫故事里,司徒平处于决定性的地位,起着举足轻重的作用:第一,从家庭结构看,他现在是这个家庭里唯一的男性(秦渔早已兵解)。第二,从"前史"看,作为一个"苦孩儿",他这条命原是秦氏二女给的。第三,从峨嵋"戒律"看,他和秦寒萼都已因真爱而丧失真元,犯过戒,此身迟早也是应劫之身。第四,岳母和女婿"合体"同抗天劫,这一想象极其匪夷所思,美丽的神话外衣之下,包裹着对传统伦理观念的大胆颠覆。

---

[1] 关于"东海三仙"的成员,《蜀山》前后说法不一,天狐抗劫时,三仙指的是玄真子、苦行头陀和峨嵋派教主齐漱溟。

[2] 还珠楼主. 蜀山剑侠传: 第3卷 [M]. 太原: 北岳文艺出版社, 1998: 1515-1516. 该版将"邓八姑"改为"郑八姑","邓隐"改为"郑隐",均应予以纠正。

它至少包含着两个隐喻：表层隐喻，暗示此时的司徒平也是在代替秦渔偿还对宝相夫人的未尽之谊；深层隐喻，则指示着"两性合一"能够拥有力挽"天命"的伟大能量。所以，当最后一波天魔来袭，秦氏二女的元丹均已光芒熄灭时，唯独司徒平与宝相夫人合一的那颗元丹依然高悬空中，光辉朗照，独抗天魔，一直坚持到胜利。这无疑也象征着"灵肉同趋"爱情的胜利，表达着对这种爱情的肯定。

紫云宫里的金须奴与二宫主二凤的爱情，则是一个"抗魔"失败而爱情并未失败的故事。金须奴是具有千年道行的海中"鲛人"，因为出身异类，所以容貌十分丑陋，只有紫云宫里的"天一真水"可以使之褪却丑容，成就仙道。他虽道行极高，却甘为奴仆，忠心耿耿地为三位宫主出生入死，终于等到了脱胎换骨之时。这项"脱胎工程"隐含重大危机：因为金须奴服下真水之后将昏迷七日七夜，其时法力全失，极易被魔所乘。为防天魔破坏，长宫主初凤设"七煞坛"亲自主持，二宫主二凤进入金须奴室内近身照护，三宫主三凤等人则于室外分头护法。不料三凤受嗔心干扰，使无形、无迹、无声、无臭的"天魔"得到可乘之机，渗入室内。二凤原就怜惜金须奴，此时见到他脱却丑皮，成为一个壮美裸少年；二人又均受天魔侵蚀而失去自持，于是发生了缠绵的肉体关系，因而各自破戒，导致功亏一篑，仙业破灭。这当然是个悲剧，但是排除命定论和"肉恶论"的诠释，二凤和金须奴的爱情却是纯真的"灵肉同趋"之爱，这是一对"只羡鸳鸯不羡仙"的恋人。

一位主张"灵肉异趋"的作者，却又写出如此动人的"灵肉同趋"爱情故事，这种现象或许可以称之为"浪漫主义创作方法的胜利"吧！从另一方面考察，作者自谓"个性强固而复杂，于是书中人有七个化身，善恶皆备"。[1] 虽然"七个化身"的含义尚未得到确诂，但是我们仍可解读出作者对爱情的体验是复杂而矛盾的——在"理论"上被他视为"恶"或"不洁"的东西，同样深植于他的"个性"之中，这或许也是他的书写能够获得"创作方法胜利"之内部原因吧！作者与孙经洵的爱情经历要比与文珠的更加轰轰烈烈（其间包括作者所受牢狱之灾，孙经洵的挺身法庭、慷慨自辩以及她的几次叛出家庭），这些经历和体验在作者笔下化为对生命的焦虑和对"天命"的反抗，是必然的。

---

[1] 徐国祯. 还珠楼主论 [M]. 上海：上海正气书局，1949：11.

四、此相彼相　空明无相

修仙者的爱情、婚姻、家庭同样需要经营（包括当事人的性情修养），否则难免导致悲剧或悲剧性的后果。

易静、鸠盘婆是一对两生死敌，然而她们的情感经历又有共性。二人原皆貌美，后都变得又矮又丑，鸠盘婆是因丈夫背叛而自行毁容，易静则是因追求者的死缠不放而自请毁容[1]。这都是刚愎、任性的性格导致的后果，本来是可避免的；而这后果又导致两人性格更加变态。不过，恶毒无比的鸠盘婆却于死前恢复一丝良善：当她面临灭绝时，本可（也确乎曾想）令两个女徒金姝、银姝以身饲魔，来增长自己的抗敌能量，但是临机之时，她命令二女立即逃离，去改投正派。二女原本倾心于正派，此时却不仅不肯离去，而且跪地哭求为救师傅而舍身饲魔。鸠盘婆的反应是立即施法，将二女送往千里之外。正是这一善念，令她避免了形神皆灭的下场。易静则因三生良友陈岩的出现而唤回了前生柔情；虽然直至后集仍未写到她这爱情故事的结局，但从前面的提示可知，易静最终是恢复前生美丽容貌，并与陈岩实现了不求位登天仙、只求"合籍同修"之理想的。

熊血儿与施龙姑的爱情、婚姻、家庭悲剧，在很大程度上是因两地分居以及熊血儿没有处理好事业与家庭的关系而造成的。作为教主的天灵子，对此也有不可推卸的责任。神驼乙休有一段责骂天灵子的话，虽然尖刻，却很有理："你这个没出息的三寸丁，只为利用一个女孩子（按指熊曼娘）来脱劫免难，自己当了王八不算，还叫徒子徒孙都当王八。""那女孩（按指施龙姑）虽没出息，你若使其夫妻常在一起，严加管束，何致淫荡放佚到不可收拾？"[2] 乙休的话道出了天师教（教主为天灵子）与峨嵋派的差距。如将二者比作学校，前者是只重"专业（法术）教育"而忽视"思想教育"，后者则是既重"专业（道、法）教育"又重"思想（包括伦理、情感）教育"的。从《蜀山》全书写及的峨嵋弟子情爱故事可以看出，该派确立"灵肉异趋"这一"修仙伦理"，目的正在于净化、提升弟子们的情

---

[1] 易静前世的追求者有二：一为桓玉（转世后的陈岩）；另一个，《蜀山》前后集中均未交代姓名。据易静自己说，她主要是为躲避后者的纠缠而请求一真大师在为自己元神凝形时予以丑化的，但是，事实上并未起到作用，不仅陈岩未因其丑而停止三生追求，另一位不知名者也找上门来了。

[2] 还珠楼主. 蜀山剑侠传：第3卷 [M]. 太原：北岳文艺出版社，1998：1366.

商、情愫。

李寿民常用释家的"有相""无相"之说来阐释这种心灵净化、提升的过程和境界，从而为生动、神奇、壮烈的故事注入哲理内涵。

作者写到申若兰用本门心法"摈除七情，关闭六欲"，"万念归一，入浑返虚"，借以抵抗魔头入侵时，插有一句颇含深意的评语，说：此举虽然有用，然而"不免着相"。可见，"无相"境界是无所谓七情，也无所谓六欲的，这才是真正的"空明"。因此，当申若兰不顾一切，舍身冲入战阵去救李厚元神时，她这"出虚入浑"的行为反而倒是进入了"无相"境界，因为此时的她已经什么都无所谓、什么"相"都不"着"了。从思想境界考察，此为真空明，是在绝境"棒喝"之下爆发的"顿悟"。

在宝相夫人抗劫的故事中，作者这样描写司徒平的心态：

"宝相夫人遭劫，自己无颜独生以对二女。现在元神既因乙真人灵符妙用飞出，宝相夫人已和自己同体，那天魔只能伤夫人，而不能伤我，我何不抱定同死同生之心？自己这条命原是捡得来的，当初不遇二女，早已形化神消，焉有今日？要遭劫，索性与夫人同归于尽。既是境由心生，幻随心灭，什么都不去管它，哪怕是死在眼前，有何畏惧？"主意拿定，便运起玄功，一切付之无闻无见无觉。一切眼耳鼻舌的魔头来侵时，一到忍受难禁，便把它认为故常，潜神内照，反诸空虚，那魔头果然由重而轻，由轻而灭。司徒平却并不因此得意，以为来既无觉，去亦无知，本来无物，何必魔去心喜？神心既是这般空明，那天魔自然便不易攻进。中间虽有几次难关，牵引万念，全仗他道心坚定，旋起旋灭。先还知道有己，后来并己亦无，连左右卫星的降落，俱未丝毫动念。不知不觉中，渐渐神与天会，神光湛发，比起先时三星同悬，其抗力还要强大。道与魔，原是此盛彼衰，迭为循环。过不一会，魔去道长，元神光辉益发朗照。[1]

这是从心理层面细腻地展示自色悟空、由"着相"到"无相"的净化、升华过程。峨嵋弟子中，司徒平的法力不高，地位不著，但其"心法"经此一役可谓已臻上乘。

---

[1] 还珠楼主. 蜀山剑侠传：第3卷[M]. 太原：北岳文艺出版社，1998：1530-1531.

尸毗老人不相信峨嵋弟子能够贯彻"灵肉异趋"的情爱观,所以把朱文摄到他的魔宫,经受欲魔的考验。金蝉得到信息,从十万里外的小南极赶来救援。当他抱起朱文,冲破禁制飞出时,因为抱得很紧,朱文大概被勾起佛教所说的"细滑欲",未免露出羞涩之感。金蝉见她有点撑拒,紧抱不放道:"当此危急之际,避甚嫌疑?又无外人在此,难道还信我不过?"朱文想到他孤身犯险,舍命来救,一向又心地光明,从无别念,觉悟自己已经"着相",于是也便返照空明,反而拉紧他的臂膀,互相致起衷曲来了。作者写道:这对三生情侣"智珠莹朗,如月照水","活泼泼的,一切纯任自然,全不着相,本来无念,魔何以生?"[1] 连尸毗老人都觉得这对天真无邪的情侣"实在可爱",以至无从下手,也不肯下手了。

金蝉、朱文的空明境界,倒真的有点"柏拉图意味"。柏拉图在《会饮篇》中曾说男人、女人各是被切开的"人"的一半。"空明"到了忘却男女之别,不就是完整的"人"之实现吗!还珠是否自觉接受过柏拉图的影响,有待考证(至少我们未在《蜀山》中发现柏拉图那种推崇同性恋的倾向)但是他对人性和生命的思考,无疑是与柏拉图有着一致之处的。

峨嵋修的不是佛门,所以作者是借用佛门的"着相-无相"说,来阐释峨嵋派净化、提升情欲和情爱的心灵途径及过程,也可以理解为峨嵋心法融有佛门心法。

通观全书,"灵肉异趋"并不足以概括还珠的情爱观,涵盖全书的应该是"情孽"二字。这个"孽"字固然包含因"用情不当"而受的惩罚(多为"天谴"),但更包含着因"情"而致的一切"缘"和一切"果",包括爱情的盲目性,包括责任,也包括欢喜和痛苦。"情"与"孽"既是对立的又是同一的,甚至可说"情"就是"孽","孽"也是"情";因情而受苦,也是一种净化。对"情孽"的"着相-无相"思辨,则是一种更含哲理性的"空明"。

男女间的情爱净化、升华之后,必然更自觉地扩展、深化亲子之爱、朋友之爱、师徒之爱以至对一切生灵和万物之爱。生命力的提升,导致更加自觉、有效地去做伏魔、排难、救灾、抗劫的斗争。于是,"重情"和"崇正"实现了对接;道家的内、外功行修积,佛门的因缘、慈悲,儒家的仁义智勇,也实现了对接。这就是《蜀山》用神话语言向我们阐释的生命哲学。

---

[1] 还珠楼主. 蜀山剑侠传:第9卷 [M]. 太原:北岳文艺出版社,1998:4675.

《蜀山》之"所重在一情字"[1],不是结构意义上的"重"。它的情节主干是战斗——仙与魔、正与邪以及消灾弭劫的战斗,它的大关目多属一个一个的"战役"。书中确实包含许许多多凄美、壮烈、诡奇的爱情故事,但是这些故事多属主干上的枝叶和芽苞,多呈穿插性和碎片性;许多很好的小构思并未充分展开,一些引人入胜的故事往往不见结局。例如,东阳仙子与龙玄的故事以及干神蛛与朱灵的故事,前者男主人公是位借墨龙为"庐舍"[2]的醋罐子,后者女主人公是位附在丈夫身上忽隐忽现的蜘蛛。两个故事都很诡奇,但是直到309回《正传》、20回《后传》结束[3],它们的谜底依然没有揭开。类似的情况还有很多。这当然可以归咎于全书并未写完,但也足以证明爱情故事在全书结构里的"枝节性"。因此,《蜀山》之"所重在一情字",乃是形而上意义的"重",是生命哲学意义上的"重"。

---

[1] 徐国祯. 还珠楼主论[M]. 上海:上海正气书局,1949:11.
[2] 肉身被消灭后,元神可另找一个刚死的躯壳"寄生",这个躯壳即被称为"庐舍"。
[3] 《蜀山剑侠后传》共10集,后5集是伪作,所以全书仍未结束。

多元共生的现代中华文学

曹惠民

回首百年,20世纪的中国文学,流派纷呈,名家辈出,繁复多姿,熠熠生辉。它正挟带着一个世纪的沉重、探索和辉煌,走向未来。

20世纪即将过去,"20世纪中国文学"学科格局的建构确立,正面临着21世纪的呼唤。世纪末的中国学者和跨世纪的新一代学人,无可回避地必须应对这个挑战。

一、问题的缘起

1985年,北京大学黄子平、陈平原、钱理群三位学者在"中国现代文学研究创新座谈会"上最早提出了"20世纪中国文学"[1]的新构想,从而引发了"中国现(当)代文学"学科建设的重大突破。

之后不久,复旦大学陈思和、华东师范大学王晓明两位学者在《上海文论》主持专栏[2],建言"重写文学史",也激起了学术界的强烈反响。

尽管南北两地的这些学者,切入问题的思路或有不同,根据新的观念和构想撰著问世的一批著作论文,在同行中也有褒贬不一的评价,但是,对于"中国现代文学史"既定秩序的消解与重构的吁求,已然呼之欲出。

既往的"现代"与"当代"概念的模糊性与不确定性以及二者之间的人为划分,依据某种评判标准所进行的对于一些作家作品的价值评判和文学史定位,以及凌驾于其上而附丽于社会政治尺度的文学史观念,似乎一下子都面临着新的学术时代的选择和再认识、再评价。

新构想的启示意义与贡献,今天看来,已经是无可置疑的了。当然,随着十多年来学术研究的展拓与掘深,随着学科格局的静悄悄的调整,一

---

[1] 黄子平,陈平原,钱理群. 论二十世纪中国文学[J]. 文学评论,1985(5):3. 另外,人民文学出版社1988年出版了《"二十世纪中国文学"三人谈》一书。

[2] 《重写文学史》专栏始自《上海文论》1988年第4期,止于1989年第6期。

些新问题又提了出来。

不能仅仅把新的构想只看成时限的上移（"20世纪中国文学"可追溯19世纪末来叙述），或者两个时段（1949年前、后）的接续、"打通"，但这个构想在"时间观"上的大幅度刷新，也确实是太引人注目了。

那么，从"空间观"上来思考，"20世纪中国文学"中的"中国"，包容着怎样的内涵，似乎就语焉不详了。最直截了当的质疑是：中国台湾、中国香港、中国澳门（且不谈"海外"）地区用中文书写的文学，该置于何地？

再有，在"20世纪中国文学"的概念出现之前，人们可以追溯的它的"前身"，就有：中国现（当）代文学—中国现代文学—中国新文学。其中，"新文学"的特指含义，是行内人都了解的：它与"旧文学"相对而言，而"旧文学"则包括了像"鸳鸯蝴蝶派"一类的"通俗文学"在内。"20世纪中国文学"中的"文学"，是否包容（或准备包容）"通俗文学"在内？在重写的文学史著作中，"通俗文学"有没有它的生存空间？

更困难的也更重要的是，倘使台、港、澳地区的中文文学，和大陆及台、港、澳地区的通俗文学，加入了将被重新写出的"20世纪中国文学史"的时空格局，那么，文学史家们该选择什么样的叙述策略来圆满地整合分隔已久、看起来各行其是的地域空间与审美空间呢？

这显然是一个十分棘手、眼下似乎还没有理想答案的难题。

但历史从来不会提出没有答案的问题。

让我们的探索从这里出发：

"20世纪中国文学"应当涵盖下列文学空间：

1. 20世纪中国大陆"新文学"（或曰严肃文学、纯文学）；

2. 20世纪中国大陆"通俗文学"（以及民间文学、俗文学）；

3. 20世纪中国台湾、中国香港、中国澳门"新文学"；

4. 20世纪中国台湾、中国香港、中国澳门"通俗文学"（或曰"流行文学"）；

5. 20世纪中国少数民族文学；

其至也不妨容涵一个特殊的、或可称为中国文学版图上"飞地"的部分——20世纪海外华文文学。

从这样的"20世纪中国文学"的时空观出发，我们确认，所谓"20世纪中国文学"，研究的是，自19世纪末以来到2000年前后，在中国（大陆、台湾、香港、澳门）存在的、包涵"新文学"和"通俗文学"、文人文学和民间文学、汉民族文学和其他少数民族文学这些不同型态文学在内的、用现代中文书写的中国文学。此一时期中国以外的海外华文文学可视为"20世纪中国文学"的特殊组成部分。[1]

"20世纪中国文学"就是这样一种多元共生的现代文学。

二、从对峙到并存:"通俗文学"与"新文学"

以往的"中国现代文学史",几乎是清一色的"新文学"(或称严肃文学、高雅文学、纯文学)的发展流变史,丝毫没有"通俗文学"(它曾被认为是"旧文学"之一种)的容身之地。通俗文学被打入了"另册",甚至是被革出高雅的文学殿堂之外的。这种文学史观念的核心,是以"新文学"为正统、以"通俗文学"为异端。

如此相沿成习所写出的"现代文学史",只是"半壁江山",未可称为20世纪中国文学的全璧。因为它从根本上无视"通俗文学"在20世纪中国文学进程中的客观存在。

这种反历史的文学观导致了一个重大的失误——恰恰抹掉了"20世纪中国文学"之所以为"20世纪"中国文学的历史性特征。

文学的"雅""俗"之争,古已有之,而于今为烈。进入20世纪以来,中国文学中的"雅"与"俗",形成了此起彼伏、相激相荡的空前激烈的竞争局面。加之特定的社会环境的要求和一定的文学生态环境的制约,以至形成了互相隔绝、壁垒分明的两大阵营,并各自建构了判然有异的两种不同的文学话语系统,形成了20世纪中国文学对传统文学的移位,呈现出文学新世纪的现代景观。

"雅"与"俗",在20世纪,划出了从对峙到并存的历史轨迹,这是"20世纪中国文学"的基本特征之一。

19世纪与20世纪之交,一方面是上承明清通俗小说的余绪,继续涌现出大量通俗小说,另一方面是因应社会变革的时势,有梁启超、章士钊等人提倡的"新小说""政治小说"问世。后者显示出有别于传统观念(小说出于俚俗的街谈巷语,为迎合市民娱悦之需)的对于小说功能的新理解,开始形成小说领域内两种不同话语系统的对峙。

五四文学革命爆发后,鲁迅在"为人生"的观念指导下创作的《狂人

---

[1]"海外华文文学"是指生活在海外的华人(及其后裔)以现代中文写作的文学。

日记》等凸显出崇高使命感的"新文学"小说，进一步强化了小说的改良社会、教化人生的功能；同时，对自晚清民初以来充斥于书肆的"鸳鸯蝴蝶"式的流行小说，新文学阵营展开了不遗余力的猛烈抨击，从游戏的、消遣的、金钱主义的文艺观到红男绿女、狐仙侠盗、黑幕秘闻的创作文本，统统给以彻底的否定。"为人生"派以社会使命感相号召，"鸳鸯蝴蝶"派以迎合市民的消费需要为目标，形成两军对垒、互不相让的局面。

通俗小说阵营缺乏理论家，不能对新文学阵营作理论上的申辩或反攻，但是这丝毫也不影响它自有其相当广阔的读者市场，从而支持它能维持着与新文学阵营的抗衡，历30年之久而不衰。自新文学运动发生到中华人民共和国的成立，这几十年间，"雅""俗"对峙，成了这一阶段中国文学的基本存在方式。

但是，只是满足于这一观察，就很可能是肤浅的。像世界上任何事物、任何矛盾一样，"雅"文学和"俗"文学互相联系、互相依存、互相渗透的情形，所在多有。需要强调的正是"雅""俗"之间，不仅有对抗、对立，也有彼此时相消长、彼此隐然相通、彼此趋近的迹象和事实。

首先，20世纪中国文学既是传统中国文学自身发展的必然结果，也确实受惠于西方文学的刺激、影响。"新文学"的一代元老如鲁迅、胡适、周作人、郁达夫、郭沫若等人与外国文学的种种关系，研究颇多，兹不赘言。而被他们斥为"封建旧文艺"的通俗小说家们，于外国文学的译介也不无贡献。《礼拜六》的台柱周瘦鹃早在1917年就翻译出版了三卷本的《欧美名家短篇小说丛刻》，被鲁迅赞为"昏夜之微光，鸡群之鸣鹤"，"足为近年译事之光"。[1] 而颇有意味的是，鲁迅当时是以教育部佥事兼"通俗教育研究会"小说股主任的身份褒奖周瘦鹃的。包天笑也译过《世纪末日记》《写真帖》《六号室》《天方夜谈》等不少西洋小说，他早在1901年与杨紫麟译的《迦因小传》，更是继林译《巴黎茶花女遗事》之后最为风行的外国小说。其他不少通俗小说家也或多或少翻译过外国小说。看过或学步的，恐怕就更多。说通俗小说家也受到过外国文学的洗礼或在译介外国作品方面与新文学作家取同一方向，是有事实为根据的。

第二，也因此之故，通俗小说家在擢拔小说的文学地位时，既受到过域外文学观念的影响，也与他们的对手——新文学小说家尊崇小说，乃至

---

[1] 中华民国教育部通俗教育研究会. 通俗教育研究会审核小说报告[N]. 教育公报，1917-11-30.

视其为正宗的看法不谋而合。通俗文学在相当长的时间里，其书写形式主要是叙事文体的小说，是个令人瞩目也值得深究的现象。小说因其对情节的注重、讲究，语言也较易于以通俗易懂的长处为读者所乐于接受，又比诗歌、散文更有趣味，成了20世纪读者的宠儿。虽然"雅""俗"两方面对于小说功能的理解各有倾侧，对于小说世界的营造各有规范，但在客观上连手构筑了20世纪中国小说的建筑群落。

第三，通俗小说中有不少表现了反对封建专制、揭露军阀恶行、坚持反帝抗日、关注国运民瘼的主题和意识的作品，除了武侠、言情小说等类别之外，也有"问题小说"（如张舍我的某些小说）、"讽刺小说"（如程瞻庐的某些小说）、"国难小说"（如张恨水的某些小说），触及时代和社会的现实；在《八十一梦》（张恨水）和《升官图》（陈白尘）之间、在《秋海棠》（秦瘦鸥）和《鼓书艺人》（老舍）、《风雪夜归人》（吴祖光）之间、在《春明外史》（张恨水）和《家》（巴金）之间……，也并不是没有这样的或那样的相通、相近之处。既然置身于同一的时空之中，通俗文学作家与新文学作家有着从民族意识到价值观念上的趋同倾向，是情理中事，也十分自然。深浅不同，纯杂有异，则并不能苛求。

第四，通俗文学家在新文学的批评里受到冲击，又从读者的不断变化的要求中获得启发，在创作手法上也越来越多地从外国文学（远处）或新文学（近处）借鉴、学习一些技巧，一则是丰富了通俗文学的表现方式，二则是缩短了与新文学乃至与世界文学潮流的差距，虽有"赶时髦"（这本是他们的特长）之嫌，然而"雅""俗"趋同的意向和实践，总是顺应潮流与民心的明智之举。而在新文学那方面，也曾经几次热烈地探讨过"大众化"的路径。在20世纪40年代的解放区更推出了像赵树理这样的典范，透露了向民间文学和俗文学汲取新生机的动向，也是为"新文学"（纯文学）寻求更多的读者和市场的明智之举。"雅""俗"文学的接近与趋同，在20世纪40年代一度出现了喜人的态势。

"雅""俗"之间在对峙中的平衡局面和趋同态势，是在20世纪40年代与50年代之交被彻底打破、中止的。这种情况主要的并非由于某一方的强势存在或读者群"一边倒"的选择所致（他们是既看鲁迅、巴金，也看张恨水、刘云若、还珠楼主的）。政局的改变，文化秩序的重建，新政权文艺政策的意识形态化，是导致通俗文学一下子"销声匿迹"而"纯文学"得以一统天下的根本原因。

通俗文学这一回可真的要"浪迹江湖"了。然则"三十年河东，三十年河西"。20世纪50年代以后它在大陆几无立锥之地,却在台湾地区和香港地区找到了继续存活的"土壤",以另一种方式维持几近失衡的文学生态。

从20世纪50年代到70年代,在大陆,"通俗文学"经历了另一个30年的低迷和空白。严肃文学则一步步地经由新民主主义的文学到社会主义的文学,走上了一条越走越窄的小路甚至"死胡同",酿成了自身的危机。

而在台湾地区、香港地区和澳门地区,自20世纪二三十年代起,当年在大陆出产的通俗文学作品就陆续在社会上流播(就规模而言,香港地区甚于台湾地区),至20世纪五六十年代,台湾地区、香港地区与大陆分隔的政治现实已基本呈现,海峡彼岸的文学生态在中华文化版图中开始随之出现一些与大陆本土不同的色彩,其表现之一,就是通俗文学的易地勃兴、走红,恰与其在大陆的低迷、空白形成强烈的反差和对比。

改革开放为通俗文学重返大陆文坛提供了契机。对通俗文学的认真、冷静的阅读和研究,逐步改变了人们对通俗文学歧视、误解的心态。通俗文学作品打入大陆市场,通俗小说"重出江湖",加之新出现的一些当代通俗小说,合力形成了对严肃文学的有力冲击。文艺政策的开明,读者的多方面需求,传播管道的多元化,都使通俗文学得以与纯文学共享流通空间。对峙被共存所代替。

在20世纪的总体格局中,还从来没有过像20世纪80年代这样,通俗文学与纯文学在如此广大的空间共存共荣的时期,这是经历了几十年曲折与艰辛的探索以后,才出现的难得的文学生态的平衡,弥足珍贵。

三、从分流到整合:"台港文学"与"大陆文学"

中华民族是带着国土分隔的历史伤痛走进20世纪的,1895年一纸《马关条约》,使台湾沦为日本的殖民地,直到1945年;1949年以后由于国共内战的结局,又延续了隔绝几十年的局面;而香港、澳门也在19世纪相继被割让给英、葡殖民帝国。

这样的历史与因循而致的现实,当然深刻地规定了20世纪中国文学的格局和面貌,同一文化母体被生生切割成若干板块,呈现出同中有异的体相。如何认识台湾、港澳的文学发展造成的与大陆文学有异的"殊相",如何确定它们在现代中华文学历史发展中的价值与地位,便成了确立20世纪中国文学这一整体观念必须解决的问题。

一方面是源于同一文化母体，同一历史传统；另一方面是半个世纪乃至上百年的分隔、分流，由同源分流而造成同质异相，这正是20世纪中国文学不同于历史上中国古代文学的又一特殊之处，也是它的个别性与复杂性所在。

台湾地区、香港地区、澳门地区之有文学，其历史要比大陆短得多，它的萌生是中原文化延伸的自然结果。明朝末年宦游台湾的文人徐孚远、沈光文留下了现今所知台湾地区最早的文人创作；香港地区、澳门地区开埠甚晚，更要到20世纪初才渐有文人文事之出。

五四新文学运动在北京、上海等地倡导不久，它的影响就很快越过海峡。20世纪20年代，台湾、香港相偕出现了对五四新文学运动的呼应。

1915年《青年杂志》在上海创刊（后改为《新青年》，迁往北京，标志着新文化运动的开始）。1916年胡适在美国酝酿"文学改良"。1917年，胡适、陈独秀接踵发表《文学改良刍议》《文学革命论》，树起了"新文学"的大旗。

1920年，林献堂、蔡惠如等留学日本的青年学生，在东京组织新民会，创办《台湾青年》杂志，提倡新文学。1923—1924年，胡适、陈独秀的《文学改良刍议》《中国五十年来之文学》《文学革命论》《敬告青年》就被介绍到了台湾。20世纪20年代年代中期在北京师范大学求学的台湾青年张我军亲受新文学运动的熏陶，还曾拜访鲁迅并得到勉励。[1] 他在1926年出版的《乱都之恋》是中国台湾文学史上第一部新诗集，其地位类似胡适的《尝试集》。至于中国台湾报刊上发表的有关鼓吹新文学的文章，更形成了一股热潮。此后，台湾地区新文学虽屡遭日本殖民当局的摧残、压制，但终究没有被消灭。

香港地区新文学的发动要稍晚一些。1927年鲁迅应邀从广州去香港，他的《老调子已经唱完》和《无声的中国》两篇演讲，在沉闷的香港文坛播下了新文学的火种。次年，张稚庐等创办《伴侣》，被誉为"香港新文坛的第一燕"，带动了一批新文艺期刊的出土。继而又有第一个新文学社团《岛上社》的成立，黄天石、谢晨光、侣伦等是主要成员。香港地区新文学的起步由此开始。在当时，香港作家最早接触并受到一定影响的是创造社同人的创作，如郁达夫的《沉沦》；郭沫若的《漂流三部曲》以及田汉的剧

---

[1] 刘登翰，庄明萱，黄重添．台湾文学史：上卷［M］．福州：海峡文艺出版社，1991：398．

作等。至于民初以来的"鸳鸯蝴蝶"派小说，在当时的香港，也有一些学步者，创作过一批小说，显示了和内地文学的另一层联系。[1]

人员的交往是文学交流的直接方式之一。在日据时期，大陆到过台湾的作家只有梁启超、章太炎、郁达夫和本就在台湾出生的许地山等少数人，而有大陆经验的台湾籍作家则更少，有张我军、钟理和、林海音等人。1945年日本投降，台湾回归，当时以推广国语（普通话）为主要目的赴台的文人有许寿裳、李霁野、台静农、李何林、黎烈文、雷石榆等。1949年后，陆续到台湾定居而接续了台湾地区文学和五四新文学血脉的还有胡适、罗家伦、傅斯年、苏雪林、林语堂、谢冰莹、胡秋原、钟鼎文、纪弦、梁实秋等，他们的教学和文学活动，在有意识和无意识间，扩大了五四新文学的影响。一大批出生于大陆，相继在大陆和台湾地区完成了中高等教育，以后渐有文名的作家如琦君、吴鲁芹、余光中、张晓风、张腾蛟则带着童、少年时代大陆生活给他们刻下的文化烙印，传承着中华文学的香火。大陆和台湾地区之间作家的交往在 20 世纪 50 年代到 80 年代中期几乎完全停止，直到 20 世纪 80 年代后期才有了较大的改观，两地作家的作品也很快有了在彼岸出版的可能与现实渠道。分隔已久的局面正在一步步松动。

内地和香港之间的情况有所不同。半个多世纪以来，内地作家有过三次"南下潮"，第一次是抗战开始以后的 1938—1939 年，第二次是国共内战至 1949 年，第三次是"改革开放"的 20 世纪 70 年代与 80 年代之交，都是中国社会发生较大变动之际。第一次南下者，"过客"多，定居者少，有茅盾、郭沫若、许地山、巴金、萧红、夏衍、戴望舒、端木蕻良、肖乾、陈残云、徐迟、胡风、骆宾基、施蛰存、周而复、杨刚、楼适夷、黄药眠、叶君健、欧阳予倩、叶灵凤等。其中有人在香港地区创作了重要作品，有人在香港地区走完了人生和文学的长途跋涉。第二次南下者，人数少于第一次而多为定居者，如徐訏、李辉英、曹聚仁、徐速、唐人、司马长风、高旅、刘以鬯、金庸等。第三次南下者，人数甚多且基本上是定居者，如曾敏之、陶然、陈浩泉、白洛、颜纯钩、梅子、周蜜蜜、璧华、汉闻、张诗剑、陈娟、杨明显、古剑、傅天虹、夏捷、舒非、东瑞、黄河浪、陈少华、王一桃等（此一时期还有从中国台湾或东南亚到中国香港的，如施叔青、余光中、戴天、钟玲、犁青等人）。三代南来作家对香港文学促进作用之大，几乎胜过其本地作家。因此，尽管香港处于英国殖民统治之下、中西

---

[1] 王剑丛. 香港文学史 [M]. 南昌：百花洲文艺出版社，1995：5.

文化交汇的要冲，但香港文学与内地文学之间一直维系着相当紧密的交流。

然而，台湾文学和香港文学、澳门文学毕竟是在不同于大陆（内地）的社会空间、政治空间中存在和发展的。在抉发它们与大陆文学之间不可分割的血缘联系的同时，也不能不正视它们独特的一面——独特的面貌体相和独特的发展轨迹。台港文学的这种"异相"在20世纪50年代以后表现得较为突出和明显。

日据时期的台湾文学是在反对殖民统治、反对封建专制的轨道上行进的，与中国大陆"五四"新文学反帝反封建的方向正取同一步调；虽然它有自己相当特殊的选材和不同的社会背景，一度还受到过"皇民文化"的干扰。到了20世纪50年代，大批大陆籍作家的流入，相当程度上改变了台湾文坛作家队伍的构成。从20世纪50年代中期开始，先是在诗歌界，现代诗社、蓝星诗社和创世纪诗社相继举起现代主义的旗帜，表现出对"战斗文艺"的离弃和新方向的求索，接着以台大外文系为大本营，小说家们也转向内心世界的开掘。《现代文学》同人的追求，影响了一时风气。戏剧创作和文艺批评也引入了西方现代派的观念和方法。现代主义文艺思潮在20世纪50年代中期到60年代在台湾文艺界几乎成了主导的思潮。这有着社会、政治、文艺、心理等多方面的原因。20世纪70年代在台湾文坛上发生了关于"乡土文学"的激烈论争，本土意识抬头，写实为主的乡土文学极一时之盛，与20世纪五六十年代的潮流方向有异。到20世纪80年代，则出现了无主流的多元发展的新局面，这是几十年来台湾文学历经数度变迁，集乡土、传统与现代多种文化精神汇于一体的文学新时期。

香港文学在20世纪50年代开始呈现它相对独立的区域文学风貌，但初时颇受"绿背文化"（美元文化）的渗透，"左""右"两方面的政治影响有短兵相接之势。20世纪50年代还先于台湾地区出现了对现代派文艺的提倡，通俗小说的创作也较台湾地区为先占领了相当大的读者市场，并达到较高的水准。20世纪60年代以后，随着香港经济的快速发展和在世界经济版图上地位的提升，都市化程度越来越快。文学的大众消费日益成为主导需求，与台湾地区相比，似乎更少纯文学的空间，以至于有"香港是文化沙漠"的说法。20世纪70年代以后，随着大量南来作家的崛起，香港文学出现了越来越多的纯文学作品，尽管不敌流行文学雄霸市场之势，却显示着香港文学格局的某种调整。到了20世纪八九十年代，"香港无文学"论已不攻自破，在这个世界著名的"自由港"，各种倾向与风格的文学也正在自由地舒展、成长。

很显然，台湾文学和香港文学近几十年的发展变迁与大陆（内地）同一时期文学的变迁，并不是一种一体迭和的关系。20世纪50年代以后，大陆（内地）文学界较少真正的文艺论争，而充斥着连绵不断的"大批判"或是政治定性，到"文革"爆发，几乎切断了传统文学的血脉。"物极必反"，20世纪80年代以来，中国大陆（内地）的文学进入了历史上从来没有过的、健康发展的好时代，现代主义赢得了正常的席位，通俗文学摘掉了"帽子"，外国各流派的文学理论、文学创作被大量介绍，老、中、青三代作家的各种艺术探索并行不悖，台湾文学和香港文学也被客观地、公正地、全面地介绍和认识……全方位地构建健全的现代中华文学大厦正成为中华民族共同的欲求，整合曾经分流的中华文学作为一种历史的必然被提上了日程。

20世纪中国文学的历史性书写期盼着一个圆满的句号。

四、叙述视角与策略

20世纪中国文学的历史存在是一回事，对这段文学史的叙述与书写又是一回事。后者的实现固然必须建立在对前者明晰认知的基础上，也必须采用适宜的叙述策略才能透达历史的底蕴。简单地拼合式的架构不可能揭示不同地区各种文学现象之间的内在因缘，也无法解释源于同一文化母体何以会出现某些不平衡或相互扞格的史实，更难以把握作为中华现代文学的一部分与整体之间的分合聚散的深层脉动。拘限于某一局部、某一些文学现象、某一时期的特殊形态等，都可能导致对文学史大背景的忽视，而陷入作茧自缚的尴尬境地。

中华文化源远流长的传统与千姿百态的现实呈现，应是考察现代中国文学的基本参照系。从文化与文学关系的视角看来，20世纪中国文学从其走上新里程开始，事实上就是现代文化在其一定历史过程中的一种美丽的呈示。五四文学革命是在新文化运动中萌生的，台湾文学和香港文学不可能自外于中华文化的历史沉积而横空出世。中华文化历几千年雪雨风霜形成的强大凝聚力，不管是否被意识到，其作用力其实从未消减，这是超越于政治、社会、意识形态、乃至时间空间的深植于民族心灵的神奇力量。只要是在中国这块土地上，只要是在中华文化教育下读书写字创作，一个黄皮肤黑眼睛的中国作家就根本无法拒绝自己所属的民族的"集体无意识"。即使是对外国文学的借鉴、引进，他用的也是中国人的眼睛，他的思维方式与选择方式也是中国式的。他也会很自然地注意到异域奇珍与民族文化历史上的宝藏之间的某种相似、相近。他从共同的文化遗产中吸取滋养，他面对共同的大中国的时空。在题材的选择、主题的表达、方法的采用上，不同地区中国作家或有所差异、有所先后、有所衍变，但这正是泱泱大国汇纳百川、有容乃大的民族性格的自然表现，也是走向现代化进程的必然路径。"定于一尊""一枝独秀""一统天下""从一而终"都是短暂的、不稳固的、不正常的、不符合历史发展方向的。多元、杂色、众声喧哗、百花齐放，是中国这个有着辽阔疆域、悠久历史、众多民族的国度繁荣兴盛、文化繁荣兴盛、文学繁荣兴盛的根本动力。共同的唯一，是有的，那就是中华民族的文化。

除了某些用少数民族文字写成的现代作品[1]，现代中华文学基本都以方块汉字（作为白话文的载体）为书写符号。文学作为一种语言的艺术，它的内在蕴含与外在表现形式有着互相依存的深层关系。把20世纪中国文学放在世界文学的总体格局中来考察，方块汉字的"外貌"是它区别于其他语种的各国文学的最明显的美学特征。语种文学的视角只有在这样宏阔深邃的文学大视野中，才会显出它的独特意义。现代中国文学都用现代汉语（白话文）来负载其思想、意念、情感与技巧。如果从中国文学几千年的自身发展来看，这不过是一种历史的自然延续（顶多是白话文取代了文言文），然而放在世界各民族森罗万象的文学之林里看，却正是它最醒目以及最独特的体态、肤色和声音。考察中国文学借由汉字表意系统的传达方式，它所引发的意象体系、它所具有的区别于西方语言的音韵之美，甚至它所蕴含的民族文化心理的积淀，以及繁复多彩的方言俗语的特殊魅力，所有这些都深烙着中华民族的特殊印记。对世界而言，这是一种殊相，对中国各地区而言，则是一种共相。由此再深探，当能切近中国文学与世界他国文学之异和中华文学自身之同。广而言之，从语种文学的视角研究散见于世界各地的华文文学，也能既窥其与他国（包括所在国）文学之异，又见其与中华文学之同，对它的归属就较易取得共识了。

20世纪中国文学是20世纪世界文学的一部分；20世纪中国文学又是中国几千年文学的一段落。在横向的世界文学大背景和纵向的中国文学的大格局中，"20世纪中国文学"占有确定的坐标点，而"现代化"和"民族化"既是其标的，又是其品格。几千年中国文学在进入20世纪以后，方开

---

[1] 少数民族文学是现代中华文学的成分之一，有关申述未便展开，有待专门研究。

始了现代化的进程。换言之，20世纪中国文学以"现代性"区别于传统的中国文学；而在20世纪的世界文学中，它又以"民族性"区别于其他国家的文学，这种民族性也就是中华神韵。因此，我们也乐意于把"20世纪中国文学"称之为"现代中华文学"，以彰显其特征。

同时，"现代化"和"民族化"也可以作为评估中国现代文学的基本尺度，而二者的完美结合，应是现代中国文学精品的必备品格。鲁迅、郁达夫、余光中、白先勇、金庸、刘以鬯等作家，可能在政治态度、文学观念、写作题材、艺术风格上各有不同，但其作品在"现代化"和"民族化"的结合上都达到了相当高或很高的水平，应该获得基本肯定的文学史定位和较高的审美评价。对于一个作家是如此，对于一个社团、一场争论、一种主张乃至一部作品，也应当如此。必须强调，所谓"现代化"和"民族化"，当然已经包括了内涵与形式、思想与艺术两个侧面。

在众多的"中国现代文学史""台湾文学史""香港文学史""通俗文学史"的写作之后，视野宏阔、立意高远、评论精当、架构科学的现代中华文学史将会应运而生，对此，我们应抱有乐观的信念。

（本文原载《多元共生的现代中华文学》，曹惠民著，中国华侨出版社1997年11月版）

"金庸现象"更值得探讨

曹惠民

学界关注已久的"严袁之争",近日硝烟再起:以"提倡真正的、健康的文学评论"为宗旨的《香江文坛》,在 2002 年 8 月号和 12 月号上相继发表袁良骏和严家炎两位先生的论辩文章,围绕着对金庸武侠小说价值和金庸文学地位的问题,展开了针锋相对的激烈争论。双方各执一词、互不相让、"寸土必争",毫无大学教授"温良恭俭让"的"学者风度",引起了同行极大的兴趣。

严家炎教授,北京大学资深教授、博士生导师,曾任北大中文系主任、中国现代文学研究会会长;

袁良骏研究员,中国社会科学院资深研究员、博士生导师,曾任中国鲁迅学会副会长。

令人们感到有意思的是,两位教授在 20 世纪 50 年代后期到 70 年代末,在北京大学中文系的同一教研室曾有共事之谊,后来,在 20 世纪 80 年代初,袁教授离开北京大学到中国社会科学院任职至今。

严、袁二位的专业原来都是现代文学,他们各有专攻:严家炎(为节省篇幅,以下免尊称)在鲁迅研究、现代小说史、现代文学思潮流派研究方面有丰硕的成果;袁良骏在鲁迅研究、丁玲研究等方面也是硕果累累。更有意思的是,二位教授在 20 世纪 90 年代,不约而同地把学术关注的目光投向香港文坛,严先生在中国最高学府开出了"金庸研究"的选修课,并出版了《金庸小说论稿》等著作;袁先生在中国社会科学研究的中枢机构从事香港小说的研究,并出版了《香港小说史》(上)等著作。

这一次的论争,源于严家炎 1994 年 12 月发表于香港《明报月刊》的一篇文章,该文称"金庸的艺术实践""是一场文学革命,是一场静悄悄地进行着的革命"。对此,袁良骏先后发表了《再说雅俗——以金庸为例》《为〈铸剑〉一哭》《学术不是诡辩术——致严家炎先生的公开信》等文,对严家炎的见解表示明确质疑;而严家炎则发表了《为〈铸剑〉一辩》《就

〈铸剑〉与金庸小说再答袁良骏先生》《批评可以编造和说谎吗？——对袁良骏先生公开信的答复》作为回击，坚持自己的见解。严、袁二位各不相让，乃使争论愈趋激烈，几成白热化态势。

　　作为一个后学，我拜读过两位教授的多部大作，颇多收益；对他们长期以来坚守学术立场、在学术上的造诣，亦颇为心仪。也曾与两位先生有过多次直接接触，私心以为，二位老师都是正宗的学者知识分子，但二位的学术专攻与个性也确有明显不同，在他们之间发生这样的学术争论（至今我还认为，这场争论还是在学术范畴之内），原也很正常。

　　内地学界不闻正常学术争鸣之声久矣！回顾近20年，学术研究的成果自然很是丰硕，取得的成就是众所周知的；但是学术界的痼疾也不少，其表现之一，便是一些"表扬"式的批评几成流行之势。有的干脆成了吹捧，"吹喇叭"有之，"抬轿子"有之，"擦皮鞋"亦有之，特别是有少数名气大、资历深、学生多而自己又不太自律的教授，在其中推波助澜，充当了一个并不为人们所喜闻乐见的角色，这也是导致学界所谓"学术腐败"之一因。当然，相反的情形也有，甚至在某一时期，简直甚嚣尘上，那就是所谓"骂派"批评，骂鲁迅、骂钱锺书、骂沈从文、骂汪曾祺，自然也骂很容易招骂的余秋雨。越有名就越是要骂他（谁叫你那么有名？）；越是骂他，骂的人就越有名（干吗不让我也出出名？）。有人把这一招称之为新的"文坛登龙术"，很可能都要令此术的发明者望尘莫及、自愧弗如了。

　　要问是否有真正的，正常的学术争鸣，则吾寡闻也。即便发表一些不同见解，表示对某人曾表述过的见解的质疑或批评，也大多对其名隐而不彰，只标明该文发表的出处（某著作书名，或某刊物刊名、期号；谁想知道指的是谁，您自己去查吧！）其实，这种做法也很不规范。让读者费时费力不说，也不太对得起被不点名了的作者；因为他大多是不会注意到，自己的高见早已被别人在某处批驳得体无完肤了，他还在自鸣得意呢！真是何其尴尬！当然，这样只批见解、而姑隐其名的做法也自然有他的苦衷（怕回击？怕报复？）或许这还是他的一番美意呢——姑且为尊者、为贤者、为他者讳吧，为别人留一点面子？也为自己留一点退路，免得下次说不定在哪儿（学术会议、材料评审、学科检查等）碰上了不好交代。像袁良骏这样公开地、点名道姓地、不依不饶地"人盯人"战术，确乎极为少见。也许袁良骏资历、年龄、地位、成果都与严家炎不相上下，才可能这样毫无顾忌地进行批评，资历、年龄、地位差一些的，恐怕就很难做到这一点。现在我们看着两位前辈在平起平坐地唇枪舌剑，有夏天吃冰激凌似的快感，确实很过瘾。这样公平、公开的论辩之风，实在该长该助！相信它会带动学术界以争鸣求真理的好风气；因为一些论辩文字亦见于香港地区报端，且涉及香港某些人事（除金庸外，还有罗孚等），可能也会对香港文学评论乃至整个华文文学研究界甚为严重的吹抬之风有所遏制，为建设健康的文学批评产生正面影响和积极作用。

　　一方面，细看袁、严二位老师的文字，又不时感到某些不惬意。特别是引文中时有出现的逻辑推理，常常令我顿生这样的感慨：为什么会这样推理呢？其内在的逻辑必然性又在哪里？"言下之意不就是'反动派'吗"（袁语）这样的句式，窃以为不能随便使用。"言下之意"，是自己分析、推理出来的，未必切实。况且"反动派"一词，份量之重，一望可知。这样说来，严家炎是要将罗孚定为"反动派"了。我看了半天，觉得严文还没有到这个程度。另一方面，严家炎原文中，罗孚"对北京的许多方面怀有特殊怨恨"一语，也着实含糊闪烁，意思费人猜测，不显豁，"许多方面"，未免太宽泛，总不至于是指对北京的风沙（沙尘暴）也"怀有特殊的怨恨"吧？"怨恨"，已然很重了，又加"特殊"，这种语句与含意也难怪袁良骏要来一个"言下之意"了。严文对罗孚的这种措词，依我个人之见，恐怕也是有欠公正的——这与我印象中的严家炎先生出言行事一贯的"严上加严"风格似乎很不一致。

　　当然，争论的焦点之一，是严家炎关于"金庸的艺术实践"（我想无疑应是指金庸著的武侠小说吧？）"是一场静悄悄地进行着的革命""是另一场文学革命"的观点。二位先生在既是"静悄悄"又怎么"发动"、文学革命还是"革命文学"，艺术实践既是"文学革命"、那金庸是否可称"文学革命家"等问题上，颇费了一番唇舌。而依我这个旁观者之见，严家炎以"如果是说五四文学革命"如何如何，"那么，金庸的'艺术实践'"又如何如何，把金庸的艺术实践（武侠小说创作）与五四文学革命相提并论，应是确实的，倒并非"言下之意"，应该认账。而至于是不是"文学革命"，严先生有他的看法，是可以的，袁先生大不以为然，也是可以的。见仁见智，他人也当不得裁判，互相之间也不必非得要对方认同自己不可。吾乃后学，不知此言二位先生赞同否？遥想岂明先生当年，以一代批评大家的开明姿态，主张文学批评应当宽容，笔者就十分赞成，并以为乃是赋予文学创作以生机、文学批评以生机的重要一端。文学批评的任务，不是为作家作品强分轩轾。时至21世纪，如果我们还必得以自己为是、以他人为非，若不"字同文，车同轨"，就决不罢休，似乎也太过执拗了吧？

我真诚地希望,两位教授都能退后一步,不必非得坚持当初或先前所说的话(也许确有不周密、不妥当,乃至错误之处),也想一想对方的见解是否有其合理合情之处,彼此的观点是否有相通相近之处,这样求同存异、百家争鸣,岂非文学之正道?文学的繁盛、文学的生机、文学的前途还能没有希望吗?

以上是就有关论辩的态度等问题,我所发表的一点浅见,愿能达二位先生之天听,祈望有助于营造正常的论辩气氛。

以下想说一点我对金庸研究的想法,诚请二位先生有以教我。

我以为,对金庸武侠小说的成就,尽可以有不同的看法,只要是出于自得(似乎记得,叶圣陶先生在五四运动时期有一篇短文,名为《自得的哲学》,印象极深),就应当承认其存在的合理性。你可以不同意他的观点,但你不能剥夺他表述自己观点的自由。仁者乐山,智者乐水,见仁见智,两者皆可。三者、五者亦可,只要能"自圆其说"(王瑶先生语),就可。何况,在我看来,争论金庸的武侠小说创作是不是"文学革命"(更不要说去争辩什么"静悄悄"不"静悄悄"了),或者说是"文学改革""文学改良",都没有太大的学术意义、学术价值。正如争论金庸是否是20世纪文学"大师",是否应当排名第四,金氏武侠小说是否"经典",也不值得花那么多唇舌笔墨。在我看来,目前的金庸研究,要走出误区,要走向深入、走向大气,就应该研究"金庸现象"。

"金庸现象"更值得研讨、探究。

所谓"金庸现象",自然就不只是指他的武侠小说。说在20世纪中国文学史上,金庸小说是个"奇迹"(严家炎语),恐怕大家未必都同意,而说"金庸现象"是20世纪中国文化史上的一个奇迹,可能很少有人不赞同。

所谓"金庸现象"?至少包括四个方面的内涵:

第一,作为武侠小说家的金庸。

第二,作为文化企业家的金庸。

第三,作为时评家的查良镛。

第四,全球华人读者眼中的金庸。

这四个方面的综合,便是"金庸现象"。研究金庸,不能只看到他创作了武侠小说,作为20世纪的一个作家,他的成功有其独特性,他是一个独特的存在。几乎很难找到第二个像他这样在几方面都成功的现代作家来。即便研究金庸的小说,也不能只看他武侠小说的文本。只看其武侠小说的文本，而不能以穿透性的目光看到金庸武侠小说世界、江湖天地后面的现实人生，他就是没有看懂金庸武侠小说。

作为武侠小说家的金庸，他确实赋予了中国古已有之的侠客以现代气息。金庸的14部长篇武侠小说，把中国武侠小说的创作推上了一个高峰，在民国旧派武侠小说之后，使武侠小说别开生面。其武侠小说深广的内涵、精湛的艺术表现、极大的艺术魅力，都为同时代的武侠小说家们所不及。金庸的武侠小说是20世纪中国武侠小说的代表作。

作为文化企业家的金庸，由写武侠小说起步，进而以刊载武侠小说创立《明报》，支撑起《明报》的销售天地，乃至一步步造成《明报》报业集团，盈利多多。圆满的把文学创作与文化企业的经营结合在一起，互相推动，以一生二，以二生三，以三生万物。他的文化事业经营得有声有色，这在20世纪的中国作家中，罕见其匹。

作为时评家的查良镛，在《明报》等报刊发表了大量时评，对现实中国社会、政治、经济（包括关系人民福祉的统一问题）等重大国家、国际事务坦率陈言，纵横议论，也在社会上民众间引起了不凡反响，乃至获得领导人的重视，并曾直接与领导面谈，建言献策；在香港回归的过程中，查良镛又发挥了他的机智与才能，做出了自己的贡献。时评家的查良镛和武侠小说家的金庸，是一体之两面，有着深层的精神联系。谛视现实中国，解读金庸寓言，将能更凸显它的价值。

而在全球华人读者的眼中，金庸又是受到广泛欢迎的武侠小说的一代宗师。"有华人处有金庸小说"确非夸张无根之词。这一罕见现象，彰显了20世纪中国小说历史命运中一道独有的奇观，学者与史家都不能置若罔闻、熟视无睹、无动于衷。金庸小说作为中国文化的独特载体，它所承载的民族心理的深广意涵与巨大魅力，已不能用一般性肯定的评价来对待。在华文文学走向世界的20世纪乃至21世纪，金庸小说提供的成功经验值得好好探究。

以上四个方面的融合，构成了完整的金庸、真实的金庸、"这一个"金庸、几乎说不完的金庸。"金庸现象"的层层内涵需要学者们去层层破解，金庸现象的方方面面需要学者们去细细认知，这绝不是只看着十几本、几十册白纸黑字的金庸小说出版物就可了然的。金庸小说无疑是座富矿，金庸现象更是一道其蕴藏尚未认清的山脉。

真理愈辩愈明。正面的学术交锋更需要严谨的治学态度与宽容的争鸣风度。直言无忌并非武断、苛刻。据理力争不需要冷嘲热讽、挖苦调侃。

互相尊重也并非你好我好大家好的一团和气。在学术文化气氛空前宽松、和谐的今日，我们竭诚欢迎像袁良骏、严家炎先生这样现出真身、认真辩诘的好现象。我们赞赏汉闻先生主政的《香江文坛》以兼容并包的气度，营造有容乃大的气象。有这些忠诚于文学、艺术事业的有心人潜心参与，构建一个诸子百家齐争鸣的学术繁荣的 21 世纪中华文学的盛世，是可以期待的乐观前景。

笔者并非金庸研究专家，但有感于严、袁二位教授的高论，说了这么一些或许有误、或许不恭的话，也是秉持着"重在参与"的精神，以就教于方家。不当之处，竭诚欢迎指正。

（本文原载香港《香江文坛》月刊 2003 年 1 月）

何谓通俗:"中国现当代通俗文学"
概念的解构与辨析

汤哲声

何谓"通俗文学"一直是文学研究中的一个学术难题。只要提出一个释义,马上就有人提出反证,释义也就成了悖论。"通俗"就是浅显,可被认为是中国现当代通俗文学重要现象的"鸳鸯蝴蝶派文学"却是相当的典雅,其思想与文辞一点都不浅显。"通俗"就是通晓世俗,通晓世俗确实是现当代通俗文学的特点,但被认为是精英文学(这个名称并不科学,姑妄称之)的新文学也有相当多的通晓世俗的作品,例如,老舍的小说。"通俗"就是平民意识、大众意识,平民意识、大众意识在通俗文学中表现得很充分,可是新文学同样提出"平民文学""大众文学"的口号,在新文学平民文学与大众文学的范畴中却不包含通俗文学。然而,对一种文学现象的研究,概念的明确是基本要求。对中国现当代通俗文学进行深入研究,就必须明确什么是"通俗文学",进而进一步确认什么是"中国现当代通俗文学"。这虽然是一个难题,却必须被解决。

一、通俗文学不是平民文学、大众文学和民间文学

中国文学本没有什么具体的标签。清末民初中国文学开始被分门别类,被贴上了各种名号。1898年12月梁启超在《清议报》上发表《译印政治小说序》,首次从日本引进了"政治小说"的概念。1902年7月15日梁启超为即将发行的杂志《新小说》写了一篇具有广告性质的文章《中国唯一之文学报新小说》,文章一口气提出中国小说的多种类型:历史小说、政治小说、哲理科学小说、军事小说、侦探小说、写情小说、语怪小说、札记体小说、传奇体小说等。这大概是中国小说第一次被如此细分。这种将文学细分之风到五四运动时期继续延续着,且越刮越烈。陈独秀1917年2月发表于《新青年》上的《文学革命论》也是一口气将中国文学细分了六大类:

贵族文学、国民文学、古典文学、写实文学、山林文学、社会文学。在这一系列的新命名中，与中国现当代通俗文学相近、相关的概念，主要有平民文学、大众文学和民间文学。这三个概念常常被与通俗文学混淆，所以，首先要加以辨析。

平民文学的命名同样是在五四运动时期，最有代表性的文章是周作人1919年1月发表在《每周评论》第5号上的《平民文学》。周作人在这篇文章中提出了"平民文学"的两大标准："第一，平民文学应以普通的文体，记普遍的思想与事情。""第二，平民文学应以真挚的文体，记真挚的思想与事实。"怕别人不能理解这两条标准，周作人专门做了解释："第一，平民文学决不单是通俗文学。白话的平民文学比古文原是更为通俗，但并非单以通俗为唯一之目的。因为平民文学不是专做给平民看的，乃是研究平民生活（人的生活）的文学。他的目的，并非要想将人类的思想趣味，竭力按下，同平民一样，乃是想将平民的生活提高，得到适当的一个地位。""第二，平民文学决不是慈善主义的文学。在现在平民时代，所有的人都只应守着自立与互助两种道德，没有什么叫慈善。慈善这句话，乃是富贵人对贫贱人所说，正同皇帝的行仁政一样是一种极侮辱人类的话。平民文学所说，近在研究全体的人的生活，如何能够改进到正当的方向，决不是说施粥施棉衣的事。"[1] 从这些阐释中可以看出，周作人提出的"平民文学"实际上就是两个含义：一是文学作品写世间平民老百姓的悲欢离合，二是对人类生活有着指导的作用。用这两个标准衡量通俗文学，通俗文学并不符合。通俗文学善写世间平民老百姓的悲欢离合，但只是一种直录，并没有"研究"的态度，更没有上升到"人的文学"的高度；通俗文学是在劝善，并没有指导的作用，也没有指出"如何能够改进到正当的方向"的能力。"平民文学"不是通俗文学，虽然此时的通俗文学是一统天下，铺天盖地，周作人在文章中说得很清楚："在近时著作中，举不出什么东西"，他将此时的通俗文学称作为"《玉梨魂》派"。如果将后来代表新文学实绩的"文学研究会"的作品与周作人的说法相比较，"文学研究会"的作品可以看作周作人"平民文学"的实践。从这个意义上说，"平民文学"实际上是指新文学。[2]

---

[1] 仲密（周作人）. 平民文学[J]. 每周评论，1919, 1 (5).

[2] 文学研究会奉行的原则是："反对把文学作为消遣品，也反对把文学作为个人发泄牢骚的工具，主张文学为人生。"从"为人生"出发，他们主张"文学应该反映社会的现象，表现并且讨论一些有关人生一般的问题"，见沈雁冰1921年于《新青年》发表的《文学研究会宣言》。

大众文学真正被提出是在中国左翼作家联盟（以下简称"左联"）成立以后，又被称作"文学大众化"。左联成立后，就设有"文艺大众化研究会"。1931年，左联执委会在题为《中国无产阶级革命文学的新任务》的决议中，明确规定"文学的大众化"是建设无产阶级革命文学的"第一个重大的问题"。之后，左联对"文学大众化"展开过多次讨论，鲁迅、瞿秋白、冯雪峰、周扬等人都发表过文章。什么是"文学大众化"，冯雪峰说："'文学大众化'，一方面要提高大众的文学修养，一方面要我们在作品上除去那些没有使大众理解的必要的非大众性的东西，同时渗进新的大众的要素，使作品和群众的距离接近。"[1] 也就是说，"文学大众化"就是要求作品能够被大众所理解，同时又能够提高大众的文学修养。问题是怎样才能实现"文学大众化"呢？左翼作家们并不排斥旧的文学形式，但要有所删除。鲁迅曾经专门对怎样利用旧形式写过文章，他说："旧形式的采取，必有所删除，既有删除，必有所增益，这结果是新形式的出现，也就是变革。"[2] 那么这些旧形式包括通俗文学吗？不包括。此时的鲁迅发表演说《上海文艺之一瞥》对"鸳鸯蝴蝶派文学"的态度是嬉笑怒骂。鲁迅、瞿秋白等人所指的旧形式主要是指民间文学，从他们所写的作品就可以看出，如鲁迅的《好东西歌》《南京民谣》、瞿秋白的《东洋人出兵》《上海打仗景致》等，都是民间歌谣的借鉴。如果是通俗文学作家改编的民间传说，左翼作家则要求保留民间色彩，去掉通俗文学的痕迹。例如，对《白蛇传》，鲁迅就曾发表这样的见解，他说："旧小说也好，例如《白蛇传》（一名《义妖传》）就很好，但有些地方须加增（如百折不回之勇气），有些地方须削弱（如报私恩及为自己而水漫金山等）。"[3] 鲁迅要的是小说中的民间精神，去掉的是小说中的传统文化观念。左联时期的"大众文学"从本质上说是要用大众所熟悉的民间文艺的手法将"新的大众的要求"渗入其中，教育和启蒙民众，也就是人们常说的"化大众"。

常常与通俗文学的概念相混淆的另一个概念是民间文学。通俗文学是文学的一个分支，民间文学应该看作民俗学的一个分支，分属于两个不同的学科，当然有着很明确的区分。对于民间文学的民俗学性质，周作人1922年在为《歌谣》周刊写的发刊词上就说得很清楚。周作人说："歌谣是

---

[1] 洛扬（冯雪峰）.论文学的大众化[J].文学，1932，1（1）.
[2] 鲁迅.鲁迅全集：第6卷[M].北京：人民文学出版社，1981：24.
[3] 鲁迅.鲁迅全集：第12卷[M].北京：人民文学出版社，1981：4.

民俗学上的一种重要的资料,我们把它辑录起来,以备专门的研究。""民俗"一词最早见于英国,它源自英语的 Folklore。它原本的含义是"民众的知识"或"民间的智慧"(The Lore of Folk)。它在五四新文学运动中被翻译成了民俗学。根据现有的学科分类,民俗学的概念是:"一门针对风俗习惯、口承文学、传统技艺、生活文化及其思考模式进行研究,来阐明这些民俗现象在时空中流变意义的学科。"作为民俗学的一个分支,口承性是民间文学的本质特点,其中的民俗现象研究是其根本目的。由于民间文学有很强的大众性和民间流传性,很容易与通俗文学相混淆。郑振铎1938年出版《中国俗文学史》开宗明义:"何谓'俗文学'?'俗文学'就是通俗的文学,就是民间的文学,也就是大众的文学。换一句话,所谓俗文学就是不登大雅之堂,不为学士大夫所重视,而流行于民间,成为大众所嗜好、所喜悦的东西。"[1] 虽然说的是"俗文学",郑振铎的这本《中国俗文学史》收集整理论述的还是中国民间文学,但是这样的书名和这样的定义,更使得通俗文学与民间文学混淆不清,以致很多学者至今还是以郑振铎的此书和此定义作为研究中国通俗文学的出发点。

那么现代通俗文学与其他文学类型有没有交集呢?还是有的。最有效的结合是"解放区文学",其中表现得最突出的是小说创作。赵树理的《小二黑结婚》除了体现出强烈的思想意识形态之外,在美学上最为突出的就是将章回小说体灵活地运用。当赵树理小说成为"赵树理方向",并且与"红色经典小说"联系在一起成为中国小说主流形式之后,章回小说体也就被视作"中国作风、中国气派"的重要标志确认了下来。中国通俗文学的美学特征在最强烈的政治文学话语中得到承认和发扬,其中之味很值得细品。

二、通俗文学是中国传统文学的传承与演进

通俗文学以通俗小说为主,分析通俗小说可以基本了解通俗文学的性质。

欧美、日本以及中国台港地区只将小说分为非流行小说和流行小说,并没有精英小说和通俗小说之分。中国内地文坛将小说分为精英小说和通俗小说,既有传统的影响,也是由现代中国文学实践所形成。从中国传统

---

[1] 郑振铎. 中国俗文学史 [M]. 北京:东方出版社,2012:1.

文学渊源看，小说就是通俗的，没有必要在小说之前画蛇添足加个"通俗"二字。"小说家言，盖出于稗官，街谈巷语，道听途说者之所造也"，《汉书·艺文志》中的这段话基本上确定了小说性质的通俗性。将小说与通俗挂起钩来是从历史演义开始的。元末明初，罗贯中作《三国志通俗演义》。之所以取名"通俗演义"，根据庸愚子作《三国志通俗演义序》中说，是想在"理微义奥"和"言辞鄙谬"之间创造一个说史的文体。"文不甚深，言不甚俗，事纪其实，亦庶近乎史。盖欲读诵者，人人得而知之，若《诗》所谓里巷歌谣之义也。"[1] "文不甚深，言不甚俗"，"人人得而知之"是演义体的特征。如果将演义看作历史小说，将历史小说看作通俗小说的文类，这大概是通俗小说具有代表性的阐释。真正将某一类小说挂上"通俗"名号的是冯梦龙。他将宋话本看作不同于唐传奇的"通俗"类小说。"唐人选言，入于文心；宋人通俗，谐于里耳。天下之文心少而里耳多，则小说之资于选言者少，而资于通俗者多。"[2] "通俗小说"的名称也就由此形成。不同类型的通俗小说有着不同的风格，冯梦龙对通俗小说还做了这样的细分："私爱以畅其悦，仇憾以伸其气，豪侠以大其胸，灵感以神其事，痴幻以开其悟，秽累以窒其淫，通化以达其类，若非以诬圣贤而疑，亦不敢以诬鬼神……姑就睹记凭臆成书，甚愧雅裁，仅当谐史，后有作者，吾为裨谌。"[3] 在这段表述中，冯梦龙还提到了另一个概念——"雅裁"。通俗小说是不同于"雅裁"而具有自我美学特征的一类小说。

根据中国传统的通俗小说概念的发展演变，中国古代通俗小说概念的内涵应该具有以下要素：

它是一个相对的概念。不同于正史，也不同于民间流行故事，它是由文人创作的相对独立的文体。

它是一个世俗的概念。不同于"雅裁"，属于谐史，属于文学创作中的世俗风情的部分，如同《诗经》中的"风"。

它有一个发展的过程。它是应正史普及需要而诞生的，并且从说史演义逐步地推演到虚构的文字创作之中。

它有一个基本的美学程式。不同的体裁有不同的情感表达方式和不同的美学诉求。

---

[1] 黄霖，韩同文. 中国历代小说论著选：上册 [M]. 南昌：江西人民出版社，1982：104.
[2] 黄霖，韩同文. 中国历代小说论著选：上册 [M]. 南昌：江西人民出版社，1982：217.
[3] 黄霖，韩同文. 中国历代小说论著选：上册 [M]. 南昌：江西人民出版社，1982：229.

仔细辨析这些内涵，中国古代小说除了唐传奇略有不同之外，其他小说都符合之，特别是宋话本之后的小说创作。从雅俗之辨的视角出发，中国小说的概念实际上绕了一大圈，最后还是回归到本初——小说就是通俗的。

通俗小说最重要的美学特征是章回体。章回体最重要的特征是"章回"。虽然可以细分出很多变化，章回体的总体特征是将故事分成若干回，每回以七字或八字组成对子作为回目，结尾一般是"预知后事如何，且听下回分解"，承上启下，吸引读者往下看。章回体受"说话"影响，根据文人的拟话本而设定，在明清小说中定型。章回体成为中国传统小说最重要的美学标志，自然也就为中国现当代通俗小说所承接。

看似只是一种回目的设定，章回体实际上为小说叙事做了一个程式的规范。它建立了以说故事为中心的小说范式。既然是说故事，传奇自然成为说故事的人最重要的美学设计，否则故事不好看；"全知型"的叙事角度成为说故事的人必然的选择，否则故事说不清；通俗易懂成为说故事的人传播追求，否则故事听不懂。传统小说的程式规定自然也被通俗小说所承接。

从发展的角度上说，通俗小说代表着中国小说的传统，也就是"中国的小说"。进入近代，虽然外国小说大规模地被翻译到中国，中国的小说创作在潜移默化中发生着变化，但是总体来说，中国作家的创作还是传统型思维，即使是那些翻译小说也被"削删"成中国的脚穿中国的鞋。这种格局由于新文学登上文坛而打破。

新文学将西方文学作为中国文学创作的参照系。胡适在《建设的文学革命论》中明确地说，"中国文学的方法实在不完备，不够作我们的模范。""怎样预备方才可得着一些高明的文学方法？我仔细想来，只有一条法子：就是赶紧多多的翻译西洋的文学名著做我们的模范。"[1] 鲁迅，这位新文学创作最丰的作家，说自己的创作："大约所仰仗的全在先前看过的百来篇外国作品和一点医学上的知识，此外的准备，一点也没有。"[2] 新文学可以看作用西方的文化和美学形式写中国人和中国的故事。

对新文学的创作方法，通俗文学有一个从排斥对立到接受融合的过程。民国初年的"鸳鸯蝴蝶派"作家虽然受到新文学的批判，但其创作态度基

---

[1] 胡适. 建设的文学革命论 [J]. 新青年, 1918, 4 (4): 303.
[2] 鲁迅. 鲁迅全集：第4卷 [M]. 北京：人民文学出版社, 1981: 512.

本上是我行我素。他们心中甚至认为新小说就不算什么小说。这个局面由张恨水打破。张恨水的《春明外史》和《金粉世家》还是传统小说的文体。1930年他创作《啼笑因缘》时，开始将新小说的创作方法融入小说中，生动的人物形象刻画与传奇的世俗故事融汇在一起，章回的设计不再是故事的起承转合，而是人物命运的沉浮。用他自己的话来说："到我写《啼笑因缘》时，我就有了写小说必须赶上时代的想法。"[1] 说故事、写人物成了现代通俗小说改革方向，到了20世纪40年代，逐步成为现代通俗小说的创作主流。这在张爱玲、徐訏、卜乃夫以及东吴系女作家群的作品中有着明显的呈现。1942年，通俗文学作家以《万象》杂志为阵地，以主编陈蝶衣为首发起"通俗文学运动"。[2] 他们认为新文学具有新的思想和意识，但其欧化的形式使得普通大众望而生畏；旧文学的表现形式在中国具有较强的适应性，但是有些思想意识明确地落伍于时代了。现在应该是用旧的文学形式写新的思想与意识。他们对通俗文学的内涵做了以下界定：

通俗文学是以新内容新观念来组织新的通俗的观念。

要有一个生动的故事，要有一个出乎意料的结局。要注意下列数点：一是题材忠于现实；二是人物个性描写深刻；三是不背离时代意识。

在语言表达上，既要"周详""正确"，又要"经济"，不能啰唆。

从这些表述可以看出，经过数十年的文学创作实践，通俗文学作家对新旧文学的创作特征和优缺点相当了解。他们提出的通俗文学内涵，也就是将数十年来创作实践证明的新旧文学中有价值的创作手法结合起来而已。

在中国通俗文学的实践中，金庸、古龙等人的武侠小说和当代网络小说是当下中国通俗文学创作中的两座高峰。与张恨水、张爱玲时代的通俗文学相比，金庸、古龙等人的武侠小说对中国通俗文学的内涵做出的最大贡献，是将中国通俗文学创作的国内眼界扩大到国际视野。法国作家大仲马的小说和英国作家莎士比亚的宫廷剧，为金庸小说所接受。古龙的小说的国际视野表现得更为突出。现代的生命意识中的伤感、孤独以及排遣消费贯穿于他的小说始终，日本推理小说和英美"硬汉派小说"的创作风格是构成"古龙体"主要的美学来源。当代网络小说的创作视野更为多元和

---

[1] 魏绍昌. 鸳鸯蝴蝶派研究资料：上[M]. 北京：上海文艺出版社，1984：254.

[2] 1942年《万象》在第4期、第5期推出了"通俗文学运动专号"。这两期《万象》共发表了6篇相关文章。它们是：陈蝶衣的《通俗文学运动》、丁谛的《通俗文学的定义》、危月燕的《从大众语说到通俗文学》、胡山源的《通俗文学的教育性》、予且的《通俗文学的写作》、文宗山的《通俗文艺与通俗戏剧》。

开阔。不仅具有中国主流文化内容，还有大量的原始文化和地域文化的书写；不仅涉猎欧美文化、日本文化，还有印度文化、伊斯兰文化；不仅是纸质书写的规范，还有网游、手游的要素；等等。中国通俗文学的创作正在经历着新的变化和美学裂变。

三、中国现当代通俗文学特征的五要素

　　进入现代社会，通俗文学的概念辨析有了参照系，那就是新文学或精英文学。与新文学或精英文学相对比，通俗文学的内涵更为清晰。中国现当代通俗文学的特征应该具有以下五个要素：第一，它是大众文化的文字表述；第二，它具有强烈的媒体意识；第三，它具有商业性质和市场运作过程；第四，它具有程式化特征并有传承性；第五，它是当代社会的时俗阅读。

　　如果将文化分成精英文化和大众文化的话，通俗文学属于大众文化范畴。与大众服装、大众音乐、大众食品等各类大众类型一样，通俗文学具有大众文化的所有特征。它以社会流行的约定俗成的价值判断作为是非的衡量标准，并展开优劣臧否的评判。也因此，中国的通俗文学是以儒家的道德文化为核心、相辅以释道等文化观念建构的世俗价值判断作为评判标准。民族精神和民族大义是为人之大节，道德伦理是为人之小节。在现代中国，写抗战文学最多的作家是张恨水等通俗文学作家，最为屈辱的形象是贡少芹等通俗文学作家塑造的"亡国奴"。奋起抗战展现的是儒家文化的国家意识，"亡国奴"刺激的是儒家文化的羞耻意识。同样，在通俗文学的社会小说、官场小说中，作家们并不在意那些体制问题或政治意识，而是对小说人物的生活细节和生活作风津津乐道。不是通俗文学作家格调不高，而是，他们认为一个人道德品质不好，怎么能治理国家呢？小节与大节紧密相连。

　　中国现当代通俗文学是中国城市发展过程中的大众文化产物。城市在发展过程中出现了市民阶层，中国市民阶层的性质和需求直接决定了通俗文学的基本性质，通俗文学是市民诉求的民间表情。现代中国，中国的市民阶层主要集中于上海、北京、天津等大都市里，中国现代通俗文学也主要集中在这些都市中，有很强的地域性，分为"南派"与"北派"；现代市民基本上由乡民转换而来，他们到城市来是为了赚更多的钱，同时，他们又是第一批全面地接受西方文明生活形态的中国人。这种心态直接决定了

中国现代通俗文学的两大主题：一是渴望赚钱却又埋怨赚钱难，二是享受文明生活却又感叹世风日下。当代市民基本上都是移民，流动性很强，中国当代通俗文学没有了"南派""北派"等地域性色彩，却具有很强的职业化特点。当代市民的诉求也发生了变化：职场生存和渴望发展、家庭安康和幸福追求成为当代中国通俗文学的两大主题。如果将城市市民分为"高资阶级""中资阶级"和"小资阶级"（李可《杜拉拉升职记》语），当代通俗文学是从"小资阶级"出发，眼望"高资阶级"，拼命挤进"中资阶级"，表现的是城市的世俗文化和市民的实际愿望。通俗文学具有文化观念上的世俗性、现实生活上的世俗性，还具有情感生理上的世俗性。与精英文学在哲学和历史空间追求人的生存价值不一样，通俗文学得以存活和流行的生命力之一是将阅读与人的本能欲望相结合：人都有杀伐心理和争霸意识，武侠小说能满足你的要求；人都有追寻真相的好奇心，侦探小说能满足你的要求；人都要抒发情感和表达欲望，爱情小说能满足你的要求；人都喜欢追根寻源和臧否是非，历史小说能满足你的要求；人都希望无所限制并喜欢徜徉于想象之中，科幻小说能满足你的要求……通俗文学对人性的表达不追求深刻，只是反映，但丰富；不追求独特，只是本能，但是有一定普遍性，就是一种大众化的世俗表现。既然表现的是普通大众的世俗生活，通俗文学也就有了社会学、经济学、语言学、城市学等多方面的元素。从这个层面上说，通俗文学是一座多元素且含量极为丰富的矿藏。

宋代的"说话"被看作中国通俗文学的开始。唐传奇等文人创作是个人写作行为，宋代的"说话"是说话人根据自己对故事的理解和观众的喜好，对民间故事的底本（或传说）进行改编，并以听众的最大化作为传播效果的追求，是一种改编传播的行为。"盖小说者，能讲一朝一代故事，顷刻间捏合"，"听者纷纷，盖讲得字真不俗，记问渊源甚广耳。"[1] 小说要的就是故事"顷刻间捏合"，"听者纷纷"。传播行为和传播效果的追求，使得通俗文学对大众媒体有一种本能的契合。通俗文学利用大众媒体进行传播，在现代社会呈现出爆发状态，那是因为中国现代社会有了现代传媒。中国现当代通俗文学与中国现代大众媒体几乎同时产生，并如影随行。中国现代大众传媒的发展大致上有四个时期：一是清末民初之际的报刊创刊热；二是20世纪二三十年代书局迅速扩张和电影在中国扎根；三是20世纪八九十年代电视的普及；四是跨世纪以来网络媒体的发达。中国现当代通

---

[1] 黄霖，韩同文. 中国历代小说论著选：上册[M]. 南昌：江西人民出版社，1982：80.

俗文学的发展与中国现代大众传媒发展的四个时期高度重合。清末民初之际，中国文学是"鸳鸯蝴蝶派"文学一统天下。"鸳鸯蝴蝶派"作家全部是当时的报人，他们是作家，也是报纸的主编或者主笔。此时是中国文学期刊第一次大规模的创刊期。如果仔细追寻这些期刊的来龙去脉就会发现，这些期刊与报纸都有着直接的联系。黄人在《小说林发刊词》上曾这样说过："新闻报纸报告栏中异军特起者，小说也。"[1] 将小说看作为新闻在当时是一种观念。20世纪的二三十年代是现代通俗文学的"黄金十年"。通俗文学的在此时繁荣，书局和电影是两大助力。激烈的市场竞争使得书局均以通俗文学阅读作为一种营销目的，此时所有的通俗文学期刊均由书局主办，通俗文学期刊连载成为书局书籍出版的营销试水者，期刊作品的市场反应直接决定了书籍是否出版以及印数的多少。外来电影此时为中国老百姓所接受，其影响力迅速扩展。电影的大众意识与通俗文学天然地契合。很多通俗文学作家成为此时中国电影的编剧，而改编的剧本大多来自于他们自己的文学作品。电影的热映又反过来推动了通俗文学作品的热销。20世纪八九十年代是当代通俗文学的"新时期"。凭借着电视剧的制作和播映，历史小说（二月河的作品等）、域外小说（《北京人在纽约》等）、侦探小说（海岩的作品等）以及官场小说、家庭婚恋小说风行一时。跨世纪以来中国的网络小说成为通俗文学发展的新形式。当下中国阅读市场上流行的通俗小说几乎都是网络小说的纸媒版。

中国现代大众媒体对中国通俗文学影响深刻，它可以扩大、延续、终止通俗文学的创作与影响力。它不仅影响着通俗文学的价值判断和传播方式，还潜移默化地引领着通俗文学的美学特征的波动，清末民初之际的中国通俗文学作品有着很浓"报刊味"；与影视制作相结合之后，通俗文学创作就有了更多的"影视味"；当下中国流行的那些网络小说则有着浓郁的"网络味"。宋代的"说话"是根据民间故事改编的脚本，不同的说书人就是民间故事改编的不同平台。中国现当代通俗文学的改编平台是不同的大众媒体，报刊连载、结集出版、影视改编、戏曲表演、曲艺演唱、网络写作，不同的大众媒体会根据各自不同的美学特征和主要的接受层的需求对通俗文学作品进行改编，甚至是再创作，从而形成名称统一的不同文类和不同版本，例如，《啼笑因缘》《秋海棠》。中国现当代通俗文学与中国大众媒体亦步亦趋，将之称为媒体的文学也不为过。

---

[1] 黄霖，韩同文. 中国历代小说论著选：下册[M]. 南昌：江西人民出版社，1982：247.

说书是一种职业，听书是要付费的，"说话"是一种商业行为。这样的传统由于现代报刊的出现得到延续与强化。报刊的发行与阅读是一种市场行为，当通俗文学作家与报刊同步并行时，文学创作也就成为一种市场行为。于是，将写作作为一种职业的文学创作也就产生于其中了。这些作家后来被称作为"职业作家"。中国最早的职业作家是"鸳鸯蝴蝶派"，沈雁冰曾经批评他们遵循的是"金钱主义"的文学观念[1]，此语并不谬。职业作家的出现对中国文学创作生态产生了深刻影响。作家的创作观念、创作动力和创作手法所产生的影响还只是一个表面现象，更为深刻的是它似乎形成了一个传统，精英文学作家成为"人生派"，通俗文学作家成为"市场派"。这个传统至今有效，网络文学作家、影视文学作家以及那些产生市场效应的流行文学作家均被称为通俗文学作家。既然文学创作成为职业，让作品产生最大的经济效益，就成了职业作家的本能追求，市场运作也就应运而生。事实上新文学作品也追求市场效应，例如，《晨报副刊》的编辑孙伏园看到连载中的《阿Q正传》反应很好，就要求鲁迅继续写下去，小说从原来构思的六章，变成了现在的九章。为了取得更好的社会效益和经济效益，鲁迅、茅盾等新文学作家都为自己的作品写过广告。不过，与通俗文学作家比较起来，新文学作家的市场运作只能算是顺势而为，通俗文学作家的市场追求却可说是刻意而为了。通俗文学的市场运作一般是这样几个步骤：首先，广告轮番轰炸，几乎所有作品在连载前，出版商、编辑、作家都会在一些影响较大的报刊上刊登广告；其次，根据作品连载时的反应，出版商和编辑会要求作家与读者产生互动（开设《读者信箱》、代抄连载小说等）；再次，作品走红，以作品刊登的位置为中心，售卖周围版面给广告商；最后，作品连载即将结束时，宣布作品将要改编成影视剧或曲艺，大量作品影视剧广告充塞于各大媒体，一些与作品改编有关的演员的各种故事在民间流传，影视剧、曲艺如果热播或热演，便再一次整体推出其文字作品，力争使之成为流行书。在中国现当代通俗文学发展过程中，这样的作品运作连续不断，且精彩纷呈，形成有力的互动，一些作家与作品也就成为一种现象，例如，"张恨水现象""金庸现象""倪匡现象""福尔摩斯现象""郭敬明现象"等。通俗文学出版商、编辑、作者、媒体是市场运作的主体，他们取得了效益，受众也能欣赏到优秀的通俗文学作品，形成

---

[1] 沈雁冰在《自然主义与中国现代小说》中说旧派小说："思想上的一个最大的错误，就是游戏的消遣的金钱主义的文学观念。"见1922年7月《小说月报》第13卷第7期。

了多赢的局面。市场运作使得很多通俗文学作家多了一抹商人的色彩。文学作品是一种文学表达,也是一种生产中的商品。作家一边进行着文学创作,一边如商人一般观察着作品的市场效应,并常常以市场效应来决定故事情节,例如,张恨水写作《啼笑因缘》时,一边在报纸上连载小说,一边在报上征求读者对情节发展的意见,小说的最终结果恰恰是读者的主流意见。这样的小说创作方式在当下的网络小说创作中得到广泛运用。网络小说的创作者十分关注每天的读者跟帖,是"赞",还是"踩",作者其实无所谓,他关注的是读者对小说情节发展的意向。观察市场动向、调整产品结构,达到市场最大化的效果,通俗文学作家创作作品与商人生产商品有很多相似之处。市场运作是通俗文学赖以生存的生命源,给通俗文学创作带来了活力,也带来了很多泡沫。

通俗小说就是类型小说。"说话者,谓之舌辩。虽有四家数,各有门庭。"[1] 宋代的"说话"分为烟粉、灵怪、传奇、公案、朴刀、杆棒等。现当代通俗小说主要分成社会、言情、武侠、侦探、历史、科幻、滑稽七大类型。当下中国的网络小说常见类型大约有30多种,其中玄幻、悬疑、穿越、新武侠、惊悚、后宫是创作量和点击量最多的六大类型。无论名称有什么不同,其中的美学内涵具有很强的承接性,不外乎社会黑幕、英雄侠义、断狱勘案、朝代沉浮、神怪推理、趣闻逸事等。类型是中国小说的"家数"和标志。凡是类型化小说均可称之为通俗小说。中国通俗小说的类型化自然带来了中国通俗小说情节结构的程式化,社会小说涉及社会的各个方面,均是讲背后的事情及其成因;言情小说基本上是言情—变情—惨情三段式;武侠小说一般五大模式:争霸、夺宝、行侠、复仇、情变;侦探一般是报案—破案—说案三个程序;历史小说正史、野史并不分明,借一些史实写人生的沉浮;科幻小说无论是"硬科幻"还是"软科幻",都是要预测人类的未来;滑稽小说总是将社会中怪异的人和事放大,在可笑的行为举止中嘲笑丑恶……虽然不同时期通俗小说的情节结构的程式化有所变化,但思路基本如此。精英小说作家是以不同的人生态度和人生观念的不同阐释形成不同风格,通俗小说作家是以小说创作中的不同类型和表现方法上的不同侧重形成流派。这些类型和程式是中国通俗小说的寄生地和文学表情,如果将这些类型和程式去除,通俗小说就不是"通俗小说"了,犹如京剧少了脸谱与套路,京剧也就不成为"京剧"了。既然是类型和程

---

[1] 黄霖,韩同文.中国历代小说论著选:上册[M].南昌:江西人民出版社,1982:80.

式化，讲故事就成为通俗小说情节的表达方式。讲故事是以事件的叠加构成情节发展的波动起伏，以因果关系推动情节的发展前行，无穷尽的事件可以构成无穷尽的因果链，冗长与琐碎就成为通俗小说最常见的弊病。为了避免或减少这样的弊病，事件的传奇（或者是离奇）和情节的曲折就成为通俗小说的必然选择。同样的道理，事件的离奇和情节的曲折是通俗小说的美学套路，如果将这一套路去掉，通俗小说也将不是"通俗小说"。不过，应该说明的是金庸对通俗小说的情节结构做了重大调整。他建构了说故事、写人物的通俗小说情节模式，传奇故事随着人物的成长和人物性格逐步展开，带来的不仅仅是通俗小说事件传奇和情节曲折的性格根据，还是通俗小说故事精练和结构完整的内在要求，道理很简单，由性格的展开而引发的形象塑造成为小说情节结构起承转合的内在驱动力，性格丰富了，再多的事件叠加，情节都显得精练；形象完整了，再漫溢的结构都显得完整。从这个意义上说，金庸小说为中国通俗小说的美学表现增添了新的要素。

　　大众文化的文字表述是指通俗文学的文化诉求，媒体意识是指通俗文学的载体表现，商业性质和市场运作是指通俗文学的运行过程；程式化是指通俗文学的美学特征。通俗文学的这些要素最后都要到阅读中获得落实。根据阅读史家的研究，阅读所要研究的应该是六个问题：谁读，读什么，在哪里，什么时候，为什么读和怎么读。[1]"任何一个版本的文本，都是作者为特定的读者市场准备的。"[2] 新文学或精英文学是以人生启蒙作为创作目的，它的理想读者是社会的精英人士，可以称作"精英读本"。通俗文学追求的是阅读读者的最大化，努力地覆盖社会中各个读者阶层，并不为特定阶层而设定，因此，通俗文学可以称作"大众读本"。问题是不同的读者群有不同的阅读诉求，通俗文学创作很难顾及各个阶层的阅读需要，它必然有所侧重，而所侧重的一方一定是市场最大的一方。现代社会中阅读最大化的层面显然是市民阶层，现代通俗文学也就是现代市民的阅读文本，也可这样说，现代市民是现代通俗文学的主要读者群。当代中国，市民阶层的概念逐步淡化，通俗文学的追求大众阅读的目标没有改变，也可以这样说，大众是现当代通俗文学的主要读者群。社会精英从文本的批判

---

　　[1] 戴联斌.从书籍史到阅读史：阅读史研究理论与方法[M].北京：新星出版社，2017：66.

　　[2] 戴联斌.从书籍史到阅读史：阅读史研究理论与方法[M].北京：新星出版社，2017：78.

意识中获得人生的启迪和社会的思考，作者的写作意图和文本意义基本重合，读者读的是作者对人生和社会的理解；而通俗文学却使读者在悲欢离合的故事中感受到精神的愉悦和人生的共鸣，读者读的是生活本身，并从中映照自我，文本的意义在文本之外。精英文学依托的媒体侧重于专业化，例如，杂志，目标读者的设定比较明确；通俗文学依托的媒体侧重于大众化，总是试图全面覆盖各类读者群体。并没有什么特定的时间规定阅读精英文学和通俗文学，不过，通俗文学的阅读更多是在闲暇之余，因为通俗文学的阅读追求的是消闲和放松，要求文本有好看的故事、曲折的情节和丰富的趣味，阅读方式当然不是什么寻章摘句，而是流畅地翻阅。1929年《红玫瑰》主编赵苕狂曾写过一篇《花前小语》提出了杂志约稿的标准：

一、主旨，常注意在"趣味"二字上，以能使读者感到兴趣为标准；而切戒文字恶化和腐化——轻薄和下流。

二、文体，力求其能切合现在潮流；惟极端欧化，也所不采。

三、描写，以现代现实的社会为背景，务求与眼前人情风俗相去不甚悬殊。

四、目的，在求其通俗化、群众化；并不以研求高深的文艺相标榜。

....

八、希望，极度希望：读者不看本志则已，看了以后，一定不肯抛了不看，一定不肯失去了一期不看！——换一句话：每篇都有可以一读的价值；那，读者自然会一心一意地想着它，不愿失去一期不看了。[1]

趣味、潮流、人情风俗、通俗化、群众化、阅读价值，这是这篇约稿标准的关键词。这些关键词基本说清了通俗文学读什么和怎么读，并与精英文学做了切割。

应该着重强调的是，无论是精英文学还是通俗文学，其文本并不是不互相流动，换言之，精英文学的理想读者也阅读通俗文学，而成为通俗文学的实际读者；通俗文学的理想读者也阅读精英文学，成为精英文学的实际读者。不过，不论读者如何流动和如何转型，精英文学和通俗文学的基

---

[1] 赵苕狂. 花前小语 [J]. 红玫瑰, 1929, 5 (24).

本形态和市场诉求不会变。因此，精英文学的阅读可称之为"精英阅读"，而通俗文学的阅读可称之为"世俗阅读"。

论及于此，中国现当代通俗文学的概念应该明确了。它的表述是：通俗文学是中国传统文学的延续，依托于大众媒体和市场运作，主要呈现中国传统文化精神的类型化的世俗化阅读。

（本文原载《学术月刊》2018 年第 9 期）

如何评估：中国现当代通俗文学批评标准的建构和价值评析

汤哲声

中国现当代通俗文学的批评标准的建构是一个学术难题。现代中国文化观念、文学观念以及文学形态多元共生，中外相兼、雅俗相杂、新旧相争，现代文学呈现出复杂和多面的状态，而批评标准构建的科学性则是建立在学术的统一性上，现代中国的文化与文学的复杂性和多面性挑战着学术的统一性，常常一个看似例外的文学现象就使得学术的统一性支离破碎，使得批评标准成为一种悖论。困难还在于，百年来，中国文学已经建立了约定俗成的批评标准和评析思路，在此之外，再建立什么批评标准，常常被认为是不符合规范。这是中国现当代通俗文学的批评标准至今未能构建的根本原因。然而，没有科学的批评标准，就没有科学的结论。这个问题得不到解决，中国现当代通俗文学批评的兴盛就难以实现。正因为如此，本文提出"性质""入口""路径"的思维方式，确认"性质"，找准"入口"，再沿"路径"前行。"性质"是指中国现当代通俗文学的独特性，不了解中国现当代通俗文学的独特性就找不准"入口"；"入口"是指中国现当代通俗文学批评标准构建的"方向"，跑错了"方向"，余下全错；"路径"是指从中国现当代通俗文学"入口"进入后前行的"道路"，进入"道路"，就能达到目的地。

一、"通俗性"：中国现当代通俗文学的基本性质

百年中国通俗文学延绵不断地向前发展。朱自清曾有这样的描述："新文学运动的开始，斗争的对象主要的是古文，其次是《礼拜六》派或鸳鸯蝴蝶派的小说，又其次是旧戏，还有文明戏。他们说古文是死了。旧戏陈腐、简单、幼稚、嘈杂，不真切，武场更只是杂耍，不是戏。而鸳鸯蝴蝶派的小说意在供人们茶余酒后消遣，不严肃。文明戏更是不顾一切的专迎

合人们的低级趣味。白话总算打倒了古文，虽然还有些肃清的工作；话剧打倒了文明戏，可是旧戏还直挺挺地站着，新歌剧还在难产之中。鸳鸯蝴蝶派似乎也打倒了，但是又有所谓'新鸳鸯蝴蝶派'。"[1] 百年中国通俗文学不断地要被打倒，可是它一直"直挺挺地站着"，并以它的实绩显示了存在和辉煌。特别是当下中国的创作界，说现当代通俗文学创作占每年创作总量的半壁江山，还是个保守的说法。说现当代通俗文学的读者占现有的文学读者群的一半，也仍只是个保守的统计。

与创作实绩相比较，中国现当代通俗文学批评明显滞后。为什么会出现这样的现象呢？是现当代通俗文学创作者的趣味低俗和读者欣赏水平低下，还是一些批评家的批评视角出现了问题？我认为指责作家和读者是没有道理的，应该反思的是批评家们，根本问题是这些批评家的文化观念及其所建立的文学批评标准带来的误差。主要表现在两个方面：一是文学的批评标准问题，二是文学的性质判断问题。

自新文学在五四运动时期登上文坛，新文学的批评标准一直是中国现当代文学主流的价值判断。新文学的批评标准由五四新文学作家的理论建设和创作实践建构而成。"用这人道主义为本，对于人生诸问题，加以记录研究的文字，便谓之人的文学"[2]；"真心的先去模仿别人。随后自能从模仿中，蜕化出独创的文学来……所以目下切要办法，也便是提倡翻译及研究外国著作。"[3] 周作人的这两段话可以看作中国现当代文学"新文学批评"的内涵，它的关键词是：人道主义、人生、模仿、独创、外国。鲁迅以及新文学作家作品以其创作为新文学批评标准增添了对象。鲁迅、茅盾等新文学作家、批评家们一百多年来的实践活动为新文学的批评标准确立了规范。中国现当代通俗文学根本就不在新文学的范围内，虽然也是写人生，要求模仿和独创，但是，从创作目的上来说，通俗文学"为本"的不是"人道主义"；从艺术上说，通俗文学"模仿"的不是"外国"。事实上，周作人的《人的文学》和《日本近三十年小说之发达》两篇文章都将通俗文学排斥在文学之外，认为它们是"非人的文学"。鲁迅和新文学作家们也一直将通俗文学作为批判的对象。所以说，用新文学的批评标准批评通俗文学，就会产生误判，价值判断都不准，作品真伪优劣的甄别就更别

---

[1] 朱自清. 朱自清古典文学论文集 [M]. 上海：上海古籍出版社，1981：109.
[2] 周作人. 人的文学 [J]. 新青年，1918，5 (6).
[3] 周作人. 日本近三十年小说之发达 [J]. 新青年，1918，5 (1).

谈了。举个当下通俗文学作家作品批评的例子。刘慈欣的《三体》获得了73届"雨果奖"最佳长篇故事奖。国内的批评界对小说展开了批评。很多批评文章谈《三体》的三个问题：一是追溯小说的影响源；二是分析小说中的人物形象；三是将小说中的社会伤痕和精英文学的"伤痕文学"进行比较，最后得出结论，小说独创性不够，人物性格不鲜明，社会分析不深刻。[1]这样的批评文章分析不出刘慈欣《三体》的特点和魅力所在，原因是用新文学的批评标准批评通俗文学作品，自然说不到点子上。

对中国现当代通俗文学进行科学批评的另一个影响要素是其性质判断。五四运动时期新文学作家登上文坛以后，就将通俗文学视作批评对象。他们提倡"人的文学"，将通俗文学视作"非人的文学"，代表言论是周作人的《人的文学》。20世纪30年代以后，"左联"作家提倡无产阶级文学，又将通俗文学视作"封建文学""小资产阶级文学"，代表言论是沈雁冰的《封建的小市民文艺》。众多评论者将通俗文学视作不严肃、不正经的文学，甚至是"黄色小说"或者"黑色小说"。这种观念至今犹存。既然是不正经、不严肃的文学，通俗文学所有的表现理所当然被看作毫无价值。举个例子，1932年1月28日"上海事变"之后，通俗文学作家写了大量的国难小说和抗战小说，产生了较好的社会影响，但是新文学作家对此评价并不高，认为这些作品只是"在悲难的事件中打打趣而已"，并且认为他们根本就不配写这些国难小说和抗战小说，因为那是"健儿"的事情，不属于通俗文学那个阶级的事。[2]连写国难小说和抗战小说的资格都没有，写出来的作品当然就不值得一看了。20世纪50年代，在当时的图书整顿行动中，通俗文学干脆就被作为反动的、淫秽的、荒诞的图书而整肃下架了。

对通俗文学进行科学的批评，需要建立通俗文学的批评标准。文学是人类精神生活和物质生活的形象反映，形象反映的深刻性、生动性是文学创作和批评的终极标准。优秀的通俗文学作品一定是人性刻画深刻、情节表现生动的作品。文学创作的终极标准同样要求着中国现当代通俗文学制定出科学客观的批评标准。任何一类文学都受到意识形态的制约，文学脱离意识形态而完全独立存在根本不可能。现当代中国通俗文学批评标准的制定需要宣导社会的正能量，但是"条条大道通罗马"，不同的"道"有不

---

[1] 有关这方面最有代表性的批评文章可见《刘慈欣与科幻小说笔谈》[J]，读书，2016（7）.

[2] 魏绍昌．鸳鸯蝴蝶派研究资料：上［M］.上海：上海文艺出版社，1984：88.

同的路径，不同的路径有不同的风景。就像下棋一样，虽然围棋、象棋都是棋，但它们有不同的套路和规矩。所以科学的"通俗文学的价值评估标准"，要契合中国现当代通俗小说的"性质"。

通俗文学的性质在其基本性相对稳定的基础上也在流动。这些流动主要基于时代的变化而发生。中国现当代通俗文学与中国古代通俗文学有着很大的变化。中国古代通俗文学与民间文学和民间传奇密切相关，例如，《三国演义》《水浒传》《西游记》，而个人创作则往往被视作精英文学，例如，《红楼梦》。中国现当代通俗文学是与中国新文学（或精英文学）相对的概念，与媒体和市民的阅读有着很大关系。中国当代通俗文学与中国现代通俗文学也有着不同。中国当代通俗文学的文化视野扩展于世界流行文化与流行阅读，而不仅仅是中国传统文化的现代解读和对新文化的借鉴；市民阶层也绝不仅仅是手工业者、小商人或者粗识字的体力劳动者等职业识别，而是拓展到整个城乡的金领阶层和白领阶层，与职业和文化素养越来越没有关系；具有操纵性的大众传媒统领着阅读市场，具有强大的力量，其结果是雅俗鸿沟渐渐被抹平。通俗文学与精英文学的界限越来越模糊，也就是一种阅读文本和阅读行为的选择。强调通俗文学的性质的流动并不是说通俗文学性质难以确定和虚无性，而是强调一个时代有一个时代的文学特征。作为一种文学现象，中国现当代通俗文学有其稳定的性质。

何谓中国现当代通俗文学？"中国现当代通俗文学是中国传统文学的延续、具有中国传统文化精神、依托于大众媒体和市场运作、主要呈现为世俗化阅读的类型化的文学。"[1] 根据这样的概念制定的评估标准，就是"通俗性"的性质。

二、传统·文化·市场：中国现当代通俗文学价值评估的"入口"

明确了中国现当代通俗文学的性质，中国现当代通俗文学的批评标准也就自然呈现了。

（一）传统的标准

朱自清曾这样论述鸳鸯蝴蝶派小说："鸳鸯蝴蝶派的小说意在供人们茶

---

[1] 汤哲声. 何谓通俗："中国现当代通俗文学"概念的解构与辨析[J]. 学术月刊, 2018(9).

余酒后消遣,倒是中国小说的正宗。……虽然重在'劝俗',但是还是先得使人们'惊奇',才能收到'劝俗'的效果。"[1] 他认为文学的"标准"有两种表现形态:"一是不自觉的,一是自觉的。不自觉的是我们接受的传统的种种标准。我们应用这些标准衡量种种事物种种人,但是对这些标准本身并不怀疑,并不衡量,只照样接受下来,作为生活的方便。自觉的是我们修正了的传统的种种标准,以及采用的外来的种种标准。"[2] 为了分别这两种文学形态,他称不自觉的文学形态为"标准",称自觉的文学形态为"尺度"。他认为鸳鸯蝴蝶派这些通俗文学是中国文学的"正宗",是不自觉的文学形态,应是中国文学的"标准",而五四运动时期登上中国文坛的新文学是自觉的文学形态,是中国文学的"新尺度":"然而'人情物理'变了质,成为'打倒礼教',就是'反封建',也就是'个人主义'这个标准,'通俗'和'自然'也让步给那'欧化'的新尺度。"[3] 朱自清的这些论述给我们制定中国现当代通俗文学的批评标准以很大的启发。中国现当代通俗文学就是中国的传统文学在新时期的延续。中国现当代通俗文学具有传统性,中国传统文学的美学特点在中国现当代通俗文学中得以保持。1924年,鲁迅作《中国小说的历史的变迁》的演讲,将清代小说分成四派:拟古派、讽刺派、人情派、侠义派,并对这四派的代表作家作品及其表现特征进行了精彩的分析。在演讲结束时,鲁迅说:"上边所讲的四派小说,到现在还很流行。"[4] 鲁迅所说的那些流行的小说就是现代通俗小说,不过,他们换了名称:神魔小说、社会小说、言情小说和武侠小说。这些小说在当代中国还在流行,只不过又换了名称:玄幻小说、都市小说、奇情小说和大陆新武侠。而贯穿于不同阶段小说之中的一条线索,就是朱自清先生所说的"不自觉"的文学形态——传统性。这样的传统性有种种表现形态和很多变化,但是,其中最核心的要素始终不变——类型化与程式化。

(二) 文化的标准

通俗文学不单纯地宣扬人道主义,虽然人道主义也在其列;不随意识

---

[1] 朱自清. 论严肃 [M]//朱自清古典文学论文集. 上海:上海古籍出版社,1981:110.
[2] 朱自清. 文学的标准与尺度 [M]//朱自清古典文学论文集. 上海:上海古籍出版社,1981:5.
[3] 朱自清. 文学的标准与尺度 [M]//朱自清古典文学论文集. 上海:上海古籍出版社,1981:11.
[4] 鲁迅. 鲁迅全集:第9卷. 北京:人民文学出版社,1981:340.

形态起舞,虽然意识形态的色彩在所难免。通俗文学是大众文化的文学表现。大众文化元素构成了通俗文学的所有要素,自然也就成为通俗文学价值评估的标准。

首先是公共道德。公共道德是大众文化的基础,也是通俗文学价值评判的是非标准。在中国,传统的儒释道文化体系构成了做人的道德规范,也是中国通俗文学中的"好人"或"坏人"、复杂人性中的"好的"或"坏的"的评判标准。例如,《甄嬛传》中传达出来的励志、奋斗是正能量的表现,腹黑、谋杀是负能量的表现。面对复杂的文学人性,通俗文学绝不会用人性淋漓尽致的表现作为唯一的标准,也不可能以某一个人的意见作为评判标准,因为公众会以是非不分指责你,公众社会有一条公认的做人的底线,这一底线是公共社会最大的道德公约数,不可挑战。

其次是公共空间。公共空间是通俗文学得以生存和发展的场域。为了获得最大的活力,公共媒介自然会被充分地利用。报刊、网络以及各种大众艺术、娱乐形式自然成为通俗文学的寄生地。为了获取更大的利益,公共空间的运作自然出现,经典文本在各大媒介和大众艺术中流动,成为通俗文学的表现常态。活力产生了,价值扩大了,利益获取了,泡沫也产生了。

再次是公共文本。与精英文本预设空间不同,通俗文学文本要求读者顺其思路,在生活的呈现中获取共鸣,让读者在解码中获取并产生意义。正如费斯克所说:"它是个充满裂隙的文本,刺激'生产者式'的观众写入自己的意义,从中建构自己的文化。"[1] 传奇的生活、戏剧的情节、夸大的煽情、平白的语言等,虽然粗糙,充满着"裂隙",但刺激着受众。这些是通俗文学的文本色泽,将其抹去,通俗文学将索然无味。通俗文学的价值评估,应该看到它们存在的必然性,并引导读者理解和辨别。

最后是公共评价。通俗文学文本创作有着狂欢色彩,通俗文学的评价同样是众声喧哗。特别是当下的网络文学创作,其评价更是充满着情绪化与粗鄙化色彩。大众文化允许大众话语的存在,通俗文学的价值评估并不将这些公共评价一笔抹杀,而是从中分析出通俗文学文本创作的路径和作家创作的动力。大众文化是一种边界相对清晰的文化形态,它以稳定的内核为中心不断流动,其稳定的成分构成中国通俗文学的基本要素,其流动

---

[1] 费斯克.理解大众文化[M].王晓珏,宋伟杰,译.北京:中央编译出版社,2001:148.

的成分则构成了中国通俗文学的新鲜活力。

（三）市场的标准

中国传统的"说话"本来就是一种商业行为。市场行情的优劣直接决定了商业行为的成功或失败，也决定了"说话"能否完成和流传。文学创作的商业行为在清末民初之际得到了强化，并制度化。报刊、出版社、网络的出现，给文学创作带来了更为便利的大众传播平台，却也使文学的创作和接受产生了中介。文学创作的过程实际上有两条平行的创造和传播路径，一条是精神路径，一条是市场路径。文学创作是一种精神创造，需要传播正能量，无论是精英文学还是通俗文学，以此建立评价标准都没有疑议。问题的关键在于如何看待文学创作中的市场路径。

首先要看到两个"客观存在"：一是市场性在中国现当代文学创作中是一个客观的存在，是否有好的效益是所有作家关心的问题和创作的动力；二是要看到通俗文学职业作家的身份是中国现当代文学中的客观存在。通俗文学作家是高度依赖于市场的作家群体。文学的中介和市场的要求使得绝大多数通俗文学作家对市场具有极大的依赖性，而非像大多数精英文学作家那样有着自己的社会身份和稳定的职业，仅仅将文学创作视作为个人的精神诉求。

其次是正确评价通俗文学的市场性。当文学创作唯钱而作时，文学市场就会出现大量的垃圾，这些垃圾甚至会释放出负能量。这在通俗文学创作中表现得尤为突出。然而，市场对文学创作有没有积极意义呢？有，而且很强烈！市场就是一双看不见的有力的手，直接决定了通俗文学经典能否出现和通俗文学创作潮流的起伏。市场是通俗文学的活力所在。一部作品流行，跟风者众多，市场产生泡沫。读者审美疲劳了，产生泡沫的文学潮流很快被读者所抛弃。新的风格的作品继而应运而生，再度流行，于是又引发新一轮阅读高潮。通俗文学阅读市场就是这样此起彼伏地向前滚动。在这一过程中，文学经典被确立下来。所以，通俗文学市场也是清除创作泡沫的净化器，是通俗文学创作更新的源动力，在其所构建的文学生态中进行优胜劣汰，以此保证文学创作的活力。通俗文学的价值评估要建立市场的评估标准。它不能改变（也无法改变）通俗文学的市场路径，却需要（也能够）引导读者认识什么是通俗文学的优秀作品，什么是通俗文学的泡沫或负能量，它需要（也能够）引导作家创造通俗文学的新的优秀作品甚至经典，并对通俗文学阅读市场产生积极的作用。

依据传统的文化标准和美学标准，从大众文化的视角，分析其在市场中翻新流动，这就是中国现当代通俗文学批评标准。它的标志有三个：传统，而非国外移植；大众，而非精英意识；市场，而非理念启蒙。标准就是"入口"，只有从这样的"入口"进去，才能沿着正确的道路前行。

三、中国现当代通俗文学的价值评估和问题反思

有了相适应的批评标准，对中国现当代通俗文学的价值和问题，就可以进行恰当的分析和反思。

中华民族的文学观念和美学形式在中国现当代通俗文学中得以留存，并在其发展中取得新生。虽然五四新文学可以作为新的传统显示出价值，但是，没有中国现当代通俗文学，一脉相承的文学传统就会出现巨大的断裂。中国现当代通俗文学使得中国传统的文化观念得以传承。从民国初年的鸳鸯蝴蝶派文学一直到当下中国的网络文学，民族大义、国家观念、修身自好、惩恶扶弱、公平正义、侠义心肠、因果报应等中国传统的是非观念是文学作品中一以贯之的正邪、善恶、好坏的判断标准。中国现当代通俗文学使得中国传统的美学形式得以传承。章回体、演义体、类型化、程式化，中国现当代通俗文学继续展现着中国传统文学的表情。无论是文化观念还是美学形式，在新的阶段，中国通俗文学都有新的发展，但是不管接受了哪些新的元素，发生了怎样的变化，通俗文学的根都扎在中国传统中，并且保持着中国传统的基本模样。各国和各民族都有自己的传统文学观念和美学形式。欧美文学有着基督教文化观念、背景，有着人道主义的传统，它们有着哥特小说、西部小说等特有的美学表现形式；印度文学有着梵语文学以及后来的印地语文学，它们都有着十分浓厚的宗教意味；日本文学有着皇国观念、物哀美学和情趣性、感受性的表达方式……这些都是各国、各民族文学的根。作为一个具有悠久文化传统的东方大国，中国也有自己文学的根，通俗文学是中国现当代文学中传承民族传统的最突出的文学类型。传统文化也需要时代的纯化。优秀的通俗文学继承了中国传统文化，且对道德人性进行纯化，这对于新文学过于强调个性、自我、欲望是一种纠偏，对于中国当下的文化自信与文化战略发展亦不无益处。同样，坚持优秀的传统文化的要素，对通俗文学的"向下"坠落也是一种修正。

通俗文学促进了现当代中国市民文学的发展，并成为中国现当代文学的阅读主流。这里讲的市民文学不是老舍、张天翼等人用新文学的观念写

的市民小说，而是现代通俗文学作家用同时代的市民的观念写的文学，是指20世纪20年代以后中国现代通俗文学进入市场化阶段后的文学。19世纪后半叶，以上海、天津为代表的现代都市不断扩展，现代市民阶层迅速形成。到了当代中国，市民阶层更为庞大。平民化、民间化的性质，使得中国现当代通俗文学成为都市市民生活的表现，为都市市民意愿代言。现代都市是通俗文学的生存空间，市民阶层是通俗文学的生命线。新文学作家对市民文学的评价从来不高，有些评论家甚至将市民也列为批判的对象，多以教育者自居。由于新文学作家对市民阶层不屑一顾，甚至是激烈批判，故而与市民阶层处于隔绝的状态。新文学作品在此时的市民阶层中几乎没有市场，这使得通俗文学在都市市民中如鱼得水，一家独大。20世纪20年代以后中国文学实际上是在新文学与市民文学两个层面发展。新文学承担着社会和人性的启蒙责任，并逐步地向革命文学过渡，市民文学则降低了清末民初时期的启蒙意识，逐步走向市场，成为市场的文学。虽然在美学内涵上互相吸收，但从总体上说，它们各自发展。这样发展的结果是什么呢？20世纪30年代瞿秋白说过这样两段话："'新文学'尽管发展，旧式白话的小说，张恨水，张春帆，何海鸣……以及'连环图画'小说的作家，还能够完全笼罩住一般社会和下等人的读者。这几乎是表现'新文学'发展的前途已经接近绝境了。"[1] "社会上的所谓文艺读物之中，新式小说究竟占什么地位呢？他实在亦只有新式智识阶级才来读他。固然，这种新式智识阶级的读者社会比以前是扩大了，而且还会有更加扩大些的可能。然而，比较旧式白话小说的读者起来，那就差得多了。一般社会不能够容纳这种新式小说，并不一定是因为它的内容——他们连读都没有读过，根本就不知道内容是什么，他们实在认为它是外国文的书籍。"[2] 话虽说得过分些，却反映了一个事实：五四运动以来的新文学虽然发展着，但它只是知识阶层的读物，"一般社会和下等人的读者"则"完全"被"旧式白话小说"笼罩住，而将新文学视作"外国文的书籍"。当代中国，精英文学作家虽然不像现代新文学作家那样与市民阶层完全隔绝，却也很少介入通俗文学创作。如果从中国文学阅读状态的角度思考，新文学或者精英文学可以被称作现当代中国文学阅读的先导，市民文学或者通俗文学则应是现当代

---

[1] 瞿秋白. 鬼门关外的战争[M]//瞿秋白文集：第3卷. 北京：人民文学出版社，1953：629.

[2] 瞿秋白. 鬼门关外的战争[M]//瞿秋白文集：第3卷. 北京：人民文学出版社，1953：630.

中国文学阅读的主体。文学阅读的主体变革及其阅读兴趣对阅读发生变化具有重要的意义。只有文学阅读主体进入现代化，中国文学的现代化进行才算是有了实质性的价值和意义。根据哈贝马斯的理论，只有市民阶层对私人领域的事务加以关注，一种资产阶级的公共领域才算形成。[1] 通俗文学作家作品使他们开始接受文学的思想启蒙和适应文学的新的阅读方式，中国文学的现代化得以社会性、大众性呈现。

通俗文学保留了中国小说世俗化的特点，有着相当丰富的政情、社情、民情、世情、语情等多方面的史料，却也存在着庸俗的流弊。世俗化是中国小说的特点之一。鲁迅将那些世俗化表现得特殊的明代人情小说称之为"世情书"，并作出这样的评价："其取材犹宋市人小说之'银字儿'，大率为离合悲欢及发迹变态之事，间杂因果报应，而不甚言灵怪，又缘描摹世态，见其炎凉，故或亦谓之'世情书'也。"[2] 在论清末谴责小说时，他又说："其在小说，则揭发伏藏，显其弊恶，而于时政，严加纠弹，或更扩充，并及风俗。"[3] 浓厚的世俗风味是中国小说的特点。中国现当代通俗文学延续着清末谴责小说的文学传统发展而来，保持着这样的风味。现当代通俗文学是中国政情、社情的文学记录者。晚清的宪政改革、辛亥革命、袁世凯复辟帝制直到当下中国社会的改革和官场反腐，通俗小说都有详尽的描述，特别是1919年的五四运动和后来的中国人民在抗日战争时期的生活，这些新文学作品描写不多的中国社会的政情、社情，通俗文学都有完整的描述。通俗文学作家是中国现当代民情、世情的表现者。报人的身份使得他们时刻关注着民意的反应和变化，生活的环境使得通俗文学作家对世俗风情相当熟悉，晚清城市发展所带来的中国人对文明生活的惊奇和对世风日下的感叹、20世纪二三十年代中国金融市场的波动、20世纪40年代反饥饿反内战，一直到当下中国人出国、购房、炒股，以及婚恋生活、职场生态，等等，通俗文学均在对生活的描摹中有所呈现。

通俗文学追求阅读的最大化，故而其语言表达尽量满足读者的要求，俚语、俗语、吴语、网络语言等，均在现当代通俗文学创作中留下了痕迹。

---

[1] 哈贝马斯的理论主要建立在欧洲市民空间的基础上，与中国的市民社会有很大的区别，中国现代意义上的市民阶层也是到了清末民初才真正形成。不过，他的很多论述还是具有启发性的，他说："形成这样一种资产阶级公共领域，其前提是市民社会的私人领域的公共兴趣不仅要受到政府当局的关注，而且要引起民众的注意，把它当作是自己的事情。"见哈贝马斯《公共领域的结构转型》，上海：学林出版社，1999：22.

[2] 鲁迅. 中国小说史略 [M] //鲁迅全集：第9卷. 北京：人民文学出版社，1981：179.

[3] 鲁迅. 中国小说史略 [M] //鲁迅全集：第9卷. 北京：人民文学出版社，1981：282.

新文学或精英文学作品也写世俗民情，主要是在世俗民情中写人物，在他们的作品中，世俗民情是人物形象塑造和人物性格展现的生活场域。通俗文学则将世俗民情写成故事情节，人物的活动是世俗民情的一个部分，通俗文学常常将一些世俗民情作为一种生活知识贯穿于创作之中，通俗文学自然就成了"世情书"。既然是"世情书"，通俗文学就不仅仅具有文学的价值，还有着丰富的世俗民情的价值。不过，由于通俗文学着力于表现世俗民情，记录和倾诉多于思考和评判，如果表现的世俗民情格调低下，其作品情节就容易流于庸俗，例如，晚清到民国初年一直流行的狭邪小说、黑幕小说，还有从20世纪30年代即开始流行，一直到当下网络小说所热衷创作的宫闱小说、后宫小说、盗墓小说等，其中相当多的世俗民情描述格调低下，特别是这些格调低下的世俗民情描写又被裹挟在所谓的专门知识描述和传授之中，自然给读者带来了很多负面影响。

通俗文学给中国现当代文学带来了好看的故事，显现了文学消遣愉悦的一面，却也有相当数量的流于俗套、游戏浅薄之作。几乎每一部优秀的通俗小说都有一则情节精彩（或者离奇）的好看的故事，它可以让读者看得废寝忘食，也可以让读者看得神情恍惚，可以让读者看得玄思邈想，也可以使读者读起来手不释卷。神奇妙想、层层环扣、曲折多变，编故事是通俗小说作家的长项。小说创作的目的是什么，这一直是20世纪以来创作界争论的话题，有人说是为了"新民"，有人说是为了"改造社会"，也有人说就是为了"抒发性灵"。这些说法都有各自的理论和发生的背景。不过有一点应该明了，文学创作不管出于什么目的，文学阅读首先就是要寻求精神上的愉悦。想在小说中表述多么深刻的人生哲理，说创作小说就是"自言自语"和"自说自话"的小众行为，那是个人的事情，要想得到广大读者的认同，得到市场的承认，小说中的故事必须好看。文学作品应该具有娱乐性的追求，这样的观念并不是什么错误，而是小说的本质属性。通俗文学作家深知"好看"是市场所规定的创作原则，并自觉地贯彻这一特质。中国现当代新文学或精英文学有着强烈的启蒙意识，更多展现的是中国现当代文学的理想性和严肃性；中国现当代通俗文学有着很强的市场意识，更多展现的是中国现当代文学的消遣性和愉悦性。中国现当代通俗文学在追求表现文学消遣性愉悦性上很多积极的实践很值得总结，特别是那些既有思想性、生活性，也有消遣愉悦功能的作品应该得到肯定，它们给中国现当代文学留下了很多亮色。不过，也应该看到中国现当代通俗文学创作中流行着一种游戏主义的创作态度，制造出很多偏离了正确的思想性和健康的生活性的无良、无聊的文学作品，它们充塞于各个时期的文学创作中。就以当下流行的那些网络小说来说，无良、无聊之作所占比例就相当大。这些无良、无聊之作总是打着消遣愉悦的旗号而流行，给通俗文学带来很多负面的社会影响。

中国现当代通俗文学在生产与消费中展现的市场竞争，刺激并丰富了中国现当代文学文化产业系统的运作行为，却也带来拜金主义、商业至上的弊病。通俗文学经典作品的产生往往都与市场的运作相伴而行。例如，张恨水的《啼笑因缘》、秦瘦鸥的《秋海棠》等，都可以被视作中国现代通俗文学史上名作家、名作品运作的经典案例。在文学市场中，市场运作是文化产业系统化工程的重要组成部分，这一工程中，编辑是编剧，作家是演员，作品是道具，导演则是资本。现代文化产业之间的竞争不是什么思想理念之争，而是市场份额的争夺。竞争的结果是各文化产业获取各自的市场份额，最直接的效应是给文学市场带来了繁荣。最为经典的例子就是20世纪20年代世界书局和大东书局的通俗文学生产。竞争让它们在1920年后从商务印书馆和中华书局手中夺到不少市场份额，也成为20世纪20年代以后中国现代通俗文学与大众文化市场发展与繁荣强有力的推动者。新文学或精英文学也有不少市场运作行为，但是不像通俗文学这样表现得如此丰富多彩、淋漓尽致。中国现当代文学创作及接受中不仅仅包含文化的观念、创作的观念，还有市场的观念，文学创作不仅仅是作品的文字写作以及传播，还有社会效益和经济效益的最大化。中国现当代通俗文学在此方面展示了特别的魅力。然而，一个突出的问题在于这种行为对经济效益的追求大于对社会效益的追求，带来的直接结果就是唯市场化、唯金钱化，成为通俗文学被人诟病之处。其实，忽视社会效益的运作行为，伤害的不仅仅是社会，也有生产者自身。因为不注重社会效益之作，必然会受到社会的批评，必将行之不远，这样的案例在中国现当代通俗文学创作中比比皆是，例如，现代通俗文学创作中的黑幕小说、当代通俗文学创作中的女尊小说生命周期就很短，昙花一现，作家和作品均受到社会不同层面和不同程度的批评。

中国现当代通俗文学具有自我的"风景线"，它的魅力只有从通俗性"入口"进入，沿着通俗文学的"路径"前行，才能够欣赏到。它的问题也只能在这条路径上才能够准确地发现，从而行之有效地做出批评。它是现代中国文学大花园中的一个园圃，与新文学一起构建了中国现代文学的无限风光。

（本文原载《学术月刊》2019年第4期）

历史与记忆：中国吴语小说论

汤哲声

本文所考察的吴语小说，总体特征是使用吴语（以苏州话为代表）和描写吴地（以上海为中心的江南地区）世情的小说。这类小说大多产生于清末民初时期，主要作品有《何典》《海上花列传》《海天鸿雪记》《海上繁华梦》《九尾龟》《人间地狱》等小说。犹如一颗划破天空闪耀一时的流星，这些吴语小说曾经辉煌过，但很快就泯灭了。

本文由4个方面组成：

一是吴语小说产生与消失的背景分析。上海为中心的东南城市的崛起和都市大众文化的产生是吴语小说产生的社会背景；方言和官话作为全国统一语的争论是吴语小说产生的语言背景。二是吴语小说的文化分析：江南情调、名士与妓女、现代都市的文明的记载和卖弄；吴语小说的文学分析。三是文学传统和叙事分析。四是吴语小说的语言分析。官话、方言、文言三个语言系统的共存和并列；吴语在文学叙述中特有的表情达意分析；吴语的文化意义和文本意义分析。

一

这里所论述的吴语小说是指用吴方言（以苏州话为代表）作为小说语言主要描述吴地（以上海为中心）世俗民情的小说。以此作为体裁的标准，最早的吴语小说应该是光绪戊寅年（1878）江南文人张南庄创作的《何典》。《何典》之后应该还有吴语小说，不过现在无从考证。吴语小说再次映入了人们的眼帘是1892年韩邦庆创作并连载于他自编的杂志《海上奇书》上的《海上花列传》。这部小说1894年结集出版，共64回。之后，吴语小说进入了一个创作高峰。1904年世界繁华报馆刊20回《海天鸿雪记》，据称是李伯元所作。1906年至1924年署名"漱六山房"的张春帆断断续续地创作了《九尾龟》，共24集384回。此书产生了广泛的影响。1922年至

1924年毕倚虹在《申报》副刊《自由谈》上连载《人间地狱》60回。毕依虹去世之后由包天笑续写至80回。这部小说吴语的韵味淡了许多，但痕迹还依然可见。这种痕迹一直延续到1938年周天籁的《亭子间嫂嫂》中。

就像一颗流星一样，吴语小说曾闪烁于天空。光彩已去，留下的余味却是无穷的。人们首先要思考的是为什么吴语小说会出现在这个时期，为什么又很快消失了呢？

关于张南庄《何典》的创作意图，1926年鲁迅作《〈何典〉题记》中有这样一段话："那是，谈鬼物正像人间，用新典一如古典。三家村的达人穿了赤膊大衫向大成至圣先师拱手，甚而至于翻筋斗，吓得'子曰店'的老板昏厥过去；但到站直之后，究竟都还是长衫朋友。不过这一个筋斗，在那时，敢于翻的人的魄力，可总要算是极大的了。"[1] 鲁迅认为张南庄之所以创作《何典》是有意用方言游戏和地方笑话来嘲弄风雅文章和风雅人格，是用粗鄙和放肆来嘲弄精致和做假，虽然从本质上说，张南庄还是"长衫朋友"，还是一个"达人"。同年，在《为半农题记〈何典〉后作》中，鲁迅还从《何典》中分析了知识分子的某种心态，"是的，大学教授要堕落下去。无论高的或矮的，白的或黑的，或灰的。不过有些是别人谓之堕落，而我谓之困苦。我所谓的困苦之一端，便是失了身份"[2]。是由于想获取"身份"而不得，张南庄干脆就以粗鄙的语言来自嘲和嘲弄，体现的是作者心中自我的"困苦"。鲁迅分析《何典》，依据的是他惯有的思想启蒙和思想批判的思路，自当为一说。

鲁迅对《何典》的分析并不适用于《海上花列传》之后的吴语小说。关于《海上花列传》为什么用吴语写作，同代人孙玉声在他的《退醒庐笔记》中曾有这样一段记载：1891年在一次同船旅行中，孙玉声劝告韩邦庆不要用吴语写作，因为看得懂的人少，还有不少吴方言有音无字，印刷起来也困难，但是被韩邦庆拒绝了，理由是，"曹雪芹撰《石头记》皆操京语，我书安见不可操吴语？"并说："文人游戏三昧，更何况自我作古，得以生面别开。"[3] 如果记载属实的话，我们似乎看到了韩邦庆用吴语创作小说的信心和企图，他就是要用吴语创作一部与《红楼梦》媲美的小说。作家自我的表述还只是一种现象，更值得我们思考的是韩邦庆为什么能在

---

[1] 鲁迅. 鲁迅全集：第14卷［M］. 北京：人民文学出版社，1981：296.
[2] 鲁迅. 鲁迅全集：第3卷［M］. 北京：人民文学出版社，1981：303.
[3] 孙玉声. 退醒庐笔记［M］. 太原：山西古籍出版社，1995：113.

这个时候说出那样的话来。哪些背后的因素才是支撑他敢于用吴语创作小说的真正原因。我认为这样的因素有三个。首先是上海城市文化的崛起，并逐步成为中国文化的中心。自1873年上海开埠以后，上海迅速走向都市化，形成了商业气氛浓郁并具有很强的时尚风格的上海文化。从全国的角度来说，当时的上海文化代表的就是先进和文明，虽然很多人陶醉其中的只是新奇和愉悦。作为文化的重要的组成部分吴方言自然就成为中国最显要的方言。会说吴方言就是一种身份，用吴方言来写上海的社会生活和社会时尚，不仅显得特别地般配，更是一种骄傲。事实上，吴语小说无一例外地写的都是上海的时尚生活，展现给人们的是上海人新奇的行为方式和消费方式。其次是市场的需求。上海的崛起最重要的标志之一就是人口的膨胀，50年不到，上海就由一个20万人不到的海边城市变成了百万人口的东方都市。这些来自全国各地的移民们迅速地成为上海市民。这些上海市民对身边发生的事情特别地关心，对精神上的愉悦特别地需要，于是一种满足于市民需求的杂志和小报就诞生了。吴语小说都是连载于这些杂志和小报上的作品，它们就是写给上海市民看的文学作品。用吴语写这些文学作品不仅不存在语言上的障碍，而且能够引发读者的亲近感。最后是究竟用什么语言作为全国的统一语言在当时的中国并没有形成一致的意见。"方言统四""国语统一"[1]，这样的意见在当时的中国具有很大的影响。京话可作为全国的统一语言，吴方言就不能作为全国的统一语言吗？所以韩邦庆说曹雪芹可以用京话写《红楼梦》，他就不能用吴方言写《海上花列传》？其心态，韩邦庆与那些语言学家们源于一辙。这三个原因是支撑着吴语小说创作的动力。当然，随着这个动力的拆除，吴语小说自然也就走向式微，并且消亡。19世纪二三十年代，上海的经济和文化开始从形成阶段走向了辐射阶段，在辐射的过程中，吴方言也就成为障碍。特别是1917年11月北洋政府教育部正式公布了"读音统一会"通过的36个注音字母，1920年1月北洋政府教育部训令全国各地国民学校将初级小学国文改为语体文（白话文），并开办国语讲习班。以京话为基础的全国统一语以法规的形式确立了下来。吴语小说既失去了市场，也失去了舆论的支持，它就只能成为历史的记忆了。

---

[1] 用什么方言作为全国的统一语言，语言学家们的意见很有分歧。王照认为应该用"占幅员人数多"的京话，而劳乃宣则认为"方言统四""国语统一"，即第一步是各地以自己的方言作为通用语，此为"方言统四"；第二步再以其中一种方言统一四方的方言，此为"国语统一"。

如果不是一些文化人和作家念念不忘，并努力地整理、评说、重印，吴语小说真的就灰飞烟灭了。1926年，刘半农从庙会的书摊上把《何典》发掘了出来，重新加标点后作序，并请鲁迅作题记，于1933年由北新书局重版。很有意思的是，也是1926年，胡适将《海上花列传》发掘了出来，由胡适、刘半农作序，由亚东书局于1930年、1935年两次重印出版。刘半农、胡适对《何典》《海上花列传》的发掘与当时提倡国语的大众化有关系。中国的统一语在形成过程中受到欧洲文化、日本文化的影响很深，对中国自有的白话吸收得却不够多。对中国自有的白话吸收不够又直接影响了国家统一语的大众化进程，受到一些思想启蒙家的批评。刘半农是中国民间歌谣的搜集、整理者。为了提倡中国的传统民间文化和语言，曾专门写《瓦釜集》彰显之。他发掘《何典》也就是显示这样的态度。同样，胡适发掘《海上花列传》也并不要提倡吴方言，而是要说明中国自己的语言也有很优秀的作品，"吴语文学的运动此时已到了成熟时期了"，可以为"文学的国语"提供参考。1981年在美国的张爱玲对《海上花列传》进行了注译，并给予了这部小说高度评价，认为《海上花列传》是继《红楼梦》后中国传统文学的另一部杰作："第一次是发展到《红楼梦》是个高峰，而高峰成了断崖。但是一百年后倒居然又出了个《海上花》。"[1] 张爱玲对《海上花列传》的评价与胡适、刘半农等人的视角不一样，她看中的是其中的文学要素。她认为这是中国又一部杰出的爱情小说，虽然是写才子与妓女的爱情。另外，小说的写作方式特别，"传奇化的情节，写实的细节"使得小说结构既不同于五四新文学作家所学习模仿的西方长篇小说，也不同于完全传统化的中国通俗小说，是一种"高不成低不就"的小说形式。[2] 对于语言，她并没有像胡适等人那样，将其看成大众语言的典范，而是指出小说的吴语的运用影响了小说的传播，因为"许多人第一先看不懂吴语对白"[3]，正因为这样，她要将其译成普通话。不管这些文化人和作家的动机是什么，经过他们的宣传和努力，吴语小说流传了下来，虽然它们只是历史与记忆而已。

---

[1] 张爱玲. 张爱玲文集：第4卷 [M]. 合肥：安徽文艺出版社，1992：357.
[2] 张爱玲. 张爱玲文集：第4卷 [M]. 合肥：安徽文艺出版社，1992：357.
[3] 张爱玲. 张爱玲文集：第4卷 [M]. 合肥：安徽文艺出版社，1992：357.

二

说《海上花列传》是情爱小说尚可，说吴语小说是情爱小说就不妥了。除了《何典》之外，几乎所有的吴语小说都是写上海的妓院、妓女、嫖客之事。鲁迅在《中国小说史略》中将这类小说归类为"狭邪小说"。为了区别于明、清的"狭邪小说"，又由于它们主要写上海的狭邪之事，我干脆称它们是"海派狭邪小说"。

从描述情感之事上看，这类小说大致上可分为三种类型。

第一种类型可称为"才子佳人型"，代表作品可推《海上花列传》和《人间地狱》。在这两部小说中都有一些缠绵的感情故事。《海上花列传》中陶玉甫和李漱芳、王莲生和沈小红[1]，《人间地狱》中的柯莲荪和秋波都是生死相恋，凄惨缠绵，引起了很多人的共鸣和唱和，赚取了很多眼泪。

第二种类型可称为"黑幕型"，代表作品可推《九尾龟》。这部小说有一个副标题《四大金刚外传》，所谓的"四大金刚"是指当时在上海滩上"花榜"选出来的四大名妓女，她们是：林黛玉、胡宝玉、张书玉、陆兰芬。小说以一个落泊才子章秋谷为贯串人物，写了上海妓院中的各种黑幕。在这部小说中就没有什么缠绵悱恻的生死恋了，只有怎样"调情"和"玩情"。

第三种类型可称为"社会批判型"，代表作品可推《亭子间嫂嫂》。小说写了一个落泊文人与一个暗娼的故事。由于这部小说是将娼妓现象当作一个社会问题看待的，所以小说更多地是描述一个娼妓的悲惨的命运，以及一个文人对社会不平的的愤怒。

这三类小说情感上都有可圈可点的地方，但是我认为情感描述不是此时吴语小说的特色。从文学发展的角度看，才子佳人的情感描述本来就是江南小说的擅长之处，明末清初的"才子佳人小说"已经演绎了各种版本的情感模式，清末民初的"鸳鸯蝴蝶派小说"更是把各类感情模式推向了极致。如果放到这个背景上看《海上花列传》和《人间地狱》中情感描述也就没有什么出新的地方了，只不过，才子有了嫖客的身份，佳人变成了妓女，感情的阻碍由家长变成了老鸨。同样，揭示黑幕也不是吴语小说的特点，清末民初的文坛有一股"黑幕小说"的创作潮流，黑幕写作涉及社

---

[1] 张爱玲对这两个爱情故事特别推崇，她在《国语本〈海上花〉译后记》中说："写情最不可及的，不是陶玉甫、李漱芳的生死恋，而是王莲生、沈小红的故事。"

会生活的各个方面,《九尾龟》写的是妓院的黑幕,只是当时黑幕写作潮流中的一个浪头而已。至于《亭子间嫂嫂》对娼妓问题展开了社会批判,则明显地受到五四运动以来的新文学的影响。社会批判是20世纪二三十年代文学的时代特色,无论是新文学,还是通俗文学,都具有这一特色。吴语小说最大特点是它表现出来的特色文化,这种特色文化是时代赋予它们的,也是地域民风赋予它们的。

上海自开埠以来,工商业的迅猛发展和劳动力的量的需求,使得城市迅速地膨胀起来。那些刚刚从"乡民"转化为"市民"的人群,给此时的上海造就了特有的"移民文化"的氛围。吴语小说用文学的形式极其生动地记载了此时上海移民文化的特色。首先是"淘金"和"着道"。"到上海就能赚到钱",这在清末民初的中国已经成为社会的"共识",于是各式人等都涌入上海"淘金",但是到上海"淘金"会遇到各种问题,还有很多陷阱,弄得不好就要"着道",这也是一个社会"共识"[1],吴语小说几乎都是写的这样的故事。韩邦庆解释为什么叫《海上花列传》时说:"只因海上自通商以来,南部烟花日新月盛,凡冶游子弟倾复流离与狎邪者,不知凡几。虽有父兄,禁之不可,虽有师友,谏之不从。此岂其冥顽不灵哉?独不得以过来人为之现身说法耳!方其目挑心许,百样绸缪,当局者津津乎若有味焉,一经描摩出来,便觉令人欲呕,其有不爽然若失,废然自返乎?"他扮演着一个"劝戒者"的身份,要用形象的语言描述那些来上海的淘金者怎样"着道"的过程。小说侧重写了来到上海是做生意的赵朴斋,怎样一到上海就陷入"花丛",结果弄得人财两空在街上乞讨。由于这里黑道太多,《九尾龟》干脆就打着揭黑的旗号写作。在这部小说中那些"着道"之人无一不是带着"淘金梦"来,又无一不是怀着一颗破碎的心而去。吴语小说突出表现了当时吴地的"色情观"。"捞一把就走"的移民心态使得这里赚钱的方式相当的商业化,也培养了趋利的社会心态。在这样的社会氛围之中,中国传统的性爱观念受到了极大的冲击。上海人所推崇和所适应的性爱观念与内地人形成了极大的反差。内地的风流士卿也寻花问柳、狎妓纳妾,但毕竟不是大张旗鼓的事,传统的道德观足以形成强大的制约力量,使人不敢妄为。而步入当时的十里洋场,男女在大街上打趣调笑的

---

[1] 李伯元在《文明小史》中写到一个青年要到上海去,他家的老太太死也不愿意,理由是:"上海不是什么好地方,我虽没有到过,老一辈的人常常提起,少年子弟一到上海,没有不学坏的,而且那里的混账女人极多,花了钱不算,还要上当。"

场面随处可见，调情者不避，旁观者不怪，一切形成新的"自然"。社会心态演变到这种地步，以致开妓院、做妓女就像开店铺、做生意一样，非常平常。同是狭邪小说的《海上花列传》写赵二宝随母到上海追寻陷在妓院里无法脱身的哥哥赵朴斋。谁知，到了上海以后的赵二宝觉得做妓女能赚大钱，自己也就"落到堂子"里。其母其哥表示支持。赵朴斋置家具、写牌匾，从此"趾高气扬，安居乐业"。他们的朋友也不觉其耻，不断结帮，前来哄抬（第35回）。在《人间地狱》中和尚来到了上海，照样传票召妓，似乎也没有人觉得奇怪。吴语小说的作者本来都是一些江南才子，他们的文化修养使得他们追求一种脱俗的生活境界，坐谈风月、看花载酒、知人论世、互为唱和，生活方式自许清高和浪漫，可是他们偏偏生活在所谓的时尚文明泛起的时代，他们无法摆脱那些时尚文明的影响。于是，名士文化和都市文化就交融在这些吴语小说之中，形成了怪异却颇具魅力的文化气氛。《海上花列传》表现得比较俗，小说的后半部分出现了一批以"风流广大教主"齐韵叟为首的名士，他们以"一笠园"为舞台行酒令，填曲牌，用四书五经中的典故做淫秽文章。清高的名士作风成为他们自然欲望发泄的渠道。这在《人间地狱》里表现得更为深刻。柯莲荪、姚啸秋、赵栖梧等人也吃花酒、打茶围、捧角捧妓，但是他们心中所向往的传统名士式的生活方式被现代都市生活所挤压，为了生活他们不得不成为报馆里的记者、写手，他们不得不做一些商界、金融界的事情，清高的名士却做"俗事"，于是他们埋怨、他们苦恼，于是他们做着现代"俗事"，抒发着名士的"清情"。弥漫着小说中的那些感情既令人感动同情，又觉得太脆弱了。到了《亭子间嫂嫂》那里妓女已失去了风雅，名士已经落魄，他们已经成为完全被都市文化吞噬掉的都市的可怜虫了。

三

吴语小说产生于清末民初中国社会现代化的转型时期，它以形象的语言记录下了中国社会现代化的进程。其中最具史料价值的是记载了那时中国的色情业的状态。清末民初之际称上海为中国的色情之都是不过分的。上海滩上妓院林立，名花如云，烟花女子之多，恐不光为中国之冠，在世界几个大城市也是赫赫有名的，人称"洋场十里，粉黛三千""妓馆之多甲天下"。吴语小说比较真实地反映出这段时期上海妓院、妓女的生活。小说的故事情节很多是根据她们那些流传于社会的"事迹"敷衍而成。她们在小说中的"事迹"大致分为四类，集中表现在她们与嫖客之间的关系上：一种是人长得漂亮，又肯花钱的嫖客，像章秋谷那样，是她们最欢迎的；一种是人长得不漂亮，但肯花钱，看在钱的份上，她们也假作笑脸相迎；一种是人既长得委琐，又不肯花钱，偏又好色如命，他们往往是妓女们作弄的对象；还有一种是人虽没有钱，但为人诚恳，他们得到了妓女们死心踏地的爱，这样的故事往往是以悲剧告终。除了演绎各种故事之外，小说还比较详尽地介绍了当时上海色情业各种"规矩"。男子在喝酒或看戏时写上一张小红笺，上写某公寓某妓女的名字，请人送至妓女的妆阁，请其来陪酒取乐，这便是"叫局"；在妓院里摆酒开宴，由妓女相陪，这叫"吃花酒"；几人相伴到妓家喝茶，这叫"打茶围"；邀请妓女乘车兜风，是当时上海租界的一大景观，人称"出风头"；茶楼请妓女前来说唱，人们在茶楼前边品茗边听书，还可以临时点曲，这叫"听书"；有些有钱人到书寓里去，点名妓专为他演唱，这称为"堂唱"；公子哥与妓女在大街上或公园里徜徉冶游，这叫"吊膀子"。另外还有租房子勾引良家妇女卖淫，称作"台基"；以色情诱骗敲诈客人，称作"放白鸽""仙人跳"；妓女通过婚姻洗清债务，称之为"淴浴"；专门从事卖良为娼者，称之为"白蚂蚁"；男女私通者，称之为"轧姘头"；等等。可以说，吴语小说是当时上海的色情业的百科全书。

上海的色情业是伴随着上海的都市化的进程而发展起来的，要表现上海的色情业就不能不表现上海的都市化进程，这就给吴语小说带来了另一种史料价值。大饭店的开张、清明赛会、彩票的发行、上海50年通商纪念会、万国珍珠会的举办、张园的开园及游艺等多种都市景观，吴语小说都有形象地表现。这种都市景观的记载甚至详细到"一碗面二十八文，四个人的房饭每天八百文"。从这些史料中我们可以感受到上海社会的"开化"程度。例如，《海上花列传》中写"水龙"救火：

>只见转弯角有个外国巡捕，带领多人整理皮带，通长街接做一条，横放在地上，开了自来水管，将皮带一端套上龙头，并没有一些水声，却不知不觉皮带早涨胖起来，绷得紧紧的。

这大概是中国文学作品中第一次出现消防龙头的描述。再如，《九尾龟》中写"红倌人"沈二宝骑自行车：

沈二宝貌美年轻，骨骼娉婷，衣装艳丽，而且这个沈二宝坐自行车的本领很是不差，踏得又稳又快，一个身体坐在自行车上。动也不动。那些人的眼光，都跟着沈二宝的自行车，往东便东，往西便西，还有几个人拍手喝彩的。

除了说明当时的上海妇女如此地抛头露面、招摇过市，大家并不为怪之外，这大概也是中国文学第一次描写中国妇女骑自行车的情景。

四

张南庄的《何典》运用了很多吴地方言写作，其他吴语小说是双语言系统，即妓女的语言用吴语，叙述语言和其他人物语言用官话。同是吴语小说在使用吴语程度上不同，与作者们的创作意图很有关系。关于张南庄的材料比较贫乏。海上餐霞客在书的跋中说，这是先生的"游戏笔墨"。即使说这部小说的是张南庄的"游戏笔墨"，作者的创作意图我们也能够感觉到，他是有意地以俗对雅，以方言对官话，以吴地口语对待古文技巧。我们举一例说明，小说写到活死人在双亲亡故后，不得不在舅母"醋八姐"手下讨生活。

一日，那醋八姐忽然想起吃蛤蚌炒螺蛳来，买了些螺蛳蚌蚬，自己上灶，却叫活死人烧火。活死人来到灶前，看时，尽是些落水稻柴，便道："这般稀秃湿的柴，那里烧得着？"醋八姐骂道："热灶那怕湿柴烧弗着！难道就罢了不成？"活死人没法，只得撄好乱柴把，吹着阴火，向冷灶里推一把进去，巴得镬肚底热。谁知凭你挑拨弄火，只是烟出火弗着。怄上去吹，又碰了一鼻头灰。煨了半日，倒灌得烟弗出屋，眼睛都开弗开。醋八姐大怒，拿起一根有眼木头来夹头夹脑的就打。

古文技巧讲究用典，其典均来自于文史书籍或者故事传说。张南庄也用典，不过，他的典故均来自方言口语。这段话中的"蛤蚌炒螺蛳"（忙中夹忙）、"落水稻柴"（急不起来）、"挑拨弄火"（挑拨离间）、"碰了一鼻子灰"（碰壁）等方言俗语就是他的典故。从中我们可以看出，作者运用吴语写小说，取的是"对抗"之意。

韩邦庆等人用吴语写妓女的语言是为了显示"身份"。清末民初时天下妓女以吴地为最,吴地妓女以一口纯正的吴侬软语为最。《海上花列传》第50回中有一番各地妓女的比较说,说到广东妓女时竟然使大家产生一种恐惧感。即使在上海、苏州旁边的杭州,在当时的才子看来,也是"土货"。《人间地狱》中苏州妓女薇琴看见杭州妓女程藕舲,是这样评价的:"杭州的土货十有其九斯为下品,像这个人倒是不可多得。可惜还是一嘴的杭州土话,未免有些土气。倘若换了苏白,以她的身段态度则看不出是杭州人呢!"在《九尾龟》中,有一次,章秋谷在天津遇见了一个自称是苏州人的扬州籍的妓女,勃然大怒,当场揭穿,毫不留情。有意思的是,如果不做妓女了,语言马上就改过来了。《九尾龟》有个例子很能说明问题。小说中有个妓女叫陈文仙,昨天还挂牌,说的是苏白,今天嫁给了章秋谷为妾,马上就讲官话。为什么妓女要说吴语呢?这与吴语的传情达意有很大的关系。

吴语有什么特点,宋新在《吴歌记》中有这么一说:

> 吴音之微而婉,易以移情而动魄也,音尚清而忌重,尚亮而忌涩,尚润而忌类,尚简洁而忌漫衍,尚节奏而忌平庸,有新腔而无定板,有缘声而无讹字,有飞度而无稽留。[1]

据吴方言学家们研究,吴方言有七个音,分舒声和入声。有意思的是词汇在成句时都不再是单字调,而是变化成新的组合调。既是音多、音清、音亮、音润、音简洁、音有节奏,组合起来又是有新腔、有缘声、有飞度,所以吴语说起来抑扬顿挫,婉转流畅,像在唱歌。吴语不用"好不好""行不行""可以不可以"等句式,而是用"阿好""阿行""阿可以"等疑问句。另外,吴语还有一些特殊的语气词,如"嘎"字,就常常运用于句尾。用这样的语言传情达意别有一番风味,柔弱之中却又含情脉脉,甜糯之间又有几份嗲味,如果再从女性的口中说出,似乎又多一些哀怨和娇媚的意味。我们来欣赏《海上花列传》中李漱芳的一段话。李漱芳被张爱玲称之为"东方茶花女"。她欲嫁陶玉甫当正室而不得,渐渐地得病了,躺在床上睡不着。面对来看她的陶玉甫:

---

[1] 徐华龙. 吴歌情感论［M］∥高燮初. 吴文化资源研究与开发. 苏州:苏州大学出版社,1995:464.

漱芳又嗽了几声，慢慢地说道："昨日夜头，天末也讨气得来，落勿停个雨。浣芳涅，出局去哉；阿招末，搭无姆装烟；单剩仔大阿金，坐来浪打瞌䁪。我教俚收拾好仔去困罢。大阿金去仔，我一干仔就榻床浪坐歇，落得个雨来加二大哉；一阵一阵风吹来哚玻璃窗浪，'乒乒乓乓'，像有人来哚碰，连窗帘才卷进来，直卷到面孔浪。故一吓末，吓得我来要死！难末只好去困。到仔床浪涅，陆里困得着嗄，间壁人家刚刚来哚摆酒、豁拳、唱曲子，闹得来头脑子也痛哉！等俚哚散仔台面末，台子浪一只自鸣钟，跌笃跌笃；我勍去听俚，俚定归钻来里耳朵管里。再起来听听雨末，落得价高兴；望望天末，永远勿肯亮个哉。一径到两点半钟，眼睛算闭一闭。坎坎闭仔眼睛，例说道耐来哉呀，一肩轿子抬到仔客堂里。看见耐轿子里出来，倒理也勿理我，一径望外头跑，我连忙喊末，自家倒喊醒哉。醒转来听听，客堂里真个有轿子钉鞋脚地板浪声音，有好几个人来浪。我连忙爬起来，衣裳也匆着，开出门去，问俚哚：'二少爷啥？'相帮哚说：'陆里有啥二少爷凰'我说：'价末轿子陆里来个嗄？'俚哄说：'是浣芳出局转来个轿子。'倒拨俚哚好笑，说我困昏哉。我再要困歇，也无拨我困哉，一径到天亮，咳嗽勿曾停歇。"玉甫攒眉道："耐啥实概嗄！耐自家也保重点个口。昨日夜头风末来得价大。半夜三更勿着衣裳起来，再要开出门去，阿冷嗄？耐自家勿晓得保重，我就日日来里看牢仔耐，也无么用踠！"

病中之女说出了苦夜长思，既婉转又凄清，既甜蜜又动人，吴语的甜糯哆味的魅力充分展示了出来，说得陶玉甫心酸，听得读者动情。如果再把吴语和官话混夹在一起，读起来似乎另有一番风味。我们再欣赏《海上花列传》中的一段：

接着有个老婆子，扶墙摸壁，逶迤近前，挤紧眼睛，只瞧烟客，瞧到实夫，见是单档，竟瞧住了。实夫不解其故。只见老婆子嗫嚅半晌道："阿要去白相相？"实夫方知是拉皮条的，笑而不理。

官话用短句，写的形态，中间再夹上一句吴语的长句，表的是情态。

韵味十足。

综观这些吴语小说语言,《何典》显得土气,因此乡土气息足;《海上花列传》显得细密,因此更为传神。《九尾龟》之后,就显得不那么纯正了,一些官话已经夹杂其中,到了《亭子间嫂嫂》也只是留着吴方言的尾巴而已。

(本文原载《文艺研究》2008 年第 1 期)

通俗文学·市民社会·现代性

陈小明

郑振铎在《中国俗文学史》中指出："何谓'俗文学'？'俗文学'就是通俗文学，就是民间的文学，也就是大众的文学。换一句话，所谓俗文学就是不登大雅之堂，不为学士大夫所重视，而流行于民间，成为大众所嗜好，所喜悦的东西。"在中国文学史上除了诗与散文外，像小说、戏曲、变文、弹词之类，凡是不登大雅之堂、为士大夫所鄙夷的文学都被归为"俗文学"。但是"他们表现着另一个社会，另一种人生，另一方面的中国，和正统文学、贵族文学，为帝王所养活着的许多文人学士写作的东西所表现的不同。只有在这里，才能看出真正的中国人民的发展、生活和情绪。"因此，郑振铎认为："'俗文学'不仅成了中国文学史主要的成分，且也成了中国文学史的中心。"

范伯群在《中国近现代通俗文学史》绪论中，对中国近现代通俗文学也作了一个精辟的界定："中国近现代通俗文学是指以清末民初大都市工商经济发展为基础得以繁荣滋长的，在内容上以传统心理机制为核心的，在形式上继承中国古代小说传统为模式的文人创作或经文人加工再创造的作品；在功能上侧重趣味性、娱乐性、知识性与可读性，但也顾及'寓教于乐'的惩恶劝善效应；基于符合民族欣赏习惯的优势，形成了以广大市民阶层为主的读者群，是一种被他们视为精神消费品的，也必然会反映他们的社会价值观的商品性文学。"

这两种定义，既体现了通俗文学源远流长的历史发展，也显示出了研究者对通俗文学认识与界定的历史性递进。学界往往认为通俗文学注定是一种民间文化形态，它意味着传统的和非现代性的，而只有知识分子的纯文学、雅文化才代表着承担启蒙内涵的现代性立场。这种通俗文学观念，直到20世纪80年代依然得到学界的普遍认同，但是，我们如果借助于西方市民社会与现代性理论，可以从上述定义中读解出通俗文学（主要是近现代通俗文学）与构建市民社会、推进现代性进程的特殊关系。换言之，通俗文学作为一种民间文化形态，与现代性并不必然处于对立状态，正如所谓雅文学并不必然体现现代性一样，相反，近现代通俗文学产生的特殊性，使它对推进现代性进程发挥了独特的作用。

所谓的市民社会是基于欧洲18世纪以来的政治史而衍生的一种理想模式，是一种关于现代性理论的陈述。它经由黑格尔、哈贝马斯、泰勒等人的论述，业已成为西方重要的思想理论资源，近年在国内也引起广泛的讨论。西方学者提出"市民社会"这个概念的目的就是要建立一个独立于政治国家而具有自主性的社会。只有建立这样一个自主性的社会，人们才可能与政治国家相抗衡。市民社会是自由化的一个重要环节，在市民社会中，个人的意志得到了肯定，这是现代性的最大成就。泰勒认为，市民社会是"一个自治的社团网络，它独立于国家之外，在共同关心的事物中将市民联合起来，并通过他们的存在本身或行为，能对公共政策发生影响"。他在《公民与国家之间的距离》一文中还指出："在任何有所作为的市民社会中，都存在着两种机制。自从18世纪以来，相关议题的著作便对这两种机制赋予十分崇高的地位。其中一种是公共领域。在公共领域中，整个社会透过公共媒体交换意见，从而对问题产生质疑或形成共识。另一种则是市场经济，主要功能须于经由谈判达成互惠的协定。"显然，我们所说的与通俗文学相关的"市民社会"与西方学者的"市民社会"是有相当区别的，事实上，中国近现代历史上也没有产生这种严格意义的市民社会。我们所借助于这一概念的基础，是市民社会构建过程中市民阶层与报刊媒体的特殊作用。

西方学者所谓的市民社会，是西方资本主义社会发展到一定阶段的产物，是以强大的城市市民阶层为根本基础的。而近现代中国通俗文学产生的背景恰恰是上海这个现代化的工商业中心。工商业的发达使上海这个昔日的渔村变成为东方第一大都市，也培育了最早的中国市民阶层。这些新兴的都市市民迫切需要摄取大量的信息，面对都市紧张生活节奏所带来的单调和疲劳，他们也迫切需要休息和娱乐，以便在高速的生活运转中得到片刻的喘息。于是报章的副刊应运而生。同治十一年（1872）《申报》创刊，以后出现了《余兴》栏，刊载"游戏文"。又在"民国六年一月起，特辟《自由谈》并于第五张另辟一栏，名曰《老申报》，载'四十余年之回顾'，并摘取本报四十年所载之奇闻异事，及政治、风俗、诗歌、游戏文等，以飨阅者"。（申报馆五十周年纪念《最近之五十年》）当文艺性的副刊不能满足市民娱乐消遣需求时，就开始创办专业性的文艺刊物。它们不再是报纸的附庸，但也不可能脱离都市性和商业性的制约。与此同时，现代先进的物质技术如印刷、造纸等也支持了这一要求。据张静庐《中国出版史料补编》统计，上海从20世纪初到30年代初，印刷工业增长了六倍。到1924年止，全国有较大规模的造纸厂21家，其中10家就是在上海及周边市县。这些都成为现代通俗文学产生的必备条件，可以说，如果没有上海的工业发展与城市的现代化，没有现代市民阶层与报刊媒体，也就不可能有19世纪末20世纪初的通俗文学热。

哈贝马斯在《公共领域的结构性转型》中论述公共性原则功能转移时曾指出，这种转移清楚地体现在公共领域的突出机制，即报刊的转化之中，一个突出的表现就是"报刊的商业化，商品的流通和信息的交流达到了同等的水平，在私人生活内区分公共领域和私人领域的明确分界模糊了"。这种对报刊在公共领域功能转换过程中特殊作用的高度重视，与另一种所谓"印刷资本主义"的说法颇为相近，它们都指大众文学在建构民族性的过程中发挥的关键作用，因为印刷资本主义提供了人与人、群体与群体之间进行直接交流的可能性。显然，在中国现代市民阶层和通俗文学的产生过程中，印刷媒介的作用是不可低估的。但是，必须指出，中国的市民阶层与印刷媒介的作用，并没有最终形成一个西方意义上的"市民社会"，我们现在所说的中国"市民社会"主要指近现代文学史上已经出现并以其自身的方式生存发展的现实性的文化空间。它们所代表的民间是与国家相对的一个概念，民间文化形态是指在国家权力中心控制范围的边缘区域形成的文化空间，也是与纯文学相对而又相伴的另一个文学空间与文化空间，两者共同构成了一部完整的中国现代文学史。

与"市民社会"概念密切相关的是"现代性"问题，前者本身就是后者的一种理论性陈述。按照一般的观念，通俗文学作为一种民间文化形态，即使不与现代性背道而驰，也与现代性没有多大关联。而现在的研究却一再证明了通俗文学在现代性进程中的特殊作用。这不仅表现在它们对中国现代文学现代化进程的推动，而且也表现为通俗文学对主流意识形态的制衡。其实，现代性本身就是一个悖论式的概念，它本身包含了内在的张力和矛盾。汪晖在他的长文《现代性问题答问》中曾对此做过详尽的剖析。他还指出，从精英的角度反对通俗，与从通俗的角度反对精英，都没有摆脱现代性的基础逻辑。重要的是，所谓的精英理想是什么样的理想，世俗生活的实际内容和方式又如何。在一个到处高扬着精英理想的社会里，这个理想本身可能成为压抑性的工具，但在另一个到处充斥着世俗化权力的社会里，媚俗的趣味和世俗的权力的结合，也会扼杀挑战这个权力体制的批判潜能。所以，传统的通俗文学观则应该重视通俗文学这种民间话语对主流话语的挑战潜能，以及它所独具的现代性特征。比如，在20世纪90年代的历史情境中，国内通俗文学、大众文化与消费文化的兴起就不仅是一个经济事件或文化事件，而且是一个政治事件，因为它们对公众日常生活的渗透实际上打破了官方意识形态一统天下的局面，完成了一个统治意识形态的再造过程，某种程度上也拓展了知识分子的言说空间。其中所显示出来的现代性特征显然是不言而喻的。

可能正是基于这样的认识，通俗文学、大众文化研究也愈来愈受到重视。英国的伯明翰学派，早就针对贬低否定通俗文化的精英主义倾向提出过批判。威廉斯尖锐指出，由于通俗文化的发展带来了文化趣味和价值观念的变化，构成了对上层知识分子和当权者已享有的特权的威胁，他们攻击通俗文化，乃是企图重新肯定自己在原有文化秩序中的特权地位的政治行为。费斯克也认为，大众文化所产生的快感，成为一种对等级秩序和权威控制进行抵抗的重要资源，为我们提供了一个抵御意识形态的有限自由空间，属于身体的快感也就成为了意识形态的对立物，具有了积极意义。对于后现代主义者来说，更是将整个社会的文学艺术乃至全部文化现象，包括那些大众性、通俗性、商业性的流行文本，都纳入文学研究、文化研究的范围。以往我们所摒弃的仅仅对主流文化起装饰和润滑作用的通俗文化，由于其令人敬畏的巨大数量、声势以及特有的传播方式，使得人们无法忽视。即使是大众文化批判理论，他们批判的对象也不是大众文化本身，而是大众文化的体制化，是现存文化秩序的理论化、合理化，这与我们所说的对通俗文化、大众文化的高度重视并不矛盾。

中国文学的现代性是一个颇有意味的话题，人们总是会问，一个尚未完全现代化的国家能否产生自己的现代文学。其实，通俗文学的实践让我们意识到，对中国文学现代性的理解也应该取多元的视角，可以将其视作一个开放的写作空间，并借助一些西方的理论资源对其进行新的解码。我们将通俗文学与市民社会、现代性问题捉置一处，就是想尝试用一种新的解码方式来对通俗文学的现代性略加阐述。至于是否可行，尚有待学界的批评。

（本文原载《文艺报》2001年12月25日第3版《理论与争鸣》栏目）

个人主义、穿越史观与共同体诱惑
——论"网络穿越历史小说"的"三宗罪"

房 伟

"穿越"题材是中国网络小说中非常"怪异"的亚类型。"玄幻"可追述到民国的还珠楼主,"惊悚"有蒲松龄的狐鬼花妖,二者又可共同追述到古典志怪小说传统,言情、校园、科幻、武侠、黑社会等题材也早已出现。它们借着网络平台,又有了类型化发展。"穿越"比较奇怪。虽然唐代沈既济的传奇小说《枕中记》,明代董说的小说《西游补》,也曾出现"时空穿梭"情节,但它其实源于清末民初"乌托邦政治小说",在西方则有马克·吐温的《康州美国佬在亚瑟王朝》,这些小说由于现代性时空的植入,使现代与前现代逻辑发生碰撞,如梁启超的《新中国未来记》,陆士谔的《新中国》等。作为类型而言,它既是通俗历史小说的"亚类型"变种,又与言情等类型发生交叉关系。然而,作为普遍的历史消费与现代想象,穿越历史小说,又是中国网络文学"独有"的。当下世界文学范围内,恐怕再也难找出像中国这样的"穿越"热情——无数作者和数量更庞大的男女读者,期待逃离现实,在令人咋舌的时空疆域,苦苦地进行"意淫"。女性回到古代成为成功男人追逐的"女神",男性则改写历史,四方争霸,抵抗外侮,建设现代化强国。正统文学批评家往往嘲笑它的"荒诞不经",但无法回答一个问题,即这么荒诞的东西,为何被大众广泛认可?从个人主义、穿越历史观与共同体想象三个角度,我们可以更深刻地认识网络穿越历史小说的发生机制、潜在文化逻辑和精神困境。

一

为什么中国会出现这种类型化的叙事文学?从表面上看,这些穿越历史小说,都属于消费文化发展的产物,反映了类型化的社会接受心理需要,是"感受一下80后、90后所背负的巨人压力,学业、升职、房价、婚姻等,每一样都无法轻松对待,我们应该可以理解这些女孩为什么在面对《步步惊心》时会倍感轻松"[1]。有的学者认为,穿越历史的文化心理,反映了"使人类在文学想象中实现了对自身既定时空规定性局限的超越,体味到最大的精神自由与快乐"[2]。而从深层次而言,我们却发现,这些穿越历史的小说,实际表现出了中国社会深层次的个人主义与共同体诱惑、历史观念的纠葛。

首先,网络穿越历史小说,表现出怪异的"个人主义气质"。汉学家普实克认为,个人主义、主观性与悲观主义,是中国新文学的三个基本特征[3],个人主义的"发明",通过第一人称运用、大量心理描写、主体意识来建构,如中国现代文学的发轫之作《狂人日记》。柄谷行人的《日本现代文学的起源》,也提出"内面的人"的概念。然而,个人主义并非仅通过"内面"的自我告白来实现,个人主体与世界的"征服"关系构建的外在主体意识,也是个人主义的表征。考察西方早期现代小说,《鲁滨孙漂流记》有很强的主体意识,却没有普实克说的"悲观性",或柄谷行人的"内面告白",其主体的外在扩张性非常强,小说有"不断扩展"的世界时空观,"荒岛"成为野蛮世界的象征,与文明世界形成"对峙性"关系,闪烁着清教徒冷静务实的态度、资本扩张的野心与顽强主体意志。西方的个人主义强者谱系,还有伏脱冷、拉斯蒂涅、于连、卡刚都亚等。纵观中国现当代文学,只有《子夜》的吴荪蒲、《雷雨》的周朴园等才有类似特点。进入20世纪,当小说走入自身趣味的反面,从通俗文艺上升为高雅艺术,当文艺复兴式的个人主义强者观念被怀疑与悲观所笼罩,荒诞意识、意识流、后现代符号狂欢等概念才流行起来。

新时期以来,个人从革命与民族国家的宏大概念挣脱,表达自我建构与认同,然而总体基调阴暗悲观、或阴柔和美。20世纪90年代,当个体的人,在市场与政治规训结合前提下,被抛入资本、个体身份的全球化流动,以个体的内倾化压抑为代价,获得物质财富与存在感,其个体尊严、自由和自我实现,就只能以"反讽"的姿态存在,如王朔。这种"反讽式"个

---

[1] 龙柳萍. 接受美学视域下的网络穿越小说:以桐华《步步惊心》为例 [J]. 柳州师专学报,2012(4):38-40.

[2] 李玉萍. 论网络穿越小说的基本特性 [J]. 玉林师范学院学报,2012(4):17-20.

[3] 普实克. 普实克中国现代文学论文集 [M]. 李燕乔,译. 长沙:湖南文艺出版社,1987.

人姿态,其基本倾向是回避"内面",几乎没有"自我"的"告白"。[1]然而,王朔式的个人主义以虚无的激愤外表,掩盖宏大叙事冲动,其个人主义面目,既无"内在性",又无外在"强悍气质",就流于"痞子式"的模糊。纵观90年代以来的小说,这种以歌颂强者、具资本意味的个人主义,始终被放在"道德批判"的纬度,如王刚的《月亮背面》。"新现实主义"小说家笔下,暴发户与私企老板,无不贪财好色、愚蠢丑陋,个人素质低下,如《分享艰难》的高大肚子。20世纪90年代个人主义还借助"欲望叙事"取得话语合法权,如《上海宝贝》的倪可,但这类欲望叙事必须有"纯文学"语言外壳,才能模糊意识形态性。有的批评家将这类"欲望个人",称为在"个体性"与"人民记忆"之间,以"无主体的主体"的虚无面孔。[2] 陈染式的"私语个人主义",则表现为对隐私和身体领域的执拗关注,以此表达对群体参与性的恐惧。"新编革命历史小说"如《亮剑》《历史的天空》,也有"曲折"的个人主义诉求。"如果说,革命英雄传奇仍重视书写革命传奇,那么新革命历史小说书写的则是个人的传奇。如果说前者的革命英雄是人民战争中涌现出的优异代表,后者则是靠着个人天赋从底层通过个人奋斗终于出人头地的个人。"[3](也有积极的尝试,如关仁山《麦河》的资本家曹双羊的形象)。直到21世纪,"纯文学作家们"依然无法完美地处理"个人主义"问题。"个人主义"在21世纪"被分裂"了,一些作家热衷描写"失败个人",将"内面性"推向极致,如贾平凹的《秦腔》以傻子引生为叙事主体,讲述中国乡土消失的现代化进程,野心勃勃的个人主义英雄,被抽象为金钱或权力符号,如阎连科《炸裂志》的孔明亮,或被夸张为成功的粗鄙代言人,如余华《兄弟》的李光头。纯文学小说家写尽"个人主义者"的粗鄙、丑陋与狠毒,却无法写出他们反抗现实的强悍意志,实现自我的勇气与开拓进取的精神。特别是在中国发展为世界第二大经济体的语境下,纯文学作家们对个人主义的表述效果与真实性,显然有所欠缺——对普通读者而言,这种对个人主义的处理方式,并未使他们形成强大的心灵共鸣与情感信赖。从这个意义上讲,郭敬明的《小时

---

[1] 黄平. 反讽、共同体和参与性危机:重读王朔的《顽主》[J]. 中国现代文学研究丛刊,2013(7):51.

[2] 张颐武. 在边缘处追索:第三世界文化与当代中国文学[M]. 长春:时代文艺出版社,1993:82.

[3] 刘复生. 蜕变中的历史复现:从"革命历史小说"到"新革命历史小说"[J]. 文学评论,2006(6):65-72.

代》,尽管肤浅庸俗,却也带来了一些别样的、确有"中国本土特质"的个人主义想象——尽管是片面的、物质性的。

所有文本想象,必定有现实的欲望焦虑。当考量那些网络穿越历史小说,就会发现,那些通俗又荒诞的穿越故事中,都有着"鲁滨孙"气质的男性或女性的"个人主义者",如《梦回大清》的都市白领小薇、《传奇》的女编辑苏雪奇、《篡清》的公务员徐一凡、古龙岗《发迹》的何贵、有时糊涂《民国投机者》的楚明秋。他们有时也是某些"附身"历史名人的穿越者,如酒徒《指南录》穿越版"文天祥",鲟鱼《我成为崇祯以后》穿越版"崇祯";或附身于平凡小人物,如月关《回到明朝当王爷》的杨凌;或名人平凡亲属,如李小明《隋唐英雄芳名谱》穿越版的宇文士及私生子"李勒"。这些个人主义者,甚至是被"中国灵魂"附身的"外国古人"或"原始人",如实心熊《征服天国》的欧洲中世纪少年伦格、老酒里的熊《回到原始部落当村长》的原始部落酋长赵飞。然而,这些男女穿越者有一些共性,现实中他们都是生活在城市的普通人:小公务员、失败杀手、女白领、失足妇女、小职员、退伍兵、破产商贩、小工程师、厨师、穷学生、下岗工人("穿越前"的文化身份,没有一个是农民,这也暴露出网络穿越历史小说"非乡土"的都市现代性特质);而穿越时空,他们也只是历史"失败者":意外闯入者、奴隶、盐民、流民、土匪、士兵、赘婿、被废太子、末代君王、失宠妃子、家族弃子。然而,当代与历史之间,却存在约定俗成的"叙事反转",即普通人穿越到历史时空,就会改变"个人"命运,取得人生成功,甚至改变历史,以"蝴蝶效应"影响当下现实。"穿越"的心理暗示,让读者无视故事情节漏洞和人物延续性,在对历史的改造中,完成了个人主义"自我认同"与"自我实现"。无论成为明君霸主、战神,或宫廷宠妃、古代女主,或绝世良医、商业大鳄、武林高手、风流文豪、考试高手。这些野心勃勃的个人主义者,依靠现代人的知识、眼光、思维模式,及对历史缺陷的"未卜先知",不仅拥有金钱和权力,更重要的是实现马斯洛说的情感和归属的需要、尊重的需要,自我实现的需要、自我超越的需要。他们建功立业,开疆拓土,建设现代制度,发展现代文明,成就现代强国,或成为男性仰视的女强人。在穿越者身上,那些被中国文学遮蔽的个人主义强者气质,被展现了出来。历史与现实形成尖锐对立,这些穿越者们,充满了"征服"的幻想,征服前现代,征服历史,征服异族,征服世界,进而塑造真正强大的"现代自我"。

同时,这也是一个"传统伦理崩溃和重生"的过程,那些曾束缚个人意志的意识形态，都在穿越历史、改造历史过程被重审——无论五四式启蒙，还是革命叙事、儒家意识。这些穿越者，赤裸裸地谈论利益，在后宫勾心斗角，或在商场与政界"扮猪吃老虎"。任何宏大话语的"责任体系"，都必须建立在"个人主义"的基础上被重塑，而对财富与成功的渴望，使得这些穿越者充满了"资本的魅力"。如古龙岗的《发迹》，穿越大学生何贵，借助创意学和经济学知识，在清代建立商业帝国。阿菩的《东海屠》，穿越者东门庆，凭借野心和计谋，虚构了明末的大航海时代与殖民浪潮。老白牛的《明末边军一小兵》，穿越者王斗只是明末边军的小兵，他奋力杀敌，加上现代军事知识，成为一方枭雄。这些个人主义气质，在女性穿越小说中表现得更曲折隐晦，然而，那些在现实中灰暗压抑的女性，却在历史的穿越中，曲折地实现了"女尊"的个人理想。如浅绿的《错嫁良缘之洗冤录》，把现代的法医素质与方法放到古代时空中，让原本平凡的女子运用现代法医的手段屡破奇案，声名远扬。桐华的《步步惊心》，穿越小白领若曦，倔强任性，和阿哥斗嘴、和格格打架，却让众多优秀男士为她倾倒，而她也不自觉地卷入了九王夺嫡的历史风潮。

　　史蒂芬·卢克什曾区分两种现代特征的"个人主义"："一种是个体与其角色，与其目标和决心相关的独特画面。个体显示其角色距离，勇敢面对所有可能的角色，原则上是能够随心所欲地接受、扮演或放弃任何一个角色。作为独立自主的选择者，他在行动、良好的观念。生活计划之间做出决定。具有这些本质特征的个体作为一个自治的、自我指导的、独立的代理人思考和行动；而另一种则是个体很大程度上和角色认同，被角色界定，他与目标和意愿的关系，较少由个人选择来决定，而是通过知识和发现来决定。自我发现、相互理解、权威、传统和美德在此至关重要。我是谁？这个问题由我所继承的历史，我所占有的社会地位以及我被装载的职业道德来回答。"[1] 新时期以来的纯文学书写，"个人主义"话语主题，主要描述卢克什说的"第二种个人主义"，无论具宏大色彩的伤痕、反思小说，还是王朔式的痞子写作、激进的先锋小说、身体写作，新历史主义书写，"个人主义"的关注点更多放在"对稳定价值观缺失的关注""对自我与社会角色差异性的体验""对成为某个群体部分的强烈渴望"。[2] 怪异的

---

[1] 贺美德，鲁纳."自我"中国：现代中国社会中个体的崛起[M]. 许烨芳, 译. 上海：上海译文出版社，2011：180.

[2] 贺美德，鲁纳."自我"中国：现代中国社会中个体的崛起[M]. 许烨芳, 译. 上海：上海译文出版社，2011：204.

是，如网络穿越历史小说这样的"通俗文本"，个体作为"自主的人性自我"，反而得到了很好地表达。那些穿越者，不但表达了对自由、民主、尊严的渴望，且充满了从"自我内部"发现意义的能力。他们不再是群体边缘人，而是主动的创造者和主体的英雄。他们在历史中有"主动选择"的能力和意愿。邹邹的《清朝经济适用男》虽也写穿越女工程监理与皇子的纠葛，但描述重点在齐粟娘的女性主体选择——她有非凡才华，也深爱老实厚道的小官员陈演，拒绝成为十四阿哥、漕帮大当家连震云等男性的玩物。天使奥斯卡的《篡清》，穿越者徐一凡铁血改革清末军事，他嘲弄维新变法的虚伪与革命者的天真，赤裸裸地割据朝鲜，防止甲午民族悲剧重演，也实现了"对抗贼老天"的理想。欧阳锋的《云的抗日》，穿越者欧阳云，回到热血岁月，凭借浑身功夫与报国之心，带领同胞，成就了"伟大的胜利"。

二

然而，我们可以将这些个人主义气质的通俗小说文本，简单看作鲁滨孙式的个人英雄的中国穿越版本吗？这些主体自我想象背后，也表现出对"共同体"的热切参与与主动建构的热情。这些共同体诱惑，不再以宏大叙事名义（如革命、现代化），压制"个人主义"，而呈现出在此基础上的新民族国家叙事姿态。王绍光认为，发轫于 20 世纪 90 年代的市场经济转型，使市场原则侵入非经济领域，成为整合社会生活（甚至政治生活）的机制，从而导致 1949 年之后建立的"伦理型经济"的全面崩溃。[1] 其实，这也是"重建伦理"的过程，不过这个伦理不是革命和家庭伦理，而是"个人主义"新伦理，即保障个人自由、尊严和生存发展权，支持自我实现和自我认同，鼓励个人责任义务与物质回报相结合。正如张旭东所说，"目前的挑战正是：要在新的社会经济状况和文化状况中寻找一种重新想象民族的方式。这种话语将建立在复兴的乌托邦期待之上——后革命时期世俗化过程并不只是撕下了一个半农业和半斯大林政体的规范和禁忌，同时也将历史悠久的市民社会制度和意识形态留待历史检验。世俗化不仅蔑视传统的政治，几乎无私地追求一种新的，在社会经济方面得到界定的自我；它还在其庸碌的俗常生产、消费、交际、实验和想象中创造了新的可能的共同

---

[1] 王绍光. 波兰尼《大转型》与中国的大转型 [M]. 北京：生活·读书·新知三联书店, 2012：101.

体，创作出参与、文化与民主。"[1] 中国自20世纪90年代开始的劳动力、商品和资本的自由流动，在促进国家经济转型的过程中，产生"新民族主义"要求。这种复兴的乌托邦期待，包含着新的想象和民主自由的要求——既不完全同于西方的民族历史过程，也不同于中国近百年的历史规定性。

同时，民族国家想象，又是个人主义"无法选择"的共同体诱惑。合理的民族主义，必须建立在公民权利基础上，民族主体必须首先是他或她的个人的利益主体。中国和欧美社会的一个不同在于，中国依然存在着巨大的社会共同体的想象冲动。中国的民族国家意识正在发展之中，现代高度发展的市场经济，富裕的民众生活，民族国家的文化凝聚力，高度发达的民主自由、公正的政治体制和开放自由的公民话语空间，都是现代民族国家意识的重要发展内因，"中华民族的伟大复兴"也作为重要口号，被执政党提出来。然而，现实生活中巨大的两极分化，强大的生存压力，腐败、炫富和文化体制的相对不自由，都使民族国家想象一方面似乎成了唯一能被官方和大众双向接受的合法想象；另一方面，却又存在严重偏颇性，五四运动以来文学的民族国家叙事，无不是在巨大的意识形态符号束缚之下，以牺牲个体生命的价值和意义进行的，有"压倒了启蒙"的救亡，也有"领导一切"的革命。只在20世纪80年代后，当革命化的均质社会趋向解体，个人主义浪潮再次出现，并以欲望叙事等特征，成为对个人价值的肯定，个人主义话语才在社会公共空间中逐步占据了一席之地。然而，这种"个人主义呼唤"，并未在主流意识形态，特别是官方形成相应伦理权威和制度保障，从20世纪90年代的主旋律文艺到21世纪以来层出不穷的抗战剧，就可看出端倪。民族国家叙事，是当前"最大的"合法性话语，无论何种个人主义话语，在历史领域的书写，如果不借助民族国家叙事，就很难在潜在文化心理认同上取得成功，也很难取得主流默许，进而在商业上获得成功。

对这种产生于20世纪90年代的"新民族国家想象"的共同体意识，张旭东认为，"尽管城市中产阶级或职业白领阶层没有对抗政府的自由，但他们还是形成了一种属于自己的半自主社会和文化空间，结果，在一个初生的中国公共空间里就出现了新一代的民族主义者：正是市场蓬勃而普遍的发展以及国家力量不断撤退和去中心化，创造出了这个巨大的话语空间。

---

[1] 张旭东. 全球化与文化政治：90年代中国与20世纪的终结[M]. 北京：北京大学出版社，2014：127-128.

换言之，如果他们是集体归属感的因素，他们既有世界主义的渴望，也几乎宿命般地认识到了世界主义的局限，他们的民族主义既是一种对欧美在早先历史时期所实现的民族主义的理性效仿，也希望在认同已变得均等而单调的时代里维持某种中国性。"[1] 尽管张旭东夸大了市场社会作用，并忽视政府的动员和意识控制能力，但他还是敏锐地指出了一个问题，那些《中国可以说不》等粗浅通俗民族国家政治读物，其实正透露出"新公共空间"对"重建共同体"的诱惑与焦虑。随着大量城市自由流动的职业者的出现，原有计划体制的国家宏大话语失效后，都市自由民和主流意识形态其实都急切地需要某种宏大共同体理念，进行归属感的认同。主流意识形态通过对红色资源传统和民族文化传统的改造，在主旋律式的杂糅与整合下，逐渐形成了新权威表述方式，而那些发自都市文化空间，一开始是报纸、出版物和影视、广播等传统媒介，21世纪后，逐渐转变为网络为平台的博客、论坛、微博、微信等的公共空间，产生了新共同体诉求，网络穿越小说，恰有这些"新共同体诉求"的言说痕迹。

与主流塑造的认同方式有差异，民间自发的民族国家意识，展现出了更为宽阔的包容意识，在穿越历史的过程中，大量的作者呈现出了熔铸他者，再造自我的勇气和魄力，这些小说不仅体现为现代性对前现代的征服，也同时表现为对传统与现代，东方与西方等不同文明形态、文明阶段概念的"尊重"。各种文明形态和意识形态，都在个体生命的自由和尊严的基础上，去除偏见与强制，保留激情和理想，重新熔铸一炉。在小说叙事形式上，则表现为更宽广的叙事时空与宽松的心态，一切风花雪月的爱情，如同一切金戈铁马的征服，都在个人主义的基础被重新立法，并赋予了民族国家以新的想象。路易·加迪在谈及中国人的历史观时，认为"宽广的历史全景"和以中国为中心的"内观法"是其独特内涵，不同于欧洲史家"专注一国"的态度。[2] 而网络穿越小说中，我们在现代性基础上，重新恢复那些全景式和内观法的史观建构。"世界史"正在变成"中国史"想象。[3] 实心熊的《征服天国》，中国少年穿越中世纪，在圣城耶路撒冷，重现了骑士精神的骄傲与荣耀。红场唐人的《燃烧的莫斯科》续写《这里的黎明静悄悄》，表达了对苏联红色理想主义的怀旧和对专制主义的批判。

---

[1] 张旭东. 全球化与文化政治：90年代中国与20世纪的终结[M]. 北京：北京大学出版社，2014：107.

[2] 加迪. 文化与时间[M]. 郑乐平，胡建平，译. 杭州：浙江人民出版社，1988：54.

[3] 房伟. 穿越的悖论与暧昧的征服：从网络穿越历史小说谈起[J]. 南方文坛，2012（1）.

很多小说也表现出对中国传统文化的尊重，如衣山尽的《大学士》表现出对中国古典文化知识细节的描述，从琴棋书画，到漆器和木器的制作，从文采诗歌，到典章制度，甚至对八股文，也没有彻底否定，而是以精彩的考试制度，写出中国传统文人历史感非常强的生活场景。愤怒的香蕉的《赘婿》则表现了对儒学活用与现代性转化的哲学性思考。贼道三痴的《上品寒士》利用清秀流畅的语言，写活了魏晋风物想象。文人雅士的诗画琴笛，宴饮交游，道家修仙与医家救人，魏晋的风评人物制，都被细腻呈现出来。而他的另一部作品《雅骚》则让穿越者张原来到万历朝，逼真地为我们描述了明代的文人趣味。

我们甚至看到很多历史"另类想象"，原有的民族对立、意识形态对立，似乎都能在这些新"包容性想象"得到新的解决办法。而这些包容性想象，有的是更宽泛的民族主义，如龙德施泰特的《另一种历史》，重新改写了中国近现代史，在抗战胜利的历史关头，让国共继续合作，对抗苏联入侵，直至建立两党制的美国式现代文明强国；有的则表现为对革命理想主义的留恋与反思的双重情绪，如豫西山人的《重生之红星传奇》以红军湘江惨败为背景，描述了刘一民从红军战士成长为军长的经历，既写出了对革命叙事的怀念，也写出了对左倾主义的痛恨；有的则试图在大中华议会制度下实现民族的和解与共同繁荣，实现以商业立国的理想，如阿菩的《边戎》，写了一群穿越者，在疑似北宋末年的朝代，建立现代民族国家的努力；也有些小说表现出对西方现代性征服模式的反思，酒徒的《家园》没有将草原民族和汉族对立，而是写出了各自的文化魅力和内涵，而长城上矗立的那把威武不屈的大槊，最终让李旭拼死守卫战场，也让幽州大总管罗艺放弃了让异族进长城的念头。《家园》表现出的守望家园的和平意识、英勇无畏的民族精神，以及文化交流的开放姿态，无疑是穿越小说的新民族国家叙事最好的注脚。在这种新的民族国家意识之下，很多穿越历史小说，也出现了对历史人物的重新审视，特别是那些经过五四运动启蒙和革命意识形态双重改写后的历史人物。例如，庚新的《刑徒》，将汉高祖刘邦塑造成了无能的混混，而将吕雉描述为深明大义、聪慧善良的女人。大爆炸的《窃明》质疑袁崇焕的民族英雄身份，以民族国家意识，对袁擅杀毛文龙，与后金私自媾和等行为进行了谴责。天使奥斯卡的《篡清》，对晚清著名历史人物的"重审"，颠覆了中国近代史对戊戌变法的"启蒙进步"描述，光绪的无能软弱、慈禧的阴毒自私、康有为狂热的名利欲望、翁同龢的首鼠两端，都被作者写得淋漓尽致。

灰熊猫的《伐清》则是这类以民间民族国家想象，"重新设计中国现代道路"穿越历史小说的代表。穿越者邓名来到了清朝初年的四川，在他的帮助下，反清复明的力量大大增强。然而，和一般的穿越历史小说不同，该小说的重点并不在民族复仇上，而是试图在民族和解、双赢的思路下，通过互惠的双边贸易、海外殖民贸易，配合强大的科技创新，实现一种类似"欧盟"的民族国家联合体的经济和政治体制。在这个思路下，邓名重视发展军事，更重视发展商业和科技，注重现代法律和议会制度建设，甚至主动给自己的权力套上枷锁，容忍不同派别和政治思想的存在，兼容并包，共同发展。在他的带领下，贸易联盟不断扩大，这种经贸和政治合作的方式，团结了周培公等江南各省总督、李定国等各类反清势力，甚至清政府和吴三桂。而联合政府的立国思想，正是在资本主义充分发展的前提下，充分发挥每个人才能的"个人主义"。当书院的学生寻问邓名的做法的原因，邓名回答：

"你们中有的人有农业的才能，会培育出高产的作物；有的人有工业的才能，能设计制造出精巧的机器；有的人有文学的才能，能写出脍炙人口的文章；有的人有绘画的才能，可以描绘壮丽的山河……如果没有机会学习，你们的才能就会被埋没，太阳日复一日地起落，但我们的生活没有丝毫的改变。只有你们的才能施展出来，才能改变我们的国家，让我们永远不受到野蛮人的威胁，让我们的子孙享受到他们祖先无法想象的生活；因此你们要学习，当你们找到了你们的才能时，我们的国家和民族就有了光辉的未来。"

在灰熊猫的民族国家想象中，"邓名的中国"，摆脱了中国近代史和世界现代史，血腥杀戮立国的权力更迭，既是一个现代国家，有着欧美式的民主制度，又符合中国的国情，有着在个人主义基础上，独特的人性化魅力：

"我的志向？"邓名哈哈一笑，"我希望驱逐鞑虏后，院会里坐满了来自全国的议员，他们代表着全天下的百姓……"说到这里邓名突然停住了，他本想说希望议员们会在他进门时全体起立鼓掌，出门时议长会说："我们代表全体国民，感谢您多年的为国效劳。"

三

从中国文学的历史问题入手，我们也可看到网络历史穿越小说的"独特微妙"之处。如果说，惊悚、玄幻等网络小说类型，利用网络消费平台，完成通俗文学的市场化发育，那么，穿越历史小说则充分地利用了历史想象的政治性。假如网络穿越历史小说也有很强的消费性，也是建立在现实政治焦虑基础上的历史消费。考察20世纪90年代以来中国文学处理历史问题的方式，我们能发现从"戏仿"和"戏说"到"穿越"的逻辑变化轨迹。

"戏仿"是一个后现代主义理论语汇，在20世纪90年代的小说中，戏仿是我们理解小说与历史关系的切入点，王小波的《红拂夜奔》、苏童的《我的帝王生涯》、刘震云的《故乡相处流传》、李冯的《我作为英雄武松的生活片段》《孔子》、阎连科的《坚硬如水》等，都有"戏仿"的特征。华莱士·马丁认为："戏仿本质上是文体现象——对一位作者或体裁的种种形式特定的夸张模仿，其标志是文字上、结构上或者主题上的不符。戏仿夸大种种特征以使之显而易见，它把不同的文体并置在一起，使用一种体裁的技巧去表现通常与另一种体裁相联系的内容。"[1] 无论是作为文体的互文性，还是作为修辞性，戏仿所要表达的历史观，往往是对权威的历史观念，历史事件和历史人物的挑战和道德嘲弄，它们要表达的，往往是更具个人化的、颠覆性的，甚至有几分狂欢化虚无色彩的文本。因此，王小波将"风尘三侠"的故事，变成了数学流氓、神经歌手与变态杀手的情感纠葛；刘震云笔下，曹操变成了满嘴河南脏话，喜欢玩女人和大铁球的败类；李冯的笔下，武松变成了胆小鬼，苏童的帝王则变成了玩命的走索艺人；阎连科的视野中，伟大的无产阶级革命变成了高爱军的性爱狂欢。可以说，戏仿有强烈的消解历史宏大叙事的效果，无论启蒙还是革命，在戏仿的参照下，都被剥夺了宏大的权威性。

然而，和戏仿这样纯文学色彩极强的语汇相比，还有些适合影视传媒的、更软性的、商业化的历史处理方式，比如常用在电视剧的所谓"戏说"，如《康熙微服私访记》《戏说乾隆》，这些"戏说"有传统说唱艺术的残留痕迹，评书、京剧等传统艺术，就有戏说的传统。历史与个人主义的关系，在戏说之中，往往更温情，调侃，但"敬畏"依然存在。可以"游戏"着说，但不可"仿"，因为"说"有客体的、旁观者的位置，而"仿"则有主体性的模拟行为。在影视剧这些商业行为更浓厚的文本形式，历史往往因历史人物的世俗化拉近和平民百姓的距离，历史人物也往往能

---

[1] 马丁.当代叙事学[M].伍晓明，译.北京：北京大学出版社，2005：183.

更多地展现出人性化和日常化面貌。如《康熙微服私访记》，康熙皇帝为了了解民间疾苦，不惜装扮成叫花子、矿工和饭店老板，既让民众因为身份差距变化，带来观看趣味，又让百姓认同清官思维。当然，戏说的过程，由于夸张的修辞，也有可能变成荒诞的搞笑，如周星驰根据金庸武侠小说改编的《鹿鼎记》，具有了某些戏仿的成分。

"穿越"历史小说，个人与历史的关系变得更加暧昧。《交错时光的爱恋》（席绢）与《寻秦记》（黄易）是两部早期的穿越小说，它们关注的还是"穿越情节"所引发的浪漫情愫和"历史错位拼贴"所引发的知识乐趣，"戏说"和"戏仿"的味道还很重。然而，2005年后，随着网络文学的兴起，阿越的《新宋》、桐华的《步步惊心》等网络穿越小说再次勃兴，所展现出来的文化含量、意识形态意味和叙事特征，却变得更复杂，读者对此的接受心理，也变得更加丰富。个人主义的诉求，民族国家的共同体诱惑，在历史的解构中，又透露出了极强的历史建构性。历史穿越小说，空间感是不断开拓的，而时间感却表现为历史意识本身的模糊，或者说，更强的当下性，无论穿越到何时空，我们总是以现代人眼光来看待并改造历史——我们明知这是假的，但偏要把它当作真的，并在其中收获心理快乐。这种心理愉悦，并不仅是叙事预先反转导致的张力，已知历史结局与主人公奋斗之间的对立，且是"过去"对"现实"的刺激，现实失去历史感的疼痛，身在"过去"找到了历史存在感，而现在则无从选择，当下生活是疏离的、痛苦的。这种双向的心理张力，其实将叙事者角色一分为二，一个古代的，一个现代的，而且，读者的眼光也由此被一分为二，一个古代的视角，考虑真实性问题，一个从现代的角度，考虑是否满足共同体想象和个人主义主体性。

然而，尽管网络穿越历史小说表现了当下中国对个人主义和新共同体理想的呼唤，但穿越与戏仿、戏说的最大区别在于，穿越并不能真正形成文本内部"可逆性"和"互文性"，却可以形成叙事声音和眼光的"虚拟占有性"。这也是双重的占有性，是对真实性和虚拟性的双重占有。戏仿的可逆性中，反思是存在的，借着过去反思现在，借着现在反思历史。然而，穿越历史中，前提被假设为"真"，又是真的"假"。历史本质论意义的真实被完全取消，而沦为某种游戏的兴奋点。真和假的界限模糊了。历史也就变成了"不可知"的事物，这些不可知的历史残留物不是从颓败废墟爬出的亡灵，而是"当下现实"所腐变成的僵尸。它既是死亡之物，又是在当下的活物。它"非生非死"，却对生和死同样贪婪而执着，它拥有"死

个人主义、穿越史观与共同体诱惑
——论"网络穿越历史小说"的"三宗罪"

亡"的终极不朽性,也拥有"生"的行动性。它的强大在于它的极端心理刺激性(半死),它可以在历史和现实之间,在个人主义和集体性之间,求的某种致命的诱惑。然而,它又只能成为当下社会中国现代性"无法完成"的某种症候性表象。

很多文艺理论家认为,"短暂的20世纪"(霍布斯鲍姆语)的"最后10年"至关重要,20世纪90年代后,是多元代替一元,大历史观念走向终结的时代,大历史观念既指中国现代以来形成的革命历史观,也指新时期新启蒙历史观。20世纪90年代后,又是后现代来临的"非政治化"年代。汪晖称为"去政治化":"对构成政治活动的前提和基础的主体之自由和能动性的否定,对特定历史条件下的政治主体的价值、组织构造和领导权的解构,对构成特定政治博弈关系的全面取消或将这种博弈关系置于一种非政治的虚假关系之中。"[1] 这些去历史化的小说,集中体现在从王朔到王小波、朱文等很多持边缘化姿态的个人主义文学的发展。作家身份也在20世纪90年代开始摆脱集体束缚,以自由撰稿人、独立小说家、甚至网络写手的身份,不断地在标识着一个"孤独的个人主义"的时代的带来。

网络生存的状态,也部分改变了阅读和共享文化空间的方式,甚至可以说,变得更"个人主义"——这首先让我们更少参与公共性普遍伦理和事务,而是"守在电脑前",靠网络虚拟空间形成的社交网络,进行虚拟想象活动。这种网络的文学生产、阅读、传播和评价体系,由于网络虚拟性质,带有更大个人性。后现代社会的重大形态转变就在于,原有民族国家想象这类集体性宏大概念都已失效,而弥散的个人主义导致社会呈现出原子化状态:"后现代性的进程进一步地促进了个人的自由与选择,这使得维持持久的或永久的人际关系变得越来越困难。在后传统时期,我们更容易摆脱那些让我们感到不满意的人际关系;同时,我们也因此平添了对于其他人是否可以信任的疑虑。于是,某些社会资源就会受到削弱,而这些社会资源是共同体赖以存在的前提条件。"[2] 有的说法是,互联网让交往回到部落式地方性认同状态,而"自媒体"(又称"个人媒体",指私人化、平民化、自主化的传播者,以现代化、电子化手段,向不特定大多数或特定单个人传递规范性及非规范性信息的新媒体总称。自媒体包括:博客、

---

[1] 汪晖. 去政治化的政治:短20世纪的终结与90年代 [M]. 北京:生活·读书·新知三联书店, 2008:39.
[2] 霍普. 个人主义时代之共同体重建 [M]. 沈毅, 译. 杭州:浙江大学出版社, 2009:55.

微博、微信、百度贴吧、论坛等）的出现，让自我认同和自我确认，具有更大的民主性和个人主义特征。

但是，"去历史化"只是新时期以来的一种历史思维倾向，伴随着资本市场的发育，城市化进程加快，人际流动性的增强，出走于革命、新启蒙等宏大叙事的中国社会，也在悄悄地增长着对于个人尊严、自由与民主的现代性建构热情。所谓网络"个人主义"，无疑具有很大虚拟性和现实制约性，也有理论家乐观的"理论预设性"。中国的网络文化传播，与西方相比，虽处于全球化过程，但无论是"脱历史"，还是"自媒体"式个人主义，与中国现代性本身发育还有很大差距。在主流政治依然具权威性和执行力的中国，在依然存在巨大发展动力与现代化建设可能性的中国，任何脱离历史的幻象与虚拟个人主义表征，都无法掩盖现实中"建构自我"的诉求。网络个人主义并不能代表中国的真实情境，在传统自由民主体制建设方面，中国还有很多路要走。也就是说，媒体方式的改变，并没有从根本上改变中国社会经济形态和政治体制，不过是将其变得更模糊与不可控。由此，那些网络穿越历史小说中共同体诱惑与个人主义气质，与其说是新媒体时代造成了虚拟认同形态，不如说是网络释放了那些被传统文学和官方意识压抑的现代性渴望，而表现出的对个人权力、自由主义和民间化的民族国家想象的建构激情。陈晓明认为：中国现代文学与西方文学的历史化进程不一样，西方是由个人力比多推演出了伟大历史，而我们由于民族国家和道德的理念过于强大，则由集体性观念推导出大历史。即便我们拆解历史惯性，大历史逻辑也制约着我们时刻身处历史幽灵之中。[1] 那么，是否可以说，这些荒诞不经的穿越历史奢求，这些反"纯文学"的通俗文本，潜藏着"个人"的现实批判和建构渴望？

四

网络穿越历史小说的"怪异"之处，就在于它要表现的"个人主义"，恰不是理论家归纳的后现代主义式的个人主义，而是以虚拟方式书写的，更传统意义上的"自我实现"的个人主义，及民族国家的"共同体诱惑"。因为"所谓现代性从根本上来说不外是现代民族国家主权与现代个人主体

---

[1] 陈晓明."历史化"与"去-历史化"：新世纪长篇小说的多文本叙事策略[J]. 杭州师范大学学报，2011（2）：1-9.

的双重建立"。[1] 这种诱惑,不同于官方意识形态的定义,表现出某些民族国家想象发生之初的表征,如主体的人,对物质欲望的肯定,对资本契约精神的推崇,对男女平等的追求,等等。这些东西恰又不是"戏说"和"戏仿",而充满了建构的热情和自信——也许,这恰是网络穿越历史小说的"中国特色",也符合詹姆逊"永恒的历史化"的判断。詹姆逊认为:"依据表现性因果律或寓言的宏大叙事进行阐释,如果仍然是一种持续不变的诱惑,那么是因为这些宏大叙事本身已经刻写在了文本和我们关于文本的思考中了,这些寓言的叙事所指构成了文学和文化文本的持续不断的范畴,恰恰是因为它们反映了我们有关历史与现实的集体思考和集体幻象的基本范畴。"[2] 在中国狂奔于现代化旗帜的道路上,"穿越历史"似乎并不是为"留恋过去",而是宣告那些"集体思考和集体幻象"——那些铁马金戈或资本兴起的世界征服故事,"男卑女尊"的爱情征服故事,为当下个人奋斗梦想和共同体所诱惑,写下了曲折隐晦的"寓言"。

也许,这些寓言的"荒诞"在于,"最真实"的穿越,就是"最完美"的罪行。高精度的历史仿真游戏,代替历史真实渴求,恰说明了当下历史建构的被压抑遮蔽的缺失状态。由逃离现实和批判现实所组装而成的"穿越历史"征服快感,同样蕴藏着深刻的脆弱和冷漠。然而,正是这些荒诞不经的"穿越"故事,组成了一个仅仅是"表象",而缺乏"实践能力"的世界。正如鲍德里亚所说,"假如没有表面现象,万物就会是一桩完美的罪行,既无罪犯,无受害者,也无动机的罪行,其实情会永远地隐退,且由于无痕迹,其秘密也永远不会被发现"[3]。也许,正是个人主义、共同体诱惑、穿越史观,构成了穿越历史小说的"三宗罪",让一切试图缔造官方宏大叙事的意图遭遇了尴尬的背叛。

(本文原载《创作与评论》2015年2期,《中国人民大学复印资料》第7期全文转载)

---

[1] 旷新年. 个人、家族、民族国家关系的重建与现代文学的发生 [J]. 中国现代文学研究丛刊, 2006 (1): 41-48.

[2] 詹姆逊. 政治无意识 [M]. 王逢振,陈永国,译. 北京: 中国社会科学出版社, 1999: 24.

[3] 博德里亚尔. 完美的罪行 [M]. 王为民,译. 北京: 商务印书馆, 2000: 6.

在多元类型发展中走向成熟

——评 2011 年的中国网络文学

房　伟

2011 年，是中国网络文学持续发展，并走向成熟的一年。虽然，网络文学依旧遭到很多质疑，也存在诸多问题，但类型化趋势，特别是庞大的产业化支撑，都为网络文学提供强劲的后续动力，并使其逐渐成长为中国文学新的特色性文类。据相关统计，截至 2011 年末，全国网络文学用户达 1.94 亿，网络文学作者达 100 万人以上[1]。而有的统计数据则指出，到目前为止，以不同形式在网络上发表过作品的作者人数高达 2 000 万[2]。

一、网络文学与主流文化的积极整合与良性互动

2011 年度，网络文学最令人瞩目的地方，在于主流文坛与网络文学越来越紧密的结合和互动。2 月初，最新的《茅盾文学奖评奖条例》，首次规定网络文学作品可以参评茅奖，虽然，由新浪、起点中文网等机构推荐的七部网络作品，都遭到了淘汰，但主流文坛对网络文学的期待不言而喻。11 月底，第八次中国作家代表大会，中国作协吸收当年明月、唐家三少、月关、酒徒、烟雨江南等 20 多位网络作家入会。其中唐家三少作为一名年轻代表，当选中国作协第八届全国委员会委员，并成为第一位网络作家委员，这都表现出了主流文坛对网络文学和作家的认可与重视。

此外，由主流文坛、网络和传统媒体共同组织发动，由传统作家和网络作家共同参与的文学评奖、文学研讨、作家培训、作品扶持等各类活动，

---

[1] 王颖. 承继和发展中的网络文学：2011 年度网络文学综述 [C]//当代文学研究资料与信息. 中国当代文学研究会，2012：28 - 30.

[2] 舒晋瑜. 评论家称网络文学 2011 年跌入低谷没有亮点 [N]. 中华读书报，2012 - 01 - 12.

在2011年度也格外活跃。3月份,由文学杂志,权威报纸和网络传媒三类媒体机构,共同打造的中国首届网易网络文学大奖赛,引起了广泛关注。此次网络文学评奖,引进了新的评奖机制,体现出更具网络文学特色的公开性、透明性、互动性和草根性,并为传统文学评奖,也提供了良好参照。大赛首先由20余位国内青年评论家担任初评委,对上万件网络作品进行"海选",并对初选的数百件作品进行微博点评打分,与读者和作者及时互动,以确保不遗漏好作品。对进入初评的作品,再由国内著名评论家和资深媒体专家、作家组成终评委员会进行实名评审,保证了透明度和公信力。获奖小说作品,囊括官场小说、穿越小说等诸多类型,而获奖散文和诗歌作品,则表现出文学创新性和网络语言的特质。4月份,鲁迅文学院第四期网络文学作家培训班在京开班,为网络作家提高水平,发挥了良好作用。8月份,中国作家协会还在京举行"结对交友"见面会,来自全国各地的18位知名作家、评论家,与来自7家网站的18位网络作家结成"对子",对促进网络作家和传统作家消除隔膜,互帮互学,共同进步,起到了良好效果。而在中国作家协会的重点扶持项目中,也有3项网络文学作品赫然在目。10月份,由广东省作协联合羊城晚报社、广东省出版集团及网易、盛大文学、榕树下、中文在线等网站举办了"广东网络文学十年精品回顾"系列活动,邀请了国内众多知名作家和学者、媒体专家,是本年度较重要的,有关网络文学的学术研讨活动。同时,此次系列活动,也体现了地方政府和地域性文化对网络文学的关注,这对夯实网络文学的发展基础,扩大中国网络文学的发展空间,都有很好的启示性。

当然,在主流文坛与网络文学的积极交流中,也凸显了一些问题。这表现为主流文坛在评价标准、文学观念、文学趣味等方面与网络文学的隔阂。"沟通"有时会成为一厢情愿的"收编"。而网络文学本身,也存在盲目自信,固步自封,满足于畅销量等情况。如何更好地促进中国文学"多元共生"的良好生态,是文坛和作家们需共同努力的方向。例如,对评奖机制而言,有的批评家提出,专门设立网络文学的类型化奖项。这些努力,将在今后网络文学的发展中将逐步显现出作用。

二、网络文学作品的类型化发展更多元,更具成熟活力

伴随网络文学的产业化趋势,是网络文学的各种类型不断细分,又不断产生新类型交叉,在作者和读者两个震荡极不断互动,促进着网络文学

的创新和繁荣。据统计，起点中文网，2011年的创作，玄幻、仙侠、科幻等类型占主要份额。玄幻类作品，平均日首发量100篇左右，2011年首发约36 000篇，有更新约47 000篇；科幻类作品，平均日首发24篇左右，2011年首发约8 700篇，有更新约9 500篇；仙侠类作品，平均日首发38篇，2011年首发约14 000篇。有更新约20 000篇。天涯论坛则以惊悚悬疑、武侠与纪实类作品为主打，奇幻文学版块在2011年有更新活动（包括完本）的小说作品约1 100篇左右，仗剑天涯版块版块在2011年有更新活动（包括完本）的小说作品约1 200篇左右，莲蓬鬼话版块在2011年有更新活动（包括完本）的小说约5 500篇左右。而榕树下共160余万在线作品，2011年度有更新的小说作品为28 000篇左右。新浪、腾讯、网易等网络媒体，在网络文学类型化培育上，也取得了不俗成绩。同时，2011年的网络文学作品，在保持旺盛消费文学品质的同时，以网络文学较低的准入和相对自由的精神，对如何表达现实，介入当代中国人精神构建，特别是现代民族国家品质和公民伦理培养，都在不断做出新探索。

历史军事类的网络文学作品，"穿越"依然是关键词。优秀的穿越小说，其特质并不在于恶搞历史，更在于在不同时空，特别是古代时空和现代时空的碰撞中，反思当下文化现实症候，并积极参与塑造"文化复兴的现代中国"的新民族国家的公民想象。天使奥斯卡的《宋时归》写的是都市小白领萧言，穿越到了北宋末年的乱世之中，凭借超凡的个人魅力，灵活机变的军事指挥能力，及民族国家的热血忠诚，赢得了岳飞、牛皋等名将的支持，大破辽军，击败强悍的女真人，全取燕云十六州，并在北宋末年纷乱时局中，与蔡京、高俅、童贯等显贵展开了波谲诡异的政治斗争。小说语言老辣精到，诸多人物纷繁而不乱，气质鲜明，又不脱离当时历史语境，写出他们复杂的人性纠葛，如才华横溢又轻浮善变的宋徽宗，精明深沉的蔡京，强悍狂傲的郭药师，雄才大略却悲情的萧干，都令人读来血脉偾张。作家善于调动故事节奏，写战争场景，重谋略筹划与铁血精神气质，写朝堂政治斗争，则重在复杂的人事纠葛中披荆斩棘，以意想不到，又在情理之中的细节化构思，令读者欲罢不能。作家尤擅渲染历史氛围，无论是燕云北地豪情，还是汴梁万千风物，无不栩栩如生，而对北宋末年的宫廷礼仪，民间礼俗，市井俚语，作家也都信手拈来，妥帖铺陈，整个小说犹如一幅逼真的"清明上河图"。而支撑于该小说背后的，则是作者对北宋这个特殊的民族文化危亡转折点的深刻反省，以及呼唤建立新个性主义基础上的强大民族国家的热情。

如果说《宋时归》强调的是新民族国家想象，贼道三痴的《上品寒士》，则更注重对中国传统文化精髓，特别是魏晋风度的"复活"。《上品寒士》中，现代驴友穿越东晋，寄魂于寒门少年陈操之。面临族中田产将被侵夺、寡嫂被逼改嫁的困难局面，陈操之突破门第偏见，在九品中正制的森严等级中步步攀升，与顾恺之为友，娶谢道韫为妻，金戈铁马，并北伐建功。小说不乏升级流的快感和意淫历史的想象，然而，小说成功的地方，在于作者丰厚的历史知识底蕴和人文素养。作者用清秀流畅的语言，以干净的文字，写优雅的时代和艺术化的生活，写活了魏晋风物的历史想象。文人雅士的诗画琴笛，宴饮交游，道家修仙与医家救人，魏晋的风评人物制，都被细腻呈现出来，如这段少年陈操之山上吹箫的描述，极得魏晋风味："孤山绝顶，秋风萧飒，缕缕箫音藕断丝连，绵绵不绝，曲意翻新出奇，箫音低下去、低下去，众人屏息凝神，似乎渺不可闻，但深涧幽咽，细听可辨，突然，宛若彩虹飞跨，又似烟花骤起，箫音陡然拔高，高到让人担心箫管会被吹裂，夭矫凌空，盘旋飞舞，又安然无恙地平缓下来，箫音流逝，情感聚拢，音乐之美有如滔滔江水，让人油然生出逝者如斯、生命短暂之感。"

穿越历史的类型题材本身也在不断扩散，如穿越和后宫题材的女性小说的类型交叉，又如医术类知识小说与历史穿越，以及官场小说的结合。石章鱼的《医道官途》讲述了隋末妇科圣手张一针穿越历史，成为中国春阳县医院妇科实习男医生张扬。张扬医治好了李明宇的阳痿，获得了政治资本。不同于很多穿越或重生类作品，《医道官途》很大程度上是一部穿越类"官场小说"，它在医术类小说和穿越历史小说间的类型杂糅的努力显而易见。但是它的惊人之处，不仅在于描绘了一幅栩栩如生的升官图，更是以细腻之笔，娓娓道出了看似步步惊心的官场生存的细节和因果律。作品对上百个人物特别是官员的语言、神态乃至心理的刻画与把握，有一种溢出文本的真实感。该小说结构清晰，容量巨大，人物众多，情节环环相扣，潜规则、贿选、黑白勾结、跑官买官、富二代、情妇二奶等社会百态无所不包。其他诸如猛子的《大隋帝国风云》、腾格里的《蒙兀帝国》、肖申克117的《五代末年风云录》、骁骑校的《国士无双》、水叶子的《隐相》、晴了的《极品明君》、李靖岩的《红颜宰辅——史上最牛女白领上官婉儿大传》等，都是不错的历史军事小说。

2011年度，网络惊悚悬疑类小说，不仅类型技巧更加圆熟，而且类型内涵也不断丰富，上承聊斋的惊悚传统，下接当代人内心不安的现实体验，很多惊悚小说还在故事基础上，力图为之提供积极的意义探索。鲁班尺的《鬼壶》，自2009年年底开贴以来，一直属于天涯论坛"莲蓬鬼话"的热帖。故事讲述了沈才华、仁医寒生等江湖异士，揭开风陵渡流传数百年的鬼壶之谜的故事。该小说人物个性鲜明，故事悬念紧张，动人心魄，各种巫术和医术的精灵古怪的冷知识设计，令人拍案叫绝。小说不仅将巫医流小说类型发展到了圆熟地步，且蕴含着对人性和历史的深刻洞见。作家不动声色地讽刺了左倾政治所掩盖的人性贪婪和虚妄。而作家弘扬的则是"人性善"的力量，是寒生这样有情有义的仁医，也是沈才华这样亦正亦邪，其实内心真诚勇敢的异能少年。寒生等人携数万战死在野人山的远征军的孤魂回家的场景，凄婉感人，是本书最动人的细节之一。

同时，惊悚悬疑小说在与探险小说、校园小说和喜剧小说的类型融合上，也做出了积极努力。罡风御九秋的《气御千年——特种兵的道术探险故事》，是两个特种兵利用道术探险的故事。于乘风是当代中国军队特种兵，与生死之交牛金刚发现一座千年前得道高人乘风道人的墓冢，获得了御气的道术，而后两人道仙一般悠游于现世。这是一部向《鬼吹灯》致敬的作品，小说的人物设置、情节展开、悬念处理，甚至高潮出现的频率，都有《鬼吹灯》的影子。但该小说的引人注意之处，除了诡异奇绝的想象力外，更有作者从容于古今时空穿插变换的笔力。而且，小说在探险除妖的本事之外，也有一个潜在故事，即一场跨越千年的风花雪月的爱情。数年前，《冤鬼路》系列四部曲，成为校园惊悚小说的代表作。本年度，tina-dannis又携《轮回》再次叩开文坛大门。这部小说既延续了作者对校园恐怖小说独特元素的运用，又将玄幻小说的某些笔法和构架，在这类小说中进行了横向移植和杂糅。校园惊悚小说，是惊悚小说的变种，它多利用校园的特殊氛围，将青春的忧伤与毁灭，青春的爱情和友谊，寄托于种种离奇古怪的校园恐怖事件。《轮回》主要写了隐居在高校的法术界人士郭明义和藏匿校园的魔物之间的殊死斗争。该小说对郭明义的青春气质描述很多，而玄幻小说常见的法器、口诀和秘籍等道具，也层出不穷，给人以新的类型化创新之感。轩辕小胖的《搞鬼：废柴道士的爆笑生活》，成功运用喜剧幽默元素，为我们写出了充满草根生活趣味，又扣人心弦，充满想象力的鬼故事。可以说，该小说将喜剧带入了惊悚网络文学。小说讲述了史上最废柴的道士——马力术，一个以贴小广告为生的"文化工作者"，搞笑夸张的捉鬼生涯。马力术出生在历代通灵传家的道士世家，他继承了一座二层小楼，开始了他的道士生活。小楼位于极阴之地，里面住着一个大舌头吊死鬼、一个男人头、一个没舌头的小鬼、一个狐狸精、一个画皮妖,还有一只神兽——貔貅,这些鬼和妖各自都有一段既纠结又爆笑的故事。小说幽默感十足,同时悬念叠起、伏笔重重,人物性格鲜活于纸上。其他诸如猪首领大作家的《鬼葬》、蛇从革的《宜昌鬼事》、恒河水是矿泉水的《北京饭店的那些事儿》、摩罗客的《摩罗街——世界的逆转》都是不错的惊悚小说。

2011年的网络武侠小说也不时有创新之作。古风的《城管劫》是一部"恶搞现实"的现代武侠小说。作者以戏仿古龙的武侠笔法,恶搞了现代社会中的城管大队。作者将"城管"喻为"离教",对现实生活中某些城管们的不良行径,进行了酣畅淋漓的讽刺。小说中的离教企图一统江湖,而代表正义的"剑神王大会"则与离教之间展开惊心动魄的殊死搏斗。现实生活中,充满隐喻的武侠江湖生活,则化为心酸的无奈和自嘲。小说文辞流畅、情节复杂、构思新颖、语言简洁利落,作者推崇"侠义"和"良心"的力量,有时又亦庄亦谐,寄托着作者对草根生活的同情。童杆的《搏浪》,则是一部武侠版的另类"文革"叙事。"文化大革命"期间,一群不安分于时代的青年们,他们个个身怀武艺,为追求正义和民主,与官盗匪斗智斗勇,闹市劫车队、只身闯龙潭、斗胆抗强权,在没有英雄的年代里来无影去无踪。《搏浪》是一部艺术性强的现代武侠小说,却颇有古风韵味。小说采用章回体结构,章节匀称,悬念频生,衔接自然。其语言叙述精简,大量的景物描写优美素雅,人物对话显其性格。小说叙事老练通达,暗合中国读者心理,其中民间英雄与官场奸雄的缠斗、绿林好汉的替天行道、不入虎穴焉得虎子的冒险、围魏救赵、单刀赴会、劫法场等情节,都为我们展现了一个不一样的"文革"想象。萧疯的《战无不胜》,讲述了当代泰拳高手叶高山,以武艺挫败各大高手的故事。小说的可取之处在于,追求表现一个和谐社会的武林和武林高手,满足当代读者对现世江湖的想象。同时,小说刻画的人物叶高山,在熟习泰拳之后,博取太极、内家、咏春甚至剑道的微妙之处,融会贯通,体悟国术的至高境界,作品中也流露出对现代文明与国术的冲突的焦虑。慕容无言的《民国传奇:大天津》,则更具传统武侠传奇意味。该小说描述了民国期间天津武林界的纷繁往事。小说以形意门中李有泰与武林败类、投靠日本人的李有德间的殊死斗争为主线,刻画了国破家亡之际,天津武林人士的群英谱。小说塑造人物栩栩如生,民族国家气概令人感动。一座国术馆、一条海河、一门国术绝艺,共同构成了一幅天津卫英雄的群像图。此外,小子无胆的《国术凶猛》、

superowen88的《金庸教你谈恋爱》、猫腻的《将夜》、冷面寒笔的《残风月影》、陈怅的《量子江湖第二部姑苏城》都是本年度有特点的网络武侠小说。

本年度的玄幻小说也有一些新特点。梦入神机的《永生》，是本年度的优秀之作。梦入神机堪称网络小说作家中颇具"还珠楼主"风采的一位。他的小说，故事紧张曲折，想象神奇瑰丽，篇幅浩大，却不显冗长，人物刻画细微精巧。《永生》讲述了异世界的大离王朝龙渊省世家大族方家的小奴仆方寒，如何通过自身努力，成长为一代长生者的修仙故事。人间的爱恨情仇，恩怨纠葛，仙道的争斗法力，都被描述的花团锦簇般的灿烂夺目。这部小说，是梦入神机继《佛本是道》《黑山老妖》《龙蛇演义》《阳神》后的又一力作。它融合了励志小说的奋斗故事与神魔小说宏大奇幻的世界想象，故事节奏有升级流和数据流的阅读快感，从故事类型上讲，该小说类似《凡人修仙传》，但《永生》超越该类型的普通小说之处在于，他的故事创意，拥有游戏般升级快感的同时，也注重细节刻画与人物内心描摹。同时，棋手出身的梦入神机，其小说有一种对世界丰富而驳杂的哲学体认，及惊世骇俗的奇幻想象力。

天蚕土豆的《武动乾坤》则属于玄幻与武侠类小说的类型杂糅。小说的核心在于"淬体"。作者将淬体分为九重，经历九重后便可进入地元境，进而是天元境以至元丹境，境界的提升伴随着武功的进步。专吃小笼包的《左旋之门》则集科幻、穿越、魔法、变身于一体。主人公芙露露来自未来世界，因星球战争而穿越到魔法世界，她是一位有着天使般美丽容颜的女子，而在这个躯体里居住的，却是一个男子的灵魂。小说文本语言流畅，在情节设计上讲求技巧，能将戏剧的弹性和张力注入异世界的各个方面，大堆的权术阴谋、法力角逐、情感纠葛，被错落编织在悉心考量过的魔法系统中，哥特式的黑暗元素和瑰色的罗曼蒂克共伴相生，读者也在舒缓与紧张间，获得了一场剑与魔法的奇幻盛宴。此外，雁鱼的《红袍法师》、奥尔良烤鲟鱼堡的《灭尽尘埃》、卷土的《最终进化》、猫腻的《间客》、我吃西红柿的《吞噬星空》、烟雨江南的《罪恶之城》都是本年度持续更新的优秀玄幻作品。

在2009年烟雨江南的《猎魔手记》后，末日类硬科幻小说开始摆脱科幻小说和玄幻小说的影响，成为一种日渐独立的网络类型。黑天魔神的末日小说系列，如《末世狩猎者》《末世猎杀者》等，曾在网络引起广泛好评。黑天魔神擅长从残忍逼真的末日生存困境出发，为我们虚构想象的人类末日灾难场景，表现中国当代社会的极端焦虑情绪。他擅长写极端困境中人内心的黑暗，人性的复杂和灵魂的挣扎。就故事而言，小说细节性很强，很多残忍的细节栩栩如生，画面感真实，挑战人们的阅读伦理和视觉神经。而本年度的长篇小说《废土》，黑天魔神则以预言的姿态，再现了末日人类的生存突围。小说中，正义的军人林翔，化身为病毒寄生士，并在不断的抗争中苦苦追寻拯救世界的方法。丧尸成为人类伦理困境的"他者"象征物。小说告诉我们，真正的末日其实就在我们内心。我们对世界疯狂的攫取和破坏，都让人类自食其果，大自然凶狠的报复，则让人类社会变得更黑暗专制。"废土"是一种隐喻——当政权已崩溃，军队被打散，法律成为废纸，信仰被颠覆，废土世界就成为摧毁一切旧标准的地狱。小说中对末日社会国家社会党以"最高信仰"为特征的思想专制的描述，令我们想到奥威尔的《1984》。天下飘火的《黑暗血时代》，描写了太阳消失后，虫灾变异，社会崩溃，大学生楚云升，在一本古书的帮助下，不断为生存战斗，成为"天下第一人"，却最终失陷于来自宇宙的外星种族和人类的共同阴谋中。该书规模宏大，想象独特，特别是对外星种族的描绘，对末日世界的各类生物的想象，都非常逼真。更重要的是，《黑暗血时代》是一部更"中国化"的硬科幻末日小说。小说自始至终回荡着人性的美好力量，而不仅是绝望和杀戮。楚云升对姑妈一家浓浓的亲情，对人类尊严的维护，对友情的珍重，都成为该人物最悲情，也最感人之处。人类的末日灾难，不过是外星人的一次小小的农场试验。小说响彻着"天地不仁，以万物为刍狗"的悲情旋律。小说也反思了人类与自然的关系。当楚云升化身为虫，并与"傻大虫"成为生死兄弟，让他真正看到了人类的自私残忍和卑鄙无耻。小说对人类末日伦理的探索，有着中国式的平民意识。此外，伟岸蟑螂的《末日蟑螂》，也是不错的末日流小说。

  近几年来，网络社会纪实类小说，已逐步形成了类型规模，这类小说主要描述黑道、监狱、贫民窟等社会底层角落的惊心动魄、又骇人听闻的故事，引发我们的反思。比之传统的纪实文学和底层文学，这类网络作品，往往文笔相对粗糙，但故事性强，现实气息更浓，叙事更直接，也更令人触目惊心。《东北往事：黑道风云20年》《看守所》《在东莞》《四面墙》等作品，都曾引起广泛反响。2011年度，蜘蛛的《十宗罪3》比较突出。《十宗罪》系列作品，是近年来最轰动的网络纪实小说之一。小说语言质朴简约，有新闻化和口语化特征，故事悬念引人入胜，而以短篇故事缀段联结，主要人物贯穿始终的长篇小说结构，颇有古典意味。小说的主要特点，在于扑面而来的现实气息,从微博狂躁症到富家女的炫富,从社会底层的疯狂畸变者到冷静的变态杀手,小说的写作姿态很低,没有任何居高临下的指责和批判,不回避残忍的细节,也不刻意张扬,而在作者节制的叙事背后,则是作者对贫富悬殊、压抑焦虑的中国社会现实的深刻批判,及作者对社会底层生活现实的深深同情。可以说,该小说是对现代转型中国当下社会痼疾的一次大揭秘。《十宗罪3》中,作家延续了以往风格,在对恋臀癖、掏肠恶魔、食人的流浪汉、少女与中年男人的不伦之恋,恐怖的村庄悍妇的描述中,读者深深地感受到灵魂的战栗。而包斩、苏眉、画龙、梁教授的四人破案组合,也为小说的悬念增色不少。轶愚的《暴弑魔影》,也是本年度不错的纪实类小说。小说以近似报告文学的笔法记录了一个黑社会"老大"从白手起家到最终覆灭的全过程,深刻反映了金钱、地位、性爱等欲望交织下灰色乃至黑色人性的可怕,揭示出保持国家公务员和人民警察队伍纯洁性的重要意义。作品结构紧凑,情节扣人心弦,语言简洁有力且富含哲理,充分体现出作者对当代公安战士工作与生活的熟悉。在全社会积极开展"打黑除恶"斗争的今天,这部作品无疑有其特殊的意义。

此外,都市言情、青春校园和网游竞技等类型小说,也有一定发展。木筱雅的《第三者的第三者》,是一部现实感很强的婚恋小说。花店美女老板安朵朵,和相恋八年的男友邱尘即将订婚,却被男友的漂亮女上司插足破坏。安朵朵在痛不欲生之后毅然离开,她选择了决绝的报复,充当起第三者的"第三者"。故事的可读性很强,对当代男女婚姻观爱情观进行了追问,对人性在重挫之下的异变有较清醒的观照。茶将的《渣男遇上爱:一言一夏》,是一部残酷浪漫的作品。该小说展示了爱情的残酷浪漫。这部小说较区别于其他言情小说的一点是,容量很大,感情实在,情节复杂也有真实感。此外,然澈的《我用苍老疼爱你》、妩墨的《假如》、青颜如风的《似你姗姗来》、杏雨黄裳的《千金姬》、陈岚的《小艾向前冲》都是本年度不错的言情小说。内酷曾帅的校园小说《活在大学边缘》,对校园爱情的思考,充满了真诚和痛苦。放荡不羁的大学生陶杰,禁不住大学校园各色美女的吸引,一次次背叛爱情。这是一部颇有大学风味的青春小说。语言诙谐油滑,闲谈胡侃中见人物性格。故事演绎地很巧妙,对大学生活的方方面面皆有生动表现,妙趣横生。小说也对当代大学生的心理畸变做出了探寻的努力。影照的《肥花的爱》,是一个现代版校园灰姑娘的故事。漂亮而肥胖的学生肥花,不可自拔地爱上了公子哥白二,但白二不接受她的真爱。在长时间爱的付出后,白二终于醒悟到,最爱他的人就是他不爱的肥花。小说清新自然,叙述清淡,充满青春稚气。作者对主人公肥花的心理变化拿捏有度,在处理重要情节上,举重若轻,淡而有味。郭怒是足球竞技类小说的代表性作家,先前他的几部足球题材小说如《中锋》《中国球王》《重生 1994 之足坛风云》均获得好评。《重生 1994 之足坛风云Ⅱ》延续了郭怒的足坛叙事模式:小人物和小球队成为大人物和大球队。小说讲述了萧明在南非旅游遭遇车祸后重生,成为伦敦一个小镇上末流球队的俱乐部主席。这个足球俱乐部缺兵少粮。受到当地人民足球热情的感染,萧明有了一个大胆设想,亲自担任主教练,想尽办法招兵买马,使这支末流球队最终成为英国乃至世界足坛的劲旅。这部小说的创新意识明显。小说分为六卷,卷名分别为亢龙有悔、潜龙勿用、见龙在田、龙战于野、飞龙在天、潜龙在渊,而小说叙事的展开起伏正与这周易义理相合,令人耳目一新。另外,在重大比赛场面中人物的心理表现上,作者轻车熟路,一如既往地细腻而富有现场感。

三、文化消费能力在网络时代的产业化发展

经过多年发展,网络文学的产业化已拥有了相当规模,运作模式日渐成熟,资源整合力度不断加大,符号经济效益不断增长。新兴的网络文学,不仅给中国文学带来了新希望,也给中国的文化产业,提供了新机遇和利益增长点。例如,盛大文学的网络收费阅读方式,经过几年艰苦探索,已取得很大成效,而目前它的产业运营方式,正向着多元资源整合的一体化产业链方式发展。2 月份,云中书城从盛大电子书官网中独立出来,成为盛大文学运营主体平台;4 月份,云中书城 web 2.0 正式推出,将传统的店中店概念引入数字出版行业,努力将其打造为中国数字出版的整合、分发平台,将有效整合电运营、电子书和智能终端。将来的网络阅读,将会更便捷,更轻松,也能提供更大的信息量。

同时,网络文学的产业转化能力,在 2011 年也有了长足进步,创造了令人惊喜的业绩。《宫》《裸婚时代》《步步惊心》《倾世皇妃》《后宫甄嬛传》等网络作品,被改编成电视剧后,不断掀起收视狂潮,并为中国电视剧提供了"后宫穿越""新婚恋题材"等新类型化模式,《极品家丁》《庆余年》《刑名师爷》《回到明朝当王爷》《纳妾记》当红网络作品,也陆续被改编为电视剧。而由网络文学改编的小成本制作《失恋 33 天》,讲述了黄小仙从失恋到走出困境的 33 天的经历,创造了过亿票房,成为 2011 年度

电影圈的最大"黑马",也让中国电影人真正重视了网络文化的表述话语姿态和庞大的受众潜力。它既有网络表述的情绪性、时代感和互动共鸣性,也有传统文学精彩的故事构思和人物对白,而电影这种产业化符号消费模式,又很好地将二者进行了整合,将之进行了更具视听化的节奏把握和画面性转化,从而避免了《第一次亲密接触》等网络文学电影改编的弊病,取得了极大成功。

四、存在的问题

2011年的网络文学,在持续进步中,也存在很多问题。首先,网络文学的产业化过程,良好的收益,保证了海量的网络作家投身于创作。然而,网络文学较低的创作门槛和较高的自由度,导致千篇一律的创作模式化和良莠不齐的品质。某些网络文学网站"速成式"的培养理念和方式,造成的网络文学"大跃进",其真实效果也令人质疑。而这种过分产业化,也造成网络文学底蕴不足,后劲不足,难以培养中国式的《魔戒》《哈利·波特》的经典作品。

其次,网络文学批评处于真空状态。媒体批评和网友书评,在推动网络文学消除创作和阅读的壁垒,加强互动方面,做出了一定贡献,但这些评论,很多都是非理性的、散乱的,有时甚至还有沦为资本操控工具的危险,而目前的网络文学研究,大多着眼在网络产业分析和媒介研究,对网络文学作品的独特内涵和文本形态,我们还缺乏令人信服的细读,以及积极有益的引导。传统文学批评家,对网络文学的隔阂与误解,还有很多有待改变的地方。

再次,网络作家维权依然不容乐观。近年来,众多网络写手被侵权行为困扰。7月份,包括南派三叔在内的10位畅销作家和出版人在京发起倡议,成立"作家维权联盟",为作家维权讨说法,作家维权联盟已向北京第二中级人民法院对苹果公司应用商店(App Store)侵犯中国作家著作权提起诉讼。该诉讼指控苹果公司应用商店销售韩寒、慕容雪村、孔二狗、小桥老树、何马等知名作家作品的盗版程序。然而,网络文学巨大的信息量、网络平台的开放性、网络操作很强的可复制性、网络写作虚拟性导致的举证难等情况,都导致网络作家维权还有相当长的路要探索。

最后,网络文学筛选机制和经典化问题,也令人忧虑。网络文学资本产业化,在成就网络文学繁荣的同时,也造成文学性下降和民间气质的丧失。资本霸权压抑草根创作活力,破坏网络文学生态平衡。由于缺乏有效文学批评和文学经典化规范过程,受到资本绝对控制的网络文学,会形成庞大利益链、作家等级制和读者养成机制,以降低文学性为代价,以对阅读经验不成熟的青少年为消费目标人群,将网络文学筛选机制,操控于资本玩家之手,进而造成对优秀作品的"新的遮蔽"。某些文笔差、内容空洞的网络作品,一再被热捧,这在多大程度上,是网络读者自身筛选的结果呢?作家庄庸指出,2011年网络文学的最核心危机是"去草根性"。潜规则几乎出现在所有原创文学网站。草根们越来越难以冒头,"大神"们越来越垄断化经营。整个产业链都被资本玩家、商业推手及各种隐性利益集团所把持[1]。

(本文原载《2011年中国文学年鉴》,中国现代文学馆年鉴中心编,长江文艺出版社2012年版)

---

[1] 舒晋瑜. 评论家称网络文学2011年跌入低谷没有亮点[N]. 中华读书报, 2012-01-12.

论"故事集缀"型章回体小说

张 蕾

"'故事集缀'型章回体小说"是章回体小说发展到现代所呈现出的一类形态。其基本特征是：一部小说由多个相对独立的故事构成，故事之间没有连贯情节和必然联系，叙事焦点的移换是故事各自成形的原因，而小说则为故事的涌现提供了存在空间。这里的"故事"和"小说"是两个既不同又相关的概念。"故事"突出的是事件的原生态性质，把一件事从头至尾按自然状态讲述出来，不作时间、角度、层次等方面的艺术加工。对于章回体小说而言，讲述故事是其自产生以来形成的一个传统，进而养成了中国读者的期待视野。"小说"能够对"故事"作各种加工转换，在西方，"小说"是一个现代概念，兴起于18世纪末。本文的"故事集缀型小说"同样是一个现代概念，故事在这类小说中可以保持原生状态，然它们一旦被聚集起来，也就脱离了原先单个故事的性质，成为现代小说。

已有学者注意到这类小说的形态特征。陈平原论清末民初小说时认为："集锦式长篇小说得到了充分的发展，并几乎成为一时期小说结构形态的表征"[1]，意味着，这一时期的多数小说，至少其间的著名作品是如此结构的。张赣生评《留东外史》，认为："不仅在内容取材和创作思想上明显地带有晚清'嫖界小说'和谴责小说的痕迹，而且在故事的组织形式上也体现着晚清小说结构松散的时风。"[2] 在作家研究方面，同样不乏类似识见。张恨水是最好的例子。"张恨水使用最多且贯穿其创作始终的是串珠式结构。"[3]

---

[1] 陈平原. 中国现代小说的起点：清末民初小说研究 [M]. 北京：北京大学出版社，2005：137.

[2] 张赣生. 民国通俗小说论稿 [M]. 重庆：重庆出版社，1991：116.

[3] 刘少文. 大众媒体打造的神话：论张恨水的报人生活及报纸文本 [M]. 北京：中国社会科学出版社，2006：151-152. 刘少文具体论述了这类结构的两种情形："这种结构的第一种情形，即以一个或几个人物为线索，采用第三人称全知叙事的作品，其自由度来自对现实事物的剪接、拼构，只要选好行为自由度大的人物就可以牵一发而动全身，将各种新闻、逸事纳入小说。……串珠式结构的第二种情形即……构成作品的每一个叙事单元——每一颗珠子都具有情节上的独立性，因此可以随意增添或者减少而不会影响作品形式的完整性，即不会造成累赘感或残缺感。"

"串珠式""集锦式"的所指是明确的,但命名上多少还存在问题。曾朴就争辩过《孽海花》是"珠花"而不是"珠练"。[1]"串珠式"给人以"穿练"的感觉,而"集锦式"的语义含有价值判断色彩。

用"故事集缀"来命名章回体小说的一类现代形态,是鉴于胡适、鲁迅等现代文学家的研究经验。这些著名的现代学者发现了中国小说中存在的特殊现象,并给出了评述。胡适说,清末民初很多小说是学《儒林外史》的,是"短篇"的"连缀"。[2] 把《儒林外史》看成这类小说形成的范式或先在基础,是当时学者的共见,也成为后人看待这类小说的一个视点。鲁迅说《儒林外史》"全书无主干,仅驱使各种人物,行列而来,事与其来俱起,亦与其去俱讫,虽云长篇,颇同短制;但如集诸碎锦,合为帖子,虽非巨幅,而时见珍异,因亦娱心,使人刮目矣"[3]。这是一个经典评述,"集诸碎锦"之说饱含了对《儒林外史》的赞誉。可就在同一部著作中,鲁迅对从《儒林外史》衍生而来的谴责小说评价不高,说它们"况所搜罗,又仅'话柄',联缀此等,以成类书"[4],不具有多少艺术价值。章回体小说到晚清之后繁华已逝,虽然不乏佳作,却毕竟良莠不齐,当不上"锦"字之称。以"集缀"来命名这类小说,既是参照胡适、鲁迅等前辈学人的说法,也可使表意中性化。这一称谓或可追溯至郭绍虞。1928年郭绍虞推荐《歧路灯》时谈到《儒林外史》"似乎是由许多短篇小说集缀而成"[5],仿佛是无意的提法,却也可以成为参照。

"'故事集缀'型章回体小说"是一类现代小说,兴起于晚清,在民国时期依然创作不断,并有著名作品呈现于现代文坛。《老残游记》《春明外史》《洋铁桶的故事》等都属于这一类型。目前尚乏这方面的专门论著。这一概念所包含的作品已超出了通俗文学研究的范畴,既能够消解雅俗对立的研究状况,也可以把通俗作品整合到现代文学全局之中,以成就文学史融通雅俗的尝试。另一方面,关于古典文学对现代文学的影响和渗透问题的研究已卓著成果,但是现代如何为古典增添助力,古典文学如何存现于

---

[1] 曾朴. 修改后要说的几句话 [M] //魏绍昌. 孽海花资料. 上海:上海古籍出版社,1982:130.

[2] 胡适. 五十年来中国之文学 [M] //胡适全集:第2卷. 合肥:安徽教育出版社,2003:316.

[3] 鲁迅. 中国小说史略 [M] //鲁迅全集:第9卷. 北京:人民文学出版社,1981:221.

[4] 鲁迅. 中国小说史略 [M] //鲁迅全集:第9卷. 北京:人民文学出版社,1981:283.

[5] 郭绍虞. 介绍《歧路灯》[M] //照隅室古典文学论集:上编. 上海:上海古籍出版社,1983:107.

现代文坛，也应是文学史研究的一个重要课题。"'故事集缀'型章回体小说"可以成为这方面研究的示例，且由此开拓了中国现代文学的意义空间。

一

故事集缀型章回体小说兴起于晚清，虽然胡适、鲁迅等学者看到了它们在清末民初的存在情形，但这并不意味着此类小说仅涌现于这个时期，20世纪二三十年代直至40年代，故事集缀型小说依然是章回体小说创作的一种重要类型，是中国现代小说的一种独特形态。

不可否认，古代中国小说也存在类似现象。《水浒传》就由多个人物故事构成，直到梁山泊聚义才把各种人物汇集起来。百二十回本《水浒传》中的征辽、征田虎王庆、征方腊，三段故事都相对独立，在其他版本里可以被舍弃掉。《西游记》中的取经受难故事也是多一个少一个，不影响整部小说的意义表达。石昌渝把古代小说的这种结构类型称为"联缀式"[1]。那么中国古代的"联缀式"小说是否等同于故事集缀型小说呢？不能否认两者之间的相似性，但关键的不同处还是显明的。《水浒传》《西游记》等章回体小说都是世代积累成书的，在这些小说之前已经存在着各种水浒故事或西游故事。施耐庵、吴承恩等即使与这些小说关系密切，最多只是编订修饰者而非首创者。所以古代小说出现故事"联缀"的痕迹是自然的事情，正如一些话本小说集，看起来像一个整体，实则每一回或者数回叙述一事，是"合集"，并非一家之独创。

真正开了故事集缀型章回体小说先河的是《儒林外史》。这部小说显示出文人独创小说的新体式，对于晚清以后章回体小说的创作影响重大。从胡适、鲁迅等人的言论中即可见出当时已把《儒林外史》摆在了中国小说史的高位上，现代作家写作章回体小说不可无视它的存在。可是，现代作家又力图超脱《儒林外史》，希望有新的创造。韩邦庆就宣称：《海上花列传》"全书笔法自谓从《儒林外史》脱化出来，惟穿插藏闪之法则为从来说部所未有"[2]，话语间含着得意之色。《海上花列传》也确实做到了这点，韩邦庆所言不虚。

总体来看，故事集缀型章回体小说可以分出两种结构类型：一种是把

---

[1] 石昌渝. 中国小说源流论[M]. 北京：生活·读书·新知三联书店，1994.

[2] 花也怜侬. 例言[M]//韩邦庆. 海上花列传. 北京：人民文学出版社，1982：2.

几个或多个故事并置起来，这些故事在小说中的地位是平等的，不分主次；另一种是有一个主要故事，在其周围聚集着很多次要故事，即这类小说里的故事有主次之分。前一种类型里还存在两种情况，一是几个或多个并置的故事所叙述的是几个或多个人的故事，中间没有一个可以贯通这些故事的人物；二是由一个贯通小说的人物来串联起小说中的各个故事。

《儒林外史》属于第一种类型里的第一种情况，《海上花列传》也属于这种情况。韩邦庆之所以认为自己的作品"为从来说部所未有"，是因为这部小说同时叙述了好几个人物故事，故事之间相互穿插、齐头并进，到小说结尾处才一个个被收束起来。《儒林外史》的故事则是讲完一个再讲一个的，是次第出现而非"穿插藏闪"。尽管两部作品同属于一种情况，但《海上花列传》已自觉表现出它的创造性，并不简单承续已有的做法。这是晚清开始，中国小说发生转变的一个例子。

鉴于《儒林外史》《官场现形记》《文明小史》等小说结构松散的现象，采用线索人物来串联故事，是集缀型章回体小说常会用到的一种形式，这同样也是对《儒林外史》结构的更新。晚清谴责小说中，《老残游记》是典型代表。20世纪二三十年代，姚民哀的《荆棘江湖》以朱鹤皋为线索，叙写江湖故事；徐絮庐、绣虎生的《沪滨神探录》以魏彪、焦得魁为线索，讲述一系列案件的始末。20世纪40年代，张恨水的《八十一梦》以"我"贯穿各种梦中故事；徐卓呆的《李阿毛外传》以李阿毛贯穿社会上的瞎骗奇谈……更有作品会在叙述中明确点出线索人物及其功能。1919年，程瞻庐在《小说月报》上发表出他的成名作《茶寮小史》。这部小说的续集第一回说道："要续这部小史，轶千却是重要的采访员。他又不向小子支取薪水，完全是担任义务。采访不采访，小子无权干涉。惟有停着笔儿，眼巴巴盼那义务采访员，重到茶寮，替吾书增添材料。直到端阳左右，轶千果然请假返里，又到这爿茶寮里去喝茶。轶千一进茶寮，小子便不愁没有文章了。"王轶千是《茶寮小史》里的线索人物，他的功能是进到茶寮里把其中的见闻故事告诉叙述者"小子"，如此小说就有了成书的来由，发生在茶寮里的琐琐碎碎的故事也不显得杂乱无章。

故事分出主次的集缀型章回体小说里的主要故事可以说就是小说主人公的故事。这个主人公与线索人物不同，虽然两者都贯穿小说文本，但线索人物的故事并不是小说的叙述重点，小说在乎的不是王轶千个人的事，而是他的见闻。有主次故事之分的小说却主要叙述了主人公的故事，在主人公故事周围的次要故事或者和主要故事相关，或者毫无联系，都不会影响到主要人物故事在小说中的地位。这一结构类型的故事集缀型章回体小说吸纳了非集缀型小说的叙事方式,是对第一种类型的有意识调整和改进。张恨水在谈他的成名作《春明外史》时说道:"《春明外史》,本走的是《儒林外史》《官场现形记》这条路子。但我觉得这一类社会小说犯了个共同的毛病,说完一事,又递入一事,缺乏骨干的组织。因之我写《春明外史》的起初,我就先安排下一个主角,并安排下几个陪客。这样,说些社会现象,又归到主角的故事,同时,也把主角的故事,发展到社会的现象上去。这样的写法,自然是比较吃力,不过这对读者,还有一个主角故事去摸索,趣味是浓厚些的。"[1]《春明外史》的"主角"是杨杏园,小说的主要故事是杨杏园在北京的生活经历,"几个陪客"指的是杨杏园的朋友、朋友的朋友,也包括他的恋人。杨杏园的故事使小说有了主干,其他人物的故事使小说的叙事范围得到扩展,一部《春明外史》可以照见20世纪20年代北京城的社会风貌。不只《春明外史》,张恨水的其他小说,如《京尘幻影录》《斯人记》《魍魉世界》等都用这一结构类型,把主人公和纷繁的社会故事联系起来。张恨水自称其作品"以社会为经,言情为纬者多"[2],正是对故事集缀型章回体小说结构的另一种概括。

现代小说家一方面通过结构调整使小说中的众多故事形成秩序,另一方面也通过规定表意的中心使各个故事的意义呈现一致性。也就是说,故事集缀型章回体小说并不因故事多而表意混乱,不同故事具有统一的意义指向。

《海上繁华梦》作者孙玉声解释他的书道:"因作是书,如释氏之现身说法,冀当世阅者或有所悟,勿负作者一片婆心。是则《繁华梦》之成,殆亦有功于世道人心,而不仅摹写花天酒地,快一时之意、博过眼之欢者欤?"[3] 这是《自序》中的话,以起到导读作用。故事集缀型章回体小说常常在书的开端或者叙述过程中讲类似的话,来明确小说的意义,引导读者的阅读理解。

当时新文学家对这一性质的小说很有非议,如说:"小说家本着他们的'吟风弄月文人风流'的素志,游戏起笔墨来,结果也抛弃了真实的人生不

---

[1] 张恨水. 写作生涯回忆 [M] //张占国. 张恨水研究资料. 天津:天津人民出版社,1986:33-34.

[2] 张恨水. 总答谢:并自我检讨 [M] //张占国. 张恨水研究资料. 天津:天津人民出版社,1986:280.

[3] 孙玉声. 海上繁华梦 [M]. 上海:上海古籍出版社,1991:4.

察不写……所以现代的章回体小说,在思想方面说来,毫无价值。"[1] 作为一种回应,写小说时特地申说自己的作品"有功于世道人心",不仅是为了否定"毫无价值"的舆论观点,也明示了小说的意义旨归——救世与救人。这一说法古来已有,并非现代小说家的原创,但是人世变迁,古今作家面对的社会人生问题大不相同,故事集缀型章回体小说注目于这类问题,用密集的故事来增进其强度,以求得改变。于是,"有功于世道人心"就具有了它的现实针对性。

二

故事集缀型章回体小说的产生具有现实性。它们涌现于晚清以后的中国文坛,在承续《儒林外史》及中国古代小说传统的同时有变化创造,现代性的文化生产机制促成了它们的兴盛。

古代小说虽也刊刻出版,但限于技术资财,流通不很广泛。《儒林外史》成书以后,没有立时付印,待刻本出来,也只在知识界阅览,没有赢得普通百姓的关注。晚清以后,随着印刷出版业的发展,小说的传播途径大为改观,报刊成了小说面世的首要载体。故事集缀型章回体小说正是由报刊的生产机制带来其特出的体式。

一个似是而非的观点是:由于报刊是分期排印的,为了吸引读者,每日或每期登载的一段小说会具有相对的完整性和精彩度,以支持报刊的销售量。梁启超在推出《新小说》杂志时说道:"寻常小说一部中,最为精采者,亦不过十数回,其余虽稍间以懈笔,读者亦无暇苛责。此编既按月续出,虽一回不能苟简,稍有弱点,即全书皆为减色。"[2] 注重每一回或每期登载小说的质量,忽视全篇的运筹布局,便造成了一段段的故事,小说中的每段故事似乎也就对应了一期报刊的容量。然而事实果真如此吗?首先,故事和章回不是一一对应的关系,一则故事常不只在一回小说里叙完,一回小说也可能不只叙述一个故事。其次,章回和每期报刊的连载容量也不必是对应的,一般是每期刊登一二回,这种情况主要见于杂志,另外则是一期中刊不完一回,或者连刊好几回。《红杂志》上的两部故事集缀型小说《新歇浦潮》和《江湖奇侠传》就是每期各登半回,常常是一句话没有

---

[1] 沈雁冰. 自然主义与中国现代小说 [J]. 小说月报, 1922, 13 (7): 9.
[2] 梁启超. 《新小说》第一号 [J]. 新民丛报, 1902 (20): 99.

完便截止了。叶小凤《如此京华》在《小说大观》中分两集刊出，每集能刊十几回。这些很可以说明集缀型章回体小说中的故事分段与报刊连载并不十分相关，章回可以不必成为连载小说分期刊载的划分依据。

现代报刊之所以促成故事集缀型章回体小说兴盛，一个重要原因是"随写随刊"现象的出现。整部作品不是完成后才逐期登在报刊上的，故事集缀型小说的作者常常是写出一段便交去发稿，仓促之间缺乏全局运筹，不出错已经难能可贵。平江不肖生在写作轰动一时的《江湖奇侠传》时说道："以带着营业性质的关系，只图急于出货，连看第二遍的工夫也没有。一面写，一面断句，写完了一回或数页稿纸，即匆匆忙忙的拿去换钱。"[1]这样的写作方式是晚清以后报刊连载小说的一个普遍现象。晚清已有人指出其中存在弊病："朝脱稿而夕印行，一刹那间即已无人顾问。……近时新出诸书，所见已不下百余种，求其结构谨严，可称完璧者，固非无其书，而拉杂成篇，徒耗目力，阅之生厌者，不知凡几。"[2]"拉杂成篇"容易造成故事集缀的现象，把手边材料写进小说，不管连贯与否，只要能应付当日的索稿便可以了事。这样的作品，质量存在很大问题：受到读者欢迎的就会不断续写下去，像《江湖奇侠传》那样写了一百六十回并不稀罕；而得不到响应的或者报刊停办了，小说也就容易成为断篇，不了了之。故事集缀型章回体小说因此遭到不少批评。尽管如此，仍应看到小说毕竟在现代获得了写作和发表的自由度，故事集缀型章回体小说的产出能达到机器复制时代市场需求的速度。

现代报刊的生产机制为故事集缀型章回体小说的创作提供了条件，刊发传播是一个方面，故事来源是另一方面。登在报刊上的新闻逸事、笔记琐语成了故事集缀型章回体小说得之方便的写作材料。包天笑回忆他曾向吴趼人请教做小说的事，吴趼人给他看了一本贴满"报纸上所载的新闻故事"的笔记，[3]《二十年目睹之怪现状》可以说就是连接各种社会官场上的新闻故事所得的产品。这次请教把包天笑引入了门径，包天笑以后的长篇著作不乏得自吴趼人的经验。1924年，包天笑在《半月》杂志上开始连载《甲子絮谭》。这部小说以周云泉一家逃难到上海的经历为主线，写了军阀混战时期的上海见闻。一日，周云泉翻看《申报》，看到一则告白疑似亲

---

[1] 平江不肖生. 江湖奇侠传 [J]. 红玫瑰, 1926, 3 (1): 15.
[2] 寅半生.《小说闲评》叙 [J]. 游戏世界, 1906 (1): 123.
[3] 包天笑. 钏影楼回忆录·编辑杂志之始 [M]. 香港：大华出版社, 1971: 358.

戚杨士远登的，果然杨士远正陷在一宗绑架案中。当时《申报》多有这类告白文字，包天笑把它们移入小说，既可以引发出一段故事，也充分利用了时事新闻的素材。小说中的《申报》和现实中的《申报》可以说没什么两样，从故事集缀型章回体小说能读出现代社会的样貌来。

对于包天笑等现代作家，除了写《留芳记》《甲子絮谭》《上海春秋》等故事集缀型小说外，他们还兼有报刊编辑的身份。包天笑向吴趼人请教如何做小说的时候，他正在上海时报馆编辑新闻，无疑，这种编辑生涯为他创作故事集缀型小说提供了便利。《时报》之外，包天笑还主编有《小说时报》《小说大观》《小说画报》《星期》等杂志，编辑的交游面和视野域有利于社会故事的采集，他们写作小说时，这些手边材料自然涌现笔端。另一位写出过《春明外史》《八十一梦》等故事集缀型章回体小说的章回大家张恨水，同样是位忙碌的编辑。写作《春明外史》之前，张恨水已经积累了较丰富的报业经验。在写《春明外史》的时候，他正编辑《世界晚报》和《世界日报》，奠定他文坛地位的八十六回《春明外史》就连载于《世界晚报》上。之后，张恨水又编《立报》《南京人报》，抗日战争期间编辑《新民报》，充满奇异色彩的《八十一梦》即发表在上面。另如写作《人间地狱》的毕倚虹编辑过《时报》《上海画报》，写作《交易所现形记》的江红蕉编辑过《家庭杂志》，写作《江湖豪侠传》的姚民哀编辑过《世界小报》……而晚清的几位著名小说家吴趼人、李伯元、曾朴也是《月月小说》《绣像小说》《小说林》这些晚清著名刊物的编者。

身为编辑的小说家既要编辑新闻、采集逸事，又要在他们自己或者别人编辑的报纸杂志上面连载小说，两种工作各行其是会分外劳碌、难以应对，两者结合则相对轻松些，这也是报人小说家自然而然采用的工作方式——以编辑新闻故事的经验来写作小说。袁进在谈中国近代文学的变革时，即指出了报人小说家的写作特点，"这些作家身上有着报人的优点：关注时代、解决具体的实际问题，尖锐激烈，慷慨激昂。但是报人毕竟不能涵盖一切写作，当一切写作都变为社论、新闻时，报人的缺点也就显示出来。他们太关注于具体的实际问题，缺乏系统深入的哲学思考，尤其是缺乏超越具体实际问题，进入人生层面的哲学思考；他们缺乏对艺术的深入理解和不懈追求，把罗列种种耳闻目睹的事实，揭出黑幕，寻求舆论监督，作为写作者的使命。"[1] 从艺术性和哲理性角度来看待报人小说家，来衡

---

[1] 袁进. 中国文学的近代变革 [M]. 桂林：广西师范大学出版社，2006：35.

量他们写出的故事集缀型章回体小说，似乎有些偏差。由现代报刊催生出的并且也同报刊紧密联系着的集缀型章回体小说确实存在问题，但与其把"罗列种种耳闻目睹的事实，揭出黑幕，寻求舆论监督"看成缺点，毋宁看成特点来得更为客观。故事集缀型章回体小说不讲究艺术性和哲理性，而看重具体实际的社会问题，这已为它们的存在提供了理由。

三

经常出现在故事集缀型章回体小说中的人物故事大致有五类：文人故事、官僚故事、商人故事、妓女故事、优伶故事。并不是小说家们特别偏好叙写这五类人物故事，而是当时的社会或者说城市生活把这些人物和他们的故事突显在小说家面前，很多社会问题正因为这些人物的行为纠葛而产生。于是耳闻目睹，笔之于书。

20世纪20年代标明"社会小说"的《新儒林外史》写的是学界故事。小说第一回叙述者道："在下幸而生在一个现在的时代，更大幸而为现在时代的一个学界中人，眼瞧着这许多簇崭新鲜的大人物，天天忙着解放改造、破坏建设，忙的连喘气的工夫都舍不得。那千奇百怪的事儿，把在下瞧得眼也花了，震得耳朵也聋了，只好抱着一枝秃笔，把他一齐写下来。"科举废除，新学制推行，心态的变化造就文人言行措置无当，既不愿蜕却传统风雅，又必须适应现代节奏，所以"千奇百怪的事儿"难免发生。在叶小凤的《前辈先生》里，从江湖医生变成省视学的顾东、在苏报案里留得名姓的小学教员徐焕文、投资办学的邱太太等，在现代学校和学制的创建过程中，显出了钻营面目与可笑姿态。

另一类经常出现在故事集缀型章回体小说里的学界中人是留学生，他们在晚清才进入中国社会。晚清官派留学生是洋务运动的组成部分，初时晚清政府在各国设有监督制，以辖制中国留学生的思想。1916年北洋政府颁布《选派留学外国学生规程》，革新清制，放宽了对归国学生的要求。可以说，去往日本、欧美的中国学生晚清以来没有中断过。陈辟邪《海外缤纷录》、陈春随《留西外史》，写的均是留学欧洲的中国学生故事，不肖生《留东外史》及其续书写的主要是留日中国学生的故事。《留东外史补》第一章说："到了民国八年十二月，不肖生因个人事业上的关系，重渡日本，旧游重到，物是人非。回想五年前，留学生和亡命客的盛况，不禁发生无穷的感慨。五年前的留学生，公费自费合算起来，人数将近两万，亡命客来来去去，虽不能有个确定的数目，然大的小的，连带的附属的，以及投降袁世凯后仍顶着亡命客头衔，充老袁私家侦探的，总共算起来，也有三千人左右，不可谓不是极一时之盛了。"先述事实，再讲故事，明显的，故事就带有了社会历史的色彩。

写官僚故事的集缀型小说最著名的当数晚清《官场现形记》《二十年目睹之怪现状》《老残游记》《孽海花》等谴责小说。胡适即认为："《官场现形记》是一部社会史料。它所写的是中国旧社会里最重要的一种制度与势力——官。它所写的是这种制度最腐败，最堕落的时期——捐官最盛行的时期。"[1] 谴责小说之后，官场故事依然是小说家的好材料，不仅为了满足时人嗜好，也因为这类故事依然层出不穷，可以编入小说，存一份历史见证。姚鹓雏在《龙套人语》中说道："著者这一部书，虽统是白嚼闲天，全无价值，却也标榜着记载南方掌故，网罗江左逸闻。说句旧话，便是野史稗官，聊以备方志国书的考证。"（第六回）《龙套人语》又名"江左十年目睹记"，写的是江南的官宦人物故事，叶小凤《如此京华》、张恨水《京尘幻影录》、毕倚虹《十年回首》、何海鸣《十丈京尘》……写的则是北京的官场故事。姚鹓雏、叶小凤、毕倚虹、何海鸣等人都有从政经验，他们的经验丰富了创作，使小说越过了从社会现实到文本虚构的障碍。

1903年8月清政府正式设立商部，1904年1月《商律》开始颁布施行，1904年《商会简明章程》出台，标志着商人社会群体的合法化呈现。以此为背景，把《海上花列传》看成"现代通俗小说开山"的范伯群评论道："上海开埠后成为一个'万商之海'，小说以商人为主角，也以商人为贯串人物……在这个工商发达的大都市中，商人的社会地位迅速提升，一切以'钱袋'大小衡量个人的身份"[2]，由此形成一种新世风。集缀型章回体小说《商界现形记》开篇说道："吾海上之种种人物思想不古，趋于下流，寡廉鲜耻，义薄少信，习哄骗作生涯，奸诈为事业……其唯商人乎！"以不免夸大的言辞表明出对时世的一种认知态度。

更突出展示商界黑幕的是《交易所现形记》。这是一部以交易所的创办、经营、风潮、衰落为始末的故事集缀型章回体小说，在中国现代小说史上难得一见，即便是《子夜》也没有它展现出那么多匪夷所思的内幕故

---

[1] 胡适.《官场现形记》序[M]//胡适全集：第3卷.合肥：安徽教育出版社，2003：550.
[2] 范伯群.《海上花列传》：现代通俗小说开山之作[J].中国现代文学研究丛刊，2006(3)：2.

事和交易所在中国出现与衰败的过程。小说发表于1922年到1923年间，在此之前，中国金融界恰经历了一次巨大的"信交风潮"，《交易所现形记》不无这次风潮的影响。

这部小说的开头，叙述了一个十分简短的故事："罗炳生投海，就是在取引所做投机，在棉纱上失败的一份子，害得多情的妓女蒋老五，也吞烟殉情，传为佳话。"商人身边有妓伶作伴，是当时社会常见的事。《交易所现形记》接着叙述了郁谦伯、祝锐夫等人在一起吃酒谈生意，其间发生了一点小意外，郁、祝二人差点儿为一个妓女月痕大打出手。事后双方都怀恨在心，本来是朋友，竟成了商界敌人。郁谦伯办了交易所，祝锐夫开了公债交易所，互不相让。这是《交易所现形记》里的主要故事。

讲商人故事、文人故事、官僚故事的集缀型章回体小说或多或少会涉及倡优。倡优是当时社会群体的组成部分，也俨然构成一个社会问题。据上海工部局1920年统计，上海妓女人数为60 141人；广州社会局1926年统计，共有妓女1 362人（另有私娼约2 600人）；1929年北京妓院共332家，3 752人。[1]这些数据当然不足以说明问题的严重程度，因为色情业的盛行实际还关系到卫生、疾病、道德、经济等诸多方面，并不仅仅是妓女本身的问题。虽然有一时间"废娼"呼声强烈，但反对禁娼者大有人在，其间不乏文人、官僚、商人。因此在《海上花列传》《海上繁华梦》《九尾龟》《人间地狱》《新山海经》《人海潮》《上海春秋》《春明外史》《如此京华》等故事集缀型章回体小说里，但凡写晚清民国社会情形的，都会让风韵多姿的妓女们出场亮相。像《海上花列传》《九尾龟》更是专写妓家故事的著名代表。在《九尾龟》中，陆兰芬等被时人誉为"四大金刚"的妓女各有生动的表现，也就是说，小说不但叙述了现实中的人物故事，并且连她们的姓名都照搬不误。《九尾龟》可算是辑录名妓故事中最写实的一部集缀型章回体小说。

优伶故事同样是集缀型章回体小说的常用题材。张恨水《斯人记》就是由一个叫芳芝仙的女伶起头引出一系列故事的。芳芝仙入台唱戏，与台柱子梅少卿斗气。另一剧界名伶华小兰力捧芳芝仙，于是芳芝仙与华小兰之间生出了情感故事。华小兰、芳芝仙的故事即梅兰芳、福芝芳故事的影射。大多数故事集缀型章回体小说叙述的伶人故事，所重者不在他们的舞

---

[1] 王书奴.民国以后之娼妓[M]//中国娼妓史.北京：生活·读书·新知三联书店，1988：328-339.

台技艺而在私人生活。在《梨园外史》这部寻踪剧界传统的小说里，也不乏名伶王绚云和达官文索之间的亲昵神态。曹心泉序《梨园外史》道："戏剧之道，至于今日可以谓之极盛。然其衰微之机，即于此中伏焉。盖缘伶人举动，大都以意为之，而于先正典型，不求甚解，遂至技艺有退无进，不亦大可悲乎。"[1] 剧坛情形之衰微缘于伶人举动之失察，集缀型章回体小说写这类故事，不是出于率性的虚构。清代已经形成一股捧旦之风，民国时期充任旦角的不仅是男性，女伶人数开始增多。"到1919年前后，出现了京剧旦角艺术重于生角艺术的特殊状况，饰演青衣、花旦的演员拥有更大量观众。"[2] 这一现象幕后蕴藏的故事正为集缀型小说所擅长。《海上繁华梦》把"花四宝、金小桃及谢湘娥等各女伶"同"林黛玉、陆兰芬、金小宝、张书玉等有些名望的妓女"并叙，其意味不言而喻。

四

故事集缀型章回体小说叙述的人物故事有一个共同特点，即群体的而非个人的活动。这与五四文学传统所要求的个体或个性的表现是不同的。

所谓"群体（group）"，是作为心理学概念被提出的。1895年法国学者勒庞推出了他的经典之作《乌合之众——大众心理研究》。这部著作的惊世骇俗之功在于其"最大挑战对象，便是18世纪以后启蒙哲学中有关'理性人'的假设"[3]。勒庞的研究对象是一直为西方主导文化无视或者排除在外的非个人、非理性的一面，勒庞以"群体"名之，用群体力量来冲破理性脆弱的肌体。其实这不光是对18世纪以后启蒙哲学的挑战，也是对整个西方人文主义传统的挑战。20世纪20年代，弗洛伊德在《群体心理学与自我的分析》中，肯定地评价了勒庞的著作，他的研究在很大程度上取鉴了勒庞的观点，认为处于群体之中的个人必然要舍弃孤立存在时的很多东西，而获得新的特征，其中感性情绪在群体中发挥着主导作用。弗洛伊德的学生埃里克松在此问题上走得更远。他提出了"群体认同"概念，分析了社会、历史或者群体在个人发展过程中所起到的重要作用。这样群体与个人之间形成了既相互对立又不可分的关联。

---

[1] 曹心泉. 梨园外史序三 [M]//潘镜芙，陈墨香. 梨园外史. 北京：京华印书局，1925：1.
[2] 吴乾浩，谭志湘. 20世纪中国戏剧舞台 [M]. 青岛：青岛出版社，1992：24.
[3] 冯克利. 民主直通独裁的心理机制 [M]//勒庞. 乌合之众：大众心理研究. 冯克利，译. 桂林：广西师范大学出版社，2007：212.

五四文学传统有意识突出的是人的个体性与主体性。这个传统包括两个面向：一个是对西方个人主义精神的接受，一个是对中国古代思想文化的排拒。前者毋庸多解释，就后者来讲，"五四文学的基本主题就是作为个人的主人公（五四文学流行自传式的叙事方式，人们有理由把人物与作者的关系理解为一种自我表现式的关系）与整个外部世界的尖锐对立，这个外部世界是包罗万象的传统社会。现代文学史家通常把这种个人主义看作是在社会的结构性变化中个人从传统中获得解放的表征"[1]。与社会对立，即与社会群体对立。"群体"概念虽然在现代中国有着具体情境下的含义，但就理论意义而言，与"社会"不可分。相对于五四文学，故事集缀型章回体小说明显地表现出了对社会群体的认同。

　　首先，这类小说的多故事本身就包含了故事群集的意思。小说中的每个故事都会涉及一个主要行动人，故事集缀起来即为小说提供了人物的群体。在故事分主次的集缀型章回体小说里，主人公固然是小说的主要叙述对象，但众多次要的人物故事同样构成了小说不可或缺的重要维度。《春明外史》如果只叙述杨杏园的故事，就会成为一部讲杨杏园和两个女子之间情感纠葛的爱情小说，不太容易拉伸到百万字篇幅，更不能展现20世纪20年代北京社会的宽广图景。张恨水道："《春明外史》的人物，不可讳言的，是当时社会上一群人影。"[2]对人物群体的叙述是无论那种结构形式的故事集缀型章回体小说都具有的特点，其中士、官、商、妓、伶又是小说经常涉及的五类群体。"腐败的官僚政客，纵情声色的颓废名士，风尘沦落的妓女，刁钻逢迎的势利小人，见利忘义的投机商贾，畏惧权势、羡慕虚荣、听天安命、逆来顺受的形形色色的小人物"[3]，他们的个性特征已经消融在了群体的面目中。

　　多数小说评论者都会对这种群体的或者类型化的人物描述给予否定评价，因为这样的描述是不典型的，非个性的。如果撇开历来形成的艺术标准的偏见，只作客观论述，那么故事集缀型章回体小说为中国现代小说史、文学史提供的群体叙事确能平衡五四传统对于个人话语的专注。须知，在个人的身后存在着的是芸芸众生的创伤背景。

---

　　[1] 汪晖.个人观念的起源与中国的现代认同[M]//汪晖自选集.桂林：广西师范大学出版社，1997：41.

　　[2] 张恨水.写作生涯回忆[M]//张占国.张恨水研究资料.天津：天津人民出版社，1986：38.

　　[3] 刘扬体./鸳鸯蝴蝶派作品选评[M].成都：四川文艺出版社，1987：22.

据赵文林《中国人口史》中的结论,"清代是我国人口飞跃上升的时期",而民国"人口总数除北伐战争和抗日战争开始两个时期有短期下降外居然不断上升,三十八年之间竟然增加一亿多人口"。[1] 1646年(顺治三年)的人口数大约是8 800万,到1911年增至4.05亿,可谓是"飞跃"。民国人口数继续增长,至1949年达到5.4亿之多。北伐战争,中国经历了一次人口下降的时段,许仕廉在当时总结人口问题道:"中国人口,差不多占世界人口总数四分之一。而中国的土地只占世界各国土地总面积十三分之一。所以中国人口过剩的压力,比其余各国,平均大两倍有奇。"[2] "中国人口过剩"主要指城市人口的增长与聚集。故事集缀型小说便在人口增长与聚集的历史过程中展开了群体人物的活动。

以小说映现社会,在故事集缀型章回体小说这里是自然的事情。无论是从小说生产与报刊出版业的密切联系来看,还是从小说的现实写法来看,故事集缀型章回体小说的社会性质都非常显明。晚清以来的小说分类中有一类为"社会小说",《二十年目睹之怪现状》《孽海花》最初即以"社会小说"的名目连载于《新小说》和《小说林》。故事集缀型章回体小说的作者和论者也常说这类小说是描写"社会状态的"[3],是揭发"社会之秘幕"[4]的,所以后来的研究者便把它们归入"社会小说"一门,而那些武侠故事、新章回小说,也不妨看成书写了变幻莫测的江湖社会或者战争年代下的农村社会景象。

故事集缀型章回体小说的作者大概没有意识到他们所写的社会故事的意义,他们只是把闻见与想像到的故事写下来。然而,这样的创作却十分重要,一个独立的社会空间被创建出来以安放群体故事,或者,因为有了这些群体故事,社会空间才被构置出来,它的成熟能够促进一直被五四传统以及学界所强调的"个人"与"国家"的成长。西方学界已经在认真思考"社群"对于个人观念的纠偏功能,故事集缀型章回体小说是否在这方面已然作出姿态,只是人们尚缺乏对它们的充分认识?

如果上述价值功能的认定带有高瞻意味,那么小而言之,故事集缀型章回体小说在章回体小说的历史进程中同样起到重要作用,这点仅从形式方面就能清晰辨认。《八十一梦》作为故事集缀型章回体小说,显示出的与

---

[1] 赵文林,谢淑君. 中国人口史 [M]. 北京:人民出版社,1988:377-484.
[2] 许仕廉. 中国人口问题 [M]. 北京:商务印书馆,1930:119.
[3] 张秋虫. 不经之谈 [M] //新山海经. 沈阳:春风文艺出版社,1997:450.
[4] 严独鹤. 序一 [M] //海上说梦人. 新歇浦潮:第1集. 上海:世界书局,1924:1.

传统章回体小说的不同之处是显而易见的。它不以章回分段，不用对偶回目，叙事过程中很少出现说书人话语，没有回前回后诗及其他章回体的通用格式，更醒目的是它用第一人称叙事视角替换了以往的全知叙事。张恨水是注重小说革新的作家，前述20世纪20年代的《春明外史》是一例，20世纪40年代《八十一梦》的新变更为明显。1944年张恨水自述道："旧章回小说，可以改良的办法，也不妨试一试。……在近十年来，除了文法上的组织，我简直不用旧章回小说的套子了。严格的说，也许这成了姜子牙骑的'四不象'。"[1]《八十一梦》《魍魉世界》等小说就是这种"四不象"的成果。不只张恨水的小说如此，在20世纪40年代文坛的新动向之下，章回体小说的新变是容易辨识出的。茅盾说《吕梁英雄传》"是用'章回体'写的。然而作者对于'章回体'的传统作风有所扬弃"[2]。"扬弃"是《吕梁英雄传》等新章回小说得到文坛肯定的原因之一。作为故事集缀型章回体小说，可以毫无疑义地说，《吕梁英雄传》等等参与了章回体小说的现代变革。

《吕梁英雄传》的作者直言他们的故事"改编了报纸上的一些消息和通讯"[3]，说明创作有现实的依据。在为故事集缀型章回体小说所写的序文、评论以及作家自述中，常常会见到类似交代故事来源的话。《广陵潮》序文有言："廿四桥吹箫赏月，集道听涂说之言；卅六陂秉笔采风，叙巷议街谈之事。"[4]《歇浦潮》第一回云："撷拾些野语村言，街谈巷议，当作小说资料。粗看似乎平常，细玩却有深意。"雷珠生自序《海上活地狱》道："随意写来，并无寄托，所采事实，身经目睹者半，道听涂说者亦半，拉杂成文，不免鸡零狗碎之嫌。刊印问世，聊供酒后茶余之助耳。"[5] 这些话中，"道听涂说""街谈巷议"等语也常出现在古典小说的序、跋里，但它们的含义并非真如古典小说那样表明故事来源于世人的口耳相传，它们很大程度上可以用"改编了报纸上的一些消息和通讯"来替换。报刊是现代人传递信息的重要手段，故事集缀型章回体小说与报刊联系紧密，其故事

---

[1] 恨水．总答谢：并自我检讨[M]∥张占国．张恨水研究资料．天津：天津人民出版社，1986：280-281．

[2] 茅盾．关于《吕梁英雄传》[M]∥高捷，杨占平，陈玉玺，等．马烽 西戎研究资料．太原：山西人民出版社，1985：121．

[3] 马烽，西戎．《吕梁英雄传》后记[M]∥高捷，杨占平，陈玉玺，编．马烽 西戎研究资料．太原：山西人民出版社，1985：42．

[4] 宋祖保．序二[M]∥李涵秋．广陵潮．长沙：湖南文艺出版社，1998：3．

[5] 雷珠生．自序[M]∥海上活地狱．沈阳：春风文艺出版社，1997：327．

来源也与报刊密切相关,甚至可以成为人们阅览报刊新闻的替代品。问题是,这类小说为何会看重"街谈巷议"之说?

　　故事集缀型章回体小说声言的"街谈巷议"含有一种自谦甚至自卑的成分,是"小道",与那些心怀远大、"有所为"而作的小说有差异。此其一。其二,"街谈巷议"在理论上可用"现实性"来解释。故事集缀型章回体小说关注社会问题、关注时人的日常生活,这些既构成"街谈巷议"的内容,也是对现实或者真实的写照。看重这点,即突出了这类小说的美学原则。其三,"街谈巷议"本是用来说明中国小说发生期的状态,故事集缀型章回体小说运用此语,表明它们与中国古代小说之间的渊源联系。辑录各种小故事,掇拾"话柄",汇集成书,这是两者的相通处。也就是说,创作于现代的故事集缀型章回体小说带有复古意味。

　　章回体小说发展到现代已经过了全盛时期。解弢在《小说话》中说:"自今而往,章回小说不易有佳作"[1],并不是一个不切实的预言。晚清以后,章回体小说衰落了,不再占据小说界的主导位置,与此同时,故事集缀型章回体小说却兴起了。这一兴起其实是章回体小说衰落的表征。故事集缀型章回体小说以一种复古姿态从文本内部冲破了章回体的经典规范,促进了章回体小说在现代的蜕变行程。这是故事集缀型章回体小说文体形式上的意义,用"复古以求解放"的方式求得古典小说在现代的生存之道。

(本文原载《文学评论》2010 年第 4 期)

---

[1] 解弢. 小说话 [M]. 北京:中华书局,1919:115.

稗史何妨虚文

——现代通俗小说对衣食住行的社会解读

张 蕾

范伯群在他主编的《中国近现代通俗文学史》中写道：中国现代通俗文学的"价值是在于它的存真性，是一种为历史留下见证的照相式的存在，必将愈来愈被后代认识到，这是一种可供研究的社会历史活化石"[1]。这段论述无疑为中国现代通俗文学研究提供了必要的理论支撑。在之后的一系列论文如《论"都市乡土小说"》《移民大都市与移民题材小说》中，范伯群进一步申说了他的观点，强调了现代通俗小说的"存真"价值。这一观点被学界普遍认同，以至于一些社会史的研究著述也用通俗小说来"补史之缺"。例如，叶中强在其专著《上海社会与文人生活（1843—1945）》中就用了不少通俗小说的事例来描述晚清至民国时期上海社会的各式景象。书中道："晚清小说在叙事场景上的实录特点，遂使其中一些文本，有了'地图指南'的价值。韩邦庆所作《海上花列传》，即属此类参本，我们从中可窥上海城市空间的演变和文人活动场域的转移。"[2] 社会史家在引小说证历史的时候，不是在文学尺度内对小说作评述，而是把小说当成一种文献资料来摄取其中的有效信息。小说由此突破了它的虚构特质。

对现代通俗小说"存真"或"补史"价值的论述，涉及的其实是小说和现实的关系问题。这个问题是文学理论界的核心问题之一，通常被纳入"现实主义"的范畴来讨论。但是"现实主义"的理论话语对通俗小说并不合适。一方面，新文学家否定通俗小说是"现实主义"的，"现实主义"是新文学最重要的创作手法，怎能被"旧文学"所用？另一方面，历来看待

---

[1] 范伯群. 中国近现代通俗文学史 [M]. 南京：江苏教育出版社，2000：19.
[2] 叶中强. 上海社会与文人生活：1843—1945 [M]. 上海：上海辞书出版社，2010：30.

稗史何妨虚文
——现代通俗小说对衣食住行的社会解读

通俗小说的眼光也并非在"现实主义"的视域内。"稗史"是古人看待小说的主导观念,至现代通俗小说作风犹然。《广陵潮》序文有言:"稗史何妨抒写,辄以里巷浮靡之状,抒彼沈吟闲顿之词。"[1]《人间地狱》序中则有"虽托稗史,实具深文"[2] 之语。小说是一种历史记录,秉持这种看法的通俗小说家和评论者都不会计较以致忽略小说的虚构性质。如果说"现实主义"还是在小说内部谈创作问题,那么"稗史"就突破了小说的限制,让小说和社会现实或历史真实直接贯通。沿着这一历来的创作观念和批评视域来考量现代通俗小说,新文学家对其"现实主义"的否定便可以被理解,而"存真"或"补史"的价值论述也能找到其源头。

无论是通过论证小说的存真作用来强调通俗小说的价值,还是从通俗小说中摄取史料来补史之缺,都只偏于一端。本文却想运用一种双向的考察视角,讨论历史如何进入小说,小说又如何生成历史。历史和小说由此可以得到相互映照。这里的"历史"不是关系国族命运的大事件,而是牵涉民众生计的社会生活。作为社会日常生活的衣食住行是现代通俗小说的常规叙事内容,也构成了社会历史变迁的基础。本文即以联系着小说叙事和社会变迁的衣食住行来激发小说与历史、虚构与现实之间的互动互生关联,使以往对通俗小说和社会现实关系的论述呈现出更为清晰可鉴的形态。

一

现代通俗小说对衣饰的描述可以用来表现人物、叙述时尚趋势,亦可以用来提示一门行业的兴衰。作为日常生活的必需品,衣饰从现实进入小说,显得自然而然且引人注目。

张恨水《满江红》第一回,画家于水村在旅途中遇见一位女子。"这女子穿了米色的斗篷","斗篷里面,是一件葡萄点的花旗衫,在衣襟上,插了一支自来水笔。看那样子,不像是大家闺秀,也不像风尘人物,究竟不知道是干什么的"。这是一段限制视角的描述,在水村眼中,这位女子的身份让人捉摸不定。水村的朋友秋山从女子遗落的一块手绢上猜得一个大概:"因为这种雪青色的手绢,上海妇女最近时兴的,南京城里还不多见人用,

---

[1] 庄纶仪.序一[M]//李涵秋.广陵潮.长沙:湖南文艺出版社,1998:2.
[2] 林屋山人.人间地狱序三[M]//娑婆生.人间地狱:第1集.自由杂志社,1924:1-2.

上海的习俗，当然是上海人先传染。她纵不是上海人，也是个极端模仿上海妇女的。"秋山的推断可以说非常合理，以至于水村称秋山为"纸面上的福尔摩斯"。海默尔曾谈到福尔摩斯对日常生活的一种发现才能："他通过单纯地观察日常的对象和一个人的外在形象而预言一个人的生活的方方面面，细枝末节，让人叹为观止。"[1] 福尔摩斯的探案过程很有些像小说叙事，小说引人关注它所叙述的故事，而这些故事其实就发生在人们的日常生活中。

当女主人公桃枝和水村再次相遇时，她那葡萄点的旗衫成了两人认出对方的重要标识。在现代通俗小说中，旗袍往往是女性美的一种象征。刘云若《旧巷斜阳》里，历经劫难的女主人公璞玉在她柳暗花明的洞房中，看到衣橱里面"挂着十多件旗袍，颜色花样，各不相同"，于是"便选了一身"，"换了件紫色小花绸袄，外罩浅碧旗袍"。在丈夫警予的眼中，她显得万分美丽。（第二十四回）旗袍虽从清代旗人装束而来，却吸收了西洋女装特点，看来是中装，实质是西化的。旗袍的改良在不同时期有不同表现。"从20世纪20年代开始，旗袍的领、袖、边、长、宽、衩开始持续花样翻新。最初的旗袍称为旗袍马甲，套穿时要衬穿一件短袄。"[2]《旧巷斜阳》写于抗日战争时期，小说故事发生在军阀混战时期，璞玉在浅碧旗袍里面穿了件紫色小花绸袄，这应该是20世纪20年代旗袍的穿着样式。《满江红》出版于20世纪30年代初，桃枝身穿葡萄点旗袍，显得十分美丽，这是印花布在旗袍上发挥的作用。

从服饰大致可以看出一个人的身份地位，虽然"以貌取人"不是待人接物应有的态度，但中国自古以来在"礼"的规约下，服饰作为社会等级的一种表征，是不可随意的。画家水村初见桃枝，猜不透她的身份，倒是秋山以他福尔摩斯式的推理猜出几分来：这是个常出入娱乐场所的懂得交际的女子。"20世纪二三十年代引领上海时装风气之先的，主要是两类女性，一类是四马路上的青楼女子，另一类则是电影女明星。一般在大中学校念书的女子和名门闺秀则紧随其后。"[3] 作为时髦女子的桃枝果然身份特殊，她是歌女，介于"青楼女子"和"女明星"之间。正因这个身份，引发了小说后来的动人故事。在小说开头桃枝给水村留下了深刻印象，不

---

[1] 海默尔.日常生活与文化理论导论[M].王志宏，译.北京：商务印书馆，2008：8.
[2] 苏生文，赵爽.西风东渐：衣食住行的近代变迁[M].北京：中华书局，2010：71.
[3] 仲富兰.上海民俗：民俗文化视野下的上海日常生活[M].上海：文汇出版社，2009：42.

仅因为她衣着时髦，十分美丽，还因为她的装束确实很特别。"在衣襟上，插了一支自来水笔。"这不是普通的交际女子会有的装扮，而带有了"女学生"的味道。"随着女子教育的发展和普及，女学生的群体在不断地扩大，她们的装束甚至在一个时期内影响了人们的审美取向。""她们身上常用的饰物，不再是华贵的戒指、发针，而是具有实用价值的小阳伞、眼镜和手表，另外，上衣襟前还会插上一两支钢笔或活动铅笔。"[1] 桃枝衣服上插了自来水笔，不无受到女学生装扮的影响。但她的这种装扮不仅仅为了时尚，还在于她不满意自己的实际身份。她的清高使她脱离了歌女的世俗情态，使她和穷画家于水村之间产生了曲折的情缘故事。

通俗小说中较经典的写女学生的段落应出自张恨水的《啼笑因缘》。小说第五回女主人公沈凤喜从鼓书姑娘变成了女学生，学生式的衣裙、手表、高跟皮鞋、白纺绸围巾、自来水笔、玳瑁边眼镜……家树都给凤喜添置了。服饰可以改变一个人的身份，凤喜成为女学生，有朝一日家树就能冠冕堂皇地迎娶她。包天笑回忆他在女学校教书时，有一个女学生十分漂亮，"衣服穿得很朴素，不施脂粉"。有一天大家聚会"叫局"，其中一位女子"遍体绮罗，装束入时"，相貌很像那位女学生，果然是同一人。事情被戳穿，那女子就不再来上学了。[2] 原来那女子是当时上海青楼富有盛名的金小宝，改换衣装就成了朴素大方的女学生。歌女、妓女变身成女学生，学生装束成为一种要好、求新心理达成的时尚风姿。

晚清民国时期的男子服装大致有三类：长袍马褂、西装和中山装。男装式样的变化没有女装那样"日新月异"。在上海，女人们"冬裘夏葛，四季讲究，甚至一季数衣、一日数衣。比如，春季郊游，披一件夹大衣、夹斗篷；三月里就早早地穿上夹旗袍；夏季里则有纺绸、夏布、米统纱等等"[3]。上海女人们的时髦全国闻名，引领着全国服装的流行趋势，由此带来了服装业的兴盛。"据不完全统计，20世纪三四十年代，上海的成衣铺大约有2 000多家，裁缝有4万多人，约有20多万人靠服装业为生，差不多占了当时上海人口的十分之一。"[4] 汪仲贤《歌场冶史》第一回在谈了

---

[1] 苏生文，赵爽. 西风东渐：衣食住行的近代变迁[M]. 北京：中华书局，2010：68-69.
[2] 包天笑. 钏影楼回忆录[M]. 香港：大华出版社，1971：342-343.
[3] 仲富兰. 上海民俗：民俗文化视野下的上海日常生活[M]. 上海：文汇出版社，2009：43.
[4] 仲富兰. 上海民俗：民俗文化视野下的上海日常生活[M]. 上海：文汇出版社，2009：41.

上海服装的"日新月异"之后，紧接着就讲"裁缝司务的营业"。当裁缝必须具备两个基本条件：一是要有相当的手艺，否则不能满足时髦人士的要求，就会失去主顾；二是还得有一笔本钱，否则不能代买衣料，提供不了便利同样会失去主顾。两样条件只要一样不具备，裁缝营业就会捉襟见肘。小说紧接着就讲了一个表面光鲜实则捉襟见肘的小裁缝的故事。小裁缝"天天在那里过大年夜"，天天为借债还钱的事烦恼着。虽然生意繁忙，但是入不敷出，最后没有办法，只得闭门歇业，悄悄到东北谋生。同样在小说开头，包天笑《上海春秋》也写了一个小裁缝营业亏空的故事。他闹亏空并非缺少手艺或者没有资本，而是自己挥霍无度所致。之所以能够挥霍是因为父亲老裁缝积下了产业，之所以能够积下产业是因为服装业十分兴盛。服装是现代人日常生活的必要部分，进入小说时，它的显眼位置就像在日常生活中一样，让人不得不多加注目。

二

如果说服装在晚清至民国时期存在明显的西化现象，那么饮食的西化也开始在追逐时尚的人们中间流行。孙玉声《海上繁华梦》第三回，主人公们初到上海，进菜馆吃西餐。其中提到的餐馆大都实有其名，讲述的内容涉及到了当时西餐行业的主要情形。

谢幼安一行四人先到怡珍居吃茶。吃茶是具有中国特色的饮食文化。怡珍居是清末在上海兴起的广东茶馆，幼安他们在怡珍居喝乌龙茶可谓因地合宜。吃茶伴有茶点，小说中广东蛋糕、水晶馒头都是广东的特色点心，却不是地道的中国点心。鸦片战争之前，广州是唯一的通商口岸。"西菜传入广州后，很快被中国厨师们研究透，这些脑瓜灵活，思想不甚保守的厨师吸取西菜的长处，创造出许多亦中亦西，中西兼具的菜式品种，许多原料及制作方法，都参照或采用西法。"[1] 例如，中国厨师"能够熟练地使用西式的烹饪工具制作西餐西点，如用搅拌机和面，用打蛋机打蛋，用烤炉烘制面包，用奶油制作蛋糕，等等"[2]。广东蛋糕、水晶馒头等不无西点风格。更有意味的是，幼安四人喝茶吃茶点，除了消闲"点饥"外，还

---

[1] 朱汉国，耿向东.20世纪的中国：走向现代化的历程：社会生活卷1900—1949 [M].北京：人民出版社，2010：122.

[2] 苏生文，赵爽.西风东渐：衣食住行的近代变迁 [M].北京：中华书局，2010：108.

带有西方人喝下午茶的意思。

随后他们来到一品香吃晚饭。一品香是当时十分有名的西餐店。"1880年一品香番菜馆在四马路（今福州路）开张，其在广告中称'英法大菜，重申布闻。择于正月初五开张，厨房大司业已更掉广帮，向在外国司厨十有余年，烹庖老练也。士商绅富中外咸宜，倘有不喜牛羊，随意酌改，价目仍照旧章'。"[1] 当时人称西餐店为"番菜馆"，吃西餐就是"吃大菜"。西餐馆在中国的开设是随着殖民化的逐步深入而来的。带着殖民目的的各国人来到中国，为了满足在中国的生活需求，西餐馆也分为英式、法式、德式、俄式、意式、美式等，虽同为西餐，各国风味还有不同。一品香打出"英法大菜"的招牌，提供的菜品大体上具备了英法菜式的特色，间或还伴有美、德风味。小说为幼安他们点的菜开出了一张详细菜单：鲍鱼鸡丝汤、炸板鱼、冬菇鸭、法猪排、虾仁汤、禾花雀、火腿蛋、腓利牛排……都是依照英法等西洋饮食及习惯配置的。一品香并非由外国人开办，厨师也不是英国或法国人。烧制这些外国大菜的是中国厨师抑或广东人，他们学习了西方厨艺，能够为中国人烹制外国菜。这涉及西餐的中国化问题。

幼安他们点完菜后有一番谈话是对西餐中国化问题的进一步解释。谈话主要涉及两方面内容：一是中国人经营的西餐馆和纯粹外国餐馆之间有不同；二是西洋"饭店"与"番菜馆"不是一回事。一品香是中国人开设的西餐馆。西餐馆能受到中国人欢迎，其中起到重要作用的是中国人把西餐进行了中国化的改造，制造出了中西合璧的餐点。"'中（粤）菜西吃'或者'西菜中（粤）做'，甚至仅是给中国菜取个洋名。"[2] 不管中西合璧的程度如何，中式西餐馆更加适合中国人口味，价格也不贵。小说里子靖说"外国番菜馆是每客洋一元，共有九肴"，虽然并不一定如此，但大体而言，中式西餐馆更加实惠，因此就越开越多。一品香之外还有一家春、吉祥春、万家春等，这些西餐馆在进入通俗小说时，并不更名换姓，且保有了原来的风貌。小说中幼安还提到礼查饭店，据曹聚仁说：这类饭店"都是洋人食宿之所。当年华买办和洋行小鬼，也到那儿去吃午饭或晚餐，可不能走正门，也不能进洋人的餐厅。……直到民初五卅运动以后，东风

---

[1] 唐艳香，褚晓琦.近代上海饭店与菜场[M].上海：上海辞书出版社，2008：139-140.
[2] 苏生文，赵爽.西风东渐：衣食住行的近代变迁[M].北京：中华书局，2010：109.

慢慢抬头了,才算打破这一禁忌"[1]。也就是说,西方人开设的饭店,除了提供食宿外,还兼营西餐,中外人士皆可入内品尝。

《海上繁华梦》是一部晚清小说,书中关于吃西餐的详细记述充分道出了晚清时期西餐已为追求时尚的中国人所接受的事实。谢幼安他们在一品香津津乐道西菜的情形,多少可以见出西餐在当时受欢迎的程度。除了靠时髦招揽顾客外,西餐还有一样吸引人的招牌就是"女招待",这有些像中餐西吃的味道。"广州西餐业最早使用女招待为顾客服务",其他城市很快效仿。"女招待最初仅属临时雇佣,每月工资仅三五元,饭食由店里供给,大部分收入要靠客人给小费。"[2]那时的官商食客吃饭常要女子侑酒,女招待在他们眼中就替代了青楼女子的位置。这样西餐馆不仅能在饮食上中国化,在服务上也能满足中国食客的传统习惯。刘云若《旧巷斜阳》中的女主人公雪蓉和璞玉都是西餐馆的女招待。她们的人生遭遇和这份职业密切相关。雪蓉之后嫁给比她大得多的富绅柳塘作妾,便归因于在店中和柳塘的结识。而璞玉遭受到的一系列不幸,则开始于她当女招待时认识了王小二先生。女招待作为一份新兴职业,其最初的弊病能够引发出种种故事,这些故事由小说得到了生动铺展。

西餐改变了现代中国的饮食风尚,日常饮食在西餐的影响下不知不觉地改变着。可是,传统中国菜依然魅力不减,在老百姓的日子里有滋有味地占据着坚固的位置。通俗小说里的中餐不如西餐那样被捧得新鲜时尚,但被谈起时总掩饰不住一份夸耀的神情。便是一碗面,也可写得让人垂涎贪恋。程瞻庐《众醉独醒》中有人要面吃,要"一碗轻面重浇宽汤免青的大鸳鸯,鱼要肚档,肉要硬膘大精头,还要底浇硬面加红油"(第十八回)。小说第十九回,叙述者为这碗面插叙上一长段说明并解嘲道:"这一篇累累赘赘的话,比着鲁智深在状元桥买肉,拣精拣壮,拣寸筋软骨,还要加倍挑剔,加倍疙瘩。"所谓"疙瘩"就是"讲究"的意思,家常菜也是要讲究美味精致的。《众醉独醒》第五十六回,阿巧娘亲自做的几样菜被描述得色香动人,如在目前:"白的是嫩鸡,黄的是肥鹅,红的是方块南腿,黑的是松花彩蛋,红白对镶的是白肉蘸着虾子酱油,青红对镶的是河虾浸着玫瑰乳腐,黑白错综的是石花菜拌的冬菰,青白错综的是川冬菜炒的鸡片"。这

---

[1] 曹聚仁.上海春秋[M].北京:生活·读书·新知三联书店,2007:317.
[2] 朱汉国,耿向东.20世纪的中国:走向现代化的历程·社会生活卷1900—1949[M].北京:人民出版社,2010:121.

是兴之所至的闲来之笔,然而有了这样的描述,小说才变得有滋有味,充满了现实的新鲜感受。

三

晚清民国时期人们的居住条件有着明显的等级差别。张恨水《金粉世家》中,既有像金家似的高门大户,也有棚户贫民,他们居住在同一座城市里,过着截然不同的生活。

范伯群曾谈到包天笑在他的两篇小说《在夹层里》《甲子絮谭》中所留下的关于住房的凄惨记录。《在夹层里》的"医生很惊愕的瞧着,只见在黑暗中,左首扶梯栏杆那边,开了约有三尺多高一扇小门。这小门里面,隐约点了一盏煤油灯。蠕蠕然好像有个人睡在里面"。"这两层的屋子多了一个夹层,却变成了三层楼了。可是这高不过三尺多的夹层楼,只好蛇行而入,怎么可以住得人呢?"小说借用一位医生"惊愕"的眼睛叙述了一个痛苦的世界。范伯群道:"在20世纪20年代,中国内地战乱频频,加上经济的萧条乃到破产,几度使大量难民涌入上海,这多次人潮的冲击,使上海形成严重的房荒,于是上海出现了一种特殊身份的阶层,名曰'二房东'。他们向'大房东'租了一幢'石库门'房子后,在房荒年代就分租给人以牟取暴利。一时竟成为一种社会时尚……包天笑在1924年所写的《甲子絮谭》中就为这种房荒留下了'写真'。"[1]"二房东"也是租房者,只不过他们租房子不仅仅是自己住,更是给别人住,他们能从别人那里获取比自己所付租金更高的房租,赚取差额利益。这是无本经营的行业,在擅于谋生的上海居民中,十分时兴。《甲子絮谭》里,二房东为了在他有限的租房中容纳更多房客,使本来为一户住家设计的一上一下的房子住下了十多户,利用了可以占用的所有空间。而这一上一下的房子就是上海建筑中有名的"石库门"。

石库门是上海特有的弄堂房子,出现于19世纪70年代前后,带有殖民文化色彩,只不过住的时间长了,住的中国人家多了,也就渐渐地把它身上原本的殖民化色彩涂抹掉了,使之成为上海市民日常居住之所。《甲子絮谭》中,周小泉在上海到处找房子时所见到的房屋即为石库门住宅。小说第三回写道:"走进去浅浅一个天井,便是客堂,客堂里只安放一张八仙

---

[1] 范伯群. 中国现代通俗文学史(插图本). 北京:北京大学出版社,2007:378.

桌,已经沿着窗口了。小泉想这房子怎么如此造法,把周回一瞧,原来他们已改动过,把客堂的窗移出数尺到天井里来,再把客堂后壁拍出,后面又夹成一间。"如果把改建的部分拆除,就可以还原出石库门住宅的典型面貌。"这类住宅有'一进'、'二进'(即一客堂一厢房)、'三进'(即一客堂二厢房)几种形式。'三进'的石库门最为典型,其基本布局是:进大门即一天井,天井后为客堂,供家族公用和会客之用;天井和客堂的两侧为东、西厢房,在一般的大家庭中作为房主的小妾或兄弟住房;客堂后面为后天井和灶间,后天井主要用于打井或安装自来水;其两侧分别为东、西后厢房,一般为帮佣者的住所;在客堂和后天井之间为楼梯;客堂的上面为楼客堂,一般为户主的卧室;其两侧为东、西楼厢房;灶间的楼上分别为'亭子间'和晒台。"[1] 这种住房最初是为一大家住户设计的,因为战乱住房紧张,或者由于上海居民会精打细算,或者是家庭结构发生变化,石库门住宅逐渐被多家人家分住了,邻里间挤挤挨挨,热热闹闹,倒也成为一种民居特色。

石库门房子里最具文化色彩的当数亭子间生活。很多现代著名作家如郁达夫、丁玲、萧军、萧红等都有过住亭子间的生活经历。亭子间随着这些作家和他们的文学活动变得富有声誉。然而亭子间却是石库门住宅里最差的一个房间。它"位于前楼或厢房之后,夹于厨房和晒台之间,面积8至10平方米,类皆北向,夏热冬凉。它仿佛是精明的设计师根据上海移民社会的特点,在一幢建筑的缝隙里硬掏出来的一个空间。据1936年工部局测查工人住房各部位平均房租的数据显示:亭子间的平均房租为3.91元"[2]。在《甲子絮谭》里连亭子间也可以住上两家人家,可见住房的紧张与时人生活的贫困。

1938年连载于《东方日报》的周天籁小说《亭子间嫂嫂》,可以说是记述亭子间生活最生动详细的一部通俗作品,在当时十分畅销。小说主人公亭子间嫂嫂是一个暗娼,住在亭子间里做她的私密营生。这是一个被城市"边缘化"的人物,最后悲惨死去。亭子间可以说是悲哀生活的隐喻。小说叙述者"我"是亭子间嫂嫂的邻居,也住在亭子间里,他是一家书局的编辑,亭子间嫂嫂的故事是由"我"叙述出来的。小说开头写道:"我在

---

[1] 仲富兰. 上海民俗:民俗文化视野下的上海日常生活[M]. 上海:文汇出版社,2009:59.

[2] 叶中强. 上海社会与文人生活:1843—1945[M]. 上海:上海辞书出版社,2010:377.

外面东找西找，总算在云南路会乐里找到一个亭子间。这个亭子间，因为当初建造得特别宽畅的缘故，二房东把它当中隔了一层板壁，分作二间，另外又开了一个门，我就住在后头一个亭子间里面。"一间亭子间被隔成了两间，"我"和亭子间嫂嫂各占一头。二人紧邻，对彼此的事情自然十分了解，以至成为能够互助的知友。如果说亭子间嫂嫂住亭子间，和她的身份地位是相符的，那么"我"住亭子间也很能说明当时的处境。小说开头交代了"我"住亭子间的理由——"我"经商失败，受一家书局之聘，到上海当编辑。书局的阁楼令"我"感到很不适应，于是租下亭子间，用于工作兼住宿。小说中的"我"是一个闯荡生活的失意文人，青年文人初到上海潦倒艰难，亭子间是他们最初落脚的地方。于是"我"和亭子间嫂嫂相遇了，"我"对亭子间嫂嫂的遭遇深怀同情，颇有"江州司马青衫湿"的味道。在这部小说里，生活的艰辛和悲哀都被一个"亭子间"形象地概括了。

住所是可以喻示出生活的真相的。它是私人空间的落脚点，是谋生社会的栖息地，也是个人经济能力、社会地位、生活状况的直接映现者。即使所住之地只是一间旅社、一家饭店，或是租来的房子、借居的所在，却都留有居住者的生活印迹与情感忧乐。在通俗小说里，住所承担起了展示主人公真实生活的功能。

四

出行交通在晚清民国年间呈现出新貌。即便还能在街上看到马、轿等传统出行工具，但人力车、自行车、汽车、火车、轮船乃至飞机都随着交通道路的修筑改善进入了人们的生活。现代通俗小说中，交通工具成了重要的叙事符号，为人物的活动交往、故事的发展进程起到了推动作用。

刘云若《旧巷斜阳》里的主人公璞玉在从私娼公开成为妓女的过程中，人力车夫丁二羊起了不小的作用。丁二羊本想帮助璞玉逃脱苦境，没想到竟把璞玉推入更不堪的境地。在璞玉被骗入妓院的路上，拉璞玉的人力车坏了，只得再叫一辆。这一叫不打紧，却叫来了很多车子，阻塞交通，一片混乱，其中也有丁二羊的车。丁二羊没有拉到客座，想追踪璞玉的去向，却又不敢快跑。他必须遵守规定。"车夫的规矩，拉着座儿可以快跑，若只空车，就仅能徐行，一跑便犯警章"（第八回）。小说指出了这个规定，并叙述了丁二羊想跑而又不敢跑的细节。对于洋车夫行业，小说接下来的文字还提供了两则信息：其一，拉包月车的通常拉的是新车，而且包月车夫的收入必定比拉散座的要好；其二，洋车夫生活窘迫，"拉了三个座儿，赚了不到两毛钱，一顿饭，就剩了三十多子儿"（第八回），洋车夫赚钱不够花用，处于社会下层。小说借丁二羊，为车夫阶层的生活处境提供了生动确实的信息。

人力车是现代中国社会广泛使用的一种通行工具。从日本传来，造价不贵，制造不难，又比之前的独轮车和轿子要方便快捷舒适，因此很快流行起来。通俗小说对人力车的描述和人力车的日常生活化联系在一起。正因为大街小巷有人力车来往奔走，小说才能够在讲述故事的过程中，把人力车和人力车夫一起映照进来。但丁二羊在《旧巷斜阳》里不是一个被顺带提及的人力车夫，他的出现推动了小说的情节发展。璞玉从小院转入胡同，是丁二羊好心带来的恶果。为了救出璞玉，他奔走传信，最后舍身赴死。可以说，《旧巷斜阳》叙述出了一个正直鲁莽侠义愚忠的车夫形象。

除了成功地讲述人力车夫的故事外，小说还描述了自行车、汽车在当时人们生活中的位置。自行车在晚清传入中国，渐为人们熟悉，但对当时的普通民众来说自行车是件奢侈品。"骑行者除外国人外，还有教徒、洋行中的华人，以及一些赶时髦的纨袴少年。"[1]《旧巷斜阳》第三回就描述了"纨袴少年"骑自行车的一场追逐闹剧。吕性扬热烈追求梁意琴，他们二人的出场是通过一组外聚焦叙事完成的。一个美丽活泼的少女带着网球拍、骑着自行车出门锻炼，一个英俊少年等在路旁，见她过去，也骑上自行车在后面紧追。两车一前一后，少女施了个小小手段，令少年车翻在地。这场骑车追逐的嬉闹事件被写得十分有趣，而外聚焦视镜中的这两位年轻人穿着讲究，意态洒脱，一望便知是富家子弟。他们骑的自行车也就成了富家子弟的一样玩乐品。

汽车在《旧巷斜阳》里同样是富人出行的标志。小说第一回，嫁了富户的雅琴回到她小杂院的娘家，当杂院居民得知雅琴是坐了汽车来的，纷纷跑出门观看。"众人忽拉声分列两旁，看着她走进车去，都死盯着雅琴的鲜衣美饰，恨不得把眼光变作有吸引性的磁石，把她的首饰吸到自己身上来。那情形比平时看人家新娘子上花轿，更为入神。"雅琴穿着华丽，就和新娘子一样美艳；轿子和汽车虽然都是通行工具，但轿子不是普通人日常可以坐的，汽车更是富人的专利。看"新娘子上花轿"，含有赞美羡慕的意思，看"雅琴上汽车"同样富含艳羡的成分。主人公雪蓉因为雅琴的这次

---

[1] 闵杰. 近代中国社会文化变迁录：第2卷[M]. 杭州：浙江人民出版社，1998：187.

光彩照人的来访,改变了生活态度。她当上了西餐馆的女招待,嫁给了也拥有汽车的富绅柳塘。

当汽车出现在中国城市中时,轿子退出了交通工具行列。据曹聚仁说:"汽车第一次到上海,在光绪二十七年(1901),共二辆。由匈牙利人李恩时(Leinz)输入,一辆卖给宁波商人周湘云,另一辆归犹太商人哈同所有。"[1] 上海是最早通行汽车的中国城市,不少拥有汽车的富人坐汽车不仅因为它舒适快捷,还因为可以在马路上招摇兜风,获得满足享受。包天笑《上海春秋》中的主人公周老五就属于想坐汽车招摇兜风的一类。小说第六十六回,周老五和他的朋友坐汽车到梵渡别墅消夏。梵渡别墅是上海滩上的夜花园。"这种夜花园,总是盼望天气热,因为天气越郁热,人家在屋子里受不住,便要想坐汽车出外兜风,他们才有主顾。"被梵渡别墅吸引去的汽车不仅有私家车,还有车行里租来的汽车。"汽车上灯光照耀得数里之遥,好似张开了一双大眼睛,向前奔驰",景象很是壮观,足以显示出上海繁华奢靡的都市形象。

现代交通工具的出现,在一次次让人们感受到震惊体验的同时,也给人们的生活带来了太多改变。出行方便快捷了,时空距离缩短了,人际交往也增多了。能享受现代交通工具的不只是富人,平民也能在电车、火车上找到他们的位置。属于市政建设和公共设施范畴的现代交通工具为公众的出行活动提供了便利。带有不同身份背景的人在现代交通工具上遭遇,往往上演出种种因缘际会的故事,这其中,男女乘客的相会是故事产生的最佳推动力。随着时代社会的变革,男女之防的观念逐渐松动,"尽管社会上对在近代交通工具上男女杂坐有各种担心、非议,但一般情况下公共电(汽)车不分男车、女车;火车的普通车厢不设男座、女座;轮船的普通舱也不分男铺、女铺的,均男女杂坐(卧)"[2]。在现代通俗小说里,男女杂坐既可以是叙事的社会背景,也能成为故事进程的重要关节点。陈慎言《故都秘录》第十一回,希公爷为了逃债,收拾起存款,坐火车而去。他占据了一间车房,和一位女客在其中闲聊、吃零食,十分快活。结果却丢了银钱,希公爷为此几乎丧了命。在这段男女同坐的车厢经历中,女性成为攻击者,施展了她富有魅惑力的才能。由于在以往历史中,有女同车的经历不可多得,男性才会毫无防范地陷入危险境地。但危险还是少数的不巧

---

[1] 曹聚仁. 上海春秋[M]. 北京:生活·读书·新知三联书店,2007:213.
[2] 苏生文,赵爽. 西风东渐:衣食住行的近代变迁[M]. 北京:中华书局,2010:164.

现象，由男女同坐带来的奇遇却是多数人希望发生的。在日常生活的百无聊赖中，奇遇总能带来振奋色彩甚或是生活转机。汪仲贤《歌场冶史》中杨柳青乘轮船经历到的便是一段奇遇。小说第二十三回，杨柳青穷途末路，只身在轮船上，船上的一个买办，见色起邪思。杨柳青顺水推舟，依靠蒋买办过起日子来，暂时摆脱了无路可走的困境。可以说，交通工具在承载乘客的同时，也承载了他们的命运。

现代通俗小说对衣食住行的叙述，能在琐碎的表象中显示出新变，显示出现代人在社会变迁中的生活姿态。晚清民国时期的中国社会，日常生活在常态中开始躁动不宁。"在现代性中，日常变成了一个动态的过程的背景；使不熟悉的事物变得熟悉了；逐渐对习俗的溃决习以为常；努力抗争以把新事物整合进来；调整以适应不同的生活的方式。"[1] 这个动态过程被现代通俗小说捕获住，并被小说以一种生动具象的方式再次生成。

（本文原载《社会科学》2012年第4期）

---

[1] 海默尔. 日常生活与文化理论导论[M]. 王志宏, 译. 北京：商务印书馆, 2008：5.

论胡怀琛的《大江集》及其诗歌理论

钱继云

胡怀琛（1886—1938），字寄尘，既是诗人、新诗理论家，同时也是小说家、学者和文艺批评家。他对新诗研究起步早，著述多。如：他有以授课讲稿为蓝本的诗学专著《中国诗学通评》《诗歌学ABC》；也有对诗艺进行了重点研究的《白话文谈及白话诗谈》《中国文学辨证》等；还有显然受到西方诗学译著影响的《新诗概说》和《小诗研究》等。《大江集》集中代表了胡怀琛的诗歌成就，《诗与诗人》《新派诗说》《诗学研究》是《大江集·附录》的三篇系统研究新诗诗学特征的理论文章。

一、《大江集》：中国新诗的再"尝试"

《大江集》，1921年3月初版，写作于1919年至1920年，是胡怀琛第一部新诗集，也是中国新诗史上继胡适《尝试集》后的第二部个人新诗集，它的出版早于郭沫若的《女神》（1921年8月）5个月。《大江集》出版时，当时已有一批以胡适为代表的青年诗人出现于诗坛，他们以打破旧诗形式的束缚，创造自由体白话新诗为号召。而胡怀琛却说："我做大江集的宗旨，是要矫正新旧诗两方面的流弊。"[1] 正因为他此前曾对1920年胡适出版的《尝试集》有所不满与批评，所以他要自己拿出一部诗集来，作为他自己的另一类"新"的"尝试"，可谓雄心勃勃。台湾学者吕正惠指认五四运动以来新诗界最早个人诗集时，视《尝试集》《大江集》《女神》为前三，将胡怀琛的《大江集》列为第二。台湾花木兰文化出版社于2016年印行《民国文学珍惜文献集成》丛书，亦将《大江集》排列于《尝试集》与《女神》之间。而在过去，新文学史上总是鉴于《尝试集》之开先河的意义及《女神》的"异军突起"（朱自清评语），而将这两部诗集置于凸显地

---

[1] 胡怀琛. 胡怀琛通信[N]. 晶报，1921-05-09（2）.

位。在《中国新文学大系·诗集》中未选胡氏一首诗,且在"导言"中对他的诗歌主张也只字未提,就这样,《大江集》在数十年来一直被新文学史家所忽视。

这种被忽视和遮蔽的状态,是由于新诗发展的文化逻辑使然。中国某些新文学史家以为,新诗在复古与创新、传统与现代之间,应进行彻底的决裂;而胡怀琛的那种试图融合现代与优秀传统的新诗道路,很难得到认可。但在当时也有人大为赞赏,如"白屋诗人"吴芳吉曾就《大江集》给胡怀琛去信:"尊著读后,至为欣慰,尤感佩先生之独树一帜,不附和于流俗;此等骨气,实在难得。我望先生此后,各自抱道孤行;诗国前途,正无量也。"[1] 章士钊曾言"两极端之说,最易动听",盖缘于其"乖戾之气"与"偏宕之言",而"一经折中",存立之基既失,便没有鲜明立场,亦会失去光彩。[2] 大概由于这种心理较普遍的存在,《大江集》面世后见拒于新文学阵营,也就可以想象了。如应修人就曾以鄙夷口吻指称李宝梁诗集《红蔷薇》"很可与《大江集》为伍",《大江集》俨然被贴上了"伪新诗"的标签。[3] 胡怀琛对此类党同伐异之举甚为反感:"甚么体裁,甚么党派,我们都不应该把他放在心里。只管朝真好的地方走去,一天天的进步,自然能够得到最后的胜利。借着甚么体例来号召,靠着同党的鼓吹,漫骂他人,可说是没有用。"[4] 胡怀琛的新诗除收录于《大江集》外,还有部分见诸《胡怀琛诗歌丛稿》。后鉴于他居无定所,几乎年年迁居,由上海福履理路搬至萨坡赛路,直至赁居江湾,"左右瓜畦豆圃,新秋晚凉,虫声啾唧,颇有其故乡农庄风味",故将此期间诗汇成《江村集》。[5]

二、强烈的诗歌"问题"意识

胡怀琛的诗歌理论建设,表现在他强烈的"诗歌问题"意识。

首先,他对中国诗歌的特质进行了定义。他从"实质"和"形式"两方面对文学进行了分类,认为诗歌是可以用来表达感情并能吟唱的文学。同时,他对中国诗歌起源和情感变化也进行了归纳:一是"民族关系",如

---

[1] 吴芳吉. 给胡怀琛的信 [M] //胡怀琛. 诗学讨论集. 上海:新文化书社,1934:72.
[2] 佚名. 章行严先生莅雄辩会演说纪要 [N]. 北京大学日刊,1917 - 12 - 20 (3).
[3] 楼适夷,赵兴茂. 修人集 [M]. 杭州:浙江人民出版社,1982:263 - 264.
[4] 胡怀琛. 敬告同志. 文学短论 [M]. 上海:大中书局,1934:95.
[5] 郑逸梅. 南社丛谈 [M]. 上海:上海人民出版社,1981:228.

"周民族的温柔敦厚的情感""南方民族的神话""西北胡人的尚武精神及粗豪情感"等,不同民族为其情感基调定下不同底色;二是"哲学的关系",包括"孔子的温柔敦厚的情感""老庄的玄谈""释氏的觉悟语""宋儒的理学语"等,对情感投注了不容忽视的影响力;三是"政治的关系",如"治世的颂歌""乱世的呼喊""外族压迫下的呻吟"等,也为情感抹上中国特色。[1]

其次,《大江集》表现了胡怀琛对旧体诗和白话诗的双向反思。他反思了旧体诗的缺陷,而认为白居易凭其新乐府,"以老妪能解之笔墨,写当世社会之形状",这令他产生了强烈的共鸣。他提出诗歌须自然化,须去匠气、去文人气的主张,旨在实现诗歌通俗化、平民化、大众化。同时,胡怀琛对新体诗的批评也较客观,肯定其积极意义,认为能面向社会各阶层,非只"为特别阶级";是"社会实在的写真",而非为诗人"一人的空想";是"现在"文字,而非"死人"文字;是"神圣的事业",而非"玩好品"。然而就新体诗形式,胡怀琛则列举出三大短处。其一,"繁冗",新体诗违背"简字"这一诗歌原质。其二,"参差不齐",欧美诗体式显然不如中文诗整饬,新诗取法欧美无异于去己之长取人之短。其三,"无音节",音节是诗歌能够感人的关键,古人音韵追求"合乎五音六律",新体诗不循此法,又不能得"天然之音节",因此无法感人。胡怀琛欲"合新旧二体之长,而去其短",以《大江集》为实践,作为他"新派诗"的"尝试"。[2]

三、《大江集》对古体诗优秀传统的继承与对新诗的开拓

对于诗歌内容方面,胡怀琛认为诗的内容即为"意",由四部分构成:"情——个人的感情";"理——哲理的关系";"景——自然现状";"事——社会现状"[3]。翻阅《大江集》,首先便能感觉到现代意识的觉醒。强调将新思想、新事物入诗,是胡怀琛诗歌"质"的方面的要求。"若说到真知道诗的价值,恐怕除了白香山一人而外,没第二人。"[4] 对白居易推崇有加的胡怀琛十分认同其"文章合为时而著,歌诗合为事而作"(白居易《与元九书》)的理念,认为融当下生活与时代入诗十分必要,须用现代词汇抒

---

[1] 胡怀琛. 中国文学讲座·中国诗论 [M]. 上海:世界书局,1935:40,46,53.
[2] 胡怀琛. 新派诗说,大江集·附录 [M]. 上海:国家图书馆,1923:24-36.
[3] 胡怀琛. 白话诗谈 [M] //白话文谈及白话诗谈. 上海:广益书局,1921:20.
[4] 胡怀琛. 诗与诗人,大江集·附录 [M]. 上海:国家图书馆,1923:12.

写现代情感。而这些表达在胡怀琛笔下的新事物,就是伴随着现代民族国家觉醒而出现的国家主权独立意识、爱国主义情愫和对社会的批判与反思,以及自我个性的萌发等。例如,《长江黄河》是该诗集的开篇之作,也表现了诗人在白话诗学上以中化西、积极融合进取的态度。

胡怀琛还特意表现现代性的意象与思想。如将其新诗《雨后》("冷雨疏烟做晚凉,雨余明月吐清光;始知浴罢天然美,不用云罗助晚妆。")跟李商隐的《嫦娥》("云母屏风烛影深,长河渐落晓星沉。嫦娥应悔偷灵药,碧海青天夜夜星。")进行比对,不难发现前者所反映的"裸体美"更具现代感,体现出新时期的新思想,与后者折射出的传统伦理观大相径庭。[1]胡怀琛讲求温柔敦厚的含蓄,而在他的含蓄之中,也包含着批判社会的力量,例如,"日出采桑去,日暮采桑归,渐见桑叶老,不觉蚕儿肥。今日蚕一眠;明日蚕二眠。蚕眠人不眠,辛苦有谁怜?"(《饲蚕词》)五言为一句,明白如话,虽在平仄和格律上并不十分严谨,且多处重复,但在含蓄委婉之中,怜悯蚕农、反思社会的情绪跃然纸上,显得哀而不伤,怨而不怒,颇承乐府古风。

除此之外,《大江集》中还有直接旧题翻新的《禽言诗》《虫言诗》系列,将新时代的文明思想,注入这些"旧意象"。所谓禽言诗,即继承庄子寓言、风骚比兴传统,假借虫鸟为筌蹄,表达诗人所思所感,如《诗经》中《豳风·鸱鸮》,就是以鸱鸮自诉悲惨遭际来影射劳苦大众的不幸境遇。汉乐府亦不乏其例,如《雉子班》《乌生》《蛱蝶行》等。胡怀琛的《新禽言诗》之新,体现在诗歌的题旨新,具有时代气息。如《割麦插禾》,这是布谷鸟的叫鸣声:"好男儿,莫懒惰。好光阴,莫蹉跎。一春不种田,一年便错过。"从正面劝诫、引导人们惜时、勤力。"不如归去"本为模拟杜鹃的叫鸣声,又常写作该鸟的别名"思归乐"。且看胡氏的这首《不如归去》:"不如归去! 耕田种树。自耕自食,无忧无虑。只要努力保汝国,莫使欲归归不得!"开篇即"不如归去",既是鸟儿叫声,又以其字面意思体现了诗人的主张,同时也与"莫使欲归归不得"的警语形成了张力,更加强化"努力保国"之宏愿。因为保国是每个人"归去"的前提,如果国都不能保,怎么能"自耕自食,无忧无虑"?又如《灯蛾扑火》:"灯蛾扑火,光明误了我;早知有太阳,决不大错特错!"飞蛾扑火的意象古已有之,喻为追求理想而不惧牺牲、义无反顾。而胡怀琛此诗中完全颠覆了该意象既有的

---

[1] 胡怀琛. 诗的作法 [M]. 上海: 世界书局, 1932: 19.

褒议色彩，又有不做盲目、无谓的自我牺牲之反思，在当下更具现代启示意义。《大江集》中胡氏另几首虫言诗也大抵如此。《促织》催人耕织劳作；《知了》对"知"与"行"的关系进行思辨。

《大江集》表现出胡怀琛对新诗"音韵"问题的探索。一是有感于新体诗兴起，很多人以为摆脱韵律，就可以"话怎样说，就怎样说"（胡适语）[1]的方式写诗，胡怀琛认为新诗必须讲"音韵"。他肯定了"中国诗原有长处"（"简洁，整齐，有音节，故自然呈美观"[2]），对"音节"尤其强调："诗的重要部分在乎音节。"[3]。"诗体大解放"被有的人理解为放弃用韵，将诗歌的音乐性放逐，难怪章太炎发出如下牢骚："然今之新诗，连韵亦不用，未免太简，以既为诗，当然贵美丽，既主朴素，何不竟为散文。"[4] 胡怀琛坚持"不读旧体词，不能做新诗；不读古乐府，也不能做新体诗。"[5] 他还主张向民歌学习，通俗自然，"不用僻典""不用生字"，即便寻常典故，也不鼓励使用，以防落入掉书袋之窠臼。[6]《大江集》中有很多诗具有民歌口语特色，如轻松活泼的《行不得也哥哥》，也是他的"禽言诗"之一，以鹧鸪的叫鸣声为象征，将江南口语入诗，以活脱脱的女孩口吻，写出了一个女性应自主自尊的严肃主题："行不得也哥哥！哥哥说：叫我作甚么？我们要互助，你莫依赖我。你如依赖我，我依赖哪个？"

胡怀琛在继承古体之长，以中化西，融合进取方面有颇多见解，他的新诗讲究"音韵"，并向民歌学习等主张，都是他继胡适之后对新诗创作的又一次独树一帜的"尝试"，而这与胡适的"尝试"却又大相径庭，因此二人早在1920年就进行过一次长达半年之久的论辩，这在中国新诗史上也算是一桩大公案了。

（本文原载《中国现代通俗文学与通俗文化互文研究》，范伯群主编，江苏凤凰教育出版社2017年版，稍有改动）

---

[1] 胡适．《尝试集》自序[M]//胡适文存：第1集．北京：首都经济贸易大学出版社，2013：129.

[2] 胡怀琛．新派诗说，大江集·附录[M]．上海：国家图书馆，1923：27.

[3] 胡怀琛．诗与诗人，大江集·附录[M]．上海：国家图书馆，1923：2.

[4] 姚奠中，董国炎．章太炎学术年谱[M]．太原：三晋出版社，2014：329.

[5] 胡怀琛．白话诗谈[M]//白话文谈及白话诗谈．上海：广益书局，1921：44.

[6] 胡怀琛．新诗说，大江集·附录[M]．上海：国家图书馆，1923：45.

胡怀琛与《尝试集》的论争

钱继云

1920年3月胡适的《尝试集》出版,围绕着汉语新诗引发了新与旧、白话与文言、传统与现代的诸多争议,《中国新文学大系·文学论争集》等诸种新文学史料都对此有所记载。然而就目前可查阅的史料来看,最早的批评之声来自胡怀琛。胡怀琛与胡适的"二胡之争",是白话新诗诞生之初的一场重要争论,对于汉语诗歌的音韵等一系列诗学问题的探讨,明晰了文坛对于新诗建设的理论向度。

一、"尝试"的批评及修正

胡适的《尝试集》出版,仅隔一个月,4月30日胡怀琛于《神州日报》发文《读胡适之〈尝试集〉》,评论《尝试集》中的八首诗,甚至还操刀修改了其中的四首,如《蝴蝶》中,将"也无心上天"改为"无心再上天",以求"音节和谐"。《小诗》中,原文为"也想不相思,可免相思苦。几次细思量,情愿相思苦",因首句的"想"与下文的"相""同是一声(一平一上)",读来颇不顺口;第三句之"次"字与"思"字"音相近,读不上口";二、四句末连用两个"苦",实乃重复,故而胡怀琛将此诗改为:"也要不相思,可免相思恼。几度细思量,还是相思好。"《送任叔永回四川》中,将首行的"你"改为"君",将第二行的"意"改为"公",皆因改后"声音都长些,读起来方有天然的音节"。[1] 胡怀琛对胡适的新诗既评又改,引发数月之争,后又亲写《大江集》示范。胡怀琛深谙"改诗是吃力不讨好",替别人尤其"替名人改诗",则"加倍不讨

---

[1] 胡怀琛. 读胡适之《尝试集》[M] // 《尝试集》批评讨论:上. 上海:泰东图书局,1921:1-12.

好"[1],却仍"标明旗帜,反对胡适之一派的诗"[2]。

这在诗歌界引发轩然大波,张东荪、刘大白、李石岑、朱执信、朱侨、刘伯棠等人直接或间接地参与其中。稍后,7月胡怀琛又于《时事新报·学灯》发表《〈尝试集〉正谬》一文,继续对胡适新诗中的种种"谬误"进行纠偏,引发讨论升温,王崇植、吴天放、井湄、伯子等又加入其中,进一步扩大了新诗探索的反响。此番讨论历时半年有余,直至1921年1月方才告终。嗣后,1921年在张静庐的帮助下,胡怀琛将讨论篇什及书信结集为《尝试集批评与讨论》(上、下),由上海泰东图书局出版。还有一些后续讨论文章汇编成《诗学讨论集》由晓星书局1924年出版。

客观考察整个争论事件,胡怀琛态度是学术的、心平气和的,反观胡适,则气量狭小,且颇有文坛宗派嫌疑。对于胡怀琛的讨论要求,胡适并没有正面回应,而是在《致张东荪的信》中对胡怀琛竟动手改他的诗深表不满:"诗只有诗人自己能改的","因为诗人的'烟士披里纯'[3]是独一的,是个人的,是别人很难参预的"[4]。值得玩味的是,胡适采取了双重标准,他在《尝试集》将出第四版时特邀任叔永、莎菲夫妇与鲁迅、周作人兄弟,以及学生俞平伯等名家贤达为其修改、删定诗稿。胡适坦言:"我所知道的'新诗人',除了会稽周氏兄弟之外,大都是从旧式诗、词、曲里脱胎出来的。"[5]他很看重二周的删改意见。尽管胡怀琛再三坦言,"我的批评的宗旨,完全为著诗的前途","没有一毫意气的争执"[6],然其南社成员身份,还是令胡适自然地将他划入敌对派阵营。新文化运动初期,南社与高举"文学革命"大旗的胡适之间,为争夺话语权与扩张诗坛空间多有龃龉。胡适对南社毫不手软,态度激烈,言辞尖锐。

其实,新诗运动之初,倡导者重白话甚过诗歌本身,走的是先破再立的路数;如何让新诗安身立命的问题,因对旧诗打砸得太猛太快而无暇顾及。俞平伯就指出:"白话诗的难处,正在他的自由上面。他是赤裸裸的,没有固定的形式的,前边没有模范的,但是又不能胡诌的;如果当真随意

---

[1] 胡怀琛. 萨坡赛路杂记[M]. 上海:广益书局,1937:85.

[2] 胡怀琛. 序[M]//《尝试集》批评与讨论:上. 上海:泰东图书局,1921:2.

[3] 即 Inspiration,为灵感之意。

[4] 胡适. 致张东荪的信[M]//胡怀琛.《尝试集》批评讨论:上. 上海:泰东图书局,1921:13-14.

[5] 胡适. 谈新诗:八年来一件大事[M]//胡适文存:第1集. 北京:首都经济贸易大学出版社,2013:235.

[6] 胡怀琛. 序[M]//《尝试集》批评讨论:上. 上海:泰东图书局,1921:1.

乱来，还成个什么东西呢！"[1] 胡怀琛也强调，由文字写就的诗当体现出艺术美来，诚然"旧体的一部分是假美"，不好，但"新体诗是没有美"，而没有美便失去了诗歌存在的合法性了。[2] 直至20世纪30年代，梁实秋还在感慨："诗先要是诗，然后才能谈到什么白话不白话。"[3]

二、白话新诗是否需要音韵？

《尝试集》的争鸣焦点在于诗歌用韵问题。诗的音韵可以说是诗歌由旧体往新体演进变革中的重要问题。胡适在《尝试集》等新诗创作中，关注点在白话对传统文化的破坏和冲击作用，对音韵问题并不重视，如在《谈新诗》中，他将"韵脚"与"平仄"视为"不重要的事"，认为双声叠韵"是旧诗音节的精采"，"能够容纳在新诗里，固然也是好事"，但不必勉强，而新诗趋势，则是音节的"自然"，靠的是"语气的自然节奏"和"每句内部所用字的自然和谐"[4]，后来，他在《尝试集》再版自序中更直截了当地提出新诗应"有什么话，说什么话；话怎么说，就怎么说"[5]。

然而，正是通过对《尝试集》的考察，胡怀琛感到新诗解放律诗禁锢出现了矫枉过正的倾向，太过自由与随意，背离了音韵的自然与和谐（如《小诗》中，胡适写出"想相思""几次细思"的诗句，并认为前者三字系"双声"，后者四字为"叠韵"，而胡怀琛认为我们所用双声字多半为"形容词两字相连"，如"丁东""玲珑"，所用叠韵，也不外乎"苍茫""迷离"之类，"没有他这样的叠法"；胡适认为其二、四句的第二字"免"与"愿"押韵，而胡怀琛认为即便姑且认可此类押韵格式，"读来也不好听"，因为在"可免"与"情愿"处须停顿且重读，而后面的三个字因须轻读故而"都是几几等于无声"，"这还成个甚么音节"，从而指出胡适过度解放而

---

[1] 俞平伯. 社会上对于新诗的各种心理观[M]//乐齐. 中国当代作家选集：俞平伯. 北京：人民文学出版社，1992：254.

[2] 胡怀琛. 白话诗谈[M]//白话文谈及白话诗谈. 上海：广益书局，1921：42.

[3] 梁实秋. 新诗的格调及其他[M]//许霆. 中国现代诗歌理论经典. 苏州：苏州大学出版社，2008：212.

[4] 胡适. 谈新诗：八年来一件大事[M]//胡适文存：第1集. 北京：首都经济贸易大学出版社，2013：112.

[5] 胡适.《尝试集》自序[M]//胡适文存：第1集. 北京：首都经济贸易大学出版社，2013：129.

导致的随意性令诗歌受伤。[1]）。胡怀琛认为，汉语诗歌的音韵形式，可以表现特定的情感，具有程式性的内涵美，在诗中摸打滚爬许多年，对诗歌音韵研习透彻、了然于心的胡怀琛自有心得："情感有种种的不同，例如表愤怒的情感，音节自然短促；表思慕的情感，音节自然悠扬。"甚至以"平水韵"为例，认为"二萧""三肴""四豪""七阳"诸韵中的字，因其声音"高亢"，宜表"激昂慷慨的情感"；"一东""二冬"两韵中的字，以其声音和平，故宜表现"快乐的情感"；"四支""五微""九佳""十灰"等韵，宜表"悲壮的情感"；至于"十一尤"之韵，宜表"幽咽的情感"。[2] 总之音韵伴随着内在感情的起伏而抑扬顿挫、起承转合。与此同时，刘伯棠也对胡适的押韵手法颇为怀疑，认为索性不押韵倒也算是"一种自然的天籁"[3]；朱执信甚至认为不懂音节，将会导致"诗的破产"[4]。胡怀琛看似是在细究些音韵，其实抓准了胡适的不足处。

然而，对胡怀琛的意见，胡适始终不予正面回应。1920 年 8 月底，胡怀琛一方面深感争鸣牵扯诸多是非问题，须有论断，另一方面鉴于后期的讨论拉杂枝蔓，得有个了断，故而请胡适出面对整场论争作"最后的解决"[5]，胡适回复道："先生既不是主张新诗，既是主张'另一种诗'，怪不得先生完全不懂我的'新诗'了，以后我们尽可以各人实行自己的'主张'，我做我的'新诗'，先生做先生的'合修辞物理佛理的精华共组织成'的'另一种诗'，这是最妙的'最后的解决'"[6]。从拒绝直接对话（钱玄同也曾致信胡适，要他不必理会胡怀琛，认为后者"知识太浅"，"他的话实在'不值得一驳'"[7]，事实上胡怀琛家学功底扎实，12 岁始作诗，

---

[1] 胡怀琛. 胡怀琛致张东荪的信 [M] //《尝试集》批评与讨论：上. 上海：泰东图书局，1921：17-18.

[2] 胡怀琛. 诗的作法 [M]. 上海：世界书局，1931：69.

[3] 刘伯棠. 刘伯棠至胡适之函 [M] //胡怀琛.《尝试集》批评与讨论：上. 上海：泰东图书局，1921：59.

[4] 朱执信. 诗的音节 [M] //胡怀琛.《尝试集》批评讨论：上. 上海：泰东图书局，1921：31.

[5] 胡怀琛. 胡怀琛给胡适之的信 [M] //《尝试集》批评与讨论：下. 上海：泰东图书局，1921：44.

[6] 胡适. 胡适答胡怀琛的信 [M] //胡怀琛.《尝试集》批评与讨论：下. 上海：泰东图书局，1921：46.

[7] 耿云志. 胡适遗稿及秘藏书信选：第40卷 [M]. 合肥：黄山书社，1994：280.

二十余年"几乎没一年不在诗里讨生活"[1]）到《尝试集》再版时暗讽胡怀琛守旧[2]，阵营壁垒之森严可见一斑。然而若说胡怀琛"守旧"，确与事实不符。胡怀琛早在新文学初兴之时，便以趋新者姿态疾呼旧文学的没落与衰败。

其实，翻检胡适《谈新诗》《致张东荪的信》等系列文章，以及通过周氏兄弟对《尝试集》的修改，可见胡适已部分矫正了自己的观点，只不过他并不承认胡怀琛对这一改变曾发生过任何影响。胡适始终将胡怀琛视作旧派文人。《尝试集》论争结束一年后，为纪念上海《申报》创刊50周年，1922年3月，胡适写就《五十年来中国之文学》："我可以大胆说，文学革命已过了讨论的时期，反对党已破产了。从此以后，完全是新文学的创造时期。"[3] "革命"与"反对党"等语汇的使用，再现了当年论争时的剑拔弩张。

三、《尝试集》争论余韵及其影响

时过境迁，当我们再来评价胡适1920年的《尝试集》，更倾向于将其价值定位于"尝试"。朱湘曾在关于《尝试集》的争鸣平息后若干年后，仍毫不客气地用八个字对之做了尖锐评价："内容粗浅，艺术幼稚"，他甚至严苛地只为《尝试集》的十七首诗贴上新诗标签，可"这十七首诗里面，竟用了三十三个'了'字的韵尾。（有一处是三个'了'字成一联）""未免令人发生一种作者艺术力的薄弱的感觉了"。[4] 梁启超也对白话体新诗"满纸'的么了哩'"的毛病牢骚满腹："枝词太多，动辄伤气"，"字句既不修饰，加上许多滥调的语助辞，真成了诗的'新八股腔'了"。[5] 尽管人们普遍认为胡适新诗理论高于新诗创作，其《谈新诗》甚至被朱自清誉

---

[1] 胡怀琛. 胡怀琛给王崇植的信[M]//《尝试集》批评与讨论：下. 上海：泰东图书局，1921：26.

[2] 胡适.《尝试集》再版自序//胡适文存：第1集. 北京：首都经济贸易大学出版社，2013：132.

[3] 胡适. 五十年来中国之文学[M]//胡适文存：第2集. 北京：首都经济贸易大学出版社，2013：212.

[4] 朱湘.《尝试集》[M]//中书集. 北京：中国戏剧出版社，2001：153.

[5] 梁启超.《晚清两大家诗钞》题辞[M]//梁启超全集：第9册. 北京：北京出版社，1999：4929-4930.

为"诗的创造和批评的金科玉律"[1]，然而1922年白话新诗立足文坛后，过于白话或"散文化"倾向渐为人们所诟病。如章太炎认为："凡称之为诗，都要有韵，有韵方能传达感情；现在白话诗不用韵，即使也有美感，只应归入散文，不必算诗。"[2] 俞平伯也说："一览无余的文字，在散文尚且不可，何况于诗？"[3]

周作人指出"诗并不专重意义，而白话也终是汉语"[4]，呼吁白话新诗仍须遵循汉语诗本分。现代纸媒日渐普及，使诗歌审美方式由"吟诵"向"默读"变迁，视觉接受方式给想象预留了更大空间，读者也有足够时间从容地咀嚼，这无疑体现出了诗歌的现代性吁求。然而一方面，读者的阅读模式仍旧很大程度地沿袭传统，普罗大众依旧"很欢迎胡寄尘、刘大白、沈玄庐的（新）诗，以为与古诗相近所以有趣"[5]；另一方面，从新诗的发展轨迹而看，诗朗诵与朗诵诗从未真正地退出历史舞台。争鸣"了断"之后不久，1922年3月，俞平伯的《冬夜》问世，闻一多在作评时认为："这种艺术本是从旧诗和词曲里蜕化出来的"，并强调"我们若根本地不承认带词曲气味的音节为美，我们只有两条路可走，甘心作坏诗——没有音节的诗，或用别国的文字作诗。"[6]——新诗艺术性问题成为值得继续探讨的话题。胡怀琛1934年写道："当时适之先生不听我的话。但是忽忽已是十年以外了，新诗的成绩在那里呢？适之先生也找不出罢！"[7]

（本文原载《中国现代通俗文学与通俗文化互文研究》，范伯群主编，江苏凤凰教育出版社2017年版，稍有改动）

---

[1] 朱自清. 导言[M]//中国新文学大系：诗集. 上海：上海文艺出版社，1935：2.
[2] 曹聚仁. 关于章太炎先生的回忆[M]//文思. 北京：北新书局，1937：155.
[3] 俞平伯. 《草儿》序[M]//齐乐，孙玉蓉. 俞平伯诗全编. 浙江：浙江文艺出版社，1992：619.
[4] 周作人. 《旧梦》序[M]//秦艳华，郑全来. 中国现代新人文文学书系：文论卷. 山东：山东文艺出版社，2005：94.
[5] 式芬. 新诗的评价[N]. 晨报副刊. 1922-10-16（3）.
[6] 闻一多. 《冬夜》评论[M]//孙玉蓉. 俞平伯研究资料. 天津：天津人民出版社，1986：214-215.
[7] 胡怀琛. 语文问题的总清算[J]. 时代公报，1935（146）：22.

还珠楼主武侠小说研究述评

吉 旭

自清代以来，武侠小说就已经蔚然勃兴，逐渐风行于世。而自20世纪20年代以来，便更是进入了一个"产生奇花异卉、万紫千红的武侠春天"。而还珠楼主李寿民的《蜀山剑侠传》等充满瑰丽想象，带着浓烈奇幻色彩的武侠小说显然更是这奇花异卉中最为妖艳的一簇。其代表作品《蜀山剑侠传》《青城十九侠》等在20世纪三四十年代掀起了一股轰动海内外的"蜀山"热潮。据说"每一册出版的三四天内，一万册之数，一抢而空。早上开出门来，就有顾客望门而候了。"其作品在当时的火热程度可想而知。还珠楼主还被认为是"中国第一多产作家"，自1932年至20世纪50年代初，他以"蜀山"为核心，创作了近30部武侠小说，形成了一个庞大的"蜀山系列"。但是，就是这样的一位影响巨大的作家却被文学史"不小心"地忽略了数十年之久。在1949年至1982年这长达三十多年时间里，竟没有一部关于还珠楼主小说的研究专著产生。而从20世纪80年代至今，国内学术期刊上公开发表的关于还珠楼主小说的专门论文，也不过区区数篇而已。这样的现象不免让人颇为疑惑。不过值得庆幸的是，现在终于已经有越来越多的学者发现了这块瑰宝，其小说作品，特别是恢宏的"蜀山"系列小说的价值渐渐为人们所发现。

首先，还珠楼主"蜀山"系列小说受到学者重视并研究相对较为成熟的是"思想文化"方面。虽然还珠楼主的作品脍炙人口，读者遍及海内外各阶层，包括高级知识分子，但是，由于士林普遍对这类通俗文学作品有鄙视之心，文学史家几乎都不屑为之评论。最早完整、系统评论还珠楼主及其作品的是1948年徐国桢连载于《宇宙》复刊号三至五期的《还珠楼主及其作品的研究》，后于1949年正气书局改名为《还珠楼主论》出版单行本，全书约3万字。其《思想论》一章提出："还珠楼主小说的思想方面杂而不纯"，基本上是"儒释道三家的搓合"，这一说法被大多后来的学者所认同，徐国桢称：

概括说来，还珠楼主所创造的小说人物，在行为上可说如下：本来是李耳、庄周一般的襟怀，可生就了释迦牟尼的两只眼睛，却是替孔丘、孟轲去应世办事。于是儒释道混成一体了。[1]

中国台湾的叶洪生先生对还珠楼主尤为佩服，其于1982年在《民生报》副刊连载长篇论文《惊神泣鬼话〈蜀山〉》，并随即以此文为底本，经大幅增补后出版了《蜀山剑侠评传》《天下第一奇书〈蜀山剑侠传〉探秘》这两本专题著作。在思想论方面，叶先生继承了徐国桢先生关于还珠楼主"儒释道合一"观点，他认为，在中国千年小说传统中：

> 从未有一名作家或一部作品能将儒、释、道三家之思想学说精义共冶于一炉而予以高度艺术化之发挥者——有之，则自还珠楼主始，且至今无人能出其右！[2]

这样的评价虽有夸大之辞，但大体还是反映了还珠楼主小说的思想特质。儒家主张"入世"，道家偏好"出世"，这一矛盾如何统一呢？叶先生用"玄学主义者"和"人道主义者"二元论较好地解决了这一困惑，而其生命哲学也体现出"长生""慈悲"和"仁义"的有机统一。除此之外，叶先生对还珠小说的思想内涵进行了进一步的深入研究，对小说中的生死观、宇宙观、修仙理论进行了解释，并发现还珠小说的道家哲学基础主要来源于晋朝《抱朴子》一书，并做了详细论述。

徐斯年先生是较早对还珠小说"生命哲学"发生兴趣的学者，他非常敏锐地指出：

> （道家不死思想）是一种相当独特的生命哲学。传统武侠小说一再宣扬的"仙侠一途"说，实以此为哲学基础。但是，没有任何作家能像还珠楼主那样以壮美凄绝的众多故事和五彩纷呈、光怪陆离的丰繁意象，来生动而深邃地表现这种生命哲学。

对还珠楼主小说思想的研究至此让人耳目一新，豁然开朗。钱理群等《中国现代文学三十年》之相关章节基本继承了徐先生的看法。称《蜀山剑

---

[1] 徐国桢. 还珠楼主论 [M]. 上海：上海正气书局，1949：38.
[2] 叶洪生. 天下第一奇书：《蜀山剑侠传》探秘 [M]. 上海：学林出版社，2002：16.

侠传》的剑仙与怪魔"两方面寓示了一种共同的形而上意义，就是人对自身命运的不懈抗争"。同时，钱理群等明确肯定了还珠楼主小说的文化价值：称"还珠楼主的神怪武侠小说建立在中国传统文化的基础之上，它的文化内容也十分丰饶。……（还珠楼主）全部武侠小说可说是对中国文化的一种现代综合阐释，也近于一个奇迹。"[1]

之后更为系统论述《蜀山剑侠传》的生命哲学的是孔庆东和蒋炯毅，他们认为还珠小说充满了对人生的"悲剧性"认识，展现了超越生命的苦难架构，以现代性的生命意识，完成了武侠小说对传统的超越。[2] 这一论断，给还珠楼主小说研究拓展了思路，开阔了视野。还珠楼主武侠小说的思想价值也从徐国桢的较为简单概括的"儒释道三家的搓合"发展到了超越肉体生命极限的人类生命体验范畴，并具备了初步的悲剧性意义。

其次，还珠楼主小说的"艺术价值"也较早为学者所赏识。徐国桢对还珠小说想象之"奇幻"有这样一段评述：

> 在还珠楼主笔下：关于自然现象者，海可煮之沸，地可掀之翻，山可役之走，人可化为兽，天可隐灭无迹，陆可沉落无形……对于生命的看法，灵魂可以离体，身外可以化身，借尸可以复活，自杀可以逃命，修炼可以长生，仙家却有死劫，等等。

这段评论准确道出了还珠作品最大的艺术特色——奇幻想象。叶洪生继续考察了还珠楼主奇幻想象大多脱胎于《山海经》《封神演义》《西游记》《神仙传》《平妖传》等著作。之后很多学者也都分别从各个角度对还珠小说的奇幻特色作了论述：罗立群称还珠楼主是"天纵之才，魔幻之笔，海阔天空，随意所至"；羊羽称"还珠楼主的奇思妙想，熔神话、志怪、武侠、剑仙于一炉……把写实的传统技击与浪漫的驰骋想象相结合起来，开创了'奇幻仙侠'这一武侠小说流派"；张华称"《蜀山剑侠传》所显示出的作者的艺术想象力是特别引人注目的。这种艺术想象力，极其丰富，高度活跃，雄奇瑰丽，气象万千"。多次对武侠小说研究热潮发表异议的袁良

---

[1] 钱理群，温儒敏，吴福辉. 中国现代文学三十年［M］. 北京：北京大学出版社，1998：348.

[2] 孔庆东，蒋炯毅. 论《蜀山剑侠传》的超越生命观［J］. 西南师范大学学报，2006（2）：70-72.

骏先生，也在一篇论文中肯定了"还珠楼主想象力极为丰富"，称还珠楼主"除了对自然力、非自然力的奇异爆炸力的超常想象，还氏对妖魔鬼怪、毒物毒虫的描绘也让人惊诧莫名……"[1] 可见，还珠楼主武侠小说的超乎寻常的想象力基本上得到了各界学者的肯定，对后世武侠小说发展起着非常重要的影响。

不过，对还珠楼主小说"想象奇幻"的艺术特色也充满了争议。"荒诞不经"是使用最多的一句话。不少学者都认为"荒诞不经"是还珠小说的的重大缺陷。如范烟桥认为还珠楼主"写武侠小说没有事实依据而全凭幻想，题材终必陷于枯窘，写法上也只能东扯西拉……"[2] 而袁良骏先生则在多篇论文中连续指责还珠楼主的小说"胡诌八扯，荒诞之极"。

还珠楼主小说中大量绝美的景色描写，也越来越受到学者的关注。较早深入论述《蜀山剑侠传》"神话和自然美结合"的艺术特色的是张赣生。他赞扬《蜀山剑侠传》"将名山大川的雄伟或秀美与神话传说的奇幻融为一体，神话为山川添了灵气，山川使神话更为瑰丽，两者相得益彰"。并且，追根溯源，认为《蜀山剑侠传》写景的成功"正是庄子《逍遥游》、屈原《九歌》以降许多名篇所体现的共同规律，非胜景不足以显扬神话，非神话不足以渲染胜景"。从而充分肯定了还珠楼主在中国文学史上的贡献。[3] 之后，方忠又进一步论述了还珠楼主小说中自然胜景对审美个性的陶铸，从而为小说塑造了独特诗韵。[4] 其他如张华、叶洪生、金开诚等学者也都从各个角度肯定了还珠楼主写景造境的成就。在这个层面上，还珠楼主小说中的美轮美奂的景物描写，已经不再是作为小说的"环境"因素而存在了，而直接成为小说的重要描写对象，从而具有了初步的叙事功能。在一些章节，其景物描写恢弘壮阔，甚至有着"喧宾夺主"的嫌疑，而实际上，这些景物描写对还珠楼主小说的意境塑造起到了至关重要的作用。

此外，还珠楼主小说中人物形象的塑造引起的争议较多。不少学者都认为还珠小说中人物"大多性格缺乏深度和复杂性，比较单一，反面人物

---

[1] 袁良骏. 还珠楼主《蜀山剑侠传》的成败得失［J］. 黄河科技大学学报，2002（4）：53-60.

[2] 范烟桥. 民国旧派小说史略［M］//魏绍昌. 鸳鸯蝴蝶派研究资料：上卷. 上海：上海文艺出版社，1984：320.

[3] 参见张赣生在《民国通俗小说论稿》中"还珠楼主"相关章节，重庆：重庆出版社，1991.

[4] 范伯群. 中国近现代通俗文学史［M］. 南京：江苏教育出版社，1999：634.

更是一律呈公式化、概念化……在人物形象的复杂性、性格的个体性上普遍不足"[1]。同时,也有不少学者肯定其人物刻画方面的造诣,虽未曾过渡到"性格中心",但是其笔下出现了多种多样的性格类型,成为后世港台武侠小说的取法模式。同时,善于用"孽怨"以及其他曲折离奇的情节等"动作链"来刻画复杂性格。[2] 这一点对于该类型小说的叙事功能完成,有重要的研究价值。

最后,还珠楼主的小说神驰八极,想象奇特,很早就引起学者对其艺术渊源的研究兴趣。这方面取得较大成果的是台湾的叶洪生先生。研究认为,还珠楼主小说的生命哲学主要来源于《抱朴子》《神仙传》等道家著作;写景造境的艺术构思来源于《真诰》《拾遗记》中的洞天说;而五花八门的法宝、飞剑的灵感多来源于《拾遗记》《洞冥记》《古镜记》以及一些唐宋传奇。此外,张华、唐金海等学者也都多角度论述了还珠楼主小说对上古神话、楚辞、志怪笔记、佛道经书、《西游记》《封神演义》等神魔小说的学习、继承和发展。当然,还珠楼主不但对这些古代道家著作、志怪笔记、唐宋传奇深有研究并充分继承、吸取了其精髓,还用自己的天纵之才进行了大胆的想象与扩充,从而形成了一套完整的得道、升仙、炼宝、布阵、造剑的神话体系,对后世武侠小说作家起到了巨大的影响。

还珠楼主武侠小说的的研究,除了思想文化内容、艺术价值、作品渊源三个方面之外,还有不少学者在其他研究方面也取得了一定的成果,如:唐文标从写作学角度谈论了剑侠小说的创作特色,较为深入地论述了修道成仙的理论;周清霖则对还珠楼主作品做了精细的梳理工作,完成了还珠楼主创作年表;此外,周先生跳出还珠的"仙魔世界",对还珠楼主的其他武侠小说做了较好的分类工作,并开始关注其"入世武侠"小说;黄汉立对《蜀山剑侠传》和《青城》两部作品做了较为详尽的比较;等等。同时,还珠楼主小说的价值也在不断被学者发现和肯定,还珠楼主也被称为"天才横溢,成就独特,居于一个承前启后的关键地位"(叶洪生),称其是"天纵之才,魔幻之笔,海阔天空,随意所至"(罗立群)。在创作道路上,不少研究者认为,"还珠楼主在发展创作思维方面做出的贡献,在这个意义

---

[1] 寇鹏程,卢丽华.《蜀山剑侠传》正派年轻女侠的身体叙事策略[J].重庆三峡学院学报,2009(5):36-38.

[2] 范伯群,孔庆东.通俗文学十五讲[M].北京:北京大学出版社,2003:157.

上，中国至今还没有一部能与《蜀山剑侠传》比肩的武侠作品或科幻神话作品"（范伯群、孔庆东）。总之，还珠楼主的武侠小说创作，正在越来越受到研究者的关注，相信还会不断有更新的研究成果陆续问世，而还珠楼主的武侠小说研究也必然会取得越来越大的成果。

（本文原载《作家》2012 年第 2 期）

被割裂的"雅"与"俗"

——观念史视域中的"网络文学"

张学谦

从20世纪90年代末BBS上兴起非职业作家创作连载至今,网络文学已经发展了20余年。这20多年中,网络文学从BBS的帖子转变为商业文学网站的商品,作者由业余创作者蜕变为职业、半职业的创作群体,而伴随着网络文学蓬勃发展的是社会对其认知观念的转变。20多年前,曾被视为借由"自由精神"对传统突破的网络文学[1],现在已当然的变为一种典型纯商业化通俗文学。网络文学当下处境与认知观念的转变与作者、读者、批评家以及商业机构在网络文学发展中不断分剥"雅"与"俗"有着复杂的联系。从某种程度而言,正是这种雅俗剥离认知观念形成,逐步给繁盛的网络文学带来现代所产生的种种忧患与弊病。

一、"网络文学"观念的起源辩证

如果说1997年在罗森在BBS上连载的《风姿物语》对文学活动还没有产生影响的话,那么1999年,蔡智恒以笔名痞子蔡在BBS上连载的小说《第一次的亲密接触》的出版,则对当时的读者们产生了巨大震动。这部被冠名"新锐作家"的"网络小说"之出版,使当时的读者与批评家来说充满新奇的感觉。此时,"网络文学"究竟为何尚未在社会观念意识中形成,甚至于"网络文学"这个概念都还未诞生呢?张颐武为《第一次的亲密接触》撰写的序言中使用的是"网上文学"概念。[2] 在20世纪90年代末,不但在观念上不存在"网络文学",在现实中包含网络上的文本创作中,有

---

[1] 欧阳友权.网络文学的本体追问与意义体认[J].文艺理论研究,2007(1):58-62.
[2] 蔡智恒.第一次的亲密接触[M].北京:知识出版社,1999:3.

没有将这些小说、诗歌、散文的文本视为文学，也是尚待讨论的。不论是在台湾地区的蔡智恒，还是在大陆的宁肯，他们的作品都无一例外地在获得网络上的影响前，被各类出版社、杂志社拒之门外。甚至当时的蔡智恒本人都未必将《第一次的亲密接触》视作一部文学作品。

实际上，20世纪90年代的不少所谓的网络文学作家都没有将自己的作品视作为"网络文学"这个特定的文学类型。知名网络小说《蒙面之城》之所以会在新浪上连载，乃是因为在宁肯将小说稿件投往《收获》《花城》《钟山》《大家》等几家杂志之后，均没有获得任何反应，才选择在网上进行开放型连载的。[1] 即便是榕树下这样后来广为人知的网络文学网站，其初衷也仅仅是发布以"生活，感受，随想"为主题的的大众文学作品。如果没有《第一次的亲密接触》在台湾地区的出版成功，或许大陆的网络文学可能会是另外一番样子。在榕树下 BBS 关闭之前，那些有名的网络文学文本如《告别薇安》（安妮宝贝）、《迷失在网络中的爱情》（李寻欢）、《成都今夜请将我遗忘》（慕容雪村）等作品，在其出版后近十年的时间中累计点击量均不过 10 万[2]，更遑论这些作品在 1997 年前后[3]的真正的点击量与传播范围。显然，其在社会的影响力极其有限，更不必谈对文学领域的实质影响了。按照宁肯的说法，在 2000 年的时候，文学刊物《当代》的编辑是不上网的。[4] 正是由于痞子蔡的小说从 BBS 到出版的巨大成功，使文学网站的运营者与职业批评家意识到了所谓"网络文学"的存在。

可以说，"网络文学"观念最初的形成，源自于文学网站与出版社的商业合谋。第一批成名的网络文学作家大都有着双重身份，路金波（李寻欢）、陈万宁（宁财神）、励捷（安妮宝贝）等作家都是榕树下网站的职业编辑，既从事文学创作，也从事网站编辑工作。同时，他们又是榕树下在与出版社合作之后推出的第一批网络作家。显然，这其中或多或少有着网站营销的商业意味，也有这出版社为了拓展出版渠道的诸多考量，当然还有《第一次的亲密接触》的成功所显示的商业利益的驱动。这一批榕树下网络作家作品的系列出版是中国网络文学第一次通过出版途径走向社会，

---

[1] 宁肯. 宁肯访谈录[M]. 上海：上海文艺出版社，2019：79.

[2] 由于榕树下 BBS 等文学 BBS 大多数已经关停，无法提供详细的网络数据。笔者在 2007 年进入 BBS 查看时这些帖子的累计点击量有 5 万多次。

[3] 中国在 1994 年正式接入互联网，成立于 1997 年的中国互联网络信息中心在当年发布的数据显示，国内仅有不到 30 万台计算机接入国际互联网。

[4] 宁肯. 宁肯访谈录[M]. 上海：上海文艺出版社，2019：80.

正是由于这批图书的出版,"网络文学"的观念才开始逐步在社会传播,而榕树下也成为当时文学青年与网络文学的一个"圣地"。

除了文学网站与出版社的运营之外,网络文学观念形成的一个重要因素在于职业研究者的推波助澜。多数20世纪90年代的网络作家中,并没有严格将自己与一般作家区别。比如宁肯、安妮宝贝等作家始终认为自己与非网络作家是一样的,作品虽然在网上连载,但是与一般文学并无相异之处。[1] 然而,坚决地将网络作家与非网络作家作出区分的恰恰是文学与文艺理论的专业学者。不过正如此时的网络文学作者们"懵懂"的状态一致,此时的批评观点也充满了暧昧。这些在互联网上连载的文学,时而被称之为"网络文学",时而被称之"网络原创文学"[2],以及上文提到的"网上文学"。除了概念的不统一外,对于"网络文学"的范畴,在作家与学者之间、学者与学者之间都缺乏一致性。

在当时的不少网络作家看来,网络文学既包含着BBS的帖子——无论其是否出名,又包含着专业文学网站的连载一般文学样式。[3] 而对批评家来说,网络文学是"离开网络就不能生存"的新型文学样式。[4] 网络作家与批评家之间的观念差异在于,这些作家始终认为自己在互联网上的创作与连载始终都是文学的一部分,或者说都与一般的文学创作没有实质性的差异,只是出版社与杂志社对自由来稿的拒绝后又一发布选择而已。批评家则在站在互联网技术的角度讲这些文学作品与一般文学作品做了彻底区分。姑且不论这种彻底区分对20世纪90年代末,21世纪初的互联网写作是否合适,重要的是这种理论性的区分,给予这些在互联网上创作的作者一个特殊的身份与类型,使他们能够在出版行业里有了专门领域,也使文学网站能够以一个专有的概念来标榜自己。

正是经由文学网站与出版社的商业运营,职业学者的理论区分使互联网上的各种目的与形式的文学创作在很短的时间内成为一种新的文学形式"网络文学",并借由出版与研究逐渐地形成了"网络文学"的观念。然而这种观念的形成,显然存在强烈的人为性质。对"网络文学"而言,这种

---

[1] 宁肯. 宁肯访谈录 [M]. 上海:上海文艺出版社,2019:84.
[2] 欧阳友权. 网络文学发展史:汉语网络文学调查纪实 [M]. 北京:中国广播电视出版社,2008:81.
[3] 宁肯. 宁肯访谈录 [M]. 上海:上海文艺出版社,2019:83.
[4] 欧阳友权. 网络文学发展史:汉语网络文学调查纪实 [M]. 北京:中国广播电视出版社,2008:81.

刻意与一般文学创作区分的认知观念，使其与一般文学创作中所具有的内在的雅俗辩证的逻辑产生了一种乖离，正是这种乖离导致了当代网络文学发展所出现的诸多问题。

二、"网络文学"观念的内在乖离

2002年2月5日，贝塔斯曼公司以1 000万美收购"榕树下"，当天下午四点半，作家陈村在榕树下BBS的"躺着读书"版块贴出早已写完的《告别榕树》，"我相信，网文自有它的生命力，网站自有它的命运，网民的集体意志才是榕树的根基……"其实，在榕树下BBS的转卖前，不少网络作家经由图书的出版而离开了网络写作，转而进入一般文学创作的体制中来。作为"纯文学"网站"圣地"的榕树下BBS的转卖多少有一点象征意义，那就是被网站运营者、出版社与学者刻意划分出来的"网络文学"所具有的内在乖离。这种内在的观念性质的乖离具有两个层面：一是在网络作家自我认识的层面，二是对文学本体认知的层面。

对网络作家而言，尤其是第一批依靠互联网成名的作家，在他们的意识中，始终无法接受"网络作家"这个称呼。现在的网络环境或许已经体会不到20世纪90年代末网民的处境，当时的舆论普遍认为那些上时间泡在网络的人"就是躲在荧幕后面聊天，是活在虚拟环境里的奇怪的人，这些人该看心理医生"[1]。由于无法经由传统的文学刊载出版来发布作品，只能通过BBS来将自己的作品呈现给少量的网民，这无疑对那些抱着纯粹的文学梦想的文艺青年来说是一种无奈的选择。从互联网进入文学出版界，似乎使这些创作者潜意识中背上某种原罪。

> 我离开网络已经很长时间，作品和网络也没有任何关系。只在上面收发电子邮件，浏览网站及和朋友联系。……网络只是一个机会，它提供给你被淘汰或胜出的机会。但胜出之后，你如何发展及前行下去，已经和它没有任何关系。
>
> 为什么要留恋？它只是一段过程，已经结束了。作品出版，被更大范围地接受和认可，应该是每一个写作者的骄傲。当然，

---

[1] 蔡智恒. 第一次的亲密接触［M］. 沈阳：万卷出版公司，2010：179.

为此，每个人都要付出努力的代价。没有人可以不劳而获。[1]

以痞子蔡、宁肯、安妮宝贝等为代表的20世纪90年代末期的网络作家们，尽管社会之中他们以"网络文学作家""互联网文学创作新锐"为名，但是他们依然以最快的速度脱离使之成名的互联网。众所周知，这些作家或进入传统的作协体系成为作协的签约资助作家，或者转而从事出版发行编剧等文化行业。

导致网络文学作家产生的自我认知观念的乖离，是"网络文学"观念中文学本体认知的内在矛盾所导致。虽然文学网站、出版社以及职业学者建构起了"网络文学"这一认知观念，但是在21世纪之初大多数学者、非网络作家都对"网络文学"的文学本体性有着深刻质疑。学者对于"网络文学"的看法更注重其所包含的互联网独特"技术性"，而非其作为"文学"应具有的"文学性"[2]。甚至于，很多学者直呼其为"垃圾文学"与"厕所文学"。与这种评价伴随的是，第一批网络作家初版的书籍中，几乎没有一本有非网络作家、学者写的推荐序言。痞子蔡曾自嘲，从高知名度的作家到稍具名气的作家，甚至歌手都不愿意为他的小说写推荐序言。[3] 甚至于网络文学《蒙面之城》击败毕淑敏的《血玲珑》获得《当代》杂志主办的文学拉力赛奖项都是当时文坛的重大新闻。[4]

实际上，"网络文学"的观念暗含了将在互联网上创作的文学文本从"文学"中拔出的可能与动机。如果非互联网文学的评价是基于文学本体的"文学性"，那么"网络文学"似乎更应侧重的是其借由网络所产生诸如大众、草根等属性，而非文本的"文学性"。这无疑是将本来就是"文学"之中的所包含的"雅"与"俗"的辩证的关系割裂了。尽管网站、出版社以及专业学者的初衷可能并非如此，甚至于还不存在不断强调"网络文学"更应注重"文学本体"的看法[5]，但是这并不能阻碍"网络文学"观念生成之后固有的内在乖离的产生。

---

[1] Maya Lin, 安妮宝贝. 安妮宝贝访谈 [EB/OL]. (2002-12-11)[2019-11-07]. http://bbs.tianya.cn/post-168-332839-1.shtml.

[2] 欧阳友权. 网络文学：技术乎？艺术乎？[N]. 中华读书报, 2003-02-19.

[3] 蔡智恒. 第一次的亲密接触 [M]. 沈阳：万卷出版公司, 2010：183.

[4] 宁肯. 宁肯访谈录 [M]. 上海：上海文艺出版社, 2019：99.

[5] 王一川. 网络时代文学：什么是不能少的？[J]. 大家, 2000 (3)：200-203.

毋庸置疑，不少20世纪90年代在互联网从事写作的作者们都抱有"纯文学"的文学理想，显然他们无法接受来自文坛与学者的质疑，也不甘愿始终悬挂着"网络作家"的名号。就像宁肯在答复网络文学击败《血玲珑》获奖时，所指出的：

> 在我看来许多所谓纯文学作家并没有纯到哪儿去，不过是有一层纯文学的老茧而已，意识陈旧并笨得常常让我吃惊，他们根本不懂什么叫"通俗"，正如他们从不懂什么叫"纯文学"，不过始终照猫画虎罢了。他们只有对现实简单认知与似是而非的技艺，他们不知道无论通俗与纯都须有一个自然发育并丰富强大的人文底蕴或人格理性，只一味地虚张声势，这样的人在别的行当同样大有人在，并不稀奇。[1]

三、网络文学观念的割裂与复归

2006年12月16日，中国电力出版社有限公司正式挂牌成立，以中央国家机关所属在京出版单位和大学出版社为重点的第二批出版发行单位体制改革试点工作由此拉开序幕。尽管文化出版体制的改革看上去与"网络文学"本身并无直接的联系，但是这场改革其实深刻地影响了社会对网络文学的认知观念，可以说其有意或无意的将网络文学观念"通俗"与"纯"的内在辩证彻底的割裂了，并且也改变了网络作家自我认知的意识。

事实上，国家的文化出版体制改革从2003年就开始了，有21家新闻出版单位成为改革试点单位。这场出版社的"转企"改革，迫使出版社必须以商业利益作为从事出版社事业的重要考量，从而扭转了出版社对书籍出版的选择方向。应当注意到，大量的具有通俗性质的玄幻、武侠以及言情网络小说的出版始于2006年前后。例如，知名的玄幻小说《诛仙》，早在2003年就在台湾地区出版了，而大陆的则在2005年才开始出版。如果没有国家出版体制改革，很难想象这样一部通俗玄幻小说会被出版社正式出版。

出版社基于商业利益的选择固然无可厚非，但是这间接推动了"网络文学"的面貌全面转向了玄幻、武侠、言情、穿越等易于吸引读者获取收益的高度通俗的文学类型。原来20世纪90年代末与21世纪初的那种被学

---

[1] 宁肯. 宁肯访谈录[M]. 上海：上海文艺出版社，2019：100.

者称之为"突破传统文学成规"的"自由精神"与"用民主平权""解放了文学话语权"[1]的势头已经消失殆尽。留下的只有文学网站、出版商与网络写手对于资本与财富的追逐。文本的创作已经转变为"不能赋予过多的意义,不然阅读过程中会带来滞畅感,作者失去创作的快感,读者也失去参与的热情"的俗文本。[2]

出版环境与文本需求的变化,也驱动着新生网络作家的转型,这些作家已经不再迷茫于自身"网络"作家与"现实"作家之间的矛盾,不再认真地对待来自传统文坛与学者指摘,无论是出于自己的文学理想,还是对财富的渴求,他们大都认可自己作为一个纯粹的"网络写手"的身份,自觉的与传统文坛划开界限。对他们而言,网络的写作是"拒绝进步",一种成熟风格的定型之后,为了商业利益很少会去拓展新的创作风格与技法。[3] 这与不断追求先锋性、思想性的"文学"及其创作者已经有过于显著的差别。

至少,在2010年前后,"网络文学"的认知观念已经完全的被割裂的,它不再是一种能够促进文学进化的新途径,而成为文学的一个单纯侧面的现代形式——通俗文学的网络化。"网络文学"观念内在"雅""俗"意识的分裂,使当代的网络文学过分的追求商业化,每一部具有人气的网络作品,都被彻底地挖掘了商业价值,对资本而言,有价值的不是网络文学的文本,而是能够聚敛人气的那些名字或者说IP。因此,当代网络小说产生了各种复杂的问题,典型来说,为了吸引读者博取眼球而产生低俗化问题,以及为了适应高速连载而产生文字粗劣问题,等等。对"网络文学"而言,其本应是一种能够结合"通俗"与"纯"、精英与大众的文学类型与文学观念,但是由于种种的阴差阳错,导致了当代对于"网络文学"的只能从其"俗"的一面来认识,并且这种观念近乎深入人心。这种割裂"雅俗"的认知,对网络文学的持续发展并无任何益处。

不过,随着网络文学的日益发展与繁盛,被割裂的"雅"与"俗"又逐渐开始了复归。专业学者都已然承认网络文学的本质依旧是"文学",开始注重网络文学应具有的"文学性"。同时,对传统的职业作家而言,他们也意识到网络文学与非网络文学不存在不可跨越的沟壑,提出了"网络文

---

[1] 欧阳友权.网络文学的本体追问与意义体认[J].文艺理论研究,2007(1):58-62.
[2] 周志雄.大神的肖像:网络作家访谈录[M].山东:山东人民出版社,2015:28.
[3] 周志雄.大神的肖像:网络作家访谈录[M].山东:山东人民出版社,2015:57.

学和传统文学不是两个文学"[1]"传统文学和网络文学有望融合"[2] 等认识。虽然这种"雅俗合流"的复归在当下的网络文学创作中还没有成为主流，不过，如果"网络文学"始终都是"文学"的话，那么重新将"雅"与"俗"融合起来，不过只是时间的问题。

（本文原载《红岩》2019 年第 6 期）

[1] 莫言. 网络文学和传统文学不是两个文学 [EB/OL]. (2010-05-11) [2019-11-07] https://tech.sina.com.cn/i/2010-05-11/15284/7/595.shtm/002337.htm.
[2] 欧阳友权. 网络文学五年普查：2009—2013 [M]. 北京：中央编译出版社，2014：155.

意义与方法：中国现代通俗文学的学术史意义再呈现

——评《民国文化与文学研究文丛（第九编）·苏州大学特辑》

张学谦

由于中国现代文学（新文学）与中国近代史、革命史及中国共产党党史之间的复杂联系，使中国现代文学学科从诞生之初就必须考虑"论证革命意识形态"与"化育年轻一代"的双重功效。[1] 因此，在20世纪80年代之前，以"话语权力"为中心的中国现代文学领域存在着一种"泛政治化"的"二元对抗"的研究思路，"它倾向于把近现代文学视为'新'与'旧''进步'与'落后''精华'与'糟粕'等的二元对立，赫然'统帅'这些对立的、则是'革命'与'反动'的对抗"[2]。在这种研究思路之下，那些所谓"旧"的文学便被剔出了中国现代文学研究领域。如果仔细审视中国近代以来的文运的升降，这些"旧"的、"糟粕"的文学，无论是在新文化运动前，还是在新文化运动后都从来没有离开过历史的舞台，甚至在一些时期，这些"旧"的文学才是文化的主流。然而，这一持续发展的文脉却一直是中国现代文学研究中不受重视部分。

汤哲声教授、李怡教授主编的《民国文化与文学研究文丛（第九编）·苏州大学特辑》中共收录了六部专著：范伯群著《晚清民国通俗小说论稿》、徐斯年著《从通俗文学到大众化》、汤哲声著《中国现代通俗小说再思录》、胡明宇著《预估、呈现、揭示：文学广告视角的现代文学传播研究（1915—1949）》、张蕾著《出于虚构和现实之间：现代通俗小说的社

---

[1] 温儒敏. 王瑶的《中国新文学史稿》与现代文学学科的建立 [J]. 文学评论, 2003 (1): 23-33.

[2] 徐斯年. 从通俗文学到大众文化：上 [M]. 台北：花木兰出版社, 2017.

意义与方法：中国现代通俗文学的学术史意义再呈现
——评《民国文化与文学研究文丛（第九编）·苏州大学特辑》

会情态》、朱全定著《中国侦探小说的叙事视角与媒介传播》。这六部专著在"意义与方法"的层面重现了通俗文学（旧文学）在中国现代文学史研究中的重要价值，并且具有了学术研究的范式意义。所谓的"意义"，可以分为两个层面：一是通俗文学在现代文学史中的意义，二是通俗文学研究在现代文学学科学术史中的意义。所谓"方法"则是给通俗文学研究以及中国现代文学研究提供的具有开拓性的方法范式。

一

在一般的文学研究观念中，通俗文学的作品文本，无论是在文本艺术性上，还是在文本思想性上都比不上新文化运动以来产生的新文学。在中国现代文学的研究中，几乎毫无例外地被那些在历史和思想文化领域中的风云人物所占据。既无法看到，也法听到实际占绝大多数的民众的声音，似乎在文学研究之中，民众的活动和思想无足轻重，但汤哲声教授的《中国现代通俗小说再思录》告诉我们事实并非如此。

《再思录》指出，对于中国近现代的文学来说，仅仅对精英及其文学话语的研究不足以彻底地掌握中国近现代以来的文化与思想变迁的历史过程。过分的重视与强调新文学及其代表的精英文化甚至可能会扭曲中国近现代的文化和历史。中国近代"市民阶层快速壮大"，"都市社会的迅速形成"，为中国的通俗文学创作提供素材与读者。与新文学注重传播新观念与个人情感不同的是，通俗文学的创作需要既保持着天然的"传统性"，又需要将近代都市中的"现代性"填入其中。[1] 正是基于通俗文学的这种创作态度，使我们可以通过文学文本接近真实的文化和社会生活方式，避免了新文学中无处不在的精英意识，并借此重构一个已经消失或正在消失的文化、生活和思维方式，并探索精英对大众的态度。

那么这种重构是如何借由通俗文学研究实现的呢？《再思录》将通俗小说的文本价值建立在"碎片化"的城市历史想象之上。在文学的研究中，对于城市历史的想象原则在哪里呢？在新文学关注"农民和知识分子心态"、描写城市生活"背后的政治、文化内涵"的时候，却忽略了城市大众的"情感"、生活与观念。[2] 城市的想象与历史景观的重构，仅仅依靠宏

---

[1] 汤哲声. 中国现代通俗小说再思录 [M]. 台北：花木兰出版，2017：2-4.
[2] 汤哲声. 中国现代通俗小说再思录 [M]. 台北：花木兰出版，2017：50.

观的"究天人之际，通古今之变"的文学史式的宏观叙事显然是无法完成的。城市的想象与景观的重构是一个复杂的过程，个人的亲身经历、个人的情感以及琐碎的生活"真相"等，一个城市的公共生活与微观世界，才是勾勒城市想象与景观的重要内容。

比如，狭邪小说，就是典型的"社会转型中的上海世俗风情"的叙述与重构。[1] 从新文学的角度来看，这些小说"有嫚骂之志而无抒写之才"[2]，或者无非只是"刚刚够得上'嫖界指南'的资格，而都没有文学的价值"[3]。从近代都市历史、文化史以及观念史的角度出发，狭邪小说具有着"特殊的史料价值"。一方面，这些小说忠实的记录近代城市以妓院为中心的公共生活情况。"男子在喝酒或看戏时写一张小红笺，上写某公寓某妓女的名字，请人送至妓女的妆阁，请其来陪酒取乐，这便是'叫局'；在妓院里摆酒开宴，由妓女相陪，这叫'吃花酒'；几人相伴到妓家喝茶，这叫'打茶围'……"[4] 直陈式的叙述将近代上海的公共生活领域之一——色情业——的情况真实地描绘出来。进一步而言，如果说新文学的价值在于通过批判与反思寻找生活背后政治、文化等意识形态的影响，那么通俗小说这种直陈式的叙述，在不动声色中描绘都市色情业的起落过程中，亦将地方主义与国家政治之间的角力，"文明"与"不文明"的改良完全地呈现出来。因此，无论是作为城市史研究的史料，还是作为文学史研究的作品，狭邪小说都具有十分重要的意义。

另一方面，狭邪小说还呈现了一个城市内容微观生活的社情百态。以妓院为核心的色情业，在晚清和民国时期的上海既是重要的经济部门，也是了解社情变化的重要景观。

上海人所推崇和所适应的性爱观念与内地人形成了极大的反差。内地的风流士卿也寻花问柳、狎妓纳妾，但毕竟不是大张旗鼓的事，传统的道德观足以形成强大的制约力量，使人不敢妄自非为。而步入当时的十里洋场，男女在大街上打趣调笑的场面随处可见，调情者不避，旁观者不怪。社会心态演变到这种地步，以致开妓院、做妓女就像开店铺、做生意一样平常。[5]

---

[1] 汤哲声. 中国现代通俗小说再思录 [M]. 台北：花木兰出版，2017：44.
[2] 鲁迅. 鲁迅全集：第9卷 [M]. 北京：人民文学出版社，1981：292.
[3] 胡适. 胡适文集：第4卷 [M]. 北京：北京大学出版社，1998：411.
[4] 汤哲声. 中国现代通俗小说再思录 [M]. 台北：花木兰出版，2017：39.
[5] 汤哲声. 中国现代通俗小说再思录 [M]. 台北：花木兰出版，2017：39.

与这种社情观念叙述并存的是对妓院中大众交往与社会生活具体事件的记录,比如名花陆兰芬庆寿、丁汝昌慕胡宝玉之名吃花酒等事件。这些事件将妓院中不同社会集团、行业如何利用妓院达到自己的目呈现出来,除了是对当时读者猎奇心态的满足外,更重要的是发生在妓院中的冲突、斗争往往可以转变为国家政法风向变化的风向标,甚至说是为城市和国家经济、政治、文化演变的"晴雨表"也不为过。

因此,不论是言情小说、狭邪小说,还是黑幕小说等诸类型通俗文学作品文学史的意义在于,其对晚清和民国时期大众公共生活以及微观景象的记录,有助于我们深入的理解近代以来,在经历政治、经济、社会、文化变迁时,城市的大众生活是如何发生变化的,揭示了公共空间与日常文化的复杂关系,并帮助我们深入了解这些复杂关系背后存在的政治意图与权力谋划。

二

通俗文学研究对于学术史的意义在于对现代文学学科建设的影响与现代文学史研究的格局调整。《民国文化与文学研究文丛(第九编)·苏州大学特辑》所收录六部专著,可以说是从20世纪80年代开始至今四十多年来,作为学科的通俗文学研究的学术思想发展的再呈现。

对现代文学而言,通俗文言研究是比较早的专门注重文献学研究的领域。在传统的文学研究中,文献研究大都被划入古代文学的研究范畴之中,现代文学由于手稿、初版等文献大都存世,相对易于查找,加之,现代文学学科在建立之初所受的革命意识形态的影响,导致了文献研究对于现代文学研究来说并不是重点。不过,随着学科的成熟与发展,现代文学的文献学又被学者们重新发现,并出现了所谓20世纪90年代中后期的现代文学研究的"文献学转向"的说法[1]。

实际上,所谓"文献学转向"的起点正是20世纪80年代开始的通俗文学研究。徐斯年在《从通俗文学到大众文化》中指出,通俗文学的研究,是以"史料学"作为核心的——"'史学即是史料学',或首先是史料

---

[1] 王贺. 现代文学研究的"文献学转向"[J]. 长沙理工大学学报(社会科学版), 2016 (6): 82-84.

学"[1]。对"史料学"（文献学）的强调，是挣脱固有的文学史叙述框架的重要基础。"研究者不仅应该力求全面地掌握相关史料，对于不同史料给予同等尊重，而且特别应该关注异质的、对立的史料及其内部'潜藏信息'，从中发现'另一面'乃至'另几面'的历史真相。"与发掘新的史料相比较，更重要的是通俗文学研究对辨伪与考据的重视，而这恰恰是现代文学研究中，最容易忽略的地方。由于通俗文学作品数量大、分布广、作者多、笔名杂，大都刊载在地方小报上，因此对每一个作家及其作品的考订就成为研究通俗文学的基本功。从范伯群、徐斯年等老一辈学者著作中可以发现，对于作家与作品的辨析考据占了相当大的篇幅，此外逸文收录也是重要的组成。

不过，引发中国现代文学研究学科建设以及研究方法上的对文献学的重视仅仅是通俗文学研究学术史意义的一个方面。如果从整体的现代文学研究的学术史高度看，在通俗文学研究的推动下所开创中国现代文学史研究的新格局，才是其最为重要的学术史意义。通俗文学研究对现代文学研究格局的开拓主要在以下三个方面：

一是发现了"市民大众文学链"的历史脉络。中国近现代市民文学的起源，与明小说的兴起有着密切的联系，以冯梦龙为代表的明小说是为"新兴市民阶层服务"的。中国近代的通俗小说是对明小说的服务市民阶层的直接继承者，鸳蝴派的作家群是"'冯梦龙们'在现代工商文明都市中的嫡系传人"，以市民阶层为主要读者的通俗小说，不但具有满足市民大众娱乐的功能，更重要的是现代都市的市民意识的兴起，是以通俗小说的阅读作为媒触的。

二是廓清了中国现代文学史上雅俗的渊源与分流轨迹。通俗文学与新文学在渊源上具有某种"同源体"的性质。近代通俗文学的类型发展与兴起，与晚清的"小说界革命"有着直接的因果关系。由于梁启超等人对小说的看重，产生各式各样的小说流派：社会小说、政治小说、言情小说、科幻小说、侦探小说等，而这些小说都是属于通俗文学的部类。换言之，无论是近代通俗文学，还是新文学催生它们的都是接受了西方新思想的知识分子。尽管通俗文学与新文学具有某种同源的性质，但是雅俗的分流在所难免。这是因为与新文学强调的"革命"而言，通俗文学的继承中国传统文学的性质，使之与新文学走上不同的道路。对通俗文学而言，其承袭

---

[1] 徐斯年. 从通俗文学到大众文化：上[M]. 台北：花木兰出版社，2017.

传统的叙事风格,"侧重于弘扬民族美德"。对通俗文学的作家而言,他们"并非不接受新道德,但是他们在扬弃封建糟粕的同时,也理直气壮的宣扬传统美德"[1]。而对传统的弘扬与新文学发生时"重估一切价值",推翻一切旧道德的观念显然是分轨的。于是通俗文学和新文学便从此沿着各自的轨道向前行进了。

三是建构了"开拓启蒙,改良生存,中兴融会"的通俗文学发展的三个历史阶段与"多元共生"中国现代文学史新格局。梁启超在《论小说与群治之关系》中认为,"欲新民""欲改良群治"必须依靠小说。现代通俗文学在继承中国传统小说的创作基础上,亦将清末"小说界革命"的观念承续下来,并与近代新兴的报纸等媒体一共创建了"现代化的文化市场"。在通俗文学的流播中,社会小说、言情小说、科幻小说等不同类型的文学作品,都参与到了大众社会意识形态形成、个人意识觉醒以及科学启蒙的过程中。可以说,"通俗作家曾是中国文学现代化道途的开拓者,并且也承担着启蒙民众的任务"[2]。在新旧文学分道扬镳之后,通俗作家一方面积极改良自己创作,另一方面亦接受了新文化运动的影响,创作出了"都市乡土小说"等十分具有价值的文学作品。除了与新文学在道德准则上的相互补充之外,通俗文学的发展始终是一个不断进步的过程,不但产生了李寿民、刘若云等北方通俗小说的"中兴",而且还发生新旧文学某种程度上的"融汇"现象。比如,抗战时期出现了不少的小说,其兼有爱国主义题材与精英文学的若干素质,却不采用精英文学的写法。这既是"精英作家的一种尝试,也是通俗文学的一种更新"[3]。综合而言,通俗文学的研究证明:"雅俗文学的服务对象是各有重点而可以相互补的;在暴露国民劣根性与弘扬民族传统美德方面也正好是互补的;而吸取外国的新兴思潮、借鉴革新;与承传民族优良遗产,加以必要的改良,也是互补的。"[4] 其学术史的最大意义在于,通过对材料的发掘、考证以及对通俗文学价值的再发现,改变中国现代文学研究中"一元史观"的偏颇局面,填平"雅俗之间的鸿沟",努力建构多元共生的中国现代文学史观。[5]

---

[1] 范伯群. 晚清民国通俗小说论稿:上 [M]. 台北:花木兰出版社,2017:58.
[2] 范伯群. 晚清民国通俗小说论稿:上 [M]. 台北:花木兰出版社,2017:38.
[3] 范伯群. 晚清民国通俗小说论稿:上 [M]. 台北:花木兰出版社,2017:46.
[4] 范伯群. 晚清民国通俗小说论稿:上 [M]. 台北:花木兰出版社,2017:61.
[5] 范伯群. 晚清民国通俗小说论稿:上 [M]. 台北:花木兰出版社,2017:61.

三

通俗文学研究为中国现代文学研究提供生活史、都市史、观念史以及传播史的方法范式。总体而言，正如通俗文学研究在学术史上的格局创新意义一般，通俗文学的研究方法突破了现代文学史研究中宏观叙事的范式，由于与大众生活紧密相关，通俗文学的研究更加注重细节的描述与日常生活的取向，因此具有"碎片化"和"微观化"的特征。这种研究方法与西方的新文化史与微观史有某种程度上的相似。西方的新文化史注重历史叙事和细节的人文方法，日常生活、物质文化、性别身体、记忆语言、大众文化等是新文化史研究的重点。从表面上看，通俗文学研究所采取的的具有"碎片化"与"微观化"的研究方式，缺乏所谓总体的历史叙事，略显凌乱，但是应当注意，由于中国地理、经济、政治、文化、生活的复杂性，在强调普遍意义的重要事件时，必须重视民众的生活、文化与观念。这种微观研究的意义在于能够把历史的认识上升到一个更广义的层次上，不仅能丰富我们对于某一地域的认识，而且有助于我们更加深刻地把握近代中国的全貌。

从清末到民国的市井生活是一种怎样的形态？市民在近代转型的都市之中有着如何的经验？张蕾女士在《出入于虚构和现实之间：现代通俗小说的社会情态》中将清末至民国时期的市民日常生活与经验情态做了细致的描摹与刻画。通过对通俗文学中市民生活衣食住行叙述的研究，可以发现"在琐碎的看似不经意的表象中显示出的新变，以及人们在这些新的生活变化中表现出的人生姿态和生存探索"[1]。更进一步说，对于中国的文化而言，日常生活的衣食住行从来不是简单的个体行为，晚明即有所谓"穿衣吃饭，即人伦物理""明于庶物，察于人伦"[2]的认识，更遑论民国时期对个人生活的不断改良中所掺杂的明显的政治意识形态。说到底，对近代中国而言市民大众的生活，不仅仅是个体或者单一家庭的生活，这些看似日常琐碎的衣食住行，城市经验都蕴含着意识形态的"教养"。《出于虚构和现实之间》正是开掘了这种琐碎的日常生活、社会情态与社会政

---

[1] 张蕾. 出入于虚构和现实之间：现代通俗小说的社会情态 [M]. 台北：花木兰出版社，2017：37.

[2] 张建业，张岱. 焚书注 [M]. 北京：社会科学文献出版社，2013：8.

意义与方法：中国现代通俗文学的学术史意义再呈现
——评《民国文化与文学研究文丛（第九编）·苏州大学特辑》

治文化变迁的关系，以微观的角度构建了近代中国的生活史与都市史。

既然大众的日常生活发生了种种新的变迁，那么大众的观念也会随之而变，重要的是与观念变化相伴随的是思维方式的转变，而这正是朱全定在《中国侦探小说的叙事视角与媒介传播》中所揭示的问题。从中国传统的公案小说到近现代推理小说的演变，不仅是叙事与类型的转变，渗透在其演变过程中的是中国近代大众思维方式与观念的变迁。在古代公案小说中，"常常会看到执法者以礼废法、轻法重礼的情节"，"重了悟、重直觉、重整体把握的经验性、直觉式的思维方式"。[1] 当公案小说向近代推理小说转变后，近代理性意识开始成为小说中主要的思维方式，然而大众层面的传统思维形式与观念的变革具有"滞后性"，这种"滞后性"从作为通俗文学的侦探小说中最容易发现。以《霍桑探案集》为例，尽管其被称为中国的福尔摩斯，具有强烈近代理性主义推理小说的风格，但是"中国传统的人情关系、道德观念、处世哲学会在霍桑推理办案的过程中流露出来"[2]。既有嫉恶如仇、锄强扶弱的传统侠士风范，又有因果轮回、善恶有报的思想观念。《中国侦探小说的叙事视角与媒介传播》通过对侦探小说模式与叙事的变迁分析，将这种中国近代化过程中大众观念中思维形式的变迁呈现出来，有助于更加深入到观念史的范畴中把握近先代大众文化的形成与演变。

由于通俗文学作品与大众日常生活有着如此紧密的联系，因此通俗文学是以什么样的传播方式，如何在大众中传播也就变得具有十分重要的意义了。与视野宏达的传播史视角不同，胡明宇在《预估、呈现、揭示：文学广告视角的现代文学传播研究（1915—1949）》中，选取了文学广告这一特殊案例作为文学传播研究的途径。文学广告不仅具有对新的文学作品、文学刊物的预告作用，还起到呈现"文学生态"与揭示文学事件的作用。例如《文艺新闻》中各类广告的刊载不但呈现了1917年至1927年"左翼文学、京派文学、海派文学和鸳鸯蝴蝶派文学（通俗文学）四大文学板块多元共生的文学生态和文学景观"[3]，同时，其广告刊登的挑选流变亦将

---

[1] 朱全定. 中国侦探小说的叙事视角与媒介传播[M]. 台北：花木兰出版社，2017：63.
[2] 朱全定. 中国侦探小说的叙事视角与媒介传播[M]. 台北：花木兰出版社，2017：109.
[3] 胡明宇. 预估、呈现、揭示：文学广告视角的现代文学传播研究：1915—1949[M]. 台北：花木兰出版社，2017：73.

《文艺新闻》"由'中立'到'左倾',再到'左联期刊'的发展历程"[1]呈现出来。在揭示文学事件上,文学广告留下了大量的关于文学期刊创生、演变,文学社团生灭的信息,透过这些信息可以更加深入地了解文学刊物、文学社团的办刊缘起、办刊目的以及编辑方针,从而了解各类文学事件的发生与变化。除了具有传播史研究的方法意义外,《预估、呈现、揭示:文学广告视角的现代文学传播研究(1915—1949)》在文献发掘与考据方面亦颇为辛苦,提供了相当数量的学术层面上首次发现的材料。

(本文原载《中国现代文学与文化》2018年第2期)

---

[1] 胡明宇. 预估、呈现、揭示:文学广告视角的现代文学传播研究:1915—1949[M]. 台北:花木兰出版社,2017:66.

后 记

学院组织编论文集,"通俗文学"这一册由汤哲声教授和我负责编辑。汤哲声教授是资深的中国现当代通俗文学研究大家。我从事通俗文学研究只有十几年时间,接受编论文集这一任务,倍感荣幸。

汤哲声教授建议按照范伯群教授所说的通俗文学研究"三代学者"的顺序来编辑。第一代研究通俗文学的学者以范伯群教授为代表,在通俗文学研究领域筚路蓝缕,取得的卓越成果重写了文学史,更新了中国现代文学研究的格局。苏州大学文学院中国现当代文学学科在范伯群教授的领衔之下成为全国著名的通俗文学研究重镇。第二代学者是范伯群等教授们的入室弟子,以汤哲声教授为代表,他们在通俗文学研究领域成绩斐然,是目前学术界的翘楚。第三代学者是汤哲声等教授们的学生辈,他们正成为学术研究的中青年骨干,正继承发扬师长前辈的精神传统。这三代优秀学者齐集苏州大学文学院,以他们坚实的学术成果印证中国现当代通俗文学研究的发展壮大。

编辑过程中,房伟教授第一个交稿,两篇网络文学研究的论文严谨扎实,引领学科前沿。陈小明教授也十分高效,前一晚答应,第二天就发来他的得力之作。他对通俗文学的理论评述深刻独到,发人深省。钱继云、吉旭、张学谦三位年轻老师的论文对重要的通俗作家胡怀琛、还珠楼主及学术史研究的论述和审察深入细致,很值得推荐。汤哲声教授的三篇力作自毋庸多言,从"何谓通俗""如何评估""历史与记忆"三个方面全局性地论述了通俗文学,给予了确定性的阐释和评判。

最令人感动的是编辑三位老教授的论文。徐斯年教授是武侠小说研究专家,他的三篇论文既是对作家作品的专论,也是对武侠小说、通俗文学乃至现代文学的高论。其中一篇因为格式操作问题,和徐老师多次邮件、微信往返。八十多岁的徐老师有两次竟等我的回复到深夜,令我惶恐万分。最后还是徐老师自己解决了问题,实在让电脑技术差劲的我汗颜。曹惠民教授是华文文学研究专家,他的两篇论文谈"多元共生""金庸现象",为通俗文学研究提供了扩大的"世界"视角。和曹老师也通了多次邮件、短信，他为了要改一个字，特地再一次把论文邮件给我，标明改正的地方，并向我致歉。老教授们的严谨、谦虚、慈爱，真是太让我感动。

论集中收入的范伯群教授的四篇论文代表了他通俗文学研究的精湛成果，但这四篇远远不能涵盖范先生的研究贡献和学术观点。因为论集的篇幅限制，仅选四篇，以兹纪念。范先生仙逝近两年了，再读他的这些论文是那么亲切，他的文字令我难忘自己在他指引下的那些求学岁月。编辑先生的文字，热泪满眶。

中国现当代通俗文学研究有这些教授、老师们的共同努力，勤勉耕耘，一定会取得更多的成绩。这也是范伯群等老一代学者所希望的。不仅是第二代、第三代，还有第四代、第五代……通俗文学研究在发展，中国学界在进步。

感谢苏州大学文学院的大力支持，感谢苏州大学出版社孔舒仪、杨宇笛两位编辑的尽职帮助。感谢傅昌艳、郭艺、毛子怡、张艳桃、周逸欣、陈蓉、李珊等几位现当代文学专业的研究生帮忙校对，她们的认真令人看到今后的希望。

张　蕾

2019 年 10 月 13 日